混物語

マゼモノガタリ

西尾維新

NISIOISIN

BOOK&BOX DESIGN VEIA
ILLUSTRATION AKIO WATANABE
ORIGINAL CHARACTER DESIGN TAKE, TAGRO, KINU NISHIMURA, VOFAN, KINAKO

第忘話 今日子・平衡

001

掟上今日子是白髮偵探。據說她在這一行被稱為「最快的偵探」。若是說到速度，我們的神原也是不落人後，不過，如同神原的速度來自相當沉重的隱情，「最快的偵探」的速度也具備難以避免的必然理由。

與其說理由，不如說是根據。

她的記憶好像每天都會重設。若要說得更正確一點，她每次入睡都會失去自己的記憶。

這就是她被稱為「忘卻偵探」的原因。

確實，偵探這份職業肯定日常就會接觸應該要視為機密的情報，註定總是被嚴格的保密義務束縛，所以她擁有比任何人都適任的資格。不過這代表著任何案件都必須在她當晚入睡之前，也就是在一天以內解決，這份資格附帶這種近似宿命的時間限制。

反過來說，既然保有「最快的偵探」這個名號擔任忘卻偵探至今，證明她具備非比尋常的推理能力。

總之，即使除去這種職業上的觀點來思考，她不被過去束縛的生活方式，在未滿二十歲的我眼中也有種稱羨的感覺。比方說，要是那段像是地獄的春假記憶可以消失得一乾二淨該有多好。如果我說自己從來沒這麼想過，想必是天大的謊言吧。

那道傷痕我並不會忘記，不只如此，我也不該忘記，但是如果可以當成沒發生過，那我當然想這麼做。

不過這種想法很輕率，甚至是罪孽深重吧。即使我忘記，那段關於吸血鬼的一連串往事，也不會像是吸血鬼晒到陽光那樣消滅。

如同忘卻偵探的功績即使完全被她本人忘記，她處理的案件本身也不會變成沒發生過。

總之，如果是小扇熱愛的推理小說世界就算了，在現實世界，偵探會出面處理的「謎題」，總是伴隨著令人不願正視的麻煩悲劇，所以能夠忘記自己解開的謎，或許是繼續做這份工作不可或缺的要素吧。

即使如此，不過話說回來，在忘記不幸事件的同時，也會忘記幸福的事件，所以這部分只能說莫名其妙。如果幸與不幸是一體兩面，就無法隨心所欲只忘記不幸的部分，既然這樣，那個春假的地獄，那個糟糕透頂的結局，我只能永遠留在記憶之中。

不過，如果我說出像是醒悟的這段話，忘卻偵探應該會這麼說吧。

「不不不，即使是幸福的記憶，我覺得就算忘記也完全是好事啊？如果幸與不幸是一體兩面，那麼無論是被過去的不幸束縛，還是被過去的幸福束縛，以邏輯來說應該是大同小異。」

她會毫不在乎地這麼說。

「若是將重心放在昨天的幸福，因而無法追求今天的幸福，這才真的是莫名其妙吧。」

原來如此，這是另一種見解。

是忘卻偵探特有的見解。

只不過，即使聽她說「今天的幸福」，也遲遲無法追求這種東西，忍不住總是想起往事而受到束縛，這是人類的劣根性。

要是這麼簡單就能獲得幸福，就不會那麼辛苦了。

「是這樣嗎?想獲得幸福是意外容易的事喔。你想想，買東西的時候，如果總金額是七百七十七圓，就會覺得幸福吧？」

確實會覺得幸福沒錯……不過這種幸福還真是充滿生活感。

不過換句話說，必須是鮮少發生的現象才叫做幸福吧?

「這可不一定。只要買東西的時候剛好湊到七百二十圓就好。消費稅是八%，所以總金額是七百七十七圓。」

想獲得幸福是需要經過計算的。

雖然她這麼說，但這或許不該說是計算，而是準備。獲得幸福的心理準備。

或者是……決心。

獲得幸福的決心。

春假那時候的我，肯定是缺乏這些要素吧。而且至今也依然遺忘在某處。

002

我依然完全不曉得要以音讀念作「RO U HA KU」，還是以訓讀念作「NA MI SHI RO」的這座浪白公園，位於東直站、中直站、南直站這三個車站幾乎正中央的位置。如果說成「附近有三個車站」，聽起來是生活非常方便的地段，不過正確來說距離每個車站都很遠，是非常不方便的地段。

因此，公園周邊成為清靜的住宅區。總之並不是需要專程從車站大老遠走過來參觀的知名公園。

遊樂器材只有鞦韆與滑梯，是一座平凡無奇，應該說一片空曠的公園。高中三年級不再是玩遊樂設備的年齡，所以我在這座公園能做的只有坐在長椅放鬆。

不過，看來今天連要放鬆都很難。

因為有一名大人不是坐在長椅，而是橫躺在長椅舒服地熟睡。

真是一位造成困擾的大人……比起這個想法，那頭獨具特色的白髮更令我感到好奇。剛開始還以為是年事已高，不過光從那張睡臉來看反倒算是年輕人。

大概是二十五歲左右嗎？

衣領寬鬆的毛衣、丹寧長裙……長椅旁邊，應該是她睡前脫下的一雙卡其色長靴，彷彿擁有自己的意志般筆直豎立。

以手臂當枕的白髮旁邊，放著像是搭配時尚穿著的漂亮眼鏡。大概是睡前取下的吧。

無論如何，在這種外地城鎮，她是堪稱罕見擁有時尚品味的女性。即使大膽除去她睡在長椅上的這份突兀感，也肯定是宛如來自不同世界的異質登場角色。

「…………」

我個人並不是有什麼特別的事情才來到浪白公園，所以就這麼轉頭離開不管她，也是我很可能做出的判斷……哎，但我可不能這麼做。

這個地區的治安沒有特別差到哪裡去，即使如此，我也不能馬虎坐視一名年紀輕輕的女性毫無防備在這種地方熟睡。

畢竟再怎麼說，這座城鎮的怪人很多。

至少如果是羽川，我不認為她會放任這種狀況。她應該不會視若無睹。所以我悄悄走向她橫躺的長椅，試著將手伸向她的白髮向上撥。

「呀啊！」

她彈起來了。

像是發條機關那樣。

她立刻重新戴上眼鏡。

「突然摸我白髮的人是誰？」

她在這麼說的時候捲起袖子，晃動那頭白髮左右張望，然後鎖定我。

雖說是為了叫她起來，但我覺得觸摸女性的身體不太好，所以改為摸頭髮，不過看來完全嚇到她了。

「沒事的，我不是奇怪的人物。」

以怪異的角度來說，我或許可以形容為「奇怪」，不過為了讓剛醒來的女性安心，我張開雙手示意自己沒拿武器，進行自我介紹。

「我是直江津高中三年級的阿良良木曆。補充一下，直江津高中是這個地區最好的升學學校，每年都有許多學生考上知名大學。」

在校內吊車尾的我抓準時機，活用我平常厭惡至極的升學學校招牌。白髮女性眼鏡後方發出光芒，目不轉睛注視這樣的我。

這……這雙銳利的視線是怎麼回事？

簡直是看見罪犯的偵探視線……但是，先不提我是否是罪犯，她實際上真的是偵探。

「恕我失禮了。你剛才是親切叫醒我吧？」

後來她也繼續以看透般的視線注視我好一陣子，接著緩緩露出甜美的微笑，以滿是白髮的頭行禮。

「初次見面。我是置手紙偵探事務所的所長掟上今日子。大家都叫我『忘卻偵探』。話說回來，請問這裡是哪裡？」

003

掟上今日子小姐。

二十五歲。偵探。

置手紙偵探事務所的所長。

記憶會在每天重置，最快的忘卻偵探。

既然她問我這裡是哪裡，即使我不知道念法，總之我只能回答這裡是浪白公園，無論如何，以上就是在長椅午睡的白髮女性個人情報。這些情報以她認定是親手留下的筆跡寫在她的左手，所以基本上應該沒錯。

看來，觀察完我這個不可疑的人物而低頭行禮的她，在抬頭的同時看了剛才捲起來的毛衣左袖底下的備忘錄。她捲起袖子的時候，我原本想說她手臂那麼細根本做不了什麼，難怪她的自我介紹說得像是在朗讀。

看來她將個人資料寫在自己身上，這麼一來無論何時失去記憶都沒問題。

她是小學生嗎？

而且另一邊的右手，以同樣的筆跡寫著「現在工作中」。

看來她是雙手都能寫出相同筆跡的人種。

我好崇拜。

「嗯，看來我正在以偵探身分調查案件而來到這座城鎮，並且在辦案的過程中不小心睡著。」

這可以只用「不小心睡著」這句話帶過嗎？

換句話說，她不就忘記工作內容了？

「是的，忘得一乾二淨。不只如此，甚至不知道自己是怎麼來到這座城鎮。阿良良木同學，你有想到什麼可能性嗎？」

「可能性……」

「最近在這座城鎮，有沒有發生反常的事件或是奇怪的案件？」

「…………」

老實說，我想到很多可能性，說到反常的事件或是奇怪的案件，這座城鎮各處都會發生……但我不能在這時候說實話。

「不，我完全想不到。這座城鎮沒有罪犯或是戀童癖。」

「我沒有問後者。順便說一下，未經許可觸摸女性的頭髮幾乎是犯罪。」

今日子說。

我被責備了。

「百里不同風，千里不同俗」就是這個意思吧。不過奇怪的或許是風俗。

「如果這座城鎮沒什麼問題，你也可以擴大範圍。」

「總之，鄰鎮的話畢竟比較繁榮，所以像是重大車禍，美術館失竊，或是用火不小心釀成火災？記得我在報紙看過這些新聞……」

「嗯。」

聽完我提供的模糊情報，今日子掀起長裙的裙襬。我忍不住凝視。

「忍不住凝視？一般來說都會移開視線吧？」

「啊，失敬。出現文化上的差異了。」

我仰望天空。

像是美腿一樣潔淨的好天氣。
看來今日子為了尋求事件的線索，正在調查自己的肌膚是否寫著其他備忘事項。她穿長裙是因為即使身上有備忘錄也可以遮掩嗎？
不過，只從剛才以我的視力窺視到的部分來看，今日子的腿很美麗。美麗又潔淨。
實際上也沒有收穫的樣子，我聽到「阿良良木同學，看我這裡也沒關係了」這句話，將脖子角度轉正的時候，今日子已經將裙子放回去了。
「唔～～傷腦筋了。我到底正在進行什麼調查呢？以我的個性，因應這種時候的準備工作肯定萬無一失才對……」
了不起的自信。
是我一輩子應該都不會擁有的高度自信。
「手機之類的東西沒留下什麼線索嗎？」
我試著向偵探提出這個盡顯外行氣息的問題，不過看來這個問題甚至盡顯我的愚蠢氣息。號稱會嚴守保密義務的忘卻偵探，不會擁有這種用來記錄的工具。
即使是身上的備忘錄，也是勉強獲准採取的緊急措施吧。今日子別說手機，連手提包都沒帶。
那麼該說現在進退維谷嗎？

「阿良良木同學，向初次見面的你拜託這種事，我實在過意不去，不過可以聽我一個請求嗎？」

「如果不是要讓妳吸鮮血的這種請求，請儘管說吧。」

聽到我這個自虐的玩笑，今日子愣了一下，不過大概是真的解釋為文化上的差異吧，她當成沒聽到。

「可以幫我看看後面嗎？」

說完，她在長椅上輕盈轉半圈背對我，然後從衣襬插入雙手，不知道在毛衣底下做了什麼。

「好，我脫下內衣了，請掀起我的毛衣與襯衫。能留下備忘事項的部位只剩下背部了，可是我看不見自己的背。」

「咦……咦咦？說這什麼話，請不要這樣！居然要掀起素昧平生的女性衣服檢視背部，我實在做不到！」

剛才觸摸睡眠中的女性頭髮又凝視美腿的高三學生，說出極為正人君子的話語，然後依照吩咐伸手掀起毛衣。

我有兩個妹妹，所以掀起衣服得心應手。確實，如果身體夠柔軟，應該可以在自己的背部寫字，但是看不見。

只能請外人協助。

反過來說，如果真的有寫東西，就代表忘卻偵探的背部寫著這麼需要保密的機密事項。不過前提始終是真的有寫。

好筆直的脊椎。

即使隔著皮膚目視，即使不必觸摸確認，也可以斷言光滑無比的美妙脊椎。

自家人就算了，平常沒什麼機會看見別人的背部，不過她的脊椎美得令我確信世間少有，差點忘記自己身為偵探助手的崇高任務。

不過，果不其然。

脊椎中央，大約在第三節胸椎的位置，我看見了。

有備忘事項。

終究不太好寫吧，比起寫在左手與右手的筆跡有點凌亂，不過能在此等美背寫字的人，只可能是今日子本人。

毋庸置疑，這是忘卻偵探的備忘錄。

不過，寫在上面的情報，實在不像是需要高度保密的機密事項。

『牛奶巧克力咖啡　一百四十圓

　水果可樂　一百三十圓

　奶油茶　一百五十圓』

004

豈止是小學生忘記帶東西的對策，到了這種程度完全是購物清單，我實在不認為具備什麼意義，不過我告知備忘錄的內容之後，今日子的行動迅速無比。最快的偵探。

看來面對神祕的提示或是意義不明的線索，她都不會逐一感到困惑而停下腳步。不，嚴格來說，她從長椅起身的時候停下腳步一次。

看來她差點忘記把剛才給我看背部時脫下的內衣穿回去。搞不懂這個人是穩重可靠還是毫無防備。

「阿良良木同學，這附近有便利商店嗎？寫在我背上的三種飲料都有賣的便利商店。」

「不，沒有便利商店這種地方……」

這裡是郊外。

如果要找便利商店，必須走很長一段路。

「這樣啊。那麼，有酪農餐廳嗎？」

「沒有那麼郊外啊？」

雖然有商店，不過老實說，商品很難說是一應俱全，還不如找自動販賣機。

幸好在這三種飲料之中，我對「水果可樂」這個奇特的飲料有印象。我在放學回家路上的自動販賣機買過。

當時是抱著好奇與玩樂各半的心態，我卻慘遭報應……如果這是玩食物的報應，應該是由廠商承受才對。

「那種飲料，我想只有那臺自動販賣機在賣。」

一般商店當然沒有，便利商店也不一定會賣吧。酪農餐廳則是不在話下。

「這樣啊。那麼，總之我先去那裡。阿良良木同學，可以告訴我場所嗎？」

「口頭說明應該不好懂，我帶妳去吧。畢竟這附近的地形容易迷路。」

「你好親切。那就靠你了。」

今日子像是很黏人般這麼說。

這個人看起來端莊文雅，卻意外地不會客氣。

總之，她剛才讓我欣賞那麼美麗的背，我光是帶路應該還不足以回報。我和今日子就這麼走出浪白公園。

我是騎腳踏車來公園的，總之晚點再來牽車就好吧。和成年女性共乘一輛腳踏車，我不認為警察先生會放過我。

「今日子小姐的工作就是買飲料嗎？」

「雖說我是堪稱萬事通的偵探，但我終究不認為買東西在職掌範圍內。」

「那麼，只是妳自己想喝嗎？」

「如果是這樣，我認為沒有重要到必須寫在背上。無論是從分量還是熱量來說，我一個人都喝不下三罐飲料。」

確實。

包括「水果可樂」，這三種飲料感覺都很甜，依照我剛才從背後所見，今日子擁有不含任何贅肉的苗條曲線，不像是愛喝這種飲料的人。

嗯。

所以那果然不是私人備忘錄，應該解釋為暗示工作內容的文字嗎？之所以指定那麼罕見的「水果可樂」，是因為販賣該飲料的特定自動販賣機有玄機？以這種角度來看，「牛奶巧克力咖啡」與「奶油茶」也絕對不是普通的飲料吧。

比方說，這三種飲料都有賣的自動販賣機後方藏著重要文件……

「或者是那臺自動販賣機安裝了炸彈。」

「…………」

即使她笑咪咪提出這種可能性……我終究不會因為她讓我欣賞美背就願意加入炸彈處理小組。

不過……

「哎呀～～話說阿良良木同學，你幫了大忙。多虧有你，我應該可以迅速重返工作崗位。」

既然聽她高聲這麼說，如今我不能拋下帶路的工作。

頂多就是為了掩飾內心的害羞，回以「人只能自己救自己喔，今日子小姐」這句話。

「哎呀哎呀，你這個高中生竟然說出這種厭世的話語耶。」

「這是最近的風潮。」

「不過就我所知，這股風潮肯定早就結束了。」

「時代是會重演的。」

「這樣啊……」

今日子像是裝傻般歪過腦袋。

「但我覺得大家一起幫忙比較好……咦，是那個嗎？」

順利找到目標的自動販賣機，是今日子先發現的。

太好了，看來沒迷路。

因為我對這裡絕對不算熟。

經過確認，這臺自動販賣機確實和我的記憶一樣有賣「水果可樂」，而且也有賣「牛奶巧克力咖啡」與「奶油茶」。

除此之外，各種奇怪的飲料也一應俱全。

人們忍不住就會掏錢買這種東西。

明明知道率直跟著喝主流的飲料就好。這可說是外地都市特有的商品列表。

來自外地的今日子是覺得這些飲料很稀奇，所以在失憶之前寫下來嗎？

「唔～～很難認定是這個原因耶……阿良良木同學，總之可以請你先買飲料看看嗎？」

「咦？」

「雖然我覺得不可能，不過先解釋成是購物清單吧。買這三瓶飲料之後，說不定可以突破僵局。」

不，以邏輯來說是這樣沒錯。

我不懂的是為什麼必須由我來買。應該由今日子自己買吧？

話說妳可以自己買嗎？

別敲高中生的竹槓好嗎？

「不，這是因為我好像連錢包都沒帶在身上。哎，因為錢包也是個人情報的聚合體啊。」

做得這麼徹底，感覺已經不只是忘卻偵探，而是潛入敵國的間諜……不過即使今日子沒帶錢，也不構成由我買飲料的理由。

「這樣啊……」

今日子變得消沉。

「那麼，只能找阿良良木同學的父母談談了。談談我脫下內衣給他們的兒子看過裸背之後得到的情報。」

「哎呀，這種地方居然有我的錢包。不，或許不該說是我的錢包，而是妳的錢包。裡面居然裝有零錢的樣子。」

被隨口威脅的我迅速行動，購買三瓶飲料。與其說是我被大人敲竹槓，感覺比較像是她下意識想發洩鬱悶心情。

不是因為背部的事，是我摸她白髮的那件事。

飲料取出口不能卡住，所以我每買一罐就拿出一罐，總共將三個鋁罐直接交給今日子。

兩罐熱飲與一罐冷飲。說到「水果可樂」，我光是看見標籤，討厭的回憶就在內心復甦。

「這樣啊。討厭的回憶嗎？留下記憶也未必都是好事耶……嗯。」

今日子拿起三罐飲料分別仔細端詳，不放過任何死角徹底檢視。這確實是專家的視線，應該說是偵探的視線。

雖然職業類型不同，但我聯想到自己認識的專家。

不過說來遺憾，連營養成分標示都徹底看過的詳細檢查，似乎沒得到任何線索，今日子將這些飲料還給我。不對，沒有成果就算了，為什麼要還我？

「你可以喝喝看嗎？」

「……………」

「或許可以……」

「可以突破僵局是吧，好的好的。」

總覺得今日子的態度有點強勢，放棄抵抗的我，對自己判處連續喝三罐飲料的水刑。

攝取了合計一公升左右的水分。

水量當然不在話下，味道也不好受。不只是和我記憶中味道一模一樣的「水果可樂」，另外兩罐「牛奶巧克力咖啡」與「奶油茶」，老實說也甜到令人喝不下去。但我喝下去了。

可以理解今日子為什麼不喝。

「如何？阿良良木同學，腦中有沒有閃出靈光？」

「我眼前閃出金星……」

我可不是這種定位的角色。

不只如此，像我這麼不適合扮演偵探的傢伙應該是空前絕後吧。或許連華生這種角色都無法勝任。

「這麼一來就束手無策了耶……這下子怎麼辦？畢竟以我的調查，這臺自動販賣機應該沒安裝炸彈。」

原來她真的有考慮這個可能性嗎？

確實，在我挑戰三根箭……更正，挑戰三罐飲料的時候，今日子好像仔細調查過自動販賣機的周圍。看她行雲流水的動作，應該稱讚她不愧是最快的偵探，總之換句話說，自動販賣機後方隱藏重要文件的推測也同時被否定了。

不過，像這樣集結各種奇特飲料的自動販賣機，很難想像會有第二臺……不是偵探的我也認為如果要找線索，只能從這臺自動販賣機來找。

傷腦筋。

事到如今，要不要向羽川求助？

如果是那位優等生中的優等生、班長中的班長，即使只有極少數而且莫名其妙的線索，或許也可以從中冒出某些想法。因為她不只是擁有知識，而且真的是為了閃出靈光而誕生的傢伙。

幸好我不是忘卻偵探，是普通的高中生，所以有帶手機。如果要求助的話就應該趁早……嗯？

我正要將手插入褲子口袋時，忽然察覺一件事。

「今日子小姐，那是什麼？」

「嗯？」

「沒有啦，妳的口袋……妳的裙子口袋，是不是放了什麼東西？」

005

這麼晚才察覺這件事，只能說是我的疏失。雖然因為事情進展出乎預料而手忙腳亂，但我對自己的粗心感到羞愧無比。

是我掉以輕心的極致。

為了情報的保全，忘卻偵探基本上雙手空空，不只是錢包與手機，身上幾乎不帶任何東西，但她的裙子口袋不知為何不自然地鼓起，我明明應該更早察覺才對。

「不，我裙子口袋裡只有一張薄薄的卡片……而且裙子是厚實的丹寧布料。如果是我察覺就算了，你為什麼會察覺？」

今日子露出傻眼表情說。

就算問我為什麼……

這也是異文化交流的難點吧。

原因在於我對女性腰部輪廓的造詣很深，關於線條的凹凸有獨到的見解，但是在這個場合終究不方便說明。

話是這麼說，不過聽到我的指摘之後，今日子摸索口袋取出的物體，並不是什麼特別意外的東西。只覺得不可能以這個東西當成新的線索。

薄薄的卡片。

簡單來說，是大眾交通工具的ＩＣ卡。

搭電車時用來「嗶」的那種卡片。

「什麼嘛……哎，就算沒帶錢包，身無分文的話連行動都會受限吧。至少帶一張ＩＣ卡在身上是理所當然的。」

畢竟總不能每到一個地點，都找高中生幫忙付錢……我帶著些許失望（以及些許挖苦）這麼說。

不過說到今日子，她一直目不轉睛看著這張ＩＣ卡。

像是看見某種不可思議的物體。

「…………？」

有什麼好奇怪的嗎？難道ＩＣ卡是今日子不知道的——忘記的東西嗎？

「不，在我的記憶重置之前，這種卡片已經存在於世間，所以我是以知識的形式知道這個東西……不過難以想像我會使用這張卡片。」

「難以想像……為什麼？」

「我確實沒有莽撞到身無分文就外出。剛才讓你看背部的時候，我在脫下的內衣裡找到現金，大概是預先藏在身上以防萬一吧。」

天啊。

專家果然遠超過外行人。

「光是發現口袋裡的卡片就足以算是專家喔，阿良良木同學。但我不知道這算是哪種專家。不提這個，身為忘卻偵探，大眾交通工具的ＩＣ卡是尤其不能使用的物品，因為會明顯留下行蹤。」

啊啊，對喔。說得也是。

這種卡片會記錄移動路線。

進一步來說，會非常正確留下偵探活動的資料。

如果是絕對嚴守保密義務的偵探，應該會希望盡量別使用這個物品吧。利用大眾交通工具的時候，能以現金支付就會想使用現金。

忘卻偵探的口袋放著大眾交通工具的ＩＣ卡，和阿良良木曆的口袋放著手帕一樣不對勁。

那麼，果然應該把這張卡片當成案件的線索嗎？

放在今日子口袋的卡片，卻不是今日子自己的卡片嗎……還是說這次的工作基於無從猜測的某個隱情，必須暫時使用卡片來進行……

「……阿良良木同學，這附近有電車的車站嗎？」

「車站嗎？那個，周邊的車站有三個。東直站、中直站、南直站……距離這個座標最近的車站……是哪一個？」

我想應該是南直站，但我對這裡不熟所以不確定。身上帶著手機不代表能夠熟練使用地圖應用程式，這是完全不相關的兩回事。

「這樣啊。總之，哪個車站都好，請繼續為我帶路。首先試著調查這張卡片的使用紀錄。應該可以在售票機確認吧？」

做決定與採取行動的速度都很快。

我面對新線索的時候，會想要再稍微慎重一點，不過看來今日子果然沒有這種躊躇。說她是在思考之前就行動也不太對。

是在思考的時候行動。在行動的時候思考。

證據就是我正要朝南直站踏出腳步的時候，今日子叫住我了。

「啊，在這之前，阿良良木同學，我從剛才調查的時候就在意一件事，自動販賣機的『這個部分』……有什麼功能？」

今日子以食指示意的部分……說來驚人，不是別的。

正是大眾交通工具ＩＣ卡的接觸感應區。

006

我差點忘了。

雖說是大眾交通工具的ＩＣ卡，在這個時代，卡片的用途並非只限於大眾交通工具，在自動販賣機或是購物中心的收銀機都能使用，是非常方便的卡片。

正因如此，如果沒有使用歷程的問題，對於盡量不想增加隨身物品的忘卻偵探來說是絕佳的工具。

「這樣啊……換句話說，這張ＩＣ卡也能在自動販賣機使用。真是先進。」

今日子感慨地這麼說。

她的記憶只到大眾交通工具ＩＣ卡興起的那時候，後來ＩＣ卡也能用來購物的這個事實，直到今天都反覆被重設吧。

而且她現在得知的知識，也會在明天忘記。

雖然現在不是未來，不過從她的角度來看，現在等同於未來。想到這裡，連我這個悠哉的高中生都會有所省思，不過當事人今日子思考的完全是另一件事。

「換句話說，這張ＩＣ卡也可以用來買飲料吧？」

她說得像是在確認，但我聽到這個問題只能點頭肯定。

「當然，不過也要看餘額而定。那個，記得這裡也可以調查卡片餘額？」

像是售票機那樣檢視至今的所有紀錄終究不可能吧，不過在自動販賣機，只要以卡片接觸感應區，肯定會顯示卡片餘額。

「不然至少在這裡看一下餘額嗎？今日子小……」

我像這樣催促之前，今日子就已經伸出手，要將問題所在的ＩＣ卡按在自動販賣機的感應區。

大概是終究不熟吧（或者是即使之前有經驗也忘了），她按壓到和接觸面完全密合。其實用不著做到這種程度，不過感應區並沒有因而接觸不良，自動販賣機的數位面板顯示ＩＣ卡的餘額是「二八九〇」。

兩千八百九十圓嗎……哎，就算這麼說，光是這樣也猜不出什麼端倪……因為不知道最初儲值了多少錢，所以也無法逆向推算至今的路線。

如果是一萬圓或兩萬圓這種餘額過多的狀況，應該可以當成推理的立足點，不過三千圓左右這個數字應該是平均性的餘額。

這麼一來，最好的方法還是修正軌道，依照最初的計畫，去車站的售票機查詢ＩＣ卡的使用歷程嗎……如此心想的我看向今日子。

「不，看來這是解答的鑰匙。阿良良木同學，你立了大功喔。」

她說完向我遞出ＩＣ卡。

我不經意地接過卡片，怎麼回事？

「可以再買一次剛才的那些飲料嗎？不過這次用這張ＩＣ卡買。我不太會用所以交給你。」

「這樣啊……」

聽她這麼說，我也沒有理由反對。

不過，再買一次相同的飲料又能怎樣？無論是使用現金還是ＩＣ卡，買到的飲料罐也不會有差異吧？

我不懂偵探的想法。

總之我按照她的要求，使用ＩＣ卡買了「牛奶巧克力咖啡」、「水果可樂」與「奶油茶」。

和剛才一樣，每買一罐就拿出來，這次我姑且試著自己檢查每個飲料罐，果然看不出有什麼明顯的差異……這也是當然的。

我浪費金錢貢獻營收了。

要是廠商誤以為賣得很好怎麼辦？

「不，並沒有浪費喔，阿良良木同學。有成果了。」

不過今日子這麼說。

「變更路線。不是前往南直站，請帶我前往西直站。」

「咦？」

什麼？為什麼平白無故這麼斷定？

慢著，剛才說要前往南直站，也只是基於「因為應該距離這裡最近」這種程度的根據，不過西直站是至今連站名都沒提過的車站啊？

「哎呀？因為有東直站與南直站，所以我猜測應該也有西直站，難道我猜錯了嗎？」

「不，那個，總之，有是有啦……不過西直站距離這裡很遠耶？」

「好的，沒關係。」

今日子果斷這麼說。

她猜到未登場車站的這種洞察力令我率直佩服，不過這是怎麼回事？如果要看ＩＣ卡的使用歷程，去哪個車站都完全沒差才對。

「使用歷程這種事不重要了。比起過去的歷程，重要的是現在吧？」

說完，今日子再度指向自動販賣機。

但她這次不是指著感應區，而是數位面板。

面板依然顯示著我貢獻營收之後扣除的卡片餘額。

「二四七〇」——Ni Shi Na O。

NishiNao——日文的「西直」。

007

「這是阿良良木同學你自己買的飲料，所以請你自己好好喝完。糟蹋食物就真的是浪費了。好好把三罐飲料喝完再出發吧。」

第二次也由我來買，該不會是企圖再度對我處以水刑吧？今日子這段話令我忍不住這麼懷疑，總之不提這個，後來我們前往西直站。

說到西直站，已經不是距離浪白公園最近的車站，也不是正常走路就能到的距離，但我個人希望務必消耗掉六罐超甜飲料的熱量，想得到的交通工具也只有計程車。

不過，忘卻偵探原則上似乎也極力避免利用計程車。哎，我是高中生，所以沒有真的搭乘過，不過最近的計程車好像為了保全而具備錄音錄影功能，不想留下行動紀錄的忘卻偵探，再怎麼樣都不適合搭乘吧。

因為今日子有這種苦衷，所以肯定是以「自己攜帶ＩＣ卡」的突兀感為起點進行推理，不過雖說是為了工作，她需要做得這麼徹底嗎？還沒出社會的我對此抱持些許疑問。

今日子究竟是基於何種信念從事偵探這一行？

「信念嗎？即使有這種東西，我或許也已經忘了。」

「這樣啊……不過我認為很了不起。因為像我這種人，說的話以及做的事都是不穩定又不定形，總是動不動就變卦。」

「哇，是這樣的嗎？」

「想做某件事卻中途放棄，原本說好不做某件事卻突然開始做，這是我的拿手絕活。這就是所謂的既定法則吧。」

我不需要朋友。因為會降低人類強度。

這份信念到底是對是錯，對於現在的我來說已經是永遠沒有答案的命題。不過即使是這種信念，如果我貫徹始終，或許我的春假就不會變得那麼地獄吧。

「『做了之後後悔』以及『沒做之後後悔』，大家都說是前者比較好，不過『做到中途放棄』最令人後悔吧？『中途才開始做原本不做的事』排名第二。這是我的想法。」

「不過阿良良木同學，我並不認為改變意見就是不穩定，改變信念就是不定形。」

「…………」

「中途放棄或是中途開始都沒關係，而且後悔也沒關係。在這個問題裡，要是把『後悔』說得像是壞事就錯了。說穿了是一個陷阱題。」

「陷阱題……」

「是的，拖著腳不放的陷阱。既然你嚮往信念永不改變的我，那我也會羨慕能夠好好後悔的你。到頭來，或許任何人都在尋求自己沒有的東西吧。」

聊著這個話題的時候，我與今日子抵達了西直站。不過就算抵達，我們也沒有接下來的指針。

總之先在售票機查詢ＩＣ卡的使用歷程嗎？不過今日子好像說不需要了……

「是的，既然來到車站，就按照原本的目的使用卡片吧。也就是不去找售票機，而是去驗票機。阿良良木同學，你有自己的ＩＣ卡嗎？」

「啊，是的，姑且有。」

雖然鮮少使用，不過肯定放在錢包裡。雖然擔心餘額不足，不過至少應該夠付基本車資吧。

「那麼，我們走吧。」

今日子說完迅速通過驗票閘口。

我也隨後跟上。

扣除基本車資一百五十圓，餘額是三十圓。還真的是勉強才夠。

出站的時候得儲值才行……不對，事到如今，我的卡片餘額一點都不重要。

問題在於今日子手上的那張ＩＣ卡。

按照購物清單購買飲料之後顯示的餘額，暗示著這座西直站，照這樣看來，在這裡扣除基本車資之後顯示的餘額，當然也隱含某種意義才對。

剛才顯示我的ＩＣ卡餘額時，今日子的ＩＣ卡餘額已經從驗票機的液晶畫面消失，不過在這種狀況，因為已經知道原本的餘額，所以用簡單的減法就算得出來。西直……也就是兩千四百七十圓，扣掉基本車資的一百五十圓之後是兩千三百二十圓。所以是「二三二〇」。

「二三二〇」！

……咦？聯想不到任何線索耶？

餓山餓零？惡杉惡歐？兩三兩洞？

以數字來玩的這種文字遊戲，再怎麼牽強附會也說得通，要我想出再多解釋當然都沒問題，但是我完全不覺得正確。

我一直以為在這時候顯示的情報——顯示的數字，是在暗示接下來該前往哪一個車站……我錯了嗎？

不過如果這是錯的，那麼從一開始的階段，也就是從「二四七〇」意指西直站的這個推理就不可信了。或許那只是湊巧一致，今日子背上的購物清單，該不會意味著完全不同的線索吧？

這麼一來，事到如今真的是白費了不少力氣（具體來說是一萬兩千步左右的力氣），而且我白費了不少金錢（具體來說是五百七十圓整）……不對，我的開銷還有辦法挽回。

不過，對於每天會重置記憶的忘卻偵探來說，因為行動失準而浪費的時間，是最無法挽回的東西吧。

她明明必須盡快回到崗位調查案件才對。

身為協助者的我感受到些許責任。

「可惡，如果我當時別害羞，將今日子小姐的背看得更仔細，說不定也會發現別的線索……！」

「啊哈哈，阿良良木同學，你後悔的方式好奇怪耶～～」

今日子把我的話當成耳邊風。

「放心，你沒有看漏任何東西。當時你將我的背看得一清二楚，目不轉睛到我都覺得害羞了。」

她打包票對我這麼說。

但也可能不是對我打包票，而是對我烙上罪惡的印記。

「是嗎？我一直以為自己力有未逮……不過既然我們的行動沒錯，那麼現在是什麼狀況？『二三二〇』這個數字意味著什麼？」

她想到什麼不錯的諧音了嗎？

我完全猜不到。

「不，已經不必猜諧音了。就這麼當成數字解釋就好。與其說當成數字，不如說當成編號。請看那裡。」

今日子說完之後像是嚮導般指引的地方，是和前往月臺的階梯完全不同方向的投幣置物櫃區。

投幣置物櫃。

各自加上編號，用來保管隨身行李的出租置物櫃。在置物櫃旁邊的投幣口投入數枚百圓硬幣就能上鎖的系統。

不對，如今這已經是早期的做法了。

在這個時代，將投幣置物櫃上鎖的方法，並不是只有投幣。

今日子豎起手指說。

「這張大眾交通工具的ＩＣ卡，我猜不只是可以用來在自動販賣機購物，也可以用來當成投幣置物櫃的鑰匙……這個推理正確嗎？」

008

接下來是後續，應該說是結尾。

這麼說來，今日子得知大眾交通工具的ＩＣ卡可以用在自動販賣機的時候，說過這張卡片是「解答的鑰匙」。那麼在那個時間點，她或許就大致預見事情接下來會如何進展吧。

進一步來說，今日子聽我說明寫在背上的購物清單內容之後，她在那個階段想到的可能性之中，或許就包含這個真相。不然的話，接下來的程序也進行得太順利了。

實際上，編號二三二〇的投幣置物櫃顯示為「使用中」，置物櫃的鎖也以今日子口袋裡的那張ＩＣ卡解除了。

彷彿一切都是順理成章。

而且說來驚人，放在置物櫃裡的是印著「置手紙偵探事務所所長　掟上今日子」的一張名片，以及前幾天鄰鎮美術館失竊的銅像。不對，我沒有清楚掌握到美術館失竊的物品是銅像。

「嗯，那麼，我這次接的委託應該是奪回這個銅像。換句話說，我這次的工作看來已經完成，所以才會暫時安下心來，在那座公園睡著。」

「暫時安下心來……所以才會留下備忘錄，給記憶重置的自己看嗎？」

只聽這段說明，會覺得就像是自己對自己出題，很容易有一種說不出來的滑稽感。總之，重新閱讀之前寫下的備忘錄卻完全看不懂，就這麼在頭上冒出問號以解讀密碼般的態度挑戰，算是世間常見的事情，而且投幣置物櫃與自動販賣機的新功能，對於「昨天的今日子」來說應該是嶄新的知識，她卻活用這些知識以最快的速度製作密碼，這種手腕值得佩服。不只如此，真相也並非這麼單純。

既然她說這次的工作是奪回美術品，那麼就不是「把偷走的東西偷回來」這麼戲劇化的工作，不難想像應該在找到竊賊之後進行了現實的交涉或是艱困的交鋒。如果對方交出物品的條件之一是「不告發犯人」，那麼這就是今日子必須立刻忘記這段過程的背後原因。

回想起來，今日子睡在浪白公園的長椅時，她那頭白髮的旁邊放著眼鏡。換句話說，她是在睡前主動取下眼鏡。如同先前為了讓我看背部而主動脫下內衣。那麼從這個證據就可以認定她不是不小心睡著，而是故意入睡。

她是故意忘記工作內容。

因為忘記，所以成功取回失竊的物品。

只有忘卻偵探能勝任的工作。

我認為就是這麼回事。

不過，即使是這麼回事，既然今日子不只忘記犯人，也忘記這場交易的內容本身，那麼這一切都僅止於想像的範圍。

到頭來，比「暫時安下心來睡了一覺」更深入的解釋是不被允許的。這是高中生學不來的事，可以說是「大人的了斷」吧。

「阿良良木同學，謝謝你。今天真的受你照顧了。那麼，容我就這麼搭電車回去吧。」

和銅像一起收在投幣置物櫃的今日子名片，也印著置手紙偵探事務所的所在地，看來她要按照這個住址回家。

之所以把名片一起放進去，應該是要署名證明是自己將銅像放進這裡，也是用來指引回家的路，萬一她無法解開自己的密碼，總有一天站務員也肯定會發現這張名片吧。比方說可能忽略投幣置物櫃的存在，將密碼解釋錯誤，搭上二十三點二十分的電車（不過今日子不可能到了這麼晚都沒察覺投幣置物櫃吧）……各方面都做得萬無一失。

勤於做好各種準備。

工作表現完全對得起她的自信程度。

「抱歉在各方面都麻煩你配合我。」

「不，結束之後就覺得像是解謎遊戲一樣，我覺得很愉快。」

「你願意這麼說是最好的。雖然不算是什麼謝禮，但是不介意的話，就用這個當成今天的紀念吧。」

「是要再讓我看一次妳的背嗎？」

「啊哈哈，不是喔～～」

今日子說完露出笑容，拿出和銅像放在一起的名片，不是放進丹寧長裙的口袋，而是遞給我。

「就我所見，你的人生似乎也充滿驚濤駭浪，需要協助的時候，請務必聯絡忘卻偵探。無論是任何事情，我都會好好忘記。」

「……好的。有事的時候就拜託妳了。」

畢竟都已經進站了，所以我也搭電車回家吧。我決定先到南直站，然後徒步走到浪白公園牽腳踏車騎回家。而且實際上也照做了。

我和今日子搭車的路線不同，所以在階梯處道別。

後來再也沒見到她第二次。

不，即使是和她的第一次見面，她也已經忘記了。

道別的時候過於瀟脫，絲毫不拖泥帶水，所以我覺得總有一天當然會重逢，不過我這種膚淺的猜測完全錯誤。

在那之後，我這驚濤駭浪的人生，當然不是完全沒發生「有事」的狀況。發生了各式各樣的事情，失去了各式各樣的東西。

即使如此，我還是沒向今日子求助，第一個原因是我連欠妹妹的錢都償還得很辛苦，存款餘額無法支付專業偵探的委託費。第二個原因是今日子難得送我做紀念的名片，好巧不巧被我不小心弄丟了。

居然弄丟名片，我的失禮程度也終於達到極致，不過事到如今，我甚至想不到原本放在哪裡，如同我打從一開始就沒有收到這張名片……如同我和今日子的這段回憶本身是錯誤的記憶。

如同我和今日子的這場邂逅本身是一種怪異現象。

……總之，我的記性也絕對不算好。

肯定是收進某個抽屜的深處吧。過於珍惜過去就會錯失現在，依照今日子對我說的這段教誨，早知道我才應該寫下備忘錄，但是如今為時已晚。

所以，就像是對於逐漸淡化的記憶盡可能進行抵抗，我在今天放學途中，在不經意經過的自動販賣機買飲料時，也忍不住買了奇特的飲料。

如同回想起那段往事。

第強話 潤・建築

001

哀川潤是承包人。而且不是普通的承包人，是人類最強的承包人。在認識她的人們之間，說到最強的人就是哀川潤，這已經成為定律。

只要談妥就答應接下任何工作的她，最近的主要活動是和從天而降的外星人戰鬥，和武裝的岩石戰鬥，和燃燒的氣態生命體戰鬥，和統治海洋的人魚戰鬥，和擁有統一意志的植物戰鬥等等。這麼一來，她已經不只是人類最強，甚至或許應該說是人類代表，總之因為實在太強，如今她甚至想扛下人類守護者的職責，我耳聞她這個動向的時候，與其說是覺得可靠，不如說強烈感覺到她的威脅。

這是當然的。

因為真要說的話，不，其實明確到無須多說，我絕對不是站在人類這一邊。阿良良木曆站在吸血鬼這一邊。

經歷地獄般的春假，我脫離了人類的框架。

相較於外星人或岩石或氣態生命體或人魚或植物，我不會說自己是同類，但我不是正常的人類。從這一點來看，我和他們或她們大同小異，是應該不分青紅皂白同等看待的概念，是可能會被一起處理掉的敵對勢力。

是應該被除掉的對象吧。

在毫無預警又料想不到的狀況下，和人類最強的承包人為敵，這個負擔對於身為一介高中生的我來說過於沉重，不過說來真是不敢當，這個事實甚至令我感到某種驕傲。話是這麼說，但她應該完全不覺得自己像是人類的代表選手吧。

那個人就只是在享受自己的人生。完全不質疑自己是最強的人，一心一意歌頌著這個世界。

正因如此，所以我也抱持著不是畏懼或驕傲的單純興趣。

這是基於好奇心的興趣，換言之是極度不負責任的興趣，但這絕對不是因為我站在吸血鬼這一邊而冒出的興趣。

如果是和我共享那段地獄般春假的人……比方說無所不知，無疑站在人類那一邊的羽川翼，或是身為專家擔任人類與非人類橋梁的忍野咩咩，肯定都會忍不住興致勃勃。

姬絲秀忒・雅賽蘿拉莉昂・刃下心。鐵血、熱血、冷血的吸血鬼。

說到「最強」絕對不落人後，不屬於人類的這位怪異殺手，和隻身站在人界頂點的人類最強承包人對峙時，在前方等待的將會是何種結果？

怪異最強與人類最強。

不可能有人不想成為這場決戰的觀眾。但是，如果這種對戰組合真的成立，我肯定無法當個不負責任的觀眾。

到時候我即使不自量力，也將會和這位「人類最強」戰鬥。

002

腳踏車在道路交通法歸類為輕型車，所以騎上公用道路時有義務騎在車道，而不是騎在人行道。哎，畢竟這種代步工具依照騎乘方式可以達到時速六十公里以上，人行道也沒有以標線分流整理，考慮到和行人發生車禍的容易程度，這種規定可說是理所當然，不過為了遵守這個規定而騎上車道之後，就會發現以實際的感覺來說，大鐵塊在以十公分為單位的側邊擦身而過，是相當恐怖的感覺。

我不知道詳細的歷史原委，不過汽車肯定比腳踏車晚發明吧，車道提供汽車方便的行駛環境，腳踏車卻受限陷入不自在的處境，我隱約覺得無法接受，然而這只不過是腳踏車騎士基於自身立場的發言吧。

從汽車駕駛的角度來看，在車道慢吞吞前進的腳踏車是過時的代步工具，肯定只覺得礙事得不得了，甚至可能想說乾脆直接撞飛算了。

就算這麼說，我也沒想到自己真的會被撞飛。

放學回程，我跨上愛用的菜籃腳踏車悠閒踩踏板前進時，一輛鮮紅超跑以眼睛追不上的高速從後方接近，像是預先瞄準般漂亮將我撞飛，我在空中像是踏板不斷旋轉。

除非車上後座坐著ＤＩＯ大人，否則車子這樣開是天理不容。

路面絕對沒留下煞車痕。

要說取而代之也不太對，不過墜落地面的我，應該會發出「滋嘎嘎嘎嘎！」的擬聲詞，清楚在地面留下摩擦痕吧。

「嗚，咕，咕啊啊……」

不知道發生了什麼事，極度混亂的狀態。

我的腦袋知道自己剛才被後方的高速車輛撞到，卻無法當成發生在自己身上的事來處理。就像是看見奄奄一息吸血鬼那時候的非現實感。

聽說中彩券的機率比被車撞的機率低，至今我覺得這種說法是對別人的樂趣潑冷水而不以為然，不過在自己真的被車撞之後，就不得不接受這個機率論。

「嗚，嗚嗚嗚……」

呻吟。明明不想呻吟，卻擅自發出聲音。

只覺得肺部像是手風琴般發揮功能。

雖然不確定能不能說話，不過如果現在問我「你還好嗎？」，我可能會反射性地回答「我還好」。明明不太好卻想這麼認定。

不過，像是在地面爬行般悽慘翻滾的我，聽到的不是關心我身體狀況的「你還好嗎？」這句話。

「喂，你這傢伙。」

是這句。

這個恐怖的聲音引得我拚命抬頭一看，站在那裡的是一名鮮紅的女性。該怎麼說，紅到只能以「紅」來形容，全身穿著酒紅色套裝的華麗女性。

看顏色就知道。

她應該就是肇事超跑的駕駛。我看顏色就知道。像是凶器，一樣是鮮紅色的細跟高跟鞋位於我的面前。

原來如此，既然是這種鞋子，應該沒辦法緊急踩煞車吧。只不過，我懷疑這個人即使穿的是平底球鞋，可能也不會踩煞車。

「睡什麼睡，快給我站起來。小心我踩爛你喔。」

「……………」

用細跟高跟鞋？

明明不踩煞車，卻要踩我的背？

仔細一看，這個人戴著墨鏡（鏡片也理所當然般是紅色），但她的眼神犀利到無法以這種東西遮掩。

不妙。

看來DIO大人不是坐在後座，而是駕駛座。

不是威脅或嚇唬，如果不趕快站起來，恐怕真的會被踩爛。察覺這一點的我擠盡全力，將手撐在圍牆起身。

我沒看過這種壁咚。

雙腿頻頻打顫。

我體會到初生小鹿的心情。

不過，我軟腳的原因絕對不只是來自身體受到的傷害。我即使站直，這名鮮紅的女性也比我高得多，重新面對她所感到的魄力確實令我難以消受。

「好，看來很有精神嘛，小哥。太好了太好了，哈哈哈！」

看見這樣的我，她不客氣地笑了。明明眼前有一個差點沒命的男高中生，這個人為什麼笑得出來？

而且像是打從心底感到愉快。

居然笑得像是身為大人卻沒有任何負擔。

大概是敏感到對我隱約懷抱的敵意起反應吧。

「我踢～～～！」

她突然垂直踢向我的腹肌。

無論是躺著還是站著，到頭來我還是會被細跟高跟鞋踢嗎！

這麼一來，我簡直像是為了讓她方便踢我而貼心地刻意站起來，但我絕對要避免在這時候倒下。被踢之後又被踩也太慘了，我絕對要阻止這一連串的進展。

「咕……咕咕……」

即使單腳跪地，我也勉強撐下來了。

「喔喔，了不起了不起。你很努力嘛，小哥。我喜歡努力的傢伙喔～～我欣賞你！」

她單純感到佩服般拍手，笑得更愉快了。

欣賞我？

不，我對這個人的身分還是完全沒有頭緒，卻憑著直覺明白一件事。得到這個人的賞識是世上屈指可數的悲劇。

我也不是平白經歷各種困境至今，不是平白度過地獄般的暑假與惡夢般的黃金週至今。

這個人是如同從異世界來襲的超危險人物，我即使沒被她從後方高速撞飛也知道這一點。

「我是哀川潤。人類最強的承包人。」

「這……這樣啊……是哀川小姐嗎？」

我被打了。

拳頭陷入我的臉。

而且我的身體陷入圍牆。水泥磚和我的半個身體合為一體，我獲得了如此稀奇的體驗。

「不准用我的姓氏來稱呼我喔，這位小哥。只有敵人會叫姓氏。」

「…………」

不對，我說妳啊……

明明遭遇至今還不到一分鐘，我就被妳又撞又踢又打還陷入圍牆，妳難道以為在這種狀況會洋溢友好氣氛嗎？

明顯是敵對吧？

哎，半個身體陷入圍牆的傢伙成不了任何人的敵人，這種見解要說有的話當然是有吧……

「我……我叫做阿良良木曆。是被日本憲法保障基本人權的高中三年級。」

「喔，你叫做阿良良木啊。姓氏好長，而且不好念。今後就自稱阿木吧。」

就這麼和圍牆合為一體的青年如此主張，卻完全被無視。我承認自己的姓氏不好念，被人要求改姓卻是第一次。

這樣我不就失去了「良」嗎？

雙重意義的「良」。

「這麼說來，關於夫妻不同姓，有人說這樣會失去家族的團結感所以不該這麼做，既然這樣，『鈴木』的團結感究竟大到什麼程度？在日本國內，走到哪裡都有很多姓『鈴木』的家族吧？」

這個犀利的指摘本身有著相當值得審視的焦點，不過說來遺憾，半個身體化為水泥磚的我，只能以單邊眼睛審視。

「那個……潤小姐，總之可以幫忙拔出來嗎？」

「拔脊椎？」

怎麼可能是脊椎啊！

我差點不顧年齡差距朝著年長的她破口大罵，不過哀川小姐……更正，潤小姐以剛才沒打我的手用力抓住水泥磚，我認定她要從地面拔出水泥磚，連忙選擇沉默。

不對，我可沒說要拔掉圍牆喔。

而且我更想知道她是怎麼抓住平面的水泥磚？圍牆不是這種構造吧？

無論如何，她以這種方式破壞牆面，所以我順利重獲自由。不過事到如今，剛才受到束縛的那種狀況或許還比較安全。

「怎麼啦？我沒聽到你道謝耶？」

「謝謝妳的荒唐……」

不對，是謝謝妳的幫忙。

我被她逼著道謝。

看著這樣的我，潤非常愉快地「哈哈哈！」大笑。

「沒什麼，不用多禮，不過相對的，希望你能教我一件事。」

「希……希望我教妳一件事……？」

為人之道嗎？

我在這方面也沒多大的造詣，不過如果對象是這個人，我應該有很多事情可以教她吧？

不可以對高中生用車撞，用腳踢，用拳頭揍，狠狠打到陷入圍牆……順帶一提，也絕對不可以單手將圍牆從地面拔起來。

「為人之道一點都不重要，因為我只會走我自己專屬的路。所以說啊，我要問的是普通的路。據說在這座城鎮，有一棟大樓住著吸血鬼。」

潤說到這裡向我發問。

「小哥，可以帶我去那裡嗎？其實我承包了消滅吸血鬼的工作。」

003

人類最強的承包人——哀川潤。

她接下委託，如同無從避免的災難般威風來到我們的城鎮，卻因為這裡過於偏遠，超跑搭載的導航系統似乎沒有正常運作。說起來，目的地是這種地方，所以她想說唯一的方法是找當地人問路，隨即剛好隔著擋風玻璃看見正在騎腳踏車的高中生背影。

所以她靈機一動。

加速瞄準高中生撞下去。

不對，這完全不構成理由啊！

既然想問路，比方說可以開到我旁邊，再怎麼樣也可以按喇叭之類的，有很多方法可行吧！沒想到她不只沒踩煞車，甚至還踩油門！

竟然真的瞄準我撞過來！

我說啊，我以前的一個好朋友就是出車禍死掉的！

某些事情是可以做的好事，但是某些事情是不該做的壞事吧！

「我會做壞事，所以這是好事吧？再敢對我有意見就宰了你喔。」

「…………」

這個人面不改色就說要宰了我。

對一個孩子這麼說。

不只是文化，世界觀也差太多了。

這麼一來，盡快讓她辦完在這座城鎮要辦的事情愉快離開，應該是我這個居民該採用的上上策，不過在這種場合，我基於某個苦衷不能這麼做。

吸血鬼居住的大樓。

這就是人類最強的承包人本次的目的地。一般來說，應該會冷淡回答「我不知道這種像是迷信的建築物」結束這個問題（不過冷淡回答之後，結束的可能是回答者的人生），但是只有我對這個問題心裡有數。

多不可數到傷腦筋的程度。

嚴格來說，那棟大樓已經沒有吸血鬼居住。發揮結界功能的那棟大樓曾經住著鐵血、熱血、冷血的吸血鬼，但是如今成為往事。

然而就算這麼說，要是帶領這名承包人前往那棟曾經是補習班的廢棄大樓，可能會連帶被她知道那個吸血鬼現在正在哪裡做什麼。

我太大意了。

原本以為是ＤＩＯ大人，沒想到是消滅吸血鬼陣線那邊的人。

相較於春假造訪這座城鎮的三名吸血鬼獵人，我完全沒理由認定這個人擁有的探索能力比不上那三個人。絕對不能將廢棄大樓的地點告訴她。

不只如此，還得全力說謊！

必須以我能言善道的嘴皮子欺騙並且誤導，請她離開這座城鎮！

「喔喔，如果是這種大樓，我曾經聽說過喔。潤小姐，妳問到我算是妳運氣好。不過，記得那棟大樓不是在九州地區嗎？沿著這條路一～～直往東走會看見一座大車站，請從那裡搭乘電車，毫不猶豫前往長崎縣吧。」

「原來如此。往西走到第三條巷子轉進去就是捷徑啊。那裡有自動販賣機可以補充水分，再往南走六百公尺左右之後，右手邊看見的就是我在找的廢墟。」

不只是謊言被拆穿，連真相的細節都被她看透了。

真的假的？這個人也太強了。

「哈哈哈，想騙我的話再練個十年吧，小哥。別看我這樣，讀心術是我的拿手絕活喔。」

真的是「別看妳這樣」。

擁有那種程度的破壞力，為什麼會學到這麼細膩的技術……因為周邊的人們害怕得總是說謊嗎？

「就是這麼回事。說到能言善道，我有一個朋友算是這方面的行家。」

潤甚至解讀我的心聲，然後抓住我的上衣衣領。不對，那裡可不是把手啊？話說我的個頭終究沒有小到能單手舉起吧？

不過，對一個單手就能舉起圍牆的人提出這種指摘，明顯是白費工夫至極。

「好啦，既然已經知道地點，那就走吧，小哥。我特別讓你坐副駕駛座。」

「咦？明明已經知道地點，為什麼我也要一起去……？」

「別客氣啦。能坐上我愛車副駕駛座的傢伙只是少數哦？哎，正確來說，應該是坐過副駕駛座之後還活著的傢伙只是少數……」

我絕對不需要這個正確的情報！

明明別知道比較幸福！

不過我就這麼不知所措，像是行李般被塞進紅色超跑（明明發生了和車身顏色一樣誇張的車禍卻完好如初，看來是特製的），我的腳踏車也順便被塞進後座（撞得變形的骨架由潤幫我修好了。徒手修好。連修理方式都這麼誇張）。然後人類最強的承包人在坐上駕駛座的同時踩下油門。

我連忙繫上安全帶確保安全，不過這就像是自己把自己綁死。

「雖說是讀心術，卻也不是能夠看透一切。我只知道小哥你好像還隱藏某些祕密……所以就帶你和我同行了。」

「即使是要我和妳同行，妳也同樣不行用這種蠻橫過度的做法吧……」

為了避免面對自己面前的艱困現實，我情急之下試著玩「同行」與「同樣不行」

的文字遊戲，不過現在不適合以這種方式緩和氣氛。

擄走未成年人完全是犯罪。

不，要是這麼說，這個人登場至今的所作所為幾乎都是犯罪……

「說這什麼話。那道壞掉的圍牆，我不是也修好了嗎？如果是以前的我，那種東西都是破壞之後就扔著不管喔。」

這種獨自的職業守則是怎麼回事？

雖說修好，但也只是把拔出來的牆磚插回原處，凹陷成我身體形狀的缺口，則是拿飛散的碎片隨便塞滿吧……不過，即使是如同組裝樂高積木的修繕，也因為她以蠻力壓得密實，所以破損的部位不需要接著劑就融合了……

「總而言之，我沒有隱瞞事情喔，潤小姐。不然的話，請去找我周遭環境的人們打聽吧，肯定會得知阿良良木曆是多麼高風亮節的男人。」

「呵，這也是謊言。」

「唔……妳為什麼知道我周遭環境沒人！」

「這種事不必使用讀心術也知道。」

她說得這麼果斷，我面子可丟大了。

不得已，我決定改變方針。

潤此行前來是要消滅吸血鬼，不過像這樣試著和她交談就發現，她似乎和我知道的怪異專家們不太一樣。

德拉曼茲路基。

艾比所特。

奇洛金卡達。

還有忍野咩咩，都對吸血鬼抱持某種程度的敬意。

這份敬意到最後可能連結到厭惡或憎恨，和敵對的心態屬於一體兩面，不過至少是以認真的態度面對「吸血鬼」這個概念。

這個人不一樣。

明顯是在找樂子。

甚至可以說在胡鬧。

懷著要去遊樂園玩的心情，前往曾經是補習班的廢棄大樓。感覺像是溜進夜晚學校試膽的小學生。

我差點被她完美成年女性般的風貌騙倒，不過這個人的內在完全是孩子。我也因而感到不安。

如果我就這麼厚臉皮帶領她前往廢棄大樓，最後促使吸血鬼與承包人相遇，我完全猜不到接下來會發生什麼事而感到不安。

所以我想確認。

關於吸血鬼，這個人目前掌握到何種程度？

「那個，潤小姐。妳剛才說要消滅吸血鬼，不過實際上……不對，不是實際上，是假設，只是假設哦？假設妳遇見吸血鬼這種幻想般的可疑存在，具體來說妳想要怎麼應對？」

「打贏之後和他交朋友。」

這是危險思想。

應該說她是危險人物。

「話說在前面，吸血鬼即使開車撞也打不倒喔。不對，詳情我完全不知道就是了。」

「這我知道。吸血鬼是不老不死吧？這不是很好嗎？身為『不死研究』的受試者，我可得打聲招呼才行。」

「…………？」

「我反倒想問，小哥，你知道『不死』是怎麼一回事嗎？」

出乎意料的反問使我畏縮。

「不死」是怎麼一回事……在春假不知道死過多少次的我，當然很想挺胸回答「我知道」，不過仔細想想就覺得，我從這段經歷得知的應該是「死」而不是「不死」。

如果想要理解「不死」，真的只能像是鐵血、熱血、冷血的吸血鬼那樣存在於漫漫歲月之中，持續存在於世間。不對，即使是那個傢伙，說穿了也是一直持續死亡到現代。

初遇的時候就奄奄一息。

由此看來，若要理解「不死」是怎麼一回事，究竟該怎麼做？如果死而復生或是反覆死亡還是不夠的話……

「我認為啊……『不死』是一種決心。」

潤不等我回答就這麼說。

這個人明明會使用讀心術，卻完全不聽別人說話。

「不是『死不了』，也不是『沒有死』。是表明自己無論如何都不會死的意志。換句話說，『不死』就是『想活著』。堅定喊出這句話的強度，正是我想認定的『最強』。」

004

意志的強度。

人類最強承包人說的這個要素，不只是我，也是昔日造訪這座城鎮的不死吸血鬼——姬絲秀忒·雅賽蘿拉莉昂·刃下心欠缺的東西吧。

先不提肉體上的強度，精神上的強度是春假時的我們欠缺的決定性要素。決定性，而且致命性。

足以要人命。

生命力洋溢到過度甚至過剩的吸血鬼當時心理多麼脆弱，該怎麼說，光是回憶就覺得不好意思，達到慘不忍睹的程度。

現在回想起來，那應該不是洋溢，是流失吧。我們只是沒死成的空殼。

沒有決意。沒有決斷。

鐵血、熱血、冷血之吸血鬼，以及她相隔四百年創造的第二名眷屬，絕對不是秉持堅定的意志，秉持強固的信念維持不死。

如果只說強度，班長中的班長羽川翼可說是秉持著比我們堅定許多的意志，深入參與春假的那段故事。

比吸血鬼咬下的利牙還要深入。

當然，她也因為這個原因……

「喂，宰了你喔。你在沉思什麼？宰了你喔。已經抵達目的地了，所以快點引導我這個淑女進入大樓吧。宰了你喔。」

「……………」

淑女真的會在同一段話說三次「宰了你」嗎？這個問題應該會讓眾人議論紛紛，總之淑女駕駛的超跑在那之後沒撞到任何人，順利抵達補習班遺址的廢棄大樓。

我也好久沒來這裡了。

雖然春假的時候曾經在這裡過夜……應該說，雖然曾經以這裡當成根據地，上演又砍又殺的各種戰鬥場面，不過一般人沒事的話不會來到這種廢墟……我會忍不住好奇跑進來就是了。

大樓身為結界的職責已經結束，所以潤也能像這樣順利抵達。可惡，早知如此應該請忍野一直在這裡架設結界才對。

不過，能封鎖這名淑女的結界，走遍這個世界都找不到吧……

「我好期待。吸血鬼是什麼樣的傢伙？既然叫做『鬼』，果然是頭上長角，手上拿著金棒嗎？」

「……那個，入口在這裡。」

潤似乎懷抱錯誤的期待而興高采烈，不是以單手，而是以一根指頭就把我拖出副駕駛座，我不情不願為她帶路。

不過，我也不是永遠屈服於暴力的男人。確實，春假那時候的我或許是意志薄弱的少年，不過後來隨著時間經過，我也累積了不少經驗。

進一步來說，後來面對諸多暴力受害至今，我也獲得某種程度的抗性。凡事總是會習慣。

與其說是「凡事總是會習慣」，或許是「一切都隨便吧」這種近乎死心的感覺，不過原本以為會陪伴我一輩子，剛才在柏油路面摩擦造成的全身痛楚，現在也已經消退許多……接下來是我反擊的回合了！

「唔，從某處感覺得到敵意。看來有人想被我撲殺處刑。」

「…………」

直覺也太敏銳了吧？

雖說是讀心術，但我現在是背對著她耶？

我的人生經驗終究沒有累積到足以用背影陳述喔。

而且「撲殺處刑」是怎樣……

我可不想在這種像是外傳的劇情裡死得這麼悽慘。

順帶一提，內在的暴力性質就算了，潤的舉止優雅，服裝也很講究，所以我期待她看見目的地廢墟這種斷垣殘壁的模樣就不想進入，但她完全不當一回事。

看來她實在是和細膩的心思無緣。

她像是把崎嶇難行的廢墟當成伸展臺，踩著細跟高跟鞋瀟灑前進。像是掏挖地板的這種走路方式，甚至把廢墟打造得更像是廢墟。

「這個指摘很犀利喔。我在小哥這個年紀的時候，據說被我走過的建築物都會崩毀。」

這是哪門子的都市傳說？這是哪門子的青少年？

哎，這麼一來只能按照預定，實行剛才在車上想到的作戰了……雖然需要演戲的膽量，也必須對讀心術高手說謊，不過說來可悲，我在這個時間點已經得知潤的讀心術未必萬無一失。

只要表現得落落大方，就某種程度來說肯定沒問題。

「那麼，終於要開始找那個吸……叫什麼來著？啊啊對了對了，開始找吸血鬼吧，潤小姐。我也會盡微薄之力協助。」

「啊？怎麼啦怎麼啦，小哥，不只為我帶路，你還願意幫忙我的工作嗎？」

「那當然。我可不能不幫忙。為了煩惱的女子勞心勞力四處奔波，是阿良良木曆身處的世界觀。」

潤小姐應該不是稱為女子的年紀了，不過仔細想想，在運動員的世界，無論幾歲都還是以男子組與女子組的名稱來區分，所以肉體極為強韌的她以這種方式稱呼也不成問題。

「喔～～真是和平的世界觀。無聊透頂。哎，我就入境隨俗吧……看在你的這份心意，我考慮一下是否不要在事後把你滅口。」

「…………」

我在事後可能會被滅口？

她原本身處在多麼血腥的世界觀？

我不免覺得即使是從現在開始，也應該活用在地人對環境的熟悉程度逃到天涯海角比較好，但我這麼做只會取悅她。不只是天涯海角，甚至會被她追到宇宙盡頭的未來顯而易見。

與其說這個，不如說現在正是阿良良木曆展現骨氣的場面。至今遭遇各種事件總是含糊帶過敷衍了事的我，就來大顯身手吧！

……不行，我使用任何說法都帥不起來。

想要在這麼有型的人身旁耍帥，基本上應該是不可能吧……所以我決定腳踏實地，謹慎地按部就班執行程序完成計畫。

不老實的我到底想做什麼？我就先告訴各位吧。接下來和潤一起依序檢視教室時，我企圖瞞著她悄悄設置假線索。

所謂的「假線索」，就是暗示昔日住在這裡的吸血鬼已經離開這座城鎮，前往不知名某處的線索。依照我的盤算，人類最強的承包人將會被這些線索誘導離開城鎮。

總之，「吸血鬼已經不住在這裡」是事實，所以這一切並非都是謊言……也因而可能騙過讀心術。

到頭來別說幫忙，甚至會妨礙到她的工作，我對此深感遺憾，但是我也有自己的苦衷。

當然，雖說要設局，實際上也做不了什麼。我沒有足以進行正統偽裝的本事與工具。

不過，即使沒有本事與工具，我還有血液。

潤一根手指就能舉起來的這具嬌小身體裡，流著在春假化為吸血鬼的血液，可以在大樓裡的某處留下像是死前訊息的血字。

從至今的對話判斷，潤絕對不精通怪異相關的專業知識，但她出自本能的野性直覺依然卓越，肯定會察覺這些血不是普通的血，是非比尋常的血。

這麼一來，即使是即興寫下的血字，也會產生相當程度的說服力。

問題在於如何以這些血字將潤引導到鎮外某處……剛才我騙她前往長崎縣的謊言才被看穿沒多久，所以我想想，這次就指引她去德島縣那附近吧。雖然非常對不起四國的各位，不過將來如果有四國的朋友造訪這座城鎮，我保證會竭盡所能親切款待，所以請各位務必原諒我這一次。

「所以小哥，要從哪間教室開始找？」

「我覺得從頂樓依序找比較好。因為據說吸血鬼喜歡高處。」

這是我隨便說說的，不過鐵血、熱血、冷血之吸血鬼基本上都睡在頂樓的教室，這是真的。為了盡量增加假線索的真實性（為了盡量提升騙過讀心術的可能性），我認為應該在那間教室留下血字。

話說，這個計畫最困難的部分在於如果要留下血字，我必須想辦法讓自己流血，不過幸好這個問題已經解決。我剛才出車禍的時候，全身留下無數的擦傷。

只要撕下血痂就可以流血流到爽。

咯咯咯，妳自掘墳墓了，哀川潤！

……掘出來的墳墓可能是我的，我對此在意得無以復加，總之爬樓梯抵達廢墟四樓之後，我們進入四間教室的其中一間。

「潤小姐請從黑板那邊開始調查，我從告示板這邊開始調查。肯定找得到線索喔，比方說血字之類的。」

「你這個猜想真是莫名具體。」

「經常有人說黑板不是黑色而是綠色，不過以前好像真的是黑色？」

我說出從羽川那裡聽來的小知識掩飾自己的失言（有成功嗎？），然後按照自己所說，走向告示板。

我要在雜亂堆放在該處的課桌寫下「對了，去德島吧」，再以誇張的方式假裝自己發現這段訊息。

就像是發現萬有引力時的牛頓，我要展現足以讓牛頓（@Newton）成為歐頓

（@Oldton）的精湛演技！

我畫著這樣的藍圖，撕下正合我意位於我右手食指的血痂（哎，全身都有血痂並不合我的意），準備朝我看上的課桌寫下文字。

『對了，去德島吧。』

等一下，寫英文比較好嗎？「對了，去德島吧」翻成英文要怎麼寫？英文是我不拿手的科目。

明明到這裡都很順利（是嗎？），卻陷入很像高中生會有的這種煩惱（這是國中水準的英語吧？），這不是好事。

不經意做得極為自然的一連串動作，在短短一瞬間停止的這時候……

「危險！」

隨著這聲大喊，我的身體從側邊被豪邁打飛。

正確來說，是脖子從側邊挨了一記金勾臂。對方的另一隻手緊緊鎖住我的後腦勺，所以力道沒能往後卸，我在被打飛的同時也被勒住腦袋。

然後就這麼毫不留情把我打倒在地。

順帶一提，大聲要我注意的人以及發威般對我使出金勾臂的人，都是同一個人。不用說，正是哀川潤。

怎麼回事？我的巧妙奸計穿幫了嗎？

她眼尖看出我偷偷摸摸想要奸詐地設置假線索，所以使出金勾臂制裁？

……但是說來意外，並不是這麼回事。

仔細一看，我剛才站立的位置，我想寫下血字的那張課桌桌腳被壓到變形。彷彿有一股「看不見的力量」從正上方加壓。

要不是潤從側邊像是要擄人般將我打飛，被這股「看不見的力量」打中的就不是課桌而是我了……

「…………」

不對。

無論怎麼想，比起被潤的金勾臂打倒在地，直接被這股「看不見的力量」打中的傷害應該小得多吧……

我現在頭昏眼花，真要說的話，剛才被超跑撞的那時候還比較沒事……我甚至覺得腦袋還接在身體上是一件神奇的事。

不過，那張壓扁的課桌也姑且發生了神奇的事。

肯定長年沒清掃的教室地板滿是塵埃，加上我們動作那麼粗魯，導致積雪般的塵埃像是霧霾般揚起。

而且，這些塵埃形成一具人像。

不對，不是人像。

應該說是怪異像。

然而，這是不可能的事。

「她」不可能會在「那裡」。

姬絲秀忒・雅賽蘿拉莉昂・刃下心不可能存在於這裡。因為那個無與倫比的妖怪，已經永遠喪失自身的存在。

不可能在這裡，不可能看得見。

而且嚴格來說，現在也確實沒有看見她的身影。「以揚起的塵埃形成」這句話是形容上的錯誤，正確來說只是揚起的塵埃勉強讓「她」變得看得見。

就像是空氣在水中會因為成為氣泡而變得看得見。

因此隨著塵埃再度落地，這個身影就變得看不見了。

「看不見的力量」。

即使如此，也同樣是「力量」無誤。

「看不見的她」。

即使如此，也同樣是「她」無誤。

「在這裡！」

潤高聲大喊。

被「看不見的力量」襲擊，我心想承包人終究應該也慌了手腳，但她的表情反倒是綻放光彩，笑得更加開心。她大喊「在這裡！」就這麼穩穩抓著我的腦袋蹬地跳起來，也不是要閃躲「看不見的力量」的攻擊，反倒是要向「她」反擊的樣子。

真是不得了。

不過，這記反擊看來不了了之。「看不見的力量」似乎也不容許隨意碰觸，潤以細跟高跟鞋使出的上段踢，直接穿透「她」的高䠷身體。

「唔……因為類似幽靈，所以碰不到嗎？」

潤以單腳著地，像是分析般這麼說。

總之，經過這段打鬥再度揚起的塵埃，使得「她」的身形勉強又能辨識，就算這樣，要是這邊的攻擊打不中就無可奈何。

話是這麼說，但多虧潤無視後果的那記上段踢（既然看不見當然只能無視，但也太無視於後果了），以「看不見的力量」形成的「她」，我稍微猜到真面目了。

不，說我猜到就太誇張了。畢竟真面目依然不明，如果要說專業知識的缺乏程度，我和潤也差不了多少。

雖然這麼說，但是我有經驗。

我昔日看過。

看過類似的「蛇」。似是而非的「蛇」。

曾經視而不見。

所以，現在存在於該處的「她」——位於該處卻不存在的她，雖然是姬絲秀忒·雅賽蘿拉莉昂·刃下心，卻也同時不是姬絲秀忒·雅賽蘿拉莉昂·刃下心。只有這一點，我可以憑著直覺理解。

這個不存在的存在，是「意志」。

潤剛才在路上說明過「不死」的意志，若要刻意模仿她的說法，那麼現在位於這間教室的，就是將「不死以外的一切」去除的「髒東西」。

或許應該形容為「殘留意念」。

是吸血鬼留下的意念——悽慘的遺產。

那麼就不應該說這是意志，而是遺志。

是的。

這麼簡單的事，我為什麼想不到呢？明明吸血鬼已經不住在這棟廢棄大樓，為什麼承包人會接到消滅吸血鬼的委託？我應該更深入思考這個問題。

我原本判斷單純是情報太舊，但如果不是這樣，而是這裡發生了我不知道的新怪異現象呢？

如果不是情報太舊，是情報太新呢？

傳聞先傳開而造就的怪異現象……這個可能性很高。

畢竟雖然期間不長，但這裡曾經是傳說中的吸血鬼，是鐵血、熱血、冷血之吸血鬼當成根據地的建築物。認為這裡不會受到任何影響才奇怪。

課桌或塵埃也都在其影響之下。

在其支配之下。

如同阿良良木曆主動和怪異有所交集而成為怪異，極端來說，建築物本身化為怪異也不無可能。

以往之所以沒想到這個可能性，大概是因為這棟廢棄大樓經過夏威夷衫專家的處理，一直發揮結界的功能吧。不過，這個令人感到安心的功能如今消失。

沒有任何東西壓制吸血鬼的殘留意念。

然而，我來了。我來到這裡了。

不，我並不是基於自己的意願來訪，是被某人強行抓來這裡，不過身為姬絲秀忒·雅賽蘿拉莉昂·刃下心的眷屬，至今也無法擺脫其影響的我，居然在全身都是血痂的狀況，飄著血腥味來到這裡。

不只如此，甚至還愚蠢地想要留下血字。

蔓延在這棟大樓的惡毒殘留意念，附著在這間教室的凶惡遺志，不可能沒被我這種行為活化。

不可能沒因而誕生新的怪異。

「……潤小姐，請妳退後。」

我說。

依然被她抓著腦袋這麼說。

「啊？你這傢伙剛才說什麼？」

或者該說果不其然，我對人類最強說出這種不只無禮甚至冒犯的話語之後，潤咄咄逼人這麼說。

然而，我可不能因而畏縮。

我已經下定決心。

懷著強烈的意念。

「接下來由我來承受——我來負起責任。只有這件事不能交給任何人承包，是我自己的職責。」

殘留意念——遺志。

如果這裡有那傢伙留下的意念，那就是必須由我親手解決的問題。不，我並不是單純基於志氣或是義務感這麼說。

絕對不只是心情上的問題。

和對付「看不見的蛇」那時候一樣，現在的我可以對抗沒有實體的「她」。這是吸血鬼化的後遺症。

是我做得到，只有我做得到的事。

哀川潤做不到。

確實，如同剛才保護我躲開最初的攻擊（我也因而受到更嚴重的傷害），潤或許可以閃躲對方的攻擊。不知道這是她的本能還是野性的直覺。

不過，從剛才的上段踢落空就知道，潤的攻擊無法命中對方，只會空虛劃破空氣，那麼這場戰鬥就無法成立。

所以……

「我是在請妳退後，潤小姐——哀川小姐。」

「…………」

「那個傢伙的目標是我的血，所以請離開我，離開這棟大樓吧。離開這座城鎮之後……對了，請去德島吧。」

對於這個已經作廢的計畫略感不捨的我，和第三次消失身影的「她」對峙。

沒事的，放心吧。

無論多少次，我都會殺掉妳。

無論多少次，我都會被妳殺掉。

我重新下定這種決意與殺意，從正面對峙。

「……在被我抓著腦袋的狀況下試著和我為敵，我至少稱讚一下你這份骨氣吧，阿良良木。所以我要給你獎賞。」

至今就這麼被她抓著，勉強轉向正前方的腦袋，被她硬是扭向側邊。

我還以為脖子會被她扭斷。

這種行為以獎賞來說也太激烈了，但鮮紅麗人所說的「獎勵」的激烈程度，不可能僅止於扭斷脖子。

她的嘴唇貼上我的嘴唇。

我想抗議的嘴巴被封鎖了。

「？？？」

我沒有餘力感到混亂，意識逐漸遠離。

不只是抗議，連呼吸都被封鎖的深吻。不只是深，甚至像是以我肺裡的氧氣進行深呼吸，激烈至極的深吻。

「唔……唔咕，咕，咕……」

「噗哈！好，感謝招待。能量充填完畢。」

承包人終於將環抱我脖子的雙手放開，但我缺氧腳軟，再也站不住了。像是被吸血鬼吸食鮮血般，氧氣被吸食殆盡的我，就這麼當場無力跪倒。

不只是看不見「她」，一切都變得純白看不見的視野一角，好不容易捕捉到鮮紅的哀川潤再度蹬地的動作。

這次是揮拳毆打。

無論是吸血鬼還是殘留意念，或者是形成怪異之前的「髒東西」，總之對於非人又非邏輯的存在，我實在不曉得她為什麼會如此愉快地撲過去，然而無論是拳打還是腳踢，不管用就是不管用。

即使像那樣鼓足氣勢高舉拳頭，這記攻擊也無法命中看不見的「她」——

「啪啾～～！」

……打中了。

擬聲詞是潤自己說出來的，但是不用看就知道，她像是大口徑手槍射出子彈的這一拳，將形成的殘留意念打成粉碎。

不留痕跡，無影無形。

不用看就知道將其消滅了。

因為看不見的「她」，我已經感覺不到了。

「Happy birthday to you。復活的話再來玩吧，玩到再也沒有牽掛。」

人類最強的承包人，露出真的是生氣勃勃的表情，朝著昔日存在的吸血鬼遺志送上這段悼詞。

005

接下來是後續，應該說是結尾。

關於潤的拳頭為什麼成功打破了應當形容為「吸血鬼之幽靈」的怪異概念，我以為今後也會長年成謎，成為無法以邏輯來說明，類似正義必勝的少年漫畫宗旨。但是不久之後，因為某些緣分而認識的怪異專家影縫余弦姑且給了解釋。

「應該是為了對抗經由您血液活化的殘留意念，藉由接吻攝取您的唾液吧。感覺是將類吸血鬼的DNA吸收到體內，暫時獲得和怪異戰鬥的『資格』。」

天啊，原來那個獎賞之吻，目的不是要讓我缺氧嗎？

不對，氧氣是血液中紅血球運送的對象，考慮到這一點，那段深呼吸也成為「資格」的證明吧。這麼一來，看似蠻橫無禮為所欲為的那個人也意外是個戰略家，應該說擅於算計。

「不，應該沒經過算計吧。畢竟她沒能連您的真面目都看穿……卻也不是凡事都試了再說。應該只是因為想吻您所以吻您，一時興起的這個行為到最後湊巧立功罷了。實在是過於臨場發揮，不是專家的手法。」

甚至被稱為「暴力陰陽師」，極度屬於例外的專家影縫都這麼說了，那個人類最強果然非比尋常。

「一點都沒錯，強得非比尋常。這麼一來，姬絲秀忒・雅賽蘿拉莉昂・刃下心的殘留意念，或許不是以您的血液顯現，而是對那名承包人的來訪起反應，化為具體的形象。至少應該也是要因之一。這麼一來，她利用您唾液的行為，原本或許也是多此一舉。既然怪異是以人類的意念形成，那麼人類的堅定意志能打碎怪異也是一種真理吧。」

影縫打岔般這麼說，真不像她的個性。

雖然不像她的個性，不過影縫將持續扼殺自身意志與情感而存在、生存至今的不死人偶留在身邊，所以這段話可說是出自她特有的視角吧。

這麼一來，我就是白白被索了獎勵之吻。

即使是男生也會受傷的。

雖然不是想發洩這股鬱悶，但我在最後試著直接詢問影縫，如果姬絲秀忒・雅賽蘿拉莉昂・刃下心的真身對上人類最強的承包人哀川潤，到時候誰會勝利。

「身為一名專家，我當然只能回答會是刃下心大獲全勝。因為那個稀有種是以人類屍體堆起城堡的怪物，是將半數怪異消滅的怪物。對上怨念的時候，信念這種東西毫無意義。」

影縫說出這種現實層面的看法。

「話是這麼說，不過身為一名人類，還是想期待承包人能獲勝。」

但她接著說出心理層面的希望。

無論如何，雖然不確定是否還有所牽掛，不過後來那座補習班遺址的廢棄大樓再也沒出現吸血鬼的幽靈。只是為求公平應該補充一下，不久之後，這棟廢棄大樓本身就被拆除了。

人類最強承包人走過的建築物毫無例外都會崩毀。像是怪異奇譚的這個都市傳說，或許依然是足以令人相信的傳說。

第法話 鑿・規則

001

地濃鑿是和巨大邪惡戰鬥的魔法少女。這篇文章所說的魔法少女，各位只要想像是電視所播放兒童動畫裡登場的那種魔法少女就大致沒錯。實際上，我遇見的她就是身上穿著多層次輕飄飄又五顏六色的衣服，手上揮著裝飾得花俏又華麗的魔法手杖。

然而她是不能上電視的那種魔法少女，是不會在兒童動畫登場的那種魔法少女。而是只要存在就牴觸法規，極度危險的女生。以上是我正直的感想。

年齡大約是國中生，基於這層意義，應該和我的兩個妹妹屬於同一世代，但是身世就相差甚遠。現在回想起來，度過地獄般的春假之後，我自認經歷過不少困境，即使在這樣的我眼中，她也明顯在艱苦到異常的世界觀活動。

否則她的個性應該不會那麼古怪吧，這是我個人的嚴厲猜測。總之，她身為為了拯救人類而戰鬥的組織成員，我這種光是混過每一天就沒有餘力的生活，在她眼中想必缺乏挑戰性。

地濃鑿——或者應該稱為魔法少女「Giant Impact」的她，從四國風塵僕僕來到我們所居住的城鎮，也絕對不是為了觀光（何況我們的城鎮沒有足以吸引人們千里迢迢造訪的名勝），是為了和巨大邪惡戰鬥的修行環節之一。

魔法少女的修行之旅。

若要說這是動畫情節，確實是動畫情節。

當然，我是在很久以後才像這樣以容易理解的方式理解她這個人，當時的我就只是被她搞得七葷八素。

不，如果不把那些行為視為修行而是儀式，那麼相較之下，我和怪異對峙的時候，在補習班遺址的廢棄大樓或是在山上神社做的那些事，或許也可以說和她沒什麼兩樣。不過，面對這種儀式時的嚴肅態度，和魔法少女「Giant Impact」完全無緣。

如果把我和她體驗的「密室脫逃劇」形容為儀式，那孩子應該會毫不在乎地否定。應該會連同我的人權否定。

即使我說這是修行，她也會搖頭表示並非如此吧。

「這是遊戲喔，曆大哥。」

她的話語在我腦中復甦。

像是吸血鬼般復甦。

「你肯定花費一輩子都不會理解吧，不過這種事在四國是家常便飯的事，是家常便飯的遊戲。只不過是盛行的各種遊戲之一。」

我覺得她說我花費一輩子都不會理解也太過分了，不過如果那種事是家常便飯，那麼我和她生活的世界完全不同。

或者應該說，我和她邁向死亡的世界完全不同。

實際上，她生長在像是以死亡為前提的文化之中。剛才形容她的年齡大約是國中生，但她恐怕沒上國中，不只如此，甚至即使想活到高中生左右的年齡也無法如願吧。

如果我現在脖子以下都泡在溫水裡，那麼她泡的就是硫酸池，甚至不是水。如果我已經一隻腳踏入棺材，那麼她早就已經在火葬場了。

如果被太陽業火焚燒的是吸血鬼，被黑暗業火焚燒的就是魔法少女吧。

既然這樣，我花費一輩子都不會理解的東西，或許不是遊戲的機制或起源，而是名為地濃鑿的這個人類本身。

即使花費一輩子，真的是即使步入死亡，我也不會理解她這個人。

002

「萬能魔杖——『Living Dead』！」

隨著這聲吶喊，神祕手杖狠狠毆打我的心臟，我因而復活。在那段地獄般的春假，數度悽慘死亡之後又重生的我真的是忙碌不已，不過這是我第一次不依賴吸血鬼的血，也就是不依賴自身的不死特性而復活。

當然也不是普通的心肺復甦術。

天底下要是有這種蠻橫又硬來的心臟按摩還得了……就某種意義來說，這是比吸血鬼的不死特性還要可疑又無憑無據的復活方法。

「嗚……嗚嗚……」

雖然不是兩個妹妹的襲擊，不過像是熟睡時被叫起床般，大腦昏昏沉沉的這種清醒也頗為嶄新，令我難以接受。不過我處於這種混亂狀態時，旁邊響起如同鬧鐘般響亮刺耳的聲音。

「喔！曆大哥，你託我的福順利復活了！太好了太好了，你成功分享到我的恩澤！好啦，明明沒有任何好處，我卻好心讓初次見面的你復活，所以我就准許你向我致以毫不保留的謝意與如雷的掌聲吧！」

這個聲音來自讓我死而復生的人物，這麼想就覺得我確實應該在首度開口時就向這位救命恩人致謝，不過或許曾經存在過的「謝謝」這兩個字，像是魔法般在眨眼之間溶解消失。

不對。毫無理論基礎的這種復活方法，才應該形容為「像是魔法」吧。

我搖搖晃晃站起來，確認現狀。

「…………」

這裡是……教室。

私立直江津高中的教室。

一年三班。

我曾經所屬的班級。

不過，正確來說不算是一年三班。從平面圖來看，這間教室原本是不存在的教室。

雖然有人形容這是「教室的幽靈」或是「學級會的幽靈」，不過這種說法也完全不正確吧。沒有任何人知道正確的說法。

因為「不正」又「不確」就是這間一年三班的定位。

我至今造訪過這個不存在的場所兩次，所以老實說，像這樣被關在裡面的經驗也絕對不是第一次。

對，沒錯。

我慢慢想起來了。

我現在再度被囚禁在這間教室。門窗都緊閉不動。在上次那時候，和我一起被關進這裡的是因緣匪淺的學妹，是忍野咩咩的姪女忍野扇，但是這次不一樣。

素昧平生的陌生人。

不是直江津高中的學生，甚至不是高中生。從年齡來看應該是國中生，身上穿的卻不是制服，是縫滿荷葉邊的輕飄飄服裝，換言之是一名魔法少女。

魔法少女。

也就是所謂的 Magical。

「怎麼了，曆大哥？我等再久都等不到一聲誠心誠意的謝謝耶？對救命恩人採取這種態度，我非常不以為然。不應該讓你這種人復活的。」

「⋯⋯⋯⋯」

不會說得太過分嗎？

黑髮綁成低髮髻，頸子細長的嬌柔風貌；感覺像是有在學芭蕾舞，乍看似乎文雅嫻靜的外表。但她真的像是芭蕾舞者般輕盈打破這層形象，是一個說話相當不客氣的女生。

總覺得像是性格惡劣的八九寺。

哎，她現在身上這套色彩繽紛到眼睛生痛，乍看之下搞不懂構造，複雜又奇怪的連身裙，八九寺應該不會穿吧。與其說是連身裙，感覺設計上比較像是中世紀的禮服，說穿了就像是千層派的這套服裝，應該不適合現代人穿，但是穿在她身上意外合適，由此看來她不是普通人。

不，在她使用魔法的時間點，就十足不算是普通人了。

魔法少女「Giant Impact」。自稱是地濃鑿的她，似乎以這個名字做為魔法少女的別名。

或許應該說是代號。

「我確認一下……地濃小妹。妳是，那個……叫做什麼來著，揮動萬能魔杖『Living Dead』就能使用的魔法是『不死』，妳可以用這個魔法，二話不說就讓死人復活是吧？」

「這個嘛，你說呢？這部分任憑你自行想像。」

「…………」

真是討人厭。

「在你好好道謝之前，我不會回答問題。我是以周圍的感謝為糧食而活。我的隊友都稱呼我是『謝謝妳 Impact』。」

「隊友們還真是討厭妳。」

恐怕沒把妳視為隊友。

是魔法少女的團隊嗎？

總之，既然我實際上真的這麼復活了，也只能相信她擁有的魔法之力。基本上，我已經接受以吸血鬼為首的所有怪異的存在，要是我堅持不接受魔法少女的存在，那就真的是雙重標準。畢竟像是人偶式神斧乃木余接，也已經等於是半個魔法少女。

所以，先不提我是否要感謝她以魔法之力讓我復活，說起來，我為什麼會死掉？

這個問題的答案寫在黑板上。

不對。

寫在黑板上的不是答案，是題目。

『0』『1』『2』『3』『4』

『5』『6』『7』『8』『9』

共十個數字，以及……

『□□□□』

這四個空格。

而且這四個空格的周圍，畫著一個大大的鑰匙圖。稍微機靈一點的人都猜得到，逃離這間教室的方法，就是在空格寫入四個數字。

四個數字。

也就是認證碼。

「原來如此，那麼總之先隨便寫寫看吧……」

我拿起粉筆。

「喝！」

然後被毆打了。

被那根萬能魔杖「Living Dead」毆打。

喂，那是剛才讓我復活的物品，不過用那種東西毆打活人的腦袋沒問題嗎？

「你是笨蛋嗎？」

「咦……怎麼回事？」

「你是笨蛋嗎？你是笨蛋嗎？你是笨蛋嗎？你是笨蛋嗎？」

「雖然不知道是怎麼回事，但我清楚感覺到妳這個人不是什麼好東西耶？」

「我是一個優秀的人。雖然現在已經消失，不過你難道忘記自己剛才在那裡隨便寫數字之後發生什麼事嗎？」

「咦……我寫完之後發生什麼事？」

「死掉了。」

魔法少女「謝謝妳 Impact」……更正，魔法少女「Giant Impact」斬釘截鐵這麼說。

「寫錯認證碼就會死。這個遊戲就是以這個規則進行。」

003

說起來，我為什麼和魔法少女一起被關進不存在的教室？目前沒有比這更需要說明的問題。

某天，我在鎮上散步的時候，目擊一名身穿陌生服裝的女生正在移動所以追著她跑，結果和她一起被關進這間教室。

如果說成「看見引人注目的女生所以跟蹤」，聽起來難免有點變態，但我當然沒有追著女國中生跑的嗜好。而且不只是我，任何人只要目擊她肯定都會追著她跑。

因為地濃鑿是在天空移動。

魔法少女在飛行。

而且是以相當快的速度筆直飛行。

「懷疑自己眼花」正是這種狀況，但我曾經數度看見在空中飛翔的人。只是「他們」正確來說都不是人類，是怪異。

以蝙蝠翅膀飛翔，以貓腿的跳躍力飛翔，以肉體膨脹的反作用力飛翔，怪異的飛行方法各有不同……那麼，那個孩子也是某種怪異嗎？

不過，服裝輕飄飄的那個女生是利用何種功能在飛行，光是遠眺完全無從得知。如果是怪異，我就不能置之不理，如果不是怪異，我也還是不能置之不理。

我不得不追過去。

而且不知為何，那名飛行的少女似乎要前往直江津高中，既然這樣就更要查清楚才行。雖然今天是假日，不過那孩子該不會想在直江津高中做什麼事吧？

嘖。

春假化為吸血鬼的後遺症之一是視力變好，沒想到這雙眼睛會以這種形式派上用場……總之，既然看見就沒辦法了。順帶一提，那個女生穿著像是蓬蓬裙般不算長的裙子，連不可以看的部位也被我看見了，不過當事人似乎不以為意。

既然要在天空飛，至少穿一件安全褲吧。

然後，我追著從樓頂非法入侵校舍的她，就這樣被關在本應不存在的教室。考慮到她的真實身分是魔法少女「Giant Impact」，與其說是非法入侵，不如說是魔法入侵比較正確吧。

真是的。

像這樣被捲入某個事件，要說是家常便飯也沒錯，但總之這次算是其中的極致吧。我連仰望天空都不行嗎？

「哎呀，天選如我執行優美任務的時候把你捲入真是抱歉了，這位普通人。我沒要殃及普通人的意思，不過沒顧慮到你輕率個性的我還滿可愛的。」

看起來一點都不想道歉的這個女孩，介紹自己叫做地濃鑿。確實，我是擅自跟過來之後被關進這裡，所以並沒有希望她道歉，但我也不希望她惹惱我。

其實我聽她說明之後也一知半解，總之地濃說她來到這座城鎮，是她身為魔法少女所屬的組織（好像叫做「絕對和平聯盟」）為了和敵對的巨大邪惡戰鬥所進行的研發計畫之一。

是想分析怪異現象活用在魔法？還是基於完全不同的意圖？這麼深入的細節似乎不為人知，總之被關進這間教室並且逃離，就是魔法少女「Giant Impact」本次被賦予的任務。我不太明白這個任務哪裡優美，但這應該是不必明白的事。甚至肯定是不該明白的事吧。

重點在於我們現在被關在名為「教室」的密室。被關在以死亡規則統治的這間教室。

四位數的認證碼。

輸入錯誤就會招致死亡，四位數的認證碼。

「不不不，曆大哥，這種程度在四國還算客氣喔。即使輸入錯誤，頂多只是心臟會停止吧？我們還以『使用手機就會炸死』的規則玩過遊戲。」

「…………」

在四國是這麼一回事嗎？

如果是炸死，就算使用剛才的萬能魔杖「Living Dead」也終究不能復活吧。反過來看，擁有「不死」這個魔法的魔法少女「Giant Impact」就是因而被派來這裡，以便在輸入錯誤之後還能再度挑戰？

不過對於這座城鎮來說只是個大麻煩。

我由衷希望她盡快辦完事回去四國，雖說現在演變成和她一起被關在這裡，我也打算不遺餘力協助她，不過看來事情沒那麼單純。

「雖然聰明的我一點都不需要，但是為了曆大哥，我就特別付出勞力，揮汗說明這個遊戲的規則吧。只要在黑板所畫的這些空格寫下正確的四位數，教室的門就會打開並且釋放我們。不過寫下錯誤的數字就會絕命。」

絕命。

像是賣人情的開場白過於冗長，我遲遲沒能把內容聽進去，不過她的意思應該是說，無論是人類還是吸血鬼，只要寫錯都是二話不說就「絕命」吧。這麼一來，這或許是連傳說中的吸血鬼——鐵血、熱血、冷血之吸血鬼姬絲秀忒·雅賽蘿拉莉昂·刃下心都能殺害的「魔法」。

不過，即使那名怪異殺手被關進這間教室，我也很難想像她會規規矩矩依照這個規定，動腦思索四位數的解答……

「換句話說，像我剛才那樣隨便寫下數字亂猜，是不太聰明的做法嗎……」

既然是四位數，機率就是萬分之一。

雖然不是零，但是基本上猜不中正確數字。被車撞的機率都比較高吧。

「是的，不聰明的曆大哥才會使用這種方法。」

「…………」

這孩子不能以不會惹惱別人的方式說話嗎？

雖說不聰明的曆大哥才會使用這種方法……

「順便問一下，我剛才寫的是什麼數字？」

臨死前的記憶不會清楚留下，這部分即使是因為魔法死亡也不例外的樣子，雖然我不記得了。

「你寫了『0』『0』『0』『0』。」

「我原本打算全部試一遍嗎……」

與其說不聰明，不如說沒救了。

雖然被她救了。

「這間教室裡肯定有某些線索，能讓我們推理出四位數的解答。只要能在時限之內找到提示，我的任務就算成功。」

「原來如此，提示啊……」

確實變得像是遊戲了。

就是那個，所謂的脫逃遊戲。

與其說像是小扇愛看的推理小說，真要說的話，更像是冒險小說的氣氛……

嗯？等一下。她剛才說了什麼？

「妳說的『時限』是什麼？有這種東西嗎？」

仔細一看，掛在黑板上方的時鐘指針，照例停在像是即將放學的時刻。這已經可以說是殘像，如今只是單純的影像，即使不提這個，以前我被關在這裡的時候並沒有什麼時限。

是可以永遠被封鎖在內部的空間。

得出解答之前無法離開。

這間教室就是這麼一回事。

「我說的『時限』不是這個意思。應該說不是你們那邊世界觀的做法，是我們這邊世界觀的設定。」

地濃「嘻嘻」地露出像是害羞一笑的表情這麼說。也可以說她是嬉皮笑臉這麼說。

「判斷不可能達成任務的時候，預定會將這所學校連同我一起燒毀。」

004

光是「燒毀」這個危險的說法就十分非比尋常，若要說得更嚴謹一點，好像是會有別的魔法少女來到這裡，對學校周邊的地區進行轟炸。這麼暴力的魔法少女集團真的可以存在嗎？我忍不住想這麼問。

「別這樣啦，曆大哥。為了保護人類而戰的我們，當然不可能是壞蛋吧？」

完全是雞同鴨講。

「順帶一提，到時候前來的魔法少女，恐怕是階級比我高很多，別說學校，甚至可以燒掉整座城鎮的頂尖魔法少女，敬請見諒。」

當然不可能見諒吧？

我們的城鎮是被編入哪門子的計畫啊？

我說妳啊，我已經不在乎被誰捲入何種事件了，但是別殃及整座學校或是城鎮好嗎？

「別氣別氣，如果演變成最壞的事態，我會在死前親一下你的臉頰，所以你就大人有大量吧，嘻嘻！」

「被捲入這種等級的意外，我可不會因為這樣就原諒妳吧？」

「哎呀，曆大哥的要求不只這樣嗎？是要我讓你看內褲嗎？可是這麼一來，你說不定會故意拖到時間到耶。呀啊，好色！」

「說到內褲，我在妳飛行的時候就看過了。而且如果時間到，我會在學校被燒掉之前先代表這座城鎮，往妳的臉頰打下去。」

先不提我像這樣預告要對弱女子動粗應該是不被允許的，事到如今，現狀或許比我上次被關在這座教室時還要嚴苛。既然不只是我這條命，還攸關許多人的性命，我就不得不慎重面對。

隨便寫下四位數的認證碼，是絕對不能做的行為。

「地濃小妹，剛才我想確認卻被妳搪塞的事情，再讓我確認一次吧。那個像是『燒毀』的魔法，妳不會使用嗎？能不能用這個魔法熔化窗戶玻璃之類……」

「意思是要作弊嗎？真是丟臉。你的本性可想而知。請遵守規定吧。」

我被勸誡了。

被這種傢伙勸誡。

「哎，既然曆大哥這麼說，我就告訴你是也。」

「妳那是什麼語尾？」

「大部分的事情我都做得到，不過我能使用的固有魔法只有『不死』，除此之外只有飛行。好啦，我回答你的問題了，所以你的謝謝呢？」

「這種程度的對話也要逐一要求道謝？」

動不動就這樣也太誇張了。

雖說妳是以感謝為糧食而活，但也太飢餓了吧？

這麼一來，詢問地濃的這個行為本身就令我抗拒，不過我戰戰兢兢問得更深入之後就得知，與其說是她擁有魔法力，不如說是她身上那套別具特徵的服裝具備魔法力。能夠使用的魔法，是由服裝以及相互連動的手杖來決定。看來並沒有「其實能使用別的固有魔法，卻瞞著我這個局外人」這種事。

「固有魔法『不死』嗎……輸入錯誤的時候可以接關，以這個意義來說是很寶貴的魔法，不過在玩脫逃遊戲的時候應該沒什麼用。」

「一點都沒錯，欸嘿。」

地濃不知為何高姿態這麼說。

「和我交情很好的魔法少女『Pumpkin』說過，『我們是魔法少女，不是魔法師，所以不應該亂用魔法，此外也不能被魔法所用』。」

「…………」

說得真好。

既然要被關在這裡，可以的話，我想和那個女生一起被關在這裡……地濃說和她交情很好，這是令我不安的要素，不過地濃應該在說謊所以不成問題。

「像是這個魔法好用、這個魔法不好用之類的想法，都是一種奢侈的煩惱。奢侈到像是在玩撲克牌的大富豪遊戲時，因為手上的牌太好，所以選不出要和最後一名交換的兩張牌。」

「妳的舉例太好懂，我差點回不到還搞不太懂的正題……」

不過，她說的也沒錯。

實際上，有幸以萬能魔杖「Living Dead」復活的我，沒資格心懷不滿。

「所以曆大哥，不要試著硬來，最好先著手仔細調查這間教室。好啦，快點給我幹活吧！你真的動不動就想偷懶耶。」

「妳可以再巧妙激發一下我的勞動慾望嗎？」

要是繼續面對這個女生，我可能真的想等時間到之後行使不被允許的暴力，所以總之我開始行動。

脫逃遊戲。

即使知道這個遊戲，我也沒有實際玩過，而且我不擅長動腦的工作……不過既然場所是教室，隱藏提示的場所應該不多吧。

再怎麼樣也有極限。

「那麼，曆大哥請從邊角依序調查學生們的課桌，我先調查這張講桌周邊的區域。」

「我知道了。」

我們就這麼開始搜索。

無從確認時限是到什麼時候，而且老實說，即使時限還沒到，我也必須考慮到操縱業火的魔法少女可能會故意提早轟炸，趁著本次任務除掉這個性格麻煩的女生，所以應該盡可能迅速行動。

或許這項任務本身就是要害死魔法少女「Giant Impact」的假任務。我非常能夠理解這種想法，但我希望這種計畫在你們自己的地盤執行。

不過，幸好我很快就找到可能是線索的東西。就在我調查的第一張課桌裡。

我取出課桌裡的教科書，不經意蹲下來窺視，發現桌板背側以粗筆寫了一個加上雙引號的平假名。

『お』。

「……『お』？」

「啊？曆大哥，你這個區區的普通人怎麼了嗎？」

「妳只要正常問我『怎麼了嗎』就可以吧？」

她面對普通人時的優越感真不是蓋的。

人類是由這種傢伙守護的嗎？

「桌子裡寫了字……是用毛筆寫的嗎？雖然無法斷言，不過或許和黑板的筆跡一樣。」

我沒有學習鑑定筆跡的技術，但我憑著目擊到飛行魔法少女的吸血鬼視力，可以確認雙引號的形狀相似。

「原來如此，桌子裡寫了字嗎？真令人感興趣。那麼曆大哥，請調查其他課桌是否也同樣寫了字。我就這麼繼續調查講桌周邊。」

「知道了。唔……不，這張課桌裡沒寫任何字。只有那張課桌有寫嗎？」

不過老實說，只有『お』的話無法成為任何提示。如果是漢字，或許只要一個字就聯想得到某些含意，但是平假名就完全無從聯想。

「唔～～我想想，如果順從我的靈感，說到『お』開頭的詞應該就是『歐派（奶子）』吧。」（註1）

「妳不准順從靈感，給我全力揚起反叛的旗幟。」

「可是曆大哥，只調查兩張課桌就做出結論也太著急了。要不要調查其他課桌看看？我就這麼繼續調查講桌周邊。」

「知道了。唔～～這張課桌裡果然也沒寫任何字……咦？第四張課桌裡有寫字喔。這是『め』……不對，是『ぬ』嗎？」

「明明有嘛。看來某些課桌有寫字，某些課桌沒寫字。既然這樣，所有課桌的桌

註1　五十音「お」的發音為英文的「O」。

板背側都檢查一遍比較好。」

「是啊，雖然費事，不過應該沒錯。」

「曆大哥，既然這樣，請調查所有課桌吧。我就這麼繼續調查講桌周邊。」

「妳要調查講桌周邊多久？」

為什麼我都調查完四張課桌了，妳卻連一張講桌都沒調查完？

講桌的構造沒那麼深奧吧？

「被發現就沒辦法了。剛才你死掉的時候，我發現學生的課桌裡可能有寫字也可能沒寫字，但我覺得將所有課桌調查一遍應該很辛苦，才會讓你復活。」

「原來妳有可能對我見死不救嗎？」

沒想到是當成勞動力才讓我復活……地濃，妳剛才說「明明沒有任何好處卻讓我復活」，但妳其實滿心想得到好處吧？

春假的時候，吸血鬼也對我說過同樣的話。

那麼，這個女生真的是人類嗎？

隨口催促我調查學生的課桌，自己卻一直假裝在調查講桌……真希望我身邊拙於處世的那些人學學她這種圓滑的手法……不提這個。

「給我幫忙。」

「……………啊，難道你是在對我說話嗎？」

「不准假裝不習慣接受命令。這間教室只有我們兩人吧？」

「討厭，請不要強調孤男寡女共處一室好嗎？我是未滿十五歲的小女生耶，你這個戀童癖♪」

「我不知道四國是什麼情形，不過在這座城鎮，愛上不到十五歲的小女生還不會被叫做戀童癖喔。」

「這座城鎮真恐怖……」

地濃對我不敢領教。

我理解到異文化交流的難處。

無論如何，接下來在地濃的協助之下，我們檢查了所有課桌，結果得到的平假名總共是十五個字。

具體來說如下所列。

『お』『ぬ』『ら』『よ』『わ』

『み』『う』『く』『さ』『ば』

『ぬ』『な』『お』『だ』『ひ』

005

後來我們也搜索了教室內部一遍，卻沒找到其他明顯像是線索的線索。順帶一提，地濃說「我覺得這裡很可疑」，死命調查某個毫無異常的電燈開關。

摸魚技術也太巧妙了。

「所以，看來我們必須從這十五個字推理出四位數的數字……」

我定睛注視以粉筆寫在黑板上的平假名。總之先以發現的順序寫下來，嗯，但是完全看不出文意。

完全抓不到要領。

雖然看一個字也看不出端倪，不過增加到十五個字之後，給人一種更加不可思議的印象。

「不過正常來想，這就是所謂的易位構詞吧……把這十五個字重新排列成句子的文字遊戲……」

「是喔，不過就算要重新排列也不容易喔。我們休息一下再思考吧。」

「妳基本上一直在休息。課桌也是，妳只調查了六張。」

「我是在仔細調查。」

「應該是慢吞吞調查吧？」

「可是可是，我發現的平假名有五個。」

「這也令我火大。妳這種好狗運是怎樣？」

「我必須回答這是天選之人的好運，否則就是說謊了。」

「那妳就用這份天選之人的好運，迅速把這十五個字重新排列吧。」

「請不要強人所難。十五個字的排列組合，總共有一兆三千七十六億七千四百三十六萬八千種耶？」

「既然可以迅速心算出這個數字，應該也能迅速重新排列這些字吧？」

不准無意間發揮這麼能幹的一面。

不過，一兆嗎……

既然這個數字遠超過認證碼的一萬種組合，我甚至誤以為脫逃的難度會隨著遊戲的進行而提升。

「不，等一下，地濃小妹。」

「我不等。」

「總之妳等一下，不要毫無意義就反抗我。妳想想，雖說有十五個平假名，不過有好幾個字重複，所以排列組合的種類應該會少一點吧？」

「說得也是，『お』與『ぬ』重複了。太棒了，曆大哥！這麼一來你也做得到吧？好啦，請重新排列吧，我趁機休息一下。」

「不准休息一下。一輩子都不准。」

「一輩子嗎？這麼嚴厲啊。」

不過，說得這麼嚴厲的我，也絕對不是無法理解地濃想偷懶的心情。即使排列組合的種類從一兆減少一兩個位數，也只是杯水車薪。

果然必須有某種基準才行，否則這種字數的文字遊戲不成立。畢竟不只是可以組出無數種看不懂意義的文章，光是任憑興致隨意排列，也可能組出許多看似有意義的文章。

「……這麼說來，地濃小妹，剛才妳提到妳有隊友，先不提那個會過來燒毀的女生，別的魔法少女有沒有可能過來救妳？」

「不可能。」

斷言是吧。

這是熟知自己缺乏品德的語氣。

「順帶一提，這個團隊是由五人組成的。雖說是魔法少女，不過這部分是戰隊的調調。」

「這樣啊。」

同伴多達四人，卻沒人會來幫忙是嗎……這麼一來，她們根本不是同伴，甚至幾乎是敵人吧？

「對了對了，曆大哥，說到對於戰隊作品的吐槽，有人說五個人聯手對付一個怪人簡直是動私刑，不過這裡的五對一完全無視於怪人率領的大量戰鬥員，我對於這種計算不以為然。」

「妳這指摘挺犀利的。」

這份見識，我希望她可以使用在密碼的解讀……

「不把嘍囉列入人頭計算，人權意識這麼低，應該說怪人權意識這麼低，理應受到嚴厲的批判吧？」

「聽到妳把戰鬥員稱為嘍囉的時間點，我覺得妳的怪人權意識也很低……」

「這個這個，就是這個。就像曆大哥現在的這種反應，對我的吐槽進行吐槽的這種感覺我超愛的。深信自己是待在安全圈單方面吐槽而掉以輕心，結果被你乘虛而入犀利吐槽，這種感覺真是欲罷不能。」

「妳總有一天不是被犀利吐槽，而是會被深深捅一刀。」

妳身處於相當程度的危險圈喔。

不管怎麼說，經常被揶揄扮演吐槽角色的我，在這孩子的身旁可得繃緊神經才行。地濃的隊友有多麼辛苦真的是可想而知……嗯？

隊友？

我背對黑板，再度看向課桌的方向。與其說課桌，應該說座位。

是的。座位。

整齊劃一排列的這些課桌，並非只是毫無個性的課桌。每張課桌都坐著固定的人。

坐在座位的學生是固定的。

我高中一年級時的同班同學。

不是隊友，是學友。

「……地濃小妹，再一次。我們再調查課桌一次吧。」

「不要。」

「抱歉抱歉，我不小心以像是有選項可選的方式邀請妳了。少廢話，去給我調查。」

不過，這次要一起調查桌板背側有寫平假名的座位是誰坐的。

我這麼說。

006

結果如以下所記。

『お』——小馬沖忠
『ら』——雉切帆河
『わ』——品庭綾傳
『う』——阿良良木曆
『さ』——浮飛急須
『ぬ』——趣澤住度
『お』——醫上道定
『ひ』——效越煙次
『ぬ』——甲堂草書
『よ』——蟻暮琵琶
『み』——苦部合圖
『く』——老倉育
『ば』——足根敬離
『な』——周井通真
『だ』——激坂嘆

「……這麼做會知道什麼事？剛才逼我那樣做牛做馬，如果到最後只是白費力氣，你會吃不完兜著走喔。」

「妳調查的課桌只有十五張裡的三張。」

光是調查課桌裡的教科書等物品的姓名，應該不會花費多少力氣。

「地濃小妹，妳自己思考一下吧。」

「就算你這麼說，但我可不會完全聽你的話喔。呼呼，不過我知道了。換句話說，重新排列文字的時候，也要加上這些人的姓名是吧？」

「妳想驗證幾百億萬兆種的排列組合啊……不過，妳注意到這些人的姓名，這個著眼點是對的。」

「姓名嗎……唔，姓名很奇怪的這個傢伙特別引起我的注意耶。叫做阿良良木啥的這個傢伙。」

「那個人就是我，是曆大哥我。因為是妳認識而且在妳身旁的傢伙，才會引起妳的注意。」

「啊啊，我這次真的知道了。所有人的名字都『比較前面』是吧。」

地濃這麼說。

看來這孩子果然不算遲鈍。

是深藏不露的類型吧。

……說不定是因為她這麼做在四國比較容易生存，我想到這裡就不忍心立刻加以批判，總之在黑板上加寫的這十五個姓名，第一個字都在五十音的「あ行」與「か行」與「さ行」的範圍，這是明確的事實。沒有任何學生的姓名第一個字是在「た行」——進一步來說是五十音順序的「す」之後。

「比較前面」。

換言之，就是座號「比較前面」的意思。

直江津高中的座號是男女混合，我以前所屬的一年三班當然也不例外。試著驗證之後就知道，寫在黑板的這十五人，直接就是座號一號到十五號的十五人。

我當然也不是完全記得一年級當時班上學生的座號，所以不只是這十五人，我將所有同學的姓名都查出來列表仔細確認了。地濃在這份工作也只做了少少的七人份，不過這部分就算了。

「換句話說，妳知道該怎麼做吧？」

「是的，十五個字的平假名，要連同座號一號到十五號的學生姓名一起重新排列是吧？」

「不准堅持自己的論點。」

當然是要按照座號順序重新排列吧？

我要重寫黑板，快來幫忙。

「知道了。我去確認板擦清潔機能否正常運作，剩下的就拜託曆大哥了。」

「剩下的才是重點吧？不准說得像是我的工作比較少，必須隨時應付緊急狀態。」

而且就算板擦清潔機沒能正常運作，也不到緊急狀態的程度。

我對地濃心灰意冷，走向黑板寫下按照座號重新排列的結果。

『ば』——足根敬離　『う』——阿良良木曆

『よ』——蟻暮琵琶　『お』——醫上道定

『さ』——浮飛急須　『く』——老倉育

『ひ』——效越煙次　『ら』——雉切帆河

『み』——苦部合圖　『だ』——激坂嘆

『ぬ』——甲堂草書　『お』——小馬沖忠
『わ』——品庭綾傳　『な』——周井通真
『ぬ』——趣澤住度
「『ば』『う』『よ』『お』『さ』『く』『ひ』『ら』『み』『だ』『ぬ』『お』『わ』『な』『ぬ』……」
ばうよおさくひらみだぬおわなぬ。
ばうよおさくひらみだぬおわなぬ？
咦？沒有成為任何文章。
奇怪了，我還以為這樣排列肯定是正確解答……難道猜錯了嗎？座號這部分只是偶然？不妙，這麼一來，興趣是對別人的吐槽加以吐槽的魔法少女，不知道會以多麼踐的態度對我誹謗中傷。
我連忙防備攻擊，當事人的魔法少女卻是……
「原來如此！是這麼一回事啊！詳情我全都知道了！原來答案一開始就在眼前！」
她拍膝這麼說。
「這樣就清楚知道認證碼是什麼了，曆大哥！這是我們的勝利！」
「……？」

我以為她是不懂裝懂，但是看起來並非如此。那麼，到底是怎麼回事？和重新排列之前一樣不知所云的這段文章，應該要怎麼解讀？

「不，沒什麼好解讀的。這個完全是遊戲的密碼。」

「嗯？不不不，地濃小妹，認證碼是四位數的數字吧？不是十五個字的平假名。」

「我不是這個意思。」

地濃擺出像是魔法少女的姿勢。

「這是很久以前某個電玩遊戲的密碼。」

007

即使「很久以前」這種說法有點誇大，但這是連我都只有知道卻不曾接觸，電玩遊戲黎明期的系統。熱愛復古遊戲的千石對我說明過，在遊戲卡帶（這個說法也已經很舊了）沒有儲存記憶檔的容量時，重新開機之後必須輸入平假名的密碼才能接關繼續玩遊戲。

這種密碼大多是隨機產生，不具任何意義的字串——數十個文字的字串。據說以前的孩子們費盡心思要記住這些字串。只要記錯一個字就無法接關玩遊戲，所以他們想必是提心吊膽認真要記下來吧。

在自動記錄、自動儲存密碼或是指紋認證等功能變得理所當然的現代，無法想像昔日的這種辛勞，不過可以想像這在某方面來說是一種甘之如飴的辛勞。

另一方面，輸入密碼就能繼續玩遊戲的這個系統，基於構造必然會出現「即使沒玩過遊戲裡的任何關卡，只要知道密碼就能省略過程從中途開始」的狀況。這麼一來，接關密碼更像是一種密技指令，「即將破關時的密碼」這種東西也可能會傳開。

成為傳聞。

如同怪異奇譚般傳開。

「『ばうよおさくひらみだぬおわなぬ』是曾經風靡一時，以魔法少女為主角的RPG遊戲密碼。記得可以讀取到角色等級九九九，正要進入加分關卡時的資料。這段文章在電玩發燒狂之間，是相傳來自魔界的傳說級密碼而聞名。」

地濃得意洋洋地如此說明，不過聽她說出「RPG遊戲」這種字眼就知道，她自己對於電玩遊戲的造詣應該也不算深吧。沒有發燒狂的感覺。

但她還是知道這個情報，原因大概在於這是以魔法少女為主軸的遊戲。她說過四國盛行各種的遊戲，或許這也是其中之一。說到聽她說明之後給我的印象，既然這種「傳說級密碼」在這裡登場成為文字遊戲的謎底，地濃所屬的組織很可能也以某種形式參與這個遊戲的開發。

「原來如此……遊戲的密碼啊。密技指令是嗎……」

不過即使聽她這麼說，我也無法像是地濃那樣痛快拍膝。

以文字遊戲導出的解答，刻意設定為沒有意義的字串，這個題目設計得非常壞心眼，總之可以認定被擺了一道。密碼的解答是密碼，這種不服輸的設計是提升難度時的常見手段，雖說不知道題目出自哪個遊戲的我再怎麼樣都無從解開這個密碼，但我本來就是擅自參與解謎的局外人，所以很樂意承認這是正確解答。

不過，就算承認了又能怎樣？

到頭來還是不知道最重要的東西，也就是用來逃離教室的四位數認證碼吧？是要輸入這個檔案的角色等級數字「九九九」嗎？不對，這樣只有三位數。那麼要符合魔法少女的風格，輸入遊戲角色的ＭＰ數值嗎？

「不不不，ＭＰ數值也是九九九就封頂喔。曆大哥真是遲鈍耶，思緒與直覺都很遲鈍。」

「…………（強忍內心的怒火）。」

「咦？為什麼要把（強忍內心的怒火）這一段說出口？」

「為了讓妳聽到。既然也不是ＭＰ數值，那麼重點到底是哪個數值？」

「重點是遊戲主角魔法少女的名字喔。這個遊戲的系統，可以讓玩家任意決定主角的名字。」

「嗯，哎，即使是現在，大部分的遊戲也都是這樣吧……嗯？」

不對。

如果是輸入密碼從中途接關就不一定了。因為和等級或是MP數值一樣，主角的名字是連同密碼一起決定的。

「『傳說級密碼』的魔法少女名字叫做『Pi』。」

「『Pi』……」

聽到我的複誦，地濃像是深得己意般咧嘴一笑。

「所以我一開始不就說了嗎？如果順從我的靈感，答案就是『歐派』。」

008

在這種奇怪的段落進入下一個章節，簡直是把這個說法當成正確解答，不過從『Pi』聯想到『歐派（奶子）』當然是十五歲以下少女的思考邏輯，在正常的狀況，說到『Pi』自然而然會想到『π』，也就是圓周率。

圓周率。

3・14。

「咦？可是就算這樣，也不是四位數的數字啊？那就不足以成為認證碼吧？比起這個，還不如輸入我的胸圍尺寸比較好……」

「妳的胸圍尺寸高達四位數？」

「因為大家都說我是胸襟寬闊的女人。」

「以妳的狀況不是胸襟寬闊，是罪孽深重。妳的罪孽應該有四位數。」

「說這種話太過分了，我在家鄉可是被當成開心果疼愛喔。我胸襟寬闊所以會原諒你，但是其他人不知道會怎麼說……」

「應該會喝采吧。」

肯定沒錯。

現在四國肯定在玩波浪舞。

「既然我一個人的胸圍不夠，那就加上曆大哥的吧。請把胸膛借給我。」

「我的胸膛也沒那麼壯。居然要我把胸膛借給妳，又不是相撲力士要向橫綱討教……而且橫綱胸圍也不到四位數。沒有啦，圓周率並不是只到3・14……而是3・14159 2這樣永遠延伸下去，也就是『無理數』。」

「真是精細。這種程度只是誤差吧？」

「還是有人會熱中計算這種誤差喔，這就是數學家。所以如果需要四位數的認證碼，那麼輸入到3．141就好。」

成功取回主導權的我鬆一口氣，拿起粉筆。

我不知道什麼老遊戲的密碼，但如果是基於地濃的知識成功逃離教室，老實說，我在某方面難以接受。

大家都說數學在出社會之後也派不上用場，不過說來驚人，居然會以這種形式立功。

這麼說來，記得首先將圓周率稱為「π」的人是數學家歐拉。我想起昔日就讀這個一年三班的某個女生，在鑰匙圖像內部新畫上的空格裡，依序寫下四個數字。

「『3』『1』『4』『1』……」

太好了太好了。

雖然經過一番波折，不過結束之後就發現這個遊戲簡單到令人掃興。這麼一來學校與城鎮都會得救，我也可以和地濃說再見……

009

「萬能魔杖——『Living Dead』！」

隨著這聲吶喊，神祕手杖狠狠毆打我的心臟，我因而復活。在那段地獄般的春假，數度悽慘死亡之後又重生的我真的是忙碌不已，不過這是我第一次不依賴吸血鬼的血，也就是不依賴自身的不死特性而復活。

不對，這是第二次。

「喔！曆大哥，你託我的福順利復活了！太好了太好了，你成功分享到我的恩澤！好啦，明明沒有任何好處，我卻好心讓初次見面的你復活，所以我就准許你向我致以毫不保留的謝意與如雷的掌聲吧！」

……希望她閉嘴別說的這段臺詞，同樣是第二次。

咦？那麼，我又死掉了？

明明輸入了正確的認證碼啊？

我反射性地看向黑板，剛才確實寫下圓周率數字的四個空格再度變成空白。換句話說，『3』『1』『4』『1』不是正確解答。

「曆大哥，你又因為搶著寫而答錯了。」

她酸溜溜地責備我。

這孩子，居然會對剛復活的人說得這麼不留情。

「因為沒感謝我，所以你才會變成這樣。不好意思，我忍不住要笑出來了。哈哈！」

「……用不著等到超過時限，我也可以往妳的臉頰打下去吧？不只是代表這座城鎮的居民，甚至是代表全人類。」

「不錯耶，比我還高明嘛，厲害厲害。等我以紳士的態度吐槽說『握拳打女生簡直豈有此理』之後，你就會進一步吐槽說『所以是怎樣，男生就可以打嗎』對吧？」

「不對，我只會打妳。」

說來遺憾，現在時限真的將近，我沒有餘力為了消氣而動手……但是我再度陷入僵局。

即使重新檢視「ばうよおさくひらみだぬおわなぬ」這段文字，如今看起來也只像是遊戲的密碼。

確信正確的解答一旦錯誤，造成的精神傷害意外地嚴重。而且連續兩次了。

甚至覺得一開始的大方向就是錯的。

相較之下，先前隨便寫下『0』『0』『0』『0』而答錯之後的重振速度甚至比較快。

不過我兩次都確實死掉了……雖然不知道是魔法還是規則，但是二話不說就會死掉的這種機制果然驚人。

這麼一來，只能認定幸好和我在一起的是能夠二話不說讓我復活的地濃。到頭來，我甚至覺得乾脆依賴萬能魔杖「Living Dead」的能力，在時間允許的範圍內連續嘗試一萬種認證碼，才是效率最好的做法。

一萬次嗎……

即使在地獄般的春假，終究也沒死這麼多次吧。

「欸，地濃小妹……」

如此心想的我轉身一看，發現她正在脫衣服。

把萬能魔杖「Living Dead」放在講桌，迅速將輕飄飄引人注目的魔法少女「Giant Impact」的服裝連同靴子脫掉。

為什麼？她為什麼突然脫起衣服？

這套服裝是魔法少女之所以是魔法少女的服裝，不能隨便脫掉吧……不對，即使不提這個，我覺得她現在脫衣服也毫無脈絡可循啊？

默默脫衣服的女生超恐怖的！

難道這個不到十五歲的小女生，依然執著於「π的意思是歐派」這個解釋，試著露出乳房嗎？還是說，她要履行「時限到了就讓我看內褲」的那個承諾？

如果是前者，那她就是貨真價實的笨蛋；如果是後者，那她也太早放棄了！

不過，先不提是不是貨真價實的笨蛋，和魔法少女服裝比起來過於樸素的內衣褲，地濃並沒有一起脫掉，而且她一輩子都不可能履行那個承諾。

換句話說，她脫到剩下內衣褲是基於別的意圖。

不是常人會想到的點子。

真的是魔法少女才會想到的點子。

到頭來，無論是脫掉服裝還是做任何事，她這個魔法少女「Giant Impact」終究是魔法少女「Giant Impact」。

她斜眼看著困惑的我，就這麼默默迅速拿起粉筆，喀喀喀喀填滿四個空格。

『3』『1』『0』『1』。

先不提她是從哪裡想到這些數字，既然她在這種高潮場面，而且是左右各空一行寫下這個數字，我不免覺得這次真的是正確解答……

「之後就拜託你了，曆大哥。動作要俐落一點喔。」

只穿著內衣褲的地濃，一如往常以惹人不悅的討厭語氣說完，就這麼拿著粉筆很乾脆地倒在教室地面。

就像是生命忽然消逝。

就像是依照規則「死去」。

「喂喂喂喂！這是怎樣啊！從我認識妳到現在，妳一切的所作所為，我能理解的部分加總起來連一個都沒有！妳到底是基於什麼規則在行動啊？」

難道是無法承受封閉在密室的極度緊張狀態，所以自己選擇死亡？即使強烈認為只有地濃絕對不會這麼做，我還是慌張要跑向倒下的她……就在這個時候。

就在這個時候，毫無徵兆發出喀啦喀啦的聲音。

教室的門像是自動門般開啟了。

010

接下來是後續，應該說是結尾。

被關在教室解謎的時候，時間不知不覺已經跨日了。但是對完答案就發現，正確答案平凡無奇而且令人掃興。雖然不是「朦朧幽靈影，真面目已然揭曉，乾枯芒草枝」這種感覺，不過說到得知答案之後的掃興心情，和怪談或是都市傳說都有共通之處。

總之，沒能得出正確答案的我說什麼都只像是嘴硬不服輸，所以我在這裡就不要說一堆無意義的開場白，平淡進行解說吧。話是這麼說，不過我寫的『3』『1』『4』『1』這四個數字已經十分接近了。

在教室裡收集十五個平假名，依照課桌使用者的座號順序排列，得出復古遊戲的密碼，然後從主角魔法少女的名字「Ｐｉ」聯想到「π」，也就是圓周率。到這裡為止的構想都是正確的。

不過就算這麼說，『３』『１』『４』『１』這個答案說來遺憾，連八十分都拿不到。即使沒有低於三十分，頂多也只能拿五十分。

因為圓周率始終是「３．１４１５９２……」。

並不是「３１４１５９２……」。

我的想法無視於小數點的存在。

換句話說，我輸入的認證碼不是「３．１４１」這個數字，是「３１４１」——三千一百四十一。

大約一千倍。

這實在不能稱為「誤差」。

比無理數還要無理。

說什麼「這就是數學家」……我對自己的發言感到丟臉。

更令我感到丟臉的，就是我輸入錯誤的答案之後，是由地濃為我補救的。

這裡說的「補救」不是指她後來以魔法讓我復活。這當然也是一種補救，但我說的是後續的事情。

包括她突然其來脫掉服裝的行為。

以及後來的『3』『1』『0』『1』。

不是圓周率之類的東西，也不是平假名的字串，是數字的字串。至少在多少對於數學有點自信的我眼中，「3101」這個數字不會特別讓我想到什麼，但是一旦察覺端倪，她的意圖就顯而易見。

地濃輸入了「小數點」。

「3・14」的「・」——「點」。日文發音是「TEN」。

也就是「10」。

換句話說，她在圓周率基本形「3・14」的「3」與「14」中間插入了「10（TEN）」。這麼一來，以十五個平假名意味「π」的這個暗示也正確成立。

『3』『1』『0』『1』『4』。

總歸來說，「31014」正是本次用來逃離一年三班教室的認證碼。不過用來寫下認證碼的空格始終只有四格。

那麼輸入『3』『1』『0』『1』就好嗎？不過既然「3141」不算是圓周率，那麼「3・1」同樣很難說是圓周率。即使數字沒錯，基本上也沒人在聽到「3・1」這個數字的時候會認為是圓周率。像這樣推論就會猶豫是否要寫下這個答案。

但是地濃輸入了。毫不猶豫。

然後死掉了。

說到她是否和我剛才做的一樣，因為急於搶功而失誤，那可就錯了。一切都符合她的計畫。

包括「死亡」的結果，都符合她的計畫。

將小數點解釋為「10（TEN）」的這種文字遊戲既然可行，那麼在數學的世界，自古以來就存在著某個更單純的諧音雙關語。

那就是「死（4）」。

這應該是最有名的諧音雙關語吧。

『3』『1』『0』『1』，然後『4』。

輸入答案失敗，然後輸入者死亡，這個認證碼才首度變得完整。這個機制不只是壞心眼，甚至可以說是惡毒。

四位數的認證碼。

4的規則。

死的規則……是吧。

如果這在四國是理所當然，那麼地濃和我大概一輩子都無法相容吧。

從正常的人類開始死亡。

如果這就是她居住的四國……不對。

那麼，若問像這樣死掉的她是否正常，答案完全是否定的。不只在四國，在這座城鎮也不敢說她是個正常人。

畢竟確實不正常。

我再也不會說她只是一個性格惡劣的女生了。

要是近距離目睹我第二次輸入錯誤的答案而喪命，基於旁觀者清的原則，或許可以得出正確解答。擅長對吐槽加以吐槽的她，成功的可能性應該特別高吧。

然而，明明那麼擅長偷懶，總之非常精明，即使在合作體制之下也盡量不做事的她，在輸入認證碼的時候，面對不是「輸入錯誤就會死」而是「肯定會死」的這個條件，多話的她就這麼不發一語，主動出手。

如果由我來，即使我死了，她明明也可以用自己的魔法讓我復活……明明我無論死兩次還是死三次都沒差。

……其實有差嗎？

或許她這麼認為吧。

自己想想，第一次與第二次的死，都只是因為我性急——身為區區的普通人卻急於搶功。總是使喚我做事的她，只在背負死亡風險輸入認證碼的時候從來沒叫我去做。

難道她覺得既然是自己察覺的，當然應該由自己動手嗎？還是覺得不應該將這麼風光的場面讓給區區的普通人？或許我不該揣測她內心的想法。

不該揣測她內心的規則。

到了這個地步，她身為魔法少女所屬的組織，是為了除掉她才派她執行這項任務的推測，或許未必是穿鑿附會。

要從「必須死亡才能脫逃」這個機制的密室脫逃，從一開始就不是她一個人可以達成的任務吧？簡直像是叫她去死。說起來，即使擁有萬能魔杖「Living Dead」，要是當事人自己沒命，就無從施展這個固有魔法。不過這部分可以說是她這個魔法少女「Giant Impact」鴻運當頭。

前吸血鬼又擁有特殊視力的我，目擊在天空飛行的她。

而且我這個目擊者曾經是她出任務的地點——直江津高中一年三班的成員。

她真的是以一兆分之一左右的機率，抽中這個驚人的巧合。而且她狠狠拋棄這難能可貴的幸運。

原本只要由我輸入『3』『1』『0』『1』再接上『4（@死）』，然後由魔法少女「Giant Impact」讓我復活，凡事都可以圓滿落幕——和圓周率一樣圓滿。

即使如此，她還是主動接下輸入數字的工作。

這是無視於利益得失，完全不合理的行為。

不只得不到任何好處，而且不合理。

是無法理解的理外行為。

那麼，這想必是魔法少女的行為。

……但是我必須在最後說明，地濃這個突發性的舉動，當然不是基於崇高的自我犧牲精神而奉獻自己的生命。

地濃始終是基於任務所需，主動扛下輸入數字……應該說死亡的職責，並非死亡之後不想復活。照例隱含著別說令我感謝，甚至令我火冒三丈的精明算計。

所以她才會在輸入認證碼之前脫掉那套服裝，像是故意做給我看般，把用來發動固有魔法的萬能魔杖「Living Dead」放在講桌。

魔法少女的服裝，以及相互連動的手杖。

穿上這套服裝，任何人都能成為魔法少女；揮動這根手杖，任何人都能使用魔法——記得她剛才這麼說過。

「之後就拜託你了」。

「……………………………………………………」

我無須解讀就知道該做什麼。

這也是無須多說，逼不得已。

看來我毆打的不會是地濃的臉頰，而是稍微往下移的心臟部位，但我內心的悶氣再怎麼樣都不可能因而一吐為快吧。

第眼話　眉美・紅眼

001

瞳島眉美是美少年偵探團的團員。光是聽到「美少年偵探團」這個神祕名稱就令人想入非非的活動團體居然實際存在於世間，不得不說對於我這個男高中生造成新鮮的驚奇感，不過每塊土地各自都有不可思議的風土民情吧。我們的城鎮甚至來過吸血鬼，那麼美少年來訪或許同樣沒什麼好奇怪的。

話是這麼說，不過美少年偵探團是某所國中裡的團體，如果以此為基礎，刻意從我身邊尋找類似的概念，那麼說來見笑，只要想像我的兩個妹妹——阿良良木火憐與阿良良木月火組成的正義組織「火炎姊妹」，應該可以輕易想像其中難以捉摸的本質。只是，雖然火炎姊妹本身也是相當難以捉摸的兩個傢伙（說自己的妹妹難以捉摸，應該是必須稍微嚴肅正視的事實，不過這個問題現在暫且放在一旁），然而火炎姊妹與美少年偵探團似乎還是有著絕對無法相容的顯著差異。

火炎姊妹的兩人尋求的是「正確」。

美少年偵探團的眾人尋求的是「美麗」。

有時候「正確」並不「美麗」，「美麗」未必是「正確」。然而我這樣的闇之眷屬，完全無從想像應該從何處看透這個真理。

不過說到看透，我認為瞳島眉美在美少年偵探團裡，應該也是最擅長看透的團員。

因為那個孩子擁有無與倫比的視力。

「美觀之眉美」。

團員們似乎是以這個別名稱呼眉美。

雖然時間不長，但是在那個春假，我擁有成為吸血鬼的經驗，自負至今也擁有足以找到迷路孩童或是目擊飛天魔法少女的視力，不過「美觀之眉美」的視力實在無法納入這種範圍。

據說眉美連不存在的星星都看得見，令人敬畏。如果熱愛天文學的戰場原聽到這個珍藏的祕密，想必是稱羨不已吧。

雖然沒有打破砂鍋問到底，但是瞳島眉美在發現某顆暗黑星的過程中加入了美少年偵探團。只不過，和這種浪漫的插曲相反，或者說和「美少年」這個詞給人的華麗印象相反，瞳島眉美的個性挺彆扭的。

與其說是陰沉，甚至可以說是陰溼。

我也屬於相當陰沉的那種個性，所以不方便多說什麼，不過那個孩子的陰沉程度，真的是暗黑星的等級。比方說，關於戰場原教我的夏季大三角，眉美是這麼說的。

「織女星、牛郎星及天鵝座的天津四被稱為夏季大三角，不過七夕那天在銀河搭橋的不是天鵝，是鵲吧？所以天鵝不能信任。居然是鵲比較值得信任，總之不管怎麼說也太諷刺了……」

看著那麼壯麗的三角形，竟然可以想到這麼消極的事，即使不是喜歡天文學而是喜歡數學的我也忍不住大吃一驚。不過極為悲觀的這個美少年，在我們城鎮遭遇麻煩事而試圖擺脫的時候絕對沒有放棄，這一點我必須預先聲明。

「沒那回事喔。我本來就是動不動就很容易放棄的類型。不過如果是團長，在這種時候肯定會這麼說。」

團長。

應該是美少年偵探團的團長吧。

「『放棄夢想，有時候是美麗的。不過，如果放棄的是現實，那麼無論何時都不美麗。』」

別說火炎姊妹，連這兩個姊妹的親哥哥我，肯定也一輩子都說不出這句極為美麗的名言。是足以讓消極的眉美積極前進的美文。即使我不是美文的俘虜而是微分的俘虜，這句話也十足撼動我的心。

無論如何，師事這位團長的瞳島眉美，本次在我們城鎮不幸遭遇到的不是天鵝，也不是鵲。既然叫做「銀河」，那麼實際的答案反倒比較合理吧。

美觀之眉美目擊的是……魚。

而且是足以稱為凶惡代名詞的魚。是食人魚。

002

七夕將近，我朝著北白蛇神社一步步上山。雖然這麼說，但我的目的不是參拜。那座神社已經毀滅，沒有神明坐鎮。以土地或是以神社來說都是空空如也，神社建築也半毀，頂多只有鳥居完整殘留。

過於空空如也可能會成為禍害的源頭，所以先前造訪這座城鎮的夏威夷衫大叔忍野咩咩，甚至「封印」了這個問題場所。當時我也有參與這項封印工作，不過這次並不是特別為了怪異相關的理由而登山。

一言以蔽之是場勘。

我和奄奄一息的吸血鬼經歷地獄般的春假，又和同班的羽川翼共度惡夢般的黃金週，後來和我結下奇妙緣分的戰場原黑儀，她的生日是七月七日，也就是七夕。為了進行慶生的事前準備，我在今天斷然決定登山。

那個傢伙喜歡星星，那麼既然難得是七夕，我想到可以找大家一起來進行天體觀測。

為七月七日生日的女孩舉辦天體觀測的活動慶生，真是富含原創性又空前的獨特點子，我對於自己獨特至極的創意感到恐懼。

只不過，為同班同學慶生這種行為，我實在不敢告訴春假之前宣稱「我不需要朋友。因為會降低人類強度」的我自己……總之，這就是現在的我。

話是這麼說，即使要進行天體觀測，但今年的七月七日不是假日，時間上也沒空前往天文臺……只能在附近找地方觀測。

剛開始我覺得辦在學校樓頂就好，不過直江津高中不開放樓頂。

要偷偷溜進去也於心不忍。

此時，我發現北白蛇神社是我們城鎮海拔最高，視野最開闊，但是鮮少有人接近的場所。換句話說，是不為人知的觀測地點。

忍野曾經將北白蛇神社稱為「氣袋」，但如今即使當成觀賞天空的地點應該也沒什麼問題。

不過在我吃力行走在登山步道的時候，覺得這次場勘的成果可能不會太好。不只因為我冷靜思考之後發現，說起來天底下沒有女生想在荒廢的神社裡慶生，更大的問題在於最重要的天氣遲遲不理想，這或許是昔日自己的詛咒吧。

天氣逐漸變差。

我離開家門的時候還好，但是我將腳踏車停在山腳，沿著坡道登山的時候，天空逐漸密布雲層。

別說夏季大三角，連月亮都看不見。

星月無光的夜晚。

不只是雲層密布，照這樣看來沒多久就會下雨。我連傘都沒有帶，要是山上下起雨將是慘不忍睹的事態。

如果這是昔日自己的詛咒，那麼可以說我昔日內心的黑暗也太深沉了。

哎，回想起實際化為吸血鬼成為闇之眷屬的那兩週，或許確實是這麼回事，看來七夕當天的狀況也可想而知……不過，幸好只是我多慮了。

不，並不是因為天空突然放晴（雖然是夜晚）所以覺得多慮，是因為即使這種壞天氣是詛咒使然，也不是昔日的我對自己下咒。我登頂抵達神社之後，發現半毀的神社正殿臺階上坐著一個人。

一名像是黑暗般抱頭消沉的美少年。

「…………」

是大約國中二年級的男生。

不過，可以說幾乎感覺不到這個年齡應有的活潑或快活氣息。不只如此，感覺只有這孩子周邊的空氣沉重凝滯。

這份陰沉恐怖到令我以為又和春假那時候一樣遇見奄奄一息的怪異。基本上可以確定他的勒克斯（光照度的計算單位）是負的，就像是吸收光線的黑洞。

看來烏雲密布的原因在於這個孩子，我不得不擅自這麼判斷。隱含此等憂愁的這名美少年到底是誰？

光輝內斂的這股美感，不得不說他果然在某方面很像妖怪，不過曾經是吸血鬼，後來又見聞各種怪異奇譚，即使不是專家而是外行人卻累積相當經驗的我，覺得他看起來應該是人類無誤。

畢竟他穿著西裝式制服。

不過，也曾經有吸血鬼混血兒身穿白色學生服前來，所以這方面不能一概而論就是了……這是哪間學校的制服？

我在這附近沒看過這種設計的西裝式制服……

「啊～～……嗚～～……」

美少年好像還沒發現在鳥居附近停下腳步的我，抱著頭用力搖頭。

「傷腦筋傷腦筋傷腦筋……怎麼辦怎麼辦怎麼辦……沒辦法了沒辦法了沒辦法了……為什麼會遭遇這種慘事這種慘事這種慘事……」

「…………」

以奄奄一息的吸血鬼為代表性的例子，我至今也面對過各種遇到苦惱的人，但我或許是第一次看見苦惱得那麼明顯的人……他周圍的黑暗程度有增無減，不知極限為何物。

天空也終於完全被雲層覆蓋得密不透光，連一顆星星都看不見。

別說場勘，這樣下去可能會伸手不見五指。

「團長，不是說過絕對沒問題嗎……那傢伙真的是得意忘形耶……我為什麼會相信啊……」

他輕聲這麼說。

團長？

他說的是悲如斷腸嗎？（註2）

確實，要是就這麼置之不理，我擔心他可能會切腹。無論如何，總覺得以現在的氣氛，沒辦法進行為同班同學慶生的預演了。

那麼明顯遇到困難的傢伙，我可不能置之不理吧。

而且依照最近世間的傳聞（主要是好友八九寺放出的傳聞），我並不是「會拯救

註2　日文「團長」與「斷腸」音同。

有難少女的敘事者」，而是被說成「只會拯救有難少女的敘事者」。

居然散布這種假消息。

我很想質詢她是不是在玩股票。

有難的人不分男女，這是我的基本原則，也是我從第二個母親羽川那裡學來的道理。只是至今湊巧都沒有苦惱的男生出現在我面前。雖然本系列出了二十幾本都湊巧沒發生這種狀況，但我絕對不是沒把男生放在眼裡。

現在我面前不就有一個苦惱的男國中生嗎？這就是證據。若要形容這是最適合的例子似乎不太妥當，但為了證明我這個敘事者絕對不是只會到處拯救女性，看來我不能將抱頭的他扔在這裡匆匆返家。

總之，即使不是為了證明，要是就這麼把釋放黑暗氣息的男生扔在這裡，恐怕過再久都無法在這座神社舉辦天體觀測吧，這算是我個人的苦衷……

「那麼……」

可是，我到底要怎麼搭話？

我的個性也絕對不算開朗，就算這麼說，要是他的陰沉和我的陰沉相乘，我完全料想不到究竟會演變成什麼結果。

這麼一來，我只能勉強自己假扮成開朗的角色了。畢竟也不能害得這個苦惱的男國中生提防我到不必要的程度。這時候就飾演一個親切搭話的大哥哥吧。別看我這樣，我好歹有兩個國中生妹妹，和那兩個傢伙比起來，男國中生也算可愛了。

「喲！你在沮喪什麼啊，小老弟！」

「呀啊！」

我說著可能一輩子都不會說的豪邁臺詞，慢慢從後方抱住，這個「小老弟」隨即發出像是少女的尖叫聲。大概還沒進入變聲期，他的聲音真的很像少女。

「是……是誰？怎麼回事？」

突然被抱住的恐慌心情，似乎暫且消除他身邊的黑暗。躡手躡腳走過去嚇他一跳的作戰成功了。

因為大家都說第一印象很重要。

這麼一來，我肯定塑造出非常平易近人，即使初次見面也親切以對，像是大哥哥角色的美好形象。

同時，我也很高興可以向在場所有人證明「八九寺啊，我並不是因為妳是少女才抱妳，即使對方是男國中生，我也會一視同仁熱情擁抱，我只是一個喜歡抱人的傢伙」。

在這份喜悅的驅使之下，我再次，這次是從正面緊抱這個似乎還處於混亂狀態的男生。

「嗨，我叫做阿良良木曆，高中三年級。」

我像是在耳邊呢喃般進行自我介紹。

「歹……歹徒自報姓名了……意思是不會放我活著離開嗎……？」

「歹徒？說這什麼話，我是救星。」

大概是世代差異，也可能是地區差異，這個男生說出莫名其妙的話語，令我錯愕。

他看著這樣的我，似乎驚覺到某件事。

「啊，對喔，我現在這身打扮和平常不一樣……」

他這麼說。

愈來愈莫名其妙了。

或許他的煩惱就是這麼嚴重吧。如此判斷的我繼續說。

「如果遇到什麼困難，我可以助你一臂之力。」

我說完像是加油打氣般，摟住他的肩膀。他的肩膀明顯嬌柔得像是女生，或許國中生都是這樣吧。

003

男國中生叫做瞳島眉美。

我的名字「曆」也經常被誤認是女生，他想必也大多被這麼認為吧，我忍不住對他同情不已。

他是指輪學園國中部的二年級。

指輪學園。

說來抱歉，我沒聽過這所學校。

正如預料，他是從別的城鎮千里迢迢來到這座城鎮。

這麼一來，我推測他應該是神社迷或廢墟迷，但是眉美兩者皆非。他說他造訪北白蛇神社的理由和我一樣，是為了看星星。

「這是團長直接下達的命令……說什麼瞳島眉美同學應該很擅長天體觀測，要我過來看看。那個人一旦說出口就不聽勸……那個，距離不會太近嗎？」

「咦？會嗎？」

我與眉美確實在神社臺階並肩接近到約五公分的距離，但是彼此都是男生，應該不用在意距離這種問題吧？

是因為正值難以相處的年紀嗎？

哎，畢竟看起來是心思細膩的美少年。

不過，以我的經驗來說，要是國中時代就怕生，將來會很辛苦。令我深感同情的他，不該度過像我這樣悲哀的高中生活，如此心想的我反倒更加縮短距離，不只是緊貼眉美，還說「喂，你在害羞什麼啊」再度搭他的肩。

「嗚，咿……」

「放心吧，眉美老弟。別人經常說我熱愛少女，但我對男國中生沒興趣。」

「別……別人經常說你熱愛少女嗎……？原來不只咲口學長會這樣啊……」

眉美說完感到錯愕。

「那就絕對不能表明真面目了……」

「真面目？眉美老弟，你說什麼真面目？」

「啊，不，沒事。請就這麼搭我的肩吧。請儘管搭我的肩吧。」

「是啊，我也很開心像是多了一個弟弟。如果你是妹妹，我就會莫名其妙揍你一頓了。」

「…………」

眉美不知為何渾身發抖，總而言之，既然他特地從外地來到這種什麼都沒有的城鎮看星星，也可以理解為何會因為天候惡劣而沮喪。

我原本是這麼想的，但看來未必如此。說起來，眉美只是依照「團長」的命令來到這裡，他自己似乎沒那麼喜歡天體觀測。

這麼一來，我猜想「團長」應該是天文社社長之類的，但我好像又猜錯了。

「我是美少年偵探團的團員。然後，我來到這座山是偵探活動的環節之一。天體觀測的任務已經完成，但我現在回不去了。」

「？」

回不去了？什麼意思？

不對，在這之前……他說任務已經完成？

天候這麼惡劣，他是怎麼做的？是在雲層密布之前就完成觀測嗎？不，雲層還沒密布的時段頂多只看得見月亮才對，那就用不著登山，從地面就能觀測。

話說，他剛才脫口而出的「美少年偵探團」是什麼？這是我現在最大的疑問……國中生之間流行這種東西嗎？

我該不會已經失去這種童心了吧。

高中三年級，十八歲。

即使完全自以為是孩子，但是和國中時代相比，感覺也明顯成為大人了。仔細看就發現眉美的肌膚光滑透亮。

「好滑好順。」

「呃，呀啊！你做什麼啊！」

「咦？我看你的臉頰好像很軟就摸摸看……有什麼問題嗎？」
「不不不，沒問題！因為我們都是男生！」
「嗯，那當然。來來來，我要磨蹭你的臉頰喔～～」
「哈，哈哈，哈哈……」
美少年剛才釋放那麼強烈的黑暗氣場，為了舒緩他的內心，我一反自己的個性，發揮像是神原的親切態度。多虧我的努力，眉美向我露出笑容了。
什麼嘛，我意外地可以和他人處得來耶。原來如此，就是這種風格嗎？
我贏了。
贏得人生。
總之，我判斷肯定是社團活動之類的，把美少年偵探團這件事放在一旁，詢問眉美以什麼方法在這種雲層密布的天氣進行天體觀測。
難道是有什麼特殊的工具，例如可以穿透雲層觀測星星的望遠鏡嗎？這種事正常來說大概不方便透露，不過大概是拜我的口才所賜吧。
「不需要工具。」
眉美告訴我了。
「反倒是為了不去觀測，才需要特殊的工具……啊，糟糕，我說出來了。」
「什麼嘛，真是見外。我們之間沒什麼好隱瞞的。以我們的交情，只差沒真的結拜為兄弟了吧？看我搔你的癢！」

「我說我說我說！啊哈哈哈，住手住手住手！我會說啦！」

哎，男生彼此這樣嬉戲真快樂，如果是異性就很難建立這種關係吧。我感慨地這麼想。

「美觀之眉美。」

他說出的這個神祕話語，吸引我的注意。

「大家是這麼稱呼我的。總歸來說就是我的眼睛非常好。」

「非常……」

「是的，雲層再厚也終究只是以水組成的，以我的眼睛可以輕易透視，所以我可以觀測到目標的星星。」

「是喔……」

聽起來相當難以置信，但應該不是不可能吧。或許可以說這是他身為「偵探團」團員的長處。

「原來如此。那我可以舔一下你的眼珠嗎？」

「不可以啦！就算都是男生，做這種事也很怪吧？」

看來不可以。

不過，既然擁有這麼高超的視力，感覺在日常生活會受到相當程度的影響，沒問題嗎？

「是的，所以平常我會戴眼鏡抑制視力。」

也就是特殊工具吧。

總之，眼鏡是矯正視力的器具，所以即使用來抑制視力，或許就某方面來說也算是正確的用途。

「可是這副眼鏡，我好像在這座神社境內弄丟了……所以才會抱頭苦惱。」

弄丟了。

換句話說，是在取下來進行天體觀測的時候遺失嗎？

「唔～～我沒戴眼鏡所以不敢斷言，但是在這種時候，大致上應該都是下意識放進口袋之類的吧？」

「是的……我也這麼想並且找過，但是上衣與褲子口袋都找不到……」

「自己找可能不是很清楚喔。好啦，你別動，我來幫你找。」

「呀啊啊！不要摸索我的口袋！絕對不在裡面！絕對！確實！我用命來賭！我用視力看過所以一定沒錯！」

眉美堅定抵抗。

像是感受到貞操危機般胡亂掙扎。

看來他這個男生相當害臊。

不過回想起來，大家在青春期都是這種感覺吧。這樣的話，這時候應該不必太擔心眉美的將來。

那麼比起將來，應該擔憂的是現在。

「弄丟的話就沒辦法，只能死心回去了吧？畢竟再不下山應該就沒電車可以搭了……不然的話，我留下來幫你找吧。你告訴我住址，我之後寄給你。」

「住……住址嗎……」

我們肯定已經打成一片，眉美卻不知為何露出戒心。「嗯，極端來說，眼鏡我有備用的，所以不必了。」他這麼說。「可是……我下不了山。遇見阿良良木先生之後，我更想下山了，但還是下不了山。」

他這番話聽起來像是和我的這場邂逅成為一種激勵，不過「還是下不了山」是什麼意思？難道是我陪伴他還不夠嗎？如此擔心的我，為了讓這個小弟看看我孔武有力的一面，所以一隻手摟著眉美的肩膀，另一隻手伸到他的大腿下方，輕盈將他抱起來之後，就這麼讓他坐在我的大腿。

好輕！

國二的男生這麼輕嗎？

「不用了！阿良良木先生陪伴我這麼久很夠了！」

「是嗎？那就好……既然這樣，你為什麼下不了山？」

「總……總之可以先把我從大腿放下來嗎……」

「好了好了，別這麼客氣啦，小老弟。畢竟難得坐下來了。不用客氣，你可以就這麼靠在我身上喔。來，把我的手當成安全帶！」

「咿……咿咿咿……」

「唔喔，你的腰超細的。明明肌肉不怎麼發達，肚子卻完全抓不到肉，感覺都能抓到肋骨了，應該要好好多吃一點東西比較好吧？」

「咿咿咿，咿咿咿……」

眉美原本支支吾吾，不過我的包容力與擁抱力，似乎令他改變主意覺得盡快和我商量比較好。

「因為我看得見。」

他迅速這麼說。

看得見？看見什麼？

「在城鎮上方游泳的……巨大食人魚。」

004

食人魚。

脂鯉目脂鯉亞目鋸脂鯉科的淡水魚。

這是知名到不必說明的肉食魚。既然看見這種生物，那麼下不了山確實也是難免的。

不對，不是生物。

食人魚不會在天空飛，而且即使體型再大，頂多也不到五十公分長，實在不適合形容為「巨大」。

那麼這不是生物，是怪物。

不，應該稱為「怪異」。

「我看到鯨魚那麼大的食人魚在浮游……阿良良木先生，你看不見嗎？」

若問我看不看得見，我只能回答我看不見。說起來，我是從鎮上像這樣上山來到這裡。要是有食人魚在上空優游，現在城鎮早就雞飛狗跳了。應該可以認定不只是我，任何人都沒看見食人魚。

除了眉美。

除了美少年偵探團的團員——美觀之眉美。

「原來如此……這樣很恐怖吧。」

「咦……你願意相信嗎？」

「那當然。」

這種事過於理所當然，我無法認定這是眼睛的錯覺，無法斷定是眉美多心。

看見本應看不見的東西，遇見本應不存在的東西，這對我來說是家常便飯，我也知道沒人願意相信這種事的時候有多麼悲哀。所以我能做的只有更用力緊抱在我大腿上發抖的眉美。總覺得他抖得更激烈了，但這真的是我多心吧。

不過，食人魚嗎……現實的食人魚就十分恐怖了，要是成為怪異，老實說，我必須承認現在的自己應付不來。

食人魚的怪物。

搞不好比吸血鬼還恐怖吧？

即使憑著我這個前吸血鬼的視力也看不見食人魚，或許才是我應該在意的事情。只有眉美看得見的食人魚。

那麼，應該判斷他內心棲息著猙獰的肉食魚嗎？

「眉美老弟，可以讓我看一下你的口腔嗎？我想確認你的牙齒是不是和食人魚一樣滿口利牙。」

「需……需要確認這種事嗎？」

「別在意別在意，快點。」

「請不要強行推動劇情。我就是因為在意才會抵抗。牙齒的形狀，我可以用自己的舌頭確認。」

「所以說你的舌頭最好也要確認一下以防萬一。交給我吧。」

如果對方是女生，即使是為了人道支援，觀察口腔的這種行為，即使是我也可能會不好意思而猶豫，不過既然眉美是男生，那麼檢查口腔一點都不成問題。

什麼嘛，雖然八九寺貿然說出那種話，不過我意外適合幫男生的忙吧？雖然我至今看起來全力以赴，其實對於至今面對的少女們，或許還是違背本意做得不夠妥善。甚至冒出這種想法的我，讓坐在我大腿上的眉美轉過頭來，抬起他的下顎清查口腔。

「嗯，我看看……」

雖說交給我處理，不過老實說，我沒什麼機會檢視別人的齒列，所以不太能斷言，總之他的牙齒形狀整齊又美麗。真的可以說很像是美少女偵探團會有的齒列吧。

不過，男國中生的嘴脣會這麼Q彈嗎……我的目光動不動就被吸引。

「啊，不，嘴脣這麼Q彈，是因為被加工過……有團員在化妝班……所……所以就算吃了也不好吃哦？」

「喂喂喂，我怎麼可能吃嘴脣？又不是食人魚。哈哈哈，如果是女生的嘴脣就另當別論。」

我說出不敢對異性說，只能在男生之間說的這種危險玩笑話試著緩和氣氛，但眉美只回以「哈哈哈……」像是沙漠的乾笑聲。

真可憐。

看來他完全被飛天食人魚嚇壞了。

不過，如果是我看見這麼不得了的東西，即使終究不會釋放黑暗氣息消沉到那種程度，也可能會嚇到畏縮，就這麼定居在這座廢棄神社，但是眉美不一樣。

「我沒事了。」

說完，他像是抓準一瞬間的破綻，跳下我的大腿。

不愧是擁有高超的視力，他沒看漏我在檢查口腔時放鬆擁抱的瞬間。

「我充分鎮靜下來了。我決定現在下山。」

「咦？真的沒問題嗎？」

「是的，因為繼續待在這裡可能比較危險……更正，是多虧阿良良木先生願意聽我吐苦水，所以我舒坦多了。」

其實從一開始就有方法可行。

眉美這麼說。

「是的，很簡單。重點在於別去看食人魚就不會害怕。換句話說，只要閉著眼睛下山就好！」

「你……你說閉著眼睛……」

不不不。

他說得像是妙計，但是這個點子別說簡單，幾乎像是不顧一切豁出去了，如果做得到這種事，那他真的用不著消沉，打從一開始就該這麼做……可惜我來不及阻止。

眉美踏出第一步就摔倒了。

完全是想當然耳。

我第一次看見這麼想當然耳的結果。

在草原行走就算了，在這種荒廢至極，滿是石塊的山路閉著眼睛行走，是辨不到的難題。而且他摔倒的地面滿是石塊。

「眉美老弟，振作一點！」

我衝了過去，將向前倒下的眉美抱起來，然後對他的全身進行觸診，檢查是否有骨折或是跌打損傷。

「咿……咿，那個，等一下，你到處亂摸過頭了……」

被我摸遍各處的眉美胡亂掙扎。

太好了，看來沒受重傷。

我鬆了一口氣。

總之，他自己應該也知道這樣很危險，所以是戰戰兢兢踏出腳步，摔倒時也確實做了防護動作，光滑的臉頰與Q彈的嘴唇平安無事……不過看來終究沒能完好無傷，膝蓋稍微擦傷了。

鮮血滲出長褲。

嗯……這種程度的擦傷，即使扔著不管應該也沒有大礙，不過這個場所絕對不算是安全圈，是怪異的氣袋。來自外地的國中生，要是得了怪異性質的破傷風也很麻煩，如此心想的我一口氣掀起眉美的褲管。

「像是熟練的醫生一樣得心應手耶……」

「因為我習慣這種行為了。」

「治療行為嗎？」

「不，是掀裙子的行為。不過說到掀褲管或許是第一次……」

「哈，哈哈……這樣啊。那個，你摸腿摸太久了……看來絕對不能把美腿同學介紹給這個人。」

看來他有一個叫做「美腿同學」的朋友。

是麻煩到不能介紹的朋友嗎？

我一邊思考這件事，一邊直接目視患部，也就是眉美的膝蓋。直接看就發現血流得比想像的多。

眉美也發出「唔哇……」的聲音。

國中生年齡的男生應該經常受這種傷，但是無論男女肯定都不希望自己的身體受到傷害。為了鼓勵他，我故意以輕浮的語氣開口。

「沒事沒事，這種小傷，塗口水就會好。」

說完之後，我舔拭他外露的膝蓋。

直接舔。用舌頭舔。

如果對方是女生，為了避免事情敏感，我可能必須採取間接的手法，先舔拭自己的手指再把唾液塗上去，不過既然是男生，這種時候就可以爽快一點，真是輕鬆。

膝蓋受傷似乎造成相當大的打擊，眉美的臉色不只發青甚至變成土色，所以即使我不忍心忠告，還是在拉下褲管的同時像是告誡般這麼說。

「閉著眼睛下山果然很難吧？」

真的如字面所述是盲目行事。又不是武術達人，不可能做得到這種事。

「不……我覺得下次一定可以。只要小心一點……畢竟路上幾乎沒有岔路，對了，下次只要使用手杖……」

「…………」

看來他不打算放棄。

他外表這麼秀氣，我又看過他那麼消沉的場面，所以不小心就會誤解，不過看來眉美是意外有毅力的國中生。

剛才把他和我這種人相提並論，真的很抱歉。

他的指針看來不會改變。

那麼，我的指針等於也在同一時間固定了。

「這股志氣很好。我不會再阻止你，但是我有條件。」

「咦？阿良良木先生，你到底是憑什麼立場對毫無關係的我提條件……」

「什麼毫無關係，別說得這麼冷漠，眉美老弟。」

只有這時候不是假裝，我以發自內心的親切態度大方這麼說。

「我也一起下山吧。我陪你一起走。如果你要使用手杖，就把我當成手杖使用吧。」

005

原本是來進行慶生派對的場勘，卻不知為何進展為意外的狀況，哎，反正距離戰場原的生日還有一段時間，加上天候每況愈下，而且我隨時都能來到這座神社，所以送眉美到車站的這件事比較優先。

為了封閉過於優秀的視力而閉上眼睛，消除食人魚的存在。這個點子本身並不差，而且只要我成為眉美的手杖與眼睛，應該可以順利下山。

我曾經數度和看不見的怪異過招，以我的角度來說，這個計畫其實並不是沒有令人擔憂的部分……不過現在最優先的事項是趁著天氣繼續惡化之前下山。

「來，必須再貼緊一點，不然反而危險喔，眉美老弟。要運用兩人三腳的要領。我可以理解你心態上難免會客氣，但是別這麼畏畏縮縮的。」

「我確實有點畏縮，但是絕對沒有客氣的心態……」

「不然的話，要我背你也行啊？」

「不，要是用背的終究會穿幫……不是的，我不能依賴到這種程度。你光是成為我的手杖就很討厭……更正，就很夠了。」

「這樣啊，那就好……」

但我不在乎他多依賴我一點。

難道說，他和忍野一樣秉持著「人只能自己救自己」的信念嗎？還是單純比較內向？

那麼，以這種同時搭肩又挽手的形式下山，他會提心吊膽也在所難免。像是在害怕超危險人物的這種態度，考慮到他剛才慘摔的腳下路況，應該也不是太誇張的反應。

順帶一提，如果只是閉著眼睛，即使是稍微絆到腳也可能反射性地睜眼，所以現在的眉美矇住雙眼。

他解開繫在脖子的領帶當成眼罩使用，不過搭配他的美少年魅力，總覺得莫名嬌豔動人……話是這麼說，但現在不是在意外表的場合。

食人魚的話題，總之在下山之前最好避免提及，不過在封鎖視野的狀態完全沒有對話也挺悶的，所以我在路上刻意試著找話題和眉美聊。依照驗證結果，我覺得他像是黑暗般陰沉的第一印象本身似乎沒錯。

「雖然不想被誤會，但我在某方面來說也不想被理解。」

像是這樣。

「我尊敬花式滑冰的選手。他們即使在中途摔倒也絕對會滑到最後吧？如果是我百分百會覺得厭煩，在摔倒的時間點就棄權。像是連敗之後休場的橫綱。」

像是這樣。

「雖然大家說是『忠犬八公』，不過那隻狗被取了『八公』這個毫無愛情可言的名字，我不認為牠會對人類忠誠。」

像是這樣。

「極端來說，『智力』是足以長時間努力唸書的體力吧？到頭來還是贏不了運動健將類型的人。」

像是這樣，總之他說的都很負面，反常到能讓周圍的人一起變得消沉。

不過，想到這些話是國中生說的就覺得可愛，所以我分別回答「或許你誤會自己被誤會了」或是「花滑選手還有下一次的比賽，要是中途棄權就得不到下一個機會吧？而且橫綱並不是覺得厭煩而休場」或是「先不提『公』，『八』這個名字說不定意外是懷著愛情為牠取的」，我勤快地逐一吐槽。

不過，關於「智力是足以熬夜唸書的體力」這一點，挪用前吸血鬼的體力來準備大學考試的我難以反駁。畢竟聰明雙人組的戰場原與羽川體力也不錯。

然而，如此悲觀的眉美即使心情消沉又害怕，依然毫不死心嘗試下山的這種態度，我覺得無法只以「毅力」來說明。

應該有某種要素促使他做到這種程度。

「我也沒有毅力這種東西喔。如果只有我一個人，我早就放棄了。」

「原來如此。因為有我，你才會這麼努力嗎？我對你這麼親切並不是想聽這種話，不過聽到你這麼說就覺得還不錯。」

「啊，不，我說的不是阿良良木先生……」

眉美這麼說。

所作所為和「人只能自己救自己」這個信念完全相反，連原本應該是自己長處的視力都說成很負面的眉美，只有在這個時候說得有點自豪。

「無論在哪裡，我都是團員。我認識一群即使在這種狀況也絕對不放棄的夥伴。」

006

鑽過北白蛇神社的鳥居下山之後，就這麼讓眉美矇眼和我共乘一輛腳踏車終究不太妙，所以將腳踏車留在山腳，徒步前往最近的車站比較保險。不過在即將抵達城鎮入口的時候，我暗中懷抱的擔憂成真了。

一路走到這裡的我們，當然不是沒有遭遇任何狀況。即使我再怎麼盡到手杖的職責，封閉視野在惡劣路況行走的難度果然很高，下山的時候，包括眉美以及被他依靠的我，全身上下都沾滿樹葉與樹枝。

即使沒有因為摔倒之類的意外受傷，衣服各處也受損了。

我穿便服所以沒關係，不過眉美穿制服，所以這些損害或許很嚴重。

「沒關係，必要的時候我還有另一套制服……原本的那套。」

既然他這麼說，那麼應該沒問題吧。

和眼鏡不同，他說的不是備用制服，而是另一套制服，這個說法挺奇怪的。

他的學校有兩種制服嗎？

「總之，花費的時間比預料的少，眉美老弟，難得有這個機會，就順道去我家洗個澡吧。不然我們乾脆一起洗吧！」

「這……這樣啊。我能去的話就會去。」

他明顯堅定拒絕了。

真是客氣的孩子。

就在我像這樣會心一笑，應該說我稍微掉以輕心的時候……

「呀啊！」

眉美突然放聲哀號，一屁股跌坐在地。

並不是絆到什麼東西。如果是絆到東西，應該會和剛才在神社境內的時候一樣向前方倒下。

這次不是前方，是朝後方倒下。

「有……有魚。食人魚。」

眉美就這麼坐在柏油路面，伸出手指。

顫抖的手指指向城鎮上空。

那裡看不見任何東西。

我看不見。

但是在眉美眼中……應該看見了吧。

像這樣下山接近城鎮之後，看起來更加巨大的肉食魚。

「…………」

是的。

我一直猜想或許會變成這樣。

不過真要思考的話，我應該更加考慮到這種可能性。

眉美的視力足以穿透陰暗雲層觀測星星，我必須假設他連自己的眼皮，甚至是用來矇眼的領帶都能透視的可能性。

所以眼鏡是必備工具。

當然，如果隨時都能透視，那麼連晚上都無法好好睡覺，所以應該可以判斷他能夠任意控制到某個程度，即使如此，要是他意識到自己逐漸接近城鎮，也就是逐漸接近食人魚的話……

就會看見。

即使不可視，還是會透視。

或者正因為可以任意控制，所以愈是不想看的東西愈會忍不住去看，這並不是只有視力特殊的人擁有的本能。

我被羞愧的無力感纏身。

雖然好不容易成功下山，但是如果不敢進入城鎮，到頭來一點意義都沒有。

「我太大意了……人稱『寬容飽和之軟刃』的我，不應該犯下這種過錯。」

「你擁有這種像是輕小說新作列表的別名嗎？」

可惡。

說起來，為什麼是食人魚？

怪異是基於合理的原因出現——專家忍野咩咩曾經這麼說。但在這種場合，眉美懷抱的理由是什麼？

「眉美老弟，看來無論如何還是取下眼罩比較好，不然或許會造成反效果，反而危險。站得起來嗎？」

「可……可以。能拉我一下嗎？」

「那當然。你剛才摔得有點重，屁股還好嗎？我幫你拍掉塵土吧。」

「不用勞煩你的手！」

眉美站起來之後，我從他的頭部取下領帶，繫回脖子。我沒繫過領帶，所以很難拿捏力道。有種像是掐住美少年脖子的悖德感。

「基本上打領帶看起來都不太舒服吧。解開衣領是不是比較好？」

「完全不用！」

「話說回來，這下子怎麼辦……乾脆強行突破也是一種方法。」

「可……可是，阿良良木先生」，我們硬闖地盤被襲擊的話就糟了。」

「唔～～」

要說明到讓他接受有點難度，但我個人不太擔心這種事。如果這種有害的怪異位於這座城鎮的上空，忍野來到這座城鎮的那時候，肯定已經採取某些措施。那個蒐藏家不可能扔著那種絕佳的怪異奇譚不管。

即使忍野沒這麼做，無論是多麼巨大的食人魚，先不提我昔日成為的吸血鬼形態，如果是被稱為鐵血、熱血、冷血之吸血鬼的那個怪異殺手，我實在不認為食人魚能在相互啃食的戰鬥中取勝。

但是，我不能斷言。

這個怪異或許只會危害眉美，我無論如何都無法消除這個可能性。要是踏進城鎮一步，他或許會被拖進「那邊」的世界。

在這種場合，我無法好好保護他。

因為我始終只是前吸血鬼，別說是否打得贏，我甚至看不見那條食人魚。

「眉美老弟，我確認一下，你抵達這座城鎮的時間點，還看不見那條食人魚吧？是在準備下山的時候突然看見……是這樣沒錯吧？」

「是的，說得更正確一點，是我即將下山之前，在神社屋頂眺望城鎮的時候突然蹦出來……就像是海豚跳出海面那樣。」

與其說是海豚，不如說真的是鯨魚吧。

天底下居然有這種賞鯨的光景。

不過，居然為了進行天體觀測而爬到那座搖搖欲墜的神社屋頂，眉美這麼做真是大膽。或許是因為沒人看見，才會做出不像他個性的豪放行為，但他該不會因而受到天譴吧？

可是，那座神社現在供奉的肯定不是食人魚而是蛇，而且神明現在也已經不在神社。

「不能往遠離城鎮的方向走嗎？」

「並不是不能，但這樣等於要翻過一個山頭，別說趕不上末班電車，說不定天都亮了……不提這個，用不著繞這麼遠的路，只要走勉強迴避食人魚的路線，也就是從外圍繞圈前往車站就好吧？別去中直站，如果是去南直站……」

這麼一來，即使會多費一番工夫，回頭去騎腳踏車或許比較好……我一邊這麼思考，一邊看向設置在人行道旁邊的住宅地圖。

雖說我是當地居民，但是對這附近絕對不算熟。因為除非要去北白蛇神社辦事情，否則我基本上不會來到這附近。

我不會說自己一點都不熟，不過要是沒依照正確情報選擇路線，我們恐怕會被食人魚襲擊，那我再怎麼慎重也不嫌多吧。

總覺得像是把柏油路面想像成海面，然後只走在白線上的小學生遊戲……但是肉食魚在空中，所以和這個遊戲完全相反。

幸好住宅地圖很詳細。

然而沒顯示現在位置。

搞不懂這張地圖是方便還是不方便……我看看，我家在這裡，所以……

「呀啊！」

此時眉美再度放聲哀號。

大概是非常不忍心讓我幫忙拍掉塵土，這次他勉強撐住沒摔倒，但是表情和剛才同樣錯愕。

終於看見食人魚來襲了嗎？我擺出架勢備戰，但是並非如此。食人魚剛才是指向上空，不過這次他手指的不是其他地方，正是我在看的住宅地圖。

不對。

正確來說，是地圖的前方。

「那……那張地圖前面……也有食人魚。小小的食人魚。」

「…………？」

聽他這麼說，我重新看向地圖。

當然看不見。地圖只是普通的地圖。

不過眉美說不只是上空，連這裡都看得見食人魚浮現。他說的小小食人魚，換句話說，應該是普通大小的食人魚吧，即使如此也足以造成威脅。

我不禁從地圖前方向後跳。

然而，我向後跳之後並沒有改變什麼。從眉美害怕的模樣來看，應該不是為了嚇唬我而惡作劇。

他確實看見了。只有他看見。

……這麼一來，有種走投無路的感覺。

如果是在遙遠的上空看見食人魚就算了，如果是在這麼近的位置，講清楚一點是在視線高度看見浮游的食人魚，我們甚至無法隨意在道路行走。

這樣不就像是在水槽裡游泳嗎？

我們會溺死。

「居然會這樣……我對眉美老弟進行人工呼吸的未來已經近在眼前了。」

「但我無論如何都想避免這種未來……」

到了這個程度，饒富機智的對話可說也沒什麼效果。眉美大概也覺得走投無路，以整齊的齒列咬住Q彈的嘴唇。

以他的情形，總覺得像是前門有虎後門有狼，與其說走投無路更像被兩面包抄的絕妙表情。但無論是走投無路還是前門有虎後門有狼，都一樣是進退維谷。

而且此時就像是落井下石，止上方發生狀況。

或許該說是禍不單行，水珠從正上方滴在我們的臉上。

水珠。

天候惡劣到最後，終於下雨了。

而且不是淅淅瀝瀝的程度，是極為大顆的雨珠。

從經驗法則來說，明顯再過不久就會下起劇烈的豪雨。

即使在黑夜之中也很明顯。

剛才在山上就擔心要是下雨該怎麼辦，事到如今，考慮到即使是半毀的神社也是聊勝於無的躲雨處，我們下山的決定可說是弄巧成拙。

站在這麼寬敞的柏油路面，又不能進入城鎮，就這麼看著大雨下個不停，真的只能以悲慘來形容。

成為落湯雞。聽起來真的是很容易被食人魚吃掉的生物。

這麼一來只能不管三七二十一了。

我看著自己的影子，心想如今只能採取緊急手段。

雖然從天候來看是很難形成影子的環境，不過靠著鎮上的微弱燈光，還是能朦朧生成我的影子。

以牙還牙，以眼還眼。

以怪異對付怪異。

不對，以怪異殺手對付怪異。

以我所豢養的怪異殺手……

「啊。」

在說時遲那時快，轉眼之間正式變大的雨勢之中，眉美卻輕聲這麼說。

「看不見了……食人魚。」

「咦……？」

「包括上空……以及地面……」

都看不見了。

他簡短這麼說。

事情來得過於唐突，我一時之間聽不懂他在說什麼，不過當事人眉美自己似乎也陷入混亂的漩渦而愕然。

這是當然的。

在空中浮游的一大一小兩隻食人魚，在天空開始下雨，空中變成水中的瞬間消失無蹤，這不是和常理相反嗎？

因為雨水不是海水嗎？

不不不，食人魚是淡水魚吧？

說起來，怪異不可能有適應水質的問題……考慮到眉美的視力水準連雲層或領帶都能穿透，應該不會只因為被雨水的簾幕遮擋就看不見食人魚。

不對，等一下。

水？

說起來，視力在大腦傳送情報的時間點就會受到調整……因為視力到頭來也是大腦的功能……

另一方面，光線基於性質會折射。

折射。

雖然沒眉美的個性那麼彆扭，不過光線未必和想像中的一樣筆直前進，通過水中就會扭曲，即使是眉美所說「以水組成」的雲層也不例外，但他還是完成了天體觀測。

通過與透過。

貫通過度——穿透過度。

然後浮現出食人魚。

他先前眺望的景色……

以及住宅地圖。

「……眉美老弟！」

像是被雷打到般靈光乍現的我，為了確認自己的推論，在豪雨之中轉身看向眉美。但他的樣貌對我造成強風般的衝擊，將我剛才得出的推論吹到九霄雲外。

不對。

不是「他的樣貌」造成的。

因為滂沱大雨而瞬間溼透的眉美制服緊貼在全身肌膚，外衣底下的吊帶襯衫透明到無須透視能力就清晰可見，凸顯出身體的線條。

胸前的隆起以及腰部的曲線都一覽無遺。他自己形容為「加工」的妝容也被雨水沖走……

「眉……眉美老弟……你該不會是女生吧？」

「不，我覺得你絕對在中途就察覺了。」

007

接下來是後續，應該說是結尾。

完全被「美少年偵探團」這個招牌欺騙，只能形容為驚天動地的性別逆轉敘述型詭計揭曉之後，另一個謎題——也就是眉美老弟，更正，眉美老妹所看見的一大一小兩隻食人魚，也在這裡做個解答吧。我並沒有「這方面」相關的專業知識，所以在這裡進行的詳細說明，始終是後來請教我們的智囊羽川翼獲得知識之後編織而成，在此預先知會各位。

立體圖。

說得詳細一點，是隨機點立體圖（random-dot stereogram）。乍看只像是雜訊的許多色點，一旦偏移焦距或是讓距離感失準，看起來就會浮現某種圖形的特製圖畫。

在電影世界不只3D甚至連4D都已經登場的現代，這種技術早已過時，不過只從「無須眼鏡就看得見立體圖形」這一點來看，這種立體圖放到現代也是劃時代的產物。

受到構造上的限制，當然很難將太複雜的圖形立體化，只能使用構造簡單的文字或立方體、杯子或骰子、球或鉛筆……簡化的動物或植物。

還有魚。

該怎麼說，這就像是將天空星星連接起來想像成星座的一種「浮現」。眉美說她站在神社屋頂眺望城鎮的時候，看見「浮現」的魚。

而且在看住宅地圖的時候，也看見一樣的魚。

追根究柢，這應該是單純的偶然，並不是任何人都看得見，但即使沒有眉美那樣的特殊視力，或許也看得見食人魚。這是人類眼睛的功能之一。

捕捉距離感的功能。

城鎮的鳥瞰圖，如果構成一張隨機點立體圖……

道路基本上以直線構成，建築物從正上方看大多是四方形，所以從遠處觀看可能會成為像是雜訊的點陣圖。

只不過，人類平常不會從正上方俯視城鎮，即使在看住宅地圖，基本上也不會將地圖刊登的所有情報當成一張圖來接收，無論如何都會從斜向角度分成不同部分來解釋。

但是以眉美的狀況，她不只是眼睛好，大腦也足以處理這些情報。透過雲層看見的星星折射率，憑她的大腦處理能力可以下意識計算出來，自動調整眼睛接收的光景。因此，即使是從斜向角度眺望的城鎮風景，她也能將視神經傳送的情報重新組合，從各種角度解釋。

這是一種空間認知能力，或者該說是空間認知視力。

結果她以等同於鳥瞰的角度捕捉到城鎮的影像，看見城鎮上空有立體的魚。

具體的魚。

一旦看起來覺得如此，應該就很難擺脫這份印象吧。如同強烈的殘像烙印在視網膜無法消除。

住宅地圖也是，雖說詳細卻絕對不精密，所以很難說光是這樣就能構成一張隨機點立體圖，不過對於眉美來說，光是能讓她聯想到腦中的鳥瞰圖就夠了。

哎，雖然我不方便這麼說，但她這個孩子看起來容易鑽牛角尖，傾向於只要看一次覺得像，後來不管看多少次都會覺得像。她不是將看見的魚說成鯨魚、海豚或是翻車魚，而是具體說成食人魚，大概是基於牙齒尖銳的刻板印象。

城鎮構造只是偶然變得像是立體圖，不可能是擁有專業技術的人在規劃都市的時候基於玩心而精心設計，所以浮現的圖樣應該相當扭曲吧。這種扭曲的圖樣在某些人心中可能不會想像成食人魚，而是深海魚之類的生物。也可能像是墨跡測驗那樣，被某些人看成完全不同的東西。

如果是我，肯定會看成是「鬼」。

說明到這裡，一下雨就看不見食人魚的原因就已經很明白了。可以說明白，也可以說是空白。

正因為是空無一物的空白空間，食人魚才有浮現的餘地。

要是落下的水珠持續填滿空間，視線就會聚焦在水珠，正如字面所述再也沒有餘地。內心想像的視野被現實的視野塗抹覆蓋。

超越物理的物量。

即使視力沒有極限，大腦能處理的資訊量或許還是有極限。關於這部分，也端看是以何種方式解釋眉美的視力，但無論如何以結論來說，美觀之眉美在城鎮上空或是地圖前面看見的食人魚不是怪異。

只要這塊土地昔日不是河川、湖泊或沼澤，就完全和魚沒有關係，更不可能和北白蛇神社有過什麼恩怨，不然這種演變也安排得太好了。

不是怪異，卻也不是眼睛的錯覺或是自己多心。

不是眼睛的錯覺，是錯視。

不是自己多心，是一種功能性。

只是就算這麼說，一旦理解玄機之後，食人魚就再也不足為懼。不需要閉上眼睛，甚至反而可以當成愉快的娛樂設施來享受。

我與眉美在伸手不見五指的大雨中，像是在水中漫步般進入城鎮，我成功送他……更正，送她到距離最近的車站。

「沒什麼，用不著道謝喔，我只是做了理所當然的事。」

「那個，可是我還沒道謝……還在猶豫是否要道謝。不過，是的，謝謝你。如果只有我孤單一個人，即使後來下了那場雨，再也看不見食人魚，我想我還是會害怕得不敢下山吧。」

「我不這麼認為。因為妳並不孤單。但是，不知道眼鏡最後去了哪裡。我姑且還是會去幫妳找……該不會那座神社真的有黑洞吧。妳接下來沒問題嗎？」

「是的，完全沒事。抱歉驚擾到你了……你願意為我做出理所當然的事，我很開心。謝謝你陪在我身邊，也謝謝你理所當然相信我看見的東西。我的團長肯定會這麼說吧：『千萬別說是做了理所當然的事情，你是做了美麗的事情。』」

「這個團長到底多麼帥氣啊……不，真的要形容為多麼『美麗』才對。團長是嗎……希望將來可以見他一面。」

「啊哈哈……我認為總有一天當然會有這種機會喔。因為團長也是不輸給你的怪人。」

隨著暗藏玄機的笑容說出的這段話，我一直以為是道別時的客套話，不過看來這是「美觀之眉美」的預言。

我在這個事件的大約半年後，將會和別名「美學之學」的美少年偵探團團長——名為雙頭龍學的頂尖美少「女」，一同展開一場冒險之旅。

第病話 黑貓・床

001

病院坂黑貓是天才兒童。雖然一樣是十八歲，卻擁有我這種人完全比不上的智商，直覺也很敏銳，而且行動力極強，只令人覺得她簡直是為了解謎而生的女高中生。

不過依照我的解釋，她始終是天才兒童，不是天才。從她獨具特徵的名字，或者是從她獨具特徵的身材，我忍不住聯想到那位朋友，但是病院坂黑貓和羽川翼截然不同。現在的我毫不猶豫就能將羽川翼稱為天才，對於病院坂黑貓卻實在不這麼認為。她始終是天才兒童。

是孩子。

說穿了就是幼小。

裝作自己是大人，卻不夠成熟。

因為擁有無與倫比的機智，所以她沒必要成為大人。以這種方式理解應該是最適當的。

天才過了二十歲也只是普通人——世間存在著這種像是不服輸的陳腔濫調，但在病院坂黑貓身上可說是完全相反。十八歲的現在當然不在話下，即使到了二十歲，到了二十六歲，她的內在肯定也一直是個幼童。

永遠都是天才兒童。

換句話說，她是天才兒童的同時也是異端兒童，而且是時代的叛逆兒童。直江津高中沒有這種類型的人。

這麼想就覺得聰明也未必是好事，思考過度也會令人深思吧。當然，我這種做事不經思考的笨蛋應該沒資格對她說三道四，而且就算說了，她應該也完全不以為意。

「我才要說曆兄，你為什麼這麼不執著於解謎？居然能夠不以大腦思考，真是難以想像。如果是我，與其有我不知道的事情，我寧願死一死。」

毫不自誇如此斷言的她，只令我覺得她果然脫離常軌，不過，當我遇見即使肉體隨著年齡成長依然永遠是純真天才兒童的她，如果說我在這時候只聯想到羽川翼，那就是爽快的謊言了。

肉體與年齡的不一致。

如果說我沒聯想到不死之身的吸血鬼——鐵血、熱血、冷血之吸血鬼姬絲秀忒・雅賽蘿拉莉昂・刃下心，那就是不快的謊言了。

不過，肉體變成幼兒的吸血鬼，以及精神一直是幼兒的女高中生，我只能說兩者出問題的部分截然不同。

002

我在上體育課的時候摔倒，所以前往保健室。話是這麼說，但我沒有受傷。反倒是為了隱瞞我摔得那麼慘卻沒受傷的事實，所以獨自前往保健室。

更嚴謹來說，我有受傷。

不過，我的傷在受傷的瞬間痊癒了。

雖然不是事到如今才要公開的祕密，但我在班上格格不入。這樣的我，要是被人目擊本應皮開肉綻的膝蓋瞬間迅速修復的樣子，將會對今後的學生生活造成更嚴重的影響，所以我非得前往保健室避難才行。

不對……在春假和德拉曼茲路基、艾比所特或是奇洛金卡達這些獨樹一幟的敵人上演那種慘烈戰鬥的我，居然在體育課的時候摔倒，總覺得挺奇怪的。不過當時受到的傷害，可不只是膝蓋擦傷的這種程度。

總之，我必須借用繃帶與紗布，假裝自己真的受傷……幸好保健室的門掛著「外出中」的牌子。

牌子上註明前往的地方是「體育館」，看來保健老師大概是陪同女生一起上體育課吧。

所以我完全掉以輕心，進入保健室。然後……

然後，我和理所當然般躺在病床，身穿體育服的陌生女生四目相對。

這個陌生的女生，光是看就覺得奇怪。豔麗的黑色直髮，烏溜溜的大眼睛，或是豐盈到和嬌小身軀不搭，將胸前號碼布撐到鼓起的乳房當然不用說，她身穿的體育服也奇怪至極。

是燈籠褲。

這是據說已經在遠古時代絕滅的運動用服裝。我湊巧聽過文明人神原駿河的說明所以知道這種服裝，但是不把這種服裝當成運動服裝，而是當成日常服裝穿搭得宜的這個女生，無疑不是簡單人物。

肯定沒錯，不是直江津高中的學生。

動不動就經常蹺課的我，不可能熟知包括一年級在內的全校學生，但是即使不提她身上的體育服並非校方指定服裝，這麼顯眼的女生不可能沒成為傳聞。

真要說的話，我甚至現在就想摸個痛快──摸清她之後公諸於世。

都市傳說。道聽途說。街談巷說。

不對，將燈籠褲世代傳承下去也不能怎麼樣……我看看，號碼布寫著她的名字吧？

「病院坂」……？

我試著定睛注視時，燈籠褲女孩像是先發制人般，在病床上如同貓咪輕盈翻身，像是伸展背部般擺出四肢著地的姿勢，開朗喊出「嗨嗨！」的聲音，朝我露出滿面喜色的笑容。

「你就是阿良良木曆兄吧！你肯定就是阿良良木曆兄，我看一眼就知道了！問我為什麼？呵呵，那還用說，當然是因為體育服寫著姓名吧？你現在也正在看我縫在體育服的號碼布吧？沒錯，我是病院坂黑貓。啊，我忘記號碼布上只寫著姓氏了。就算你像這樣凝視，上面也沒寫『黑貓』這個名字喔。不過如果曆兄希望的話，我不介意你叫我『黑貓子』喔。我的好朋友都是這麼叫的。所以不要一直目不轉睛看著我的號碼布喔。雖然我很清楚你沒有那個意思，不過你這樣像是在凝視胸部，我會覺得怪怪的。說到這裡，曆兄，你接下來抱持的疑問是『明明我的體育服也一樣只寫姓氏，為什麼這個大奶妹會知道我的名字？』對吧？這是理所當然的疑問。想到很多人不會抱持這個理所當然的疑問，你可以說是符合我期待的男生。啊啊，擅自稱呼你『曆兄』請見諒哦？我實在不擅長拿捏和別人的距離感，所以容易被誤會成和貓一樣黏人的傢伙，但我的本質和貓一樣怕生。單純只是『阿良良木兄』這個姓氏不好唸，我才會像是裝熟般叫你『曆兄』。你想想，『阿良良木兄』感覺是很容易口誤的稱呼吧？你沒聽朋友這麼說過嗎？我是不擅長說話的女生，所以為了盡量說得流利，只要你許可，我希望在這裡採用『曆兄』這個稱呼。對了對了，剛才說到我為什麼知道你的名字對吧？不過聰明的曆兄應該已經想像得到吧？一點都沒錯，我來到這所直江津高中，是為了見你一面。順帶一提，我是私立櫻桃院學園的學生。雖然你看我這麼矮可能不會相信，但我和你同年，是三年級。希望你可以把這碩大的雙峰當成證據收下。哈哈哈，還是說給你看學生手冊比較快？是的，我不是轉學生，現在學籍依然設在櫻桃院學園無誤。單純只是因為這個世界保健室的每張床都是我的棲身之所。應該不是棲身之所，是就寢之所？我當然是開玩笑的，別當真。真相是我潛入陌生高中，但是人太多害得我頭昏眼花，結果就脫力躺平了。真是的，在你面前沒辦法說謊耶。沒有啦，說穿了是這樣，我不只怕生，還有像是對人類過敏的毛病，所以就讀櫻桃院學園的方式，實際上也是到保健室上學。和三，四十人一起關在狹小的教室，我光是想像就會起雞皮疙瘩。以『黑貓子』的形象來說，應該是全身的毛都倒豎的感覺？不不不，但是有件事請別誤會，我未必討厭人類哦？例如曆兄，我就很愛你。像是這樣。開玩笑的開玩笑的！我是會開這種玩笑的傢伙。這算是我不太好的一面，但同時也是可愛的一面對吧？來到保健室想接觸我這可愛一面的朋友也絕對不算少喔。只不過，這始終是在櫻桃院學園保健室的狀況，在直江津高中保健室就不一定了。所以曆兄像這樣來到這裡，我開心得不得了。我知道你當然不是為了見我而過來，不過為了讓這次的相遇成為好機會，在保健老師回來之前，我個人想和曆兄討論事情。雖然毫無徵兆就這麼說，但是沒錯，我這次前來是要找曆兄討論事情。正常來說我在這個場面應該跪地磕頭，求你陪我這個可憐人討論事情，不過你是擁有男子氣概的人，我知道像這樣懇求你才是極度違反禮節的行為。我早有耳聞哦？知道你至今做過多少助人的行徑。從國中時代計算的話，被你幫助過的人數隨便就超過一萬人吧。我說的並不誇張，因為只要幫助任何一個人，就等於同時拯救了這個人的親朋好友。只不過我是從曆兄的妹妹『火炎姊妹』這個搭檔的活動得知曆兄的事。別看我這樣，我對自己的情報網有自信。也有朋友把我當成名偵探看待，但我的本質是情報通。收集並分析情報是我的本分。所以曆兄，我當然不可能沒聽過你的英勇事蹟吧？你鼓舞人心的英勇事蹟，讓我兩邊的胸部都跳起舞了。所以關於我這次情非得已遭遇難題之後來找你討論，算是極為自然的進展喔。能夠像這樣在保健室見到你，對我而言只能說是開心的巧合，但如果見不到你，我原本打算闖進教室找你。你可能會心想『需要做到這種程度嗎？』，但我就是會做到這種程度，請你理解。我會做任何一件事，會出現在任何一張床。曆兄，光是沒出現在你家床上，你就應該稱讚我表現得很謙虛，你願意這麼說的話，我會很高興。還是說，我真的這麼做會比較好？老實說，我個人並不是不樂意這麼做，不過這麼一來就必須等到放學後，我忍不了這麼久。如同你是想助人想得不得了的高中生，我是想解謎想得不得了的高中生。不過以情報通的身分來說稍微脫離範疇了。所以事不宜遲進入正題吧。很久很久以前……不對，這是現在發生的事，我有一個親愛的朋友叫做樣刻。無須隱瞞，剛才提到把我當成名偵探的朋友就是他。很歡樂吧？哎呀呀，包括被他這麼高估的謝意在內，光是形容我對他非比尋常的愛情就足以寫成一本詩集，不過即使是這樣的他，也有唯一一個令人困擾的缺點。其實他有更多缺點，不過今天只鎖定一個吧。樣刻有一個可愛的妹妹，對妹妹的過度溺愛就是他唯一的問題點。就說其實不是唯一了，但這確實是他最大的缺點，我甚至可以賭上我的嘴脣。這次也一樣，這份溺愛成為麻煩事的種子。啊，我知道阿良良木曆這個人聽到『麻煩事的種子』就不會悶不吭聲，但是請冷靜下來聽我說。我也不是只會求助的無能傢伙。雖然不是助人的料，但我自認擁有想要幫助朋友的出色個性。在曆兄面前說這種事算不了什麼炫耀，我對此樂不可支，不過我曾經採取行動想讓這顆麻煩事的種子沒發芽就消失。現在沒有閒工夫說太久，所以我簡單扼要說明吧，有一個男學生暗戀樣刻的妹妹。實際上這件事有著各種錯綜複雜的背景，不過這方面就一刀省略吧。單純解釋成這個可愛妹妹是萬人迷就好。妹妹收到了熱烈示愛的情書。這件事本身其實經常發生，但我每次都仔細處理掉了，所以關於這個妹妹，如果以曆兄身邊的人來舉例，想像成千石撫子那樣的女生應該很好懂吧？曆兄已經承認我是情報通，所以不必進行『為什麼妳知道千石的事』這種問答，可以省略這段過程真是幫了我大忙。不過啊，溺愛妹妹的哥哥真的很溺愛。雖然我來不及調查曆兄的兩個妹妹『火炎姊妹』多麼可愛，不過樣刻的溺愛是以『追求我妹的傢伙將會吃不完兜著走』的形式顯現。雖然不該稱讚，但是對他來說，他自以為這是愛情的表現。我也有規勸他，但是遲遲沒什麼效果。所以除了不得不拉長時間慢慢開導樣刻的戰略，還必須擬定短期的戰略——俗稱的舒緩療法。換句話說，不只是提醒樣刻避免輕舉妄動，另一方面也忠告心儀樣刻妹妹的男學生『想保命的話最好收手』。說起來好像很簡單，但這也是相當大的難題。因為暗戀妹妹的男學生寄的是匿名情書。即使想提供建議也不知道寄件人是誰。所以我這次肩負的任務，是比樣刻先查出情書的寄件人，讓對方收手不再追求妹妹。我沒要說任何偽善的話語，我不是為了寄件人，而是為了樣刻進行這項任務。大概是這份強大的動力反映在成果上，我很快就鎖定嫌犯。嗯，所以我並不是在這方面尋求曆兄的協助，是接下來的進展需要勞煩你出手。之所以這麼說，是因為鎖定嫌犯之後的部分對我來說是難題。光是寄情書就被稱為嫌犯，我自己也覺得怪怪的，不過匿名情書幾乎和非法匿名信沒有兩樣，所以要說是嫌犯也大致沒錯。當時妹妹實在是嚇壞了……所以樣刻的應對方式也達到不容坐視的程度。我遇到的難題是這樣的，為了從這樣的樣刻手中保護嫌犯，我原本試著保護想要努力保護妹妹的樣刻，但是我的嘗試完全被樣刻看透。畢竟我和樣刻內心是相通的。因此樣刻好像在等我查出嫌犯。他打算讓我查出匿名嫌犯，再基於這份情報行動。居然像這樣想利用我的善意，我這個朋友真是惡劣。我就是喜歡他這一點，但我不會因為這份情感被當成把柄而照著他的意思去做。畢竟我成功瞞著樣刻進行調查，今後也不會把查出來的嫌犯姓名告訴他。所以我必須在樣刻沒察覺的狀況下和嫌犯接觸。與其說不被樣刻發現，應該說不被任何人發現，私底下悄悄和嫌犯溝通，藉以在私底下讓這件事和平收場。因此，首先我必須以只有嫌犯知道的方式詢問『你就是犯人對吧？』，要在告知『你的心上人有一個瘋狂的哥哥喔』之前問清楚。我對自己的情報網抱持絕對的自信，但是任何人都可能犯錯，要是被對方認為我毫無根據就追查下去，可能會產生無謂的對立。我可是最熱愛和平與和諧的女高中生。我當然多少掌握了一些證據，但是拿這些證據將對方逼入絕境不太厚道，我想避免這麼做，所以必須促使嫌犯本人招供。我在這時候使用的手段是編碼通訊。向不特定多數的對象發送複數密碼，在其中混入我真正要問的對象。以樣刻的角度來看，他無法從我大量發送的密碼之中，輕易釐清哪幾句是在向嫌犯發問。畢竟他總不可能把我以各種方式發送訊息的對象全部修理一頓吧。不過這個溺愛妹妹的哥哥到了緊要關頭可能會這麼做，所以我果然不能慢慢來就是了。無論如何，我的作戰行動到這裡都順利結束。發送的密碼之中，有好幾句被準備周到的樣刻捕捉，但他不擅長解讀密碼所以沒問題。他在好壞兩方面都是耿直的男人。耿直是他的優點，也是弱點。不過在我心目中當然列為優點。何況他捕捉到的密碼都是幌子。我的計畫是從這裡開始變調。既然我已經發送『你就是犯人對吧？』這個問題，我就只能等待嫌犯誠心誠意地回覆。不，並不是沒收到回覆。並不是我以密碼詢問是否認罪之後，嫌犯聽不懂我問的意思。我確實收到回應了，但我收到的回應也是密碼！仔細想就覺得是理所當然吧，以牙還牙，以眼還眼，以密碼回覆密碼。既然這邊傳送的訊息是密碼，就不能因為對方以密碼回覆而生氣。我反倒當成是嫌犯對我的挑戰。或者說是挑釁？『如果解開這段密碼，我就承認情書是我寄的』。對方就像是在這麼暗示，真的如同以密碼來暗示。真是的，我確實是為了樣刻的將來而行動，卻也不是完全不擔心情書寄件人的安危。不過呢，我是要找碴隨時奉陪的那種人。我反倒是欣賞這份志氣，欣賞這份傲氣。無論是不服輸還是逞強鬥狠都儘管來吧。這麼輕易就應付我的密碼也挺帥氣的。如果不必顧慮到樣刻，我或許會想為嫌犯加油打氣，我收到的回應就是這麼令我心動。好啦曆兄，阿良良木曆兄，這正是我對你的請求。可以和我一起心動嗎？容我冒昧從結論說起吧，希望你和我團結一致，努力解讀嫌犯回覆給我的那篇密碼！」

她這麼說。

「……那個，差不多可以換我說話了嗎？」

通稱「黑貓子」的病院坂黑貓口若懸河流暢進行將近四千字的演說，我聽完之後像是不服輸般以超長的臺詞回應。

「啥？」

003

39／99／53／95／16／2／53／
16／15／68／26／6／73／7／
32／3／74／53／16／1／9／8
45／68／19／53／16／16／33
16／8／8／7／33／53／19／10／
74／1／68／85／6／57／16／
16／5／92／90／68／35／8／
90／68／53／16／16／92／15／
68／16／68／53／8／92／16／
16／8／53／31／23／63／15

004

黑貓子簡短說明的原委，我絲毫無法理解吸收，原因應該不只是我忘神欣賞她美妙的燈籠褲。我自認在直江津高中也和許多奇人怪人交流過，不過世間果然遼闊。這個世界存在著我想像不到的人。

我偶爾也會說超長的臺詞，不過在這種時候會顧慮閱讀的方便性乖乖換行。搞不懂這個橫行霸道的女生到底是來自多麼崩壞的世界。

混物語的傳奇人物篇，怎麼是以這種形式開場……接下來登場的三人，到底會是什麼狠角色？（註3）

總之，我完全不曉得黑貓子在本校保健室休息的理由，她就讀的櫻桃院學園究竟發生什麼事，又是為了打破什麼僵局而來到直江津高中尋求什麼東西，我也聽得滿頭霧水，總之我只知道一件事，她解開某個密碼之後就會回到自己的文化圈。

那我就排除萬難協助吧。

如果能讓這個人回去，我願意做任何事。

「這樣啊，太感謝了！感謝感激暴風雨！我相信你肯定會這麼說喔，曆兄！依照我聽到的輿論，大名鼎鼎的阿良良木曆不可能對遇到困難的我見死不救。不過正確來說，應該是不可能對遇到困難的大奶見死不救……」

「那就來考察妳說的密碼吧，黑貓子小姐。」

註3　本話與後續三話是劇場版動畫《傷物語Ⅱ　熱血篇》的來場者特典。

我們這邊的世界觀重視對話，這種行為原本是不被允許的，但是為了迅速進行劇情，我決定像是搶話般這麼說。

不只搶話，我也後悔自己來到保健室了。

「這段數列就是密碼？唔～～與其說是數列，感覺只是羅列，乍看不像是隱含什麼意思……」

黑貓子從懷裡取出的活頁紙，我仔細端詳寫在紙上的隨機數字（我只覺得是隨機）確認。

「活頁紙本身沒有機關，因為是我從自己的筆記本抄下來的。應該說，這些數字是我按部就班解讀收到的訊息，好不容易得到的成果。」

「這樣啊。也就是現在解讀到一半……」

即使如此，我還是看不懂。

不，試著冷靜思考吧。

我好歹也是高中三年級，而且雖然在春假時沒想過，但我現在是立志擠進大學窄門的考生。

我唯一擅長的科目「數學」要是不活用在這裡，還能活用在哪裡……哎，應該活用在大學考試就是了。

總之，只要解開這段密碼，黑貓子就會回去，那我就非得全力以赴了。

奇數與偶數……公約數……公倍數……質數……四則混合……分數……倒數……當成角度……複數……十位數與個位數相加……

「喔，看來一下子就有構想了耶，曆兄！好可靠，我好崇拜！也不枉費我千里迢迢來到這座城鎮！像這樣思索的側臉，散發出知名哲學家的氣息耶！曆兄想必很受女生歡迎吧，想必是花名在外吧！這麼說來不是有一個叫做『阿良良木後宮』的神祕組織嗎？如果那裡有類似掛名體驗的制度，我也想參加一天喔！對了對了，說到後宮……」

「……那個，黑貓子小姐，可以暫時別說話嗎？」

難道是閉嘴就會死掉的生物嗎？她完全不讓我專心解謎。而且阿良良木後宮已經傳到別校了？

「啊，失禮，我沒有干擾的意思。好了好了，你冷靜，要不要先坐下來？」

黑貓子說完輕拍病床一角。確實，老是站著一籌莫展也無濟於事。

我坐在她示意的位置。

黑貓子裝模作樣接近到我的身邊。

距離好近！

「喂喂喂，曆兄，我很高興你願意認真解謎，但你專心到臉頰紅成這樣，反而想不出好點子吧？」

「…………」

原來這傢伙不是故意的嗎？

明明毫無防備卻積極進攻的這種感覺，對我來說很新奇（「明明同年卻像是大姊姊的感覺」很新奇），只不過，她這麼做不會協助我提升思考能力。

話是這麼說，即使黑貓子沒在一旁以各種方式干擾，我也不認為自己會靈光乍現。

就算臉紅是基於別的隱情，我也自認還算是專心思考，卻得不到任何線索。

我的各種假設，依照我想到時的順序逐一瓦解。

坦白說，完全掌握不到要領。

這種東西，連老倉也會舉白旗投降喔。不對，毫無提示的這種謎題會讓那個傢伙歇斯底里。

「真要說的話，就是『16』出現的頻率很高……嗎？啊啊，還是說，這該不會是班級座號之類的？」

「櫻桃院學園的班級座號，沒有到五十幾號或是九十幾號喔。直江津高中應該也一樣吧。」

我想也是。

我只是不抱期待問問看。

那麼，是考試的成績或名次嗎？

感覺比座號的可能性來得高，不過即使真的是這樣，我也說不出接下來該怎麼做。

輕易就陷入死胡同。

唔～～明明沒有頭緒，卻因為資訊量太多，我愈來愈不想進行建設性的思考……解讀密碼的動力，無法只靠著「想讓黑貓子回去」的想法來維持。

我不禁感到厭煩。

明明只是來到保健室，為什麼必須思考這種事？

「又來了，曆兄真是的，該不會在遮羞吧，居然說出這種話！你的動力來自於助人吧？只要想到必須幫助我、我的朋友、我朋友的妹妹，還有心儀我朋友妹妹，發明這段密碼的那個嫌犯，你的內心就會湧出無窮無盡的動力吧？」

「…………」

這個孩子是聽到我的什麼傳聞才決定來到直江津高中？

就說了，妳剛才在一口氣說完的超常臺詞裡提到自己高中內部發生的事件，但是我沒有聽進去。

先不提現在位於面前的黑貓子，包括她說的朋友或是妹妹，我完全不認識這種傢伙，真要說的話，對於想出這種密碼的匿名情書寄件人，我的內心只湧出無窮無盡的憤怒。

「喲！助人之鬼，阿良良木曆！」

不知道是否知道我現在的想法，黑貓子像是神經大條般近距離拍我馬屁。拍馬屁是神經大條的行為，靠這麼近也是神經大條的行為。

她自己好像也在那段超長臺詞說過，身體幾乎快要密合的這種距離感，看起來像是黏人，也像是完全相反的舉動。

反而像是不擅長和他人相處。

或許正因如此才會重視朋友吧。

……哎，我的朋友也不算多，所以想要盡量理解她的這種心態。

嗯，只能從這方面找到解謎的動力嗎……

此外不能忘記一件事，這裡是我就讀的高中，是無人的保健室，而且現在是上課時間，換句話說，這個場面從客觀角度來看，可能成為「在班上格格不入的學生阿良良木將別校女高中生帶到校內，並且在保健室床上卿卿我我」的光景。既然她是黑貓子，或許應該說是「咪咪喵喵」的光景。

而且這孩子穿著燈籠褲。重新審視就覺得有夠嚇人。

要是我僅有的少數朋友目擊這一幕，我真的就完蛋了。黑貓子和ＢＬＡＣＫ羽川見面會發生什麼事，我個人並不是沒有興趣，但我並非不惜終結自己的人生也想實現這場邂逅。

為此，我必須在放學前，或者是在保健老師回來之前解開這段密碼。這樣好了，我換一個方式吧。

雖然有點像是旁門左道，不過試著從答案反向推理吧。

「妳最先寄出的『你是犯人吧？』這段訊息也有經過編碼吧？換句話說，可以預期妳收到的是承認或否認罪狀的回應……所以應該可以假設這些數字是在暗示『YES』或『NO』吧？」

我個人覺得也可能是「啥？」這種回應，不過密碼裡排列這麼多的數字，應該不會是這麼回事。

哎，即使是剛才說的「YES」或「NO」，要當成解讀密碼得到的答案也太短了……不過這段密碼是在回答黑貓子的問題，這個前提應該可以確定。

「我覺得應該預設有『1』是『あ』、『2』是『い』、『3』是『う』這樣的對照表比較妥當……可是密碼裡有『92』之類的數字……」

這樣會產生和「座號假說」一樣的問題。

如果數字只到『50』該有多好……

「順便問一下，想出密碼的嫌犯是怎樣的傢伙？」

「是將來備受矚望，走理組路線的一年級學生。好像和妹妹同班。應該說他的天分要是被戀愛相關的不講理意外毀掉就太可惜了。」

「這樣啊……理組路線是吧。那麼果然不應該從文字遊戲解釋，而是以數學來解讀嗎……」

不過，如果是使用到高等數學的艱深密碼，與其由我在保健室不使用任何文具挑戰，我覺得交給解讀軟體比較好。這麼做更加……嗯？

咦？

「我說啊，黑貓子小姐……」

「怎麼啦，曆兒，表情突然變得正經。該不會想對我進行愛的表白吧？那你就省省力氣吧，我是麻煩的女人喔。」

這我知道。

雖然初遇至今不到半小時，我卻有深切的體會。

「說起來，在解開這段密碼的過程中，妳為什麼會想找我幫忙？」

素昧平生的女高中生突然以燈籠褲這種服裝登場，使得我也心慌意亂，不過從她的角度來看，我也是素昧平生的男高中生。無論聽到何種傳聞，總不可能認為我是解讀密碼的行家吧。

她以不速之客的形式出現，挾著驚濤駭浪的氣勢滔滔不絕說得連氣都不喘一下，所以這邊在某方面來說招架不住，不過仔細想想就發現這個狀況很奇怪。

甚至不用仔細想就很奇怪。

黑貓子為什麼會來拜託我這種人……換言之，黑貓子為什麼認為我這種人解得開這段密碼？

這該不會是關鍵吧？

如果黑貓子是以某種形式接收到這個推論，那她果然是嗅到我的數學素養才找上門嗎？老倉得知的話真的可能會歇斯底里就是了……就算這樣，我始終只是比較擅長數學這門科目，完全不是能在數學奧林匹亞競賽贏得獎牌的水準……

如果只是因為擅長數學，即使只限於直江津高中，也有學生比我優秀。說真的，她拜訪羽川才合理得多。

還是說，她有某些我完全沒掌握的特殊隱情？比方說那個理組路線的嫌犯是我以前認識的人……

「哈哈哈！曆兄真是的，用不著在這部分胡亂猜測啦！關於這一點，我自認已經說明過了吧？我覺得這個問題只能靠你來解決，才會過來努力拜託。我說過吧？我是聽聞你助人的英勇事蹟而來！」

「啊啊……妳確實這麼說過，可是就算這樣，比我更親切又積極助人的傢伙比比皆是吧？」

羽川也正是這種人。

如果春假那時候沒有她的協助，我現在不會像這樣在保健室病床上，和穿著燈籠褲的女高中生相談甚歡。

不過，要是黑貓子真的見到羽川（即使不是BLACK，而是普通模式的羽川），我覺得事情也不會順利到哪裡去……我隱約覺得她們兩人不是很合。

總之，我的態度變得有點畏縮。

「不不不，你是唯一的人選。用不著謙虛，你無疑是獨一無二，空前絕後的存在。」

黑貓子像是要繼續把我捧上天般這麼說。

「因為啊，你是助人之鬼。」

記得她剛才也這麼說過。

只不過，雖然她應該沒有惡意，但是聽她誇大其詞稱讚成這樣，我開始有種被消遣的感覺。居然說我是助人之鬼，還真是稱讚到要了我的命。

……咦？

助人之……「鬼」？

「你這樣的豪傑沒有第二人喔，曆兄。不愧是姬絲秀忒・雅賽蘿拉莉昂・刃下心選為眷屬的人。樂於助人的『吸血鬼』，至少就我所知只有你吧？千萬別說我稱讚到要了你的命。不死之身的怪異，不可能只因為被稱讚就死掉吧？」

黑貓子咧嘴露出妖豔的笑容這麼說。

005

說到我為什麼遲遲提不起勁解讀密碼，肯定有一個藉口在於我這次是中途參加。「從現在開始就好，請幫我這個忙」的這個要求難免有種不上不下的感覺，既然要解讀就想從頭開始解讀，這是人之常情。

我當然不是基於玩樂心態要這麼做，以黑貓子的立場，在找我協助的時候也可以省下一些工夫吧。明明滔滔不絕說了那麼長的篇幅，對她來說卻還算是有所節制，我想到這裡就覺得毛骨悚然，不過省略掉的部分正是黑貓子來到直江津高中保健室的理由。

說起來，黑貓子從她懷疑是嫌犯的男學生那裡收到的回信，是以繪畫的形式編碼。

「不，說成繪畫有點誇張。是隨手畫在草紙，像是塗鴉的東西。這正是嫌犯給的密碼，我從這個密碼導出剛才的數列。」

無論如何，從一張圖解讀到那些數列的步驟也令我好奇，不過對我來說，重要的是嫌犯畫的那張圖本身。

畫在草紙上的是「鬼」的圖。

有尖角，有利牙，肌肉發達的異形樣貌。

「有嫌疑的男學生是頭腦很好的一年級學生，卻好像沒有繪畫天分。可惜他畫得真的不算好，不過畫得好不好和解讀密碼無關，甚至和他畫的東西無關。」

所以黑貓子毫無問題一步步解謎，順利解讀到一半。

直到導出數列為止。

但是她在這裡遇到瓶頸了。從這段只像是隨機排列，莫名其妙的數字羅列，無法得到嫌犯是否承認罪狀的答覆。

「不過，密碼是為了被解開而設計的。既然遇到瓶頸，無疑代表我看漏了某些東西。我決定在這時候暫時回到原點。我收到的草紙畫著鬼，求快不求好的我在一開始斷定紙上的鬼沒什麼意義，不過其實這該不會正是最後的提示吧？我是這麼推測的。所以我才會像這樣不惜溜出保健室也要溜進保健室，只為了見你一面喔，曆兄。」

「……………」

就某方面的意義而言，我接受了她的說法。

因為判斷「鬼」是關鍵，所以去見「鬼」一面。這種做法極為不經思考，卻在不經思考的同時相當直截了當，毫不猶豫採取這種最直接的手段，甚至不惜出一趟遠門，若說很像是黑貓子的作風也確實如此。

只不過，無法理解的程度增加了。

而且增加到極限，比密碼還要難解。

「……為什麼？」

為什麼黑貓子知道我在那個春假被吸血鬼姬絲秀忒・雅賽蘿拉莉昂・刃下心吸血，成為了吸血鬼？

「我反而想問，為什麼能夠一直不知道？你們為什麼能忍受自己有不知道的事情？為什麼能維持這麼無知的狀態活下去？一無所知活在世間，不是和死掉沒兩樣嗎？」

黑貓子掛著笑容如此斷言。

……我誤會了。

我自認沒有小看自稱情報通的她，卻想要勉強將她收入自己常識範圍的框架內。我試著將她的情報網理解為等同於崇拜我的學妹——神原底下的同好會，或是在周邊國中有頭有臉的「火炎姊妹」擁有的人際網路。

然而……完全不一樣。

我難免覺得為時已晚。從她穿著在這個時代格格不入的燈籠褲、那段奇妙的超長臺詞，或是面不改色潛入陌生學校的無比行動力，我明明早該察覺才對。
這傢伙……不擇手段。
即使是我所經歷，死與血、鬼與鬼戰得天昏地暗，地獄般的那個春假，她也只視為片段的情報採用。
我至今過著不是生就是死的人生。
卻完全沒想到有人過著不是生就是知的人生。
「…………」
哎……
不過嚴格來說，黑貓子口中的「鬼」，和吸血鬼有著明顯的差異……
只是說來意外，記得我在某處聽過，愈是聰明的人愈傾向於承認超自然現象或是幽靈的存在。與其說是反映信仰的堅定程度，應該說這種人知道重點在於凡事都不能全盤否定，這樣才能留下可能性。
不過，我可不能承認。
本身就是超自然存在的我，只能否定她說我是吸血鬼的這個「藉口」。在表明是否認罪的法庭上，我只能完全否認。
「哈……哈哈。黑貓子小姐，妳在說什麼啊？吸血鬼？這種東西不可能存在吧？我看起來像是有穿披風嗎？啊啊，對了，這麼說來，記得我曾經被取過這種綽號，所以妳才會誤會吧？那是我拿番茄醬當成主食的那時候……」

「不，事情的真假一點都不重要。無論你肯定或否定自己是吸血鬼，無論是以番茄醬或鮮血為主食，這都不重要。這方面的虛實我已經知道得一清二楚。」

黑貓子聽都不聽我的解釋。

她的雙眼散發燦爛的光輝。

「如果專家忍野咩咩還在這座城鎮，那我也會去找他。不過目前基本上說到『鬼』就是你。所以我想聽聽曆兄你的見解。助人之鬼會如何解讀這段密碼？」

「……呃，那個……」

黑貓子像是早就解讀我內心的苦衷與難言之隱，而且看起來毫不在意。想要知道一切，並且在得知之後完全不感興趣，她這種態度果然奇特無比。

假設我對黑貓子說「妳真是無所不知呢」，她肯定會這麼回答吧。

我不是無所不知，所以我想要知道。

……原來如此，她那個朋友的評價是對的。

病院坂黑貓不是情報通。是名偵探。

而且是在床上理解一切的床上偵探。

「等……等我一下。我現在開始思考。」

我重新面對寫在活頁紙的數字密碼。即使擱置了一段時間，密碼的樣貌也沒有改變，依然是如剛才所見的數字羅列，但是狀況變得完全不一樣了。這個危險的女生。知道這座城鎮在春假發生的事件。不只知道，還要利用我這個祕密來解謎。

那麼，如果這個計畫落空，判斷我不符合期待，黑貓子就會前往別張床吧。即使實際上不可能去見忍野，也可能去找這座城鎮曾經和怪異有所交集的其他人或是其他「鬼」，鑽到他們的床上。

這麼一來，我堅持自己不是「鬼」的這個主張造成了反效果。我真的已經完全不知道自己應該為了保護誰而如何行動，不過總之只要我以自己的能力解開這段密碼，前方就會有完美無瑕的快樂結局等待著我。

……會有吧？

無論如何，我至今抱持「只要解開密碼，黑貓子就會回去」這個想法，不過接下來必須以「如果沒解開密碼，黑貓子就不會回去」的立場來挑戰。解讀密碼成為我的當務之急。

「曆兄，怎麼樣？差不多該冒出什麼靈感了吧？還是說以吸血鬼的立場最好等到晚上？」

「……那個，可以讓我看看最初畫的那張『鬼』嗎？既然妳說這是提示，我想拿來和數字比對看看。」

「嗯，說來不巧，那張圖在解讀的過程基於不得已的原因破損，所以原版不在這裡，但我試著按照記憶畫出來吧。要畫在這張活頁紙背面嗎？借我文具。」

聽到黑貓子這麼說，我暫時下床，從保健室桌上的筆筒抽出一支原子筆遞給她。

「呼呼～～看我運筆如飛～～好了，請收下。我不會說這是完全複製，不過大致上是這種感覺。」

她把迅速畫完的成品遞給我，但是說來遺憾，我沒能得到任何構想。哎，反正只是死馬當活馬醫，應該說我幾乎是為了爭取思考的時間才會這麼要求。

黑貓子說這是按照記憶畫出來的，不過光看這張圖無從得知是她沒有繪畫天分，還是那個嫌犯男學生沒有繪畫天分。

圖上確實畫出像是尖角與利牙的部位，不過說起來，這張完成度不高的圖，品質差到令我沒有自信斷言一定是鬼。

因為預先告知是鬼，所以看起來並不是不像鬼，不過如果有人說是北歐神話裡的洞穴巨人，我應該會這麼認為……但是至少看起來不是吸血鬼。

總之這是一張怪物的圖，只有這一點應該沒錯……不過在活頁紙背面重現的這張圖，到底要怎麼解讀才會成為正面的那串數列？不，如今這種事不重要。

「唔～～會不會是諧音雙關語或是易位構詞……比方說硬是把數字唸成日語之類的……」

我試著直接輕聲說出想法之後，黑貓子的大眼睛瞇成一條線。大概是因為說出過於平凡的猜想所以被她瞪吧。

不妙。她或許覺得所託非人了。

我頓時感到不安。

「對了，我忘記說一件事。」

不過黑貓子這麼說完豎起手指。

原來她還有事情忘記說？

「曆兄剛才提到『唸成日語』。不過我寄給嫌犯男學生的密碼，解讀之後會變成英語。我是以英語問他『你是犯人吧？』。所以說不定他的回答也配合我使用英語。」

「這樣啊……」

這是比怪物圖還要重要的情報，但是聽她這麼說完，解讀的難度可以說變得更高了……居然是英語？

雖說是自己蹺課溜出來，但我為什麼非得在上體育課的時候，像這樣思考國語、數學或是英語的問題？

啊啊，還有美術。

可惡，如果是情書，想寄幾封都悉聽尊便，但是這傢伙回信的時候只畫了一張神祕的怪物圖，害得毫無關聯的我毫無意義被牽連……

「……不過，即使對我來說毫無意義，在設計密碼的人眼中，也果然不會毫無意義吧。我不知道這張圖能不能協助解開密碼，不過這時候就刻意認定嫌犯畫這張日式化物的圖只是自己的興趣……」

「『化物』？」

此時，黑貓子從四肢著地的姿勢迅速起身。

她在彈簧床上做出這種舉動，所以力道收不回來，整個人向後倒。

她豐滿的胸部也隨著劇烈搖晃，同時體育服順著向後倒的力道掀起五公分左右，我因而得知黑貓子不只是胸圍傲人，還是腰圍細到異常的體型。如果只看數字，羽川的胸部應該略勝一籌，但因為加入腰圍的極端數字，兩者的對比使得黑貓子看起來匹敵羽川。

「妳……妳沒事嗎？」

「沒事，超級不會痛。」

黑貓子就這麼躺成大字形回答。

然後她高聲笑了。

「哈哈哈！」

好恐怖！

黑貓子的笑法才真的像是吸血鬼吧？

「我錯了！」

她終於察覺了？

但我不知道她在說哪裡錯了。

雖說如此，不過如果她要道歉，我就大方接受吧。我做好這種心理準備。

「原來我一點都不需要來見曆兄！」

黑貓子接著這麼說。我也完全這麼認為，但我陪她努力這麼久，她不應該對我說出這種話。

妳絕對不是會受到歡迎的外地人喔。這句話我該怎麼說給她聽？用英語說就可以嗎？

「妳……妳怎麼了，黑貓子小姐？難道妳突然想到密碼的解答了？」

「千萬別說突然，反倒是太晚才想到！甚至應該更早察覺才對！既然這樣，我來這一趟果然沒錯。要不是曆兄給我美妙的提示，說不定我一輩子都無法解讀這個密碼！到時候我只能自我了斷！」

只是沒解開密碼就自我了斷，會不會太誇張……其實我不認為誇張。我擔心這個女高中生真的可能會這麼做。不過她解開密碼的時候也會像這樣瘋狂大笑，感覺她無論能否解開密碼都大同小異。

不過……提示？

我給了什麼提示嗎？

「曆兄從頭到尾一直很謙虛耶。你不是確實指點了無知蒙昧的我嗎？你說畫在紙上的圖不是『鬼』，是日式的『化物』。」

「…………？」

「哈哈哈哈哈！」

「抱……抱歉，可以不要一找到機會就突然大笑嗎？我會嚇一跳。就算我是不死之身也可能休克死掉。」

不，我並沒有否定畫在紙上的圖是「鬼」，但是將這張圖以廣義形式解釋為「化物」又能怎樣？應該和「怪異」或是「怪物」一樣，只是用來稱呼不明生物的名詞才對……

「國語、數學、英語，還有美術。曆兄剛才很有意思地將我帶來的這段密碼形容成像是學校的科目，不過這張課程表必須再加入另一門學科補課。」

「……另一門學科？妳說的另一門學科是……」

「化學。」

黑貓子說。

「為了和科學區別，『化學』的『化』也可以說成『化物』的『化』。」

006

接下來是後續，應該說是結尾。

我一聽到「理組路線」立刻聯想到數學，這是我太早下定論。理科領域的化學與物理，也是理組路線的主要科目。

化學與物理。

加起來是「化物」嗎……

總之和數學不同，這方面絕對稱不上是我的拿手科目，不過既然已經想到這一步，密碼就等於解開了。

能以國中時代的知識來解讀。

「容我以不服輸的心態說明一下，曆兄提到『諧音雙關語』的時候，我就靈光乍現了。每一門科目都有利用諧音設計口訣的背誦方式。而且以化學來說，基本上比較常見的就是那句吧？」

沒錯。是那句。

侵害鯉皮捧碳，蛋養福奶。

像這樣重新看口訣，就不免心想「鯉皮捧碳是什麼鬼？」，但我不想說出這個疑問，提供黑貓子新的謎題。

總歸來說就是元素週期表。

而且說到元素週期表，就想到原子序數。

不同於班級座號或是日文五十音，原子序數多達一一八，所以將數列替換成元素可說是毫無難度。

「39／99／53／95／16／2／53／
16／15／68／26／6／73／7／
32／3／74／53／16／1／9／8
45／68／19／53／16／16／33
16／8／8／7／33／53／19／10／
74／1／68／85／6／57／16／
16／5／92／90／68／35／8／
90／68／53／16／16／92／15／
68／16／68／53／8／92／16／
16／8／53／31／23／63／15」

「釔／鑀／碘／鎝／硫／氦／碘硫／磷／鉺／鐵／碳／鉬／氮鍺／鋰／鎢／碘／硫／氫／氟／氧銠／鉺／鉀／碘／硫／硫／砷硫／氧／氧／氮／砷／碘／鉀／氖鎢／氫／鉺／砈／碳／鑭／硫硫／硼／鈾／釷／鉺／溴／氧釷／鉺／碘／硫／硫／鈾／磷鉺／硫／鉺／碘／氧／鈾／硫硫／氧／碘／鎵／釩／銪／磷」

可以像這樣變換得這麼smooth。

……我打腫臉充胖子了。

不只是故意把「平順」說成英語的「smooth」，元素週期表這種東西，我根本不可能全部背得滾瓜爛熟。頂多只能答出以口訣背誦的前十個元素。

不過，黑貓子在這時候完美背誦出來了。這傢伙很聰明嘛。

「哎，就算憑空說得出來也沒什麼好自豪的。何況我個人所在的派系認為在週期表裡，鑭系元素與錒系元素的處理有點作弊。把這兩個部分獨立列出的時間點，我覺得整張表就不成立了。」

原來這種東西有派系？

不過，幸好不必加入任何派系，也不必知道「鑭系元素」或「錒系元素」是什麼性質的元素，這不會影響到接下來的步驟。

在這裡希望各位回想一下，黑貓子寄給嫌犯男學生「你是犯人吧？」，實際上是警告句的這段訊息，原本是解讀之後會成為英文的密碼。所以我得知對方也可能以英語回信的時候感到絕望……不過說到元素，與其寫成漢字或是平假名，寫成英文字母比較簡潔易懂。

所謂的「元素符號」。

換言之……

「釔／鑀／碘／鋂／硫／氦／碘
硫／磷／鉺／鐵／碳／鉬／氮
鍺／鋰／鎢／碘／硫／氫／氟／氧
銠／鉺／鉀／碘／硫／硫／砷
硫／氧／氧／氮／砷／碘／鉀／氖
鎢／氫／鉺／砈／碳／鑭／硫

硫／硼／鈾／釷／鉺／溴／氧
釷／鉺／碘／硫／硫／鈾／磷
鉺／硫／鉺／碘／氧／鈾／硫
硫／氧／碘／鎵／釩／銪／磷」

↓

「Y/Es/I/Am/S/HE/I/
S/P/Er/Fe/C/Ta/N/
Ge/Li/W/I/S/H/F/O/
Rh/Er/K/I/S/S/As/
S/O/O/N/As/I/K/Ne/
W/H/Er/At/C/La/S/
S/B/U/Th/Er/Br/O/
Th/Er/I/S/S/U/P/
Er/S/Er/I/O/U/S/
S/O/I/Ga/V/Eu/P」

可以這樣改寫。

到這裡相當混亂了，不過再加把勁吧。

為了增加這條數列，應該說這條字串的可讀性，加上逗號與句號，調整各字母的大小寫之後……

「Yes, I am. She is Perfect angel.
I wish for her kiss as soon as I knew her at class.
But her brother is super serious.
So, I gave up.」

會變成這樣。

做為最後的總結，汲取設計者的意思翻譯之後……

「是的，就是我。她是完美的天使。我在班上認識她之後就想要她的吻。可是她的哥哥非常危險。所以我放棄了。」

大概是這個意思吧。

之所以翻得不太順，我的英語能力應該也是問題，不過請各位當成這是以元素符號組成英文時的必然性。

難怪「16」這麼多。以最常出現的英文字母之一「S」標示的元素，也就是「硫」的出現率偏高，在這個規則裡是理所當然的。

不過話說回來，對於黑貓子「你是犯人嗎？」的這個問題（換句話說，應該是「Are you a suspect?」這樣的英文吧），明明只要回以「Yes, I am.」這句自白就夠了，嫌犯卻回以相當長的句子。

忍耐使用不太順的文法寫出這種回應，或許是因為被局外人看透戀心覺得不好意思而賭氣，或者真的是以言外之意主張黑貓子多管閒事。實際上也確實如此吧。

因為無須接到黑貓子的警告，情書的寄件人應該已經發現班上同學「妹妹」有一個危險的「哥哥」，決定收手不再追求。

所以基於這層意義，黑貓子所說「一點都不需要來見曆兄」這句過分的話語完全沒錯。不過她似乎一點都不後悔白跑這一趟。

反倒是充滿成就感。

「啊～～好舒坦！活著真好，萬萬歲！」

她就這麼仰躺在床上伸懶腰。

依照我至今聽到的情報，黑貓子應該是為了保護朋友而著手解讀密碼，不過她似乎忘記這份初衷。不，以本質來說，她這個「求知者」的初衷，從一開始就是這樣吧。

那麼她算是貫徹初衷。

雖然現在整個人向後倒，卻沒有本末倒置。哎，她是麻煩人物的同時，原則上也完全是一個愛管閒事的女高中生吧。

而且也具備名偵探的資質。

總之，我決定在討好這個床上偵探的時候下達封口令。關於我的春假經歷，我要求她不能將自己知道的部分告訴任何人。

在解讀這方面，我很難說自己有所貢獻，但是至少我就這麼順她的意提供協助，所以肯定可以要求這種程度的回報。

如果是忍野，他會說這是「代價」。

「哈哈哈，不用擔心！因為沒有人會笨到相信我說的話！」

「不准說出基於別的意義會令我擔心的事。」

以這種意義來說也很適合成為情報通吧？我莫名接受這一點的時候，黑貓子開口了。

「所以我想以別的形式謝謝你。有什麼我能做的事嗎？」她這麼問。「這段密碼沒有曆兄就無法解開，所以讓我竭盡所能為你做一件事吧。」

「嗯？唔～～就算妳這麼說，我也沒什麼特別想做……啊，對了。可以把那件燈籠褲給我嗎？我有一個學妹在收集這種東西。」

「差不多該走了！盡早從這所學校出發吧！櫻桃院學園的保健室、下一個知識以及樣刻都在等我回去！」

至今堅持不肯回去的黑貓子，在這麼說完之後就回到自己的學校，回到自己學校的床了。結果我沒有得到代價，不過就算這樣，黑貓子所說的「沒有曆兄就無法解開」這句話，應該不完全是客套話吧。

如前面所說，我不認為自己明顯幫到什麼忙，不過如果只有黑貓子一個人，肯定無法處理這個事件吧。

這當然不是因為她知識不足，反倒是因為知識過剩。

如果黑貓子不知道春假被吸血鬼吸食鮮血的高中生物語，她在解讀的過程肯定不會偏離正道。

假設她沒發現「鬼」的圖畫意味著「化物」（實際上只有設計密碼的人知道這是否真的是提示），或許不用太久也能從數字的羅列聯想到原子符號。熟記整張元素週期表的她絕對做得到。

不過正因為知道，正因為知道都市傳說、道聽途說、街談巷說，所以黑貓子判斷失準，看走眼找上我幫忙，犯下智者不該犯的愚蠢錯誤。

即使如此，她在最後還是確實導出正確答案，這部分只能說聲了不起，也是智者之所以是智者的本事。不過，她不惜賭命也要追求的知識卻成為她推理時的障礙，關於這一點只能說相當挖苦。

而且，這對我來說也一樣。

只不過以我的狀況，肯定不該叫做挖苦，而是挖肉吧。那一天，如果我不知道吸血鬼，那一晚，我肯定不會成為吸血鬼。

那時候，我應該知道嗎？

還是說，我應該死去嗎？

對於這個問題的解謎、解讀或是解毒，總是進行得很不順利。

第血話 莉絲佳・血

001

水倉莉絲佳是魔法少女。記得我在最近，具體來說是大約在三話之前也寫過類似的句子，不過在這個場合的魔法少女，和那時候簡單迅速就能扮演而且只會令人火大的魔法少女截然不同。她是貨真價實，應該說出生就具備優秀血統，天生的魔法少女。聽說她的稱號是「紅色的時間魔女」，徹頭徹尾是徹底的魔法少女。不只如此，她也完全符合魔法少女的九原則，所以完全無從挑剔。

順帶一提，魔法少女的九原則如下所述。

1、魔法少女必須是少女。不過，適合穿女裝的少年不在此限。

2、魔法少女必須會使用魔法。不過，使用的魔法絕對不能是萬能。

3、魔法少女不能發揮魔法以外的力量。例如武力或智力應該由同伴協助。

4、魔法少女應該使用魔法物品。不過，魔法少女本身是物品的場合不在此限。

5、魔法少女必須和邪惡戰鬥。不過，這裡的邪惡不是具體的個人，應該是模糊的概念。

6、魔法少女必須變身。變身的種類不限於一種。

7、魔法少女必須色彩繽紛。不只是服裝，角色個性也必須按照顏色形象。

8、魔法少女只要不違背第一項原則，必須持續經由戰鬥成長。

9、魔法少女必須是魔法少女。不過，即使失去力量依然繼續懷抱勇氣的場合不在此限。

……以上的九原則是我擅自瞎掰的，要是太當真會令我困擾，雖然這麼說，但水倉莉絲佳是我不能邂逅的對象。即使是在地獄般的春假遇見吸血鬼的我，想見到本應是「魔法王國」居民的魔法少女，原本是夢想中的夢想。

夢想中的夢想中的夢想。

所以，希望各位把這一篇當成夢中的故事。

這應該是我圓夢的故事，對於原本絕對無法離開九州地區這個戰場的魔法少女來說，應該也是圓夢的故事。

不過這場夢或許是惡夢……這種說法用在黃金週就算了，用在這裡簡直過於如字面所述（何況基於某些隱情，比起九州的魔法少女，四國的魔法少女對我來說才是恐怖得多的惡夢），所以我就這麼說吧。

這場夢或許是邪惡的魔法——是她的父親，神類最強的大魔導師，如今下落不明的「奈亞拉托提普」水倉神檎對我們的物語施加的邪惡魔法。

002

我被關進體育倉庫。

不，形容為「關進」其實不正確。嚴格來說，我是被追進體育倉庫。

想到這裡是直江津高中操場的體育倉庫，就不得不想起昔日和吸血鬼殺手的吸血鬼——吸血鬼獵人德拉曼茲路基交戰時的往事。那時候我也是被他的兩把焰形巨劍砍得遍體鱗傷，狼狽不堪被追進這間體育倉庫。

光是想起那個春假不管三七二十一以及成敗與否的回憶，我就覺得背脊發寒到凍結，不過如果只以現在來說，我恨神奇地沒冒出這種負面情感。

因為，和那時候不同。

今晚我不是孤單一人。

「真是不可思議啊，莉絲佳小妹。明明今天第一次見到妳，我卻覺得從很久以前就像這樣和妳並肩作戰至今。」

「應該多心的是這個想法。」

在我轉身說完之後，以神奇的用句方式（方言？）回應我的人，是坐在體育倉庫左側所疊放田徑用軟墊上方的小女孩。大約十歲的小女孩坐在該處，以美工刀的刀刃指向我。

美工刀嗎……

「呵，我想起初期的戰場原了。」

「明……明明指著你的是刀刃，這麼老神在在是為什麼？」

紅色的頭髮，紅色的眼睛。

紅色的過膝襪，紅色的連身裙。

紅色的三角帽，紅色的手套。

全身上下徹徹底底是紅色的。

包括美工刀，以及用來攜帶美工刀的皮套都是紅色。唯一不是紅色的配件，是如同手鐲裝飾在右手腕的銀色手銬，大概原本就是這種造型吧。

在我居住的這座城鎮，即使是怪異，基本上也不會打扮成這麼突出的樣貌，穿在她身上卻適合到毫不突兀。簡直像是看見天生就設計成這樣的鳥兒。

重新面對她之後，我這個對於時尚有獨到見解的高中生，不禁上下打量她的這身打扮。

「絕……絕對領域不是你在欣賞的部位嗎？不是上下打量，是目不轉睛。」

「真是的，看來我們第一次意見相同喔，莉絲佳小妹。」

「希望你別這麼做的是對這個問題帥氣回以肯定之意。」

「但是只有一件事我要先說。妳的肌膚沒有任何不是絕對的領域。」

「你掌握到的是我肌膚的什麼東西？」

莉絲佳像是厭惡般說完，手上的美工刀更加精密瞄準我，像是暗示如果我繼續接近就會毫不留情砍下去。

『嘎吱嘎吱嘎吱嘎吱……』

『嘎吱嘎吱嘎吱嘎吱……』

『嘎吱嘎吱嘎吱嘎吱……』

她像是威嚇般，反覆推出又收回刀刃。

「曆，你這樣是我認識的人。我見過的時間是以前。」

唔……到了這個地步，得稍微解讀一下。我想想，「我認識你這樣的人」，「我以前見過」。這樣解讀沒錯吧？

「是喔，我這樣的傢伙另有他人，我一時之間難以置信。」

「動不動就耍帥是為什麼？」

「難道說，是妳從剛才就提到叫做『創貴』的傢伙嗎？」

「不，是叫做『影谷蛇之』的魔法師。」

原來如此。

雖然不知道是什麼樣的傢伙，不過光是聽到這個名字，我未必沒感受到共通之處。肯定像我一樣，是一位對孩子很好的紳士吧。

想到在世界的某處，或者是在異世界的某處有我的同志，就會覺得自己絕不孤獨，進而獲得勇氣……不過這股高昂的心情稍縱即逝。

鏗——響起某人猛踹體育倉庫門板的聲音。

「！」

「來了！」

莉絲佳從墊子站起來。在柔軟的墊子上突然行動而站不穩的舉動很可愛，就算這麼說，也不能無視於在體育倉庫內部連續響起，從外部猛踹鐵門的存在。

鐵門迅速凸起變形。

面對企圖踹破我與莉絲佳藏身的這段蜜月……失禮，應該說企圖踹破這間密室的壓力，我們無計可施……嗯？

問我為什麼可以斷定來自門外的攻擊是「踹門聲」、「用腳踹的存在」以及「企圖踹破的壓力」？

我就是可以斷定。

被迫可以斷定。

「莉絲佳小妹，怎麼辦？」

我在作勢準備決戰的同時這麼問。

「『那東西』闖進這裡，事到如今是時間的問題。」

「時間？」

莉絲佳隨即突然以不像是十歲的熟練身手，從墊子上輕盈縱身一躍，降落在我的身旁——接近到我的身邊。

然後她露出無懼的笑容，說出以下這段話。

「時間這種概念是極度微不足道的問題，這就是我。」

喀喀喀喀喀喀喀喀喀嘰咿咿咿咿咿咿咿咿！

鐵門果然被撕裂了。

從被撕裂的門板後方出現的……果然是腳。

是右腳。

右腳使出跆拳道下壓踢般的腳跟射門動作，鐵門因而像是預先割出一道缺口的塑膠袋被撕裂。然而站在該處的絕對不是跆拳道選手，也不是足球員。

再說一次，是右腳。

是的，「只有」右腳。

自立的右腳——自律的右腳。

沒穿鞋襪，像是新本格推理小說會出現的零散屍塊。

這隻右腳是水倉鍵率領的「六名魔法師」之一。

昔日莉絲佳列為「魔法獵殺」對象的魔法師，別名「旋轉木馬」的增殖之魔法師——地球木霙的右腳。

003

聽到地球木霙這個名字之後，不禁覺得阿良良木曆或戰場原黑儀都是很平凡的名字。不同文化圈的這個奇特名字既然已經登場，我就說明自己為什麼會遭遇這種狀況吧。

這是放學時發生的事。

在放學回家的路上，我眼尖發現走在前方的小女孩。不對，「眼尖」這種說法可能有語病，總之是一名大約十歲的小女孩。

她一邊東張西望一邊前進。

「喔喔，那不是八九寺嗎？」

可能有人是在電影版的特典閱讀這篇文章卻不知道原作小說，所以我為各位做個註釋，八九寺是我的死黨，是被我從後方擁抱時感受到無上喜悅的小學五年級學生。雖然是一個不諱言如果沒被我冷不防抱住就沒有生存意義的頭痛傢伙，不過身為比她年長的高中三年級學生，慈悲為懷的我大方陪她玩這種遊戲。真是的，那麼今天也稍微表演一下火箭式起跑吧。

「八九寺喔喔喔喔喔喔喔喔！」

「什麼～～？」

「八九寺八九寺八九寺八九寺～～！」

「什麼～～？什麼～～？什麼～～？」

「是八九寺，絕對是八九寺，除了八九寺以外不可能是任何人的八九寺！如果妳不是八九寺，我就不會像這樣抱住妳，不會用臉頰磨蹭妳光滑的肌膚！因為是好朋友八九寺，所以再怎麼摸遍全身都是親密接觸的一環！要是不小心對其他小說的角色這麼做或那麼做就糟了，除非我認錯人！哎呀說真的，熟悉的紅色衣服也一如往常很好脫，真是適合妳！獨具特色的過膝襪摸起來的觸感也完全是八九寺！和往常一樣，寬鬆的三角帽把紅色頭髮悶得恰到好處，把臉埋進去是無上的幸福！全身上下又暖又滑，嘴脣與眼珠也好軟！」

「什麼～～？」

噗滋！

噗滋！噗滋！噗滋！

「唔喔？八九寺，妳用美工刀插我的右大腿？」

明明是八九寺啊？

荒唐，八九寺肯定不會使用武器，而是如同吸血鬼直接用牙齒咬……！

「妳這傢伙，看來不是八九寺吧！」

「水……水水水……水倉莉絲佳是我啦！」

小女孩從我的大腿粗魯抽出美工刀，像是打滾般和我拉開距離。正面相對之後，她和八九寺的差異也終於變得鮮明。

「嘖……完全被騙了。聰明如我居然會上這種當。」

「為什麼露出受害者模樣的是你？還有，為什麼面不改色的是被捅大腿？」

少女──莉絲佳連續發問。

「喂喂喂，妳這樣一口氣問各種問題，我沒辦法回答。問題要一個一個問，OK？」

「我會露出的態度是不高興。」

看來我的話語惹她不開心了。

她的說話方式也很獨特，幸好我認識一個以古老用詞說話的金髮金眼幼女，所以即使是以奇妙倒裝句說話的紅髮紅眼少女，我也不是不能應對。

我是專家。

不是怪異的專家，是小女孩的專家。

「…………」

莉絲佳搖了搖頭。

即使不發一語也明顯傳達給我了。她在害怕某個東西。

我可不能袖手旁觀。

「怎麼了，莉絲佳小妹？如果一次只問一個問題，那妳儘管問吧？不過某些問題我可以回答，某些問題我無法回答。」

「都這麼說話的是這座城鎮的人？」

「是啊，我不認為自己多麼特別。我是比較努力的普通人。」

「……為什麼露出受害者模樣的是你？」

「說來不巧，我這副模樣是天生的。不過既然能像這樣讓妳感興趣，我就得感謝父母才行。」

「為什麼面不改色的是被捅大腿？」

「因為鍛鍊的方式不一樣。這種程度的輕傷，我早就習慣了。幸好大腿動脈沒事，只要塗口水就會癒合，所以不必因為傷害我而擔憂喔。」

我像是對待八九寺那樣溫柔這麼說，莉絲佳卻一直和我拉開距離。

「剛……剛才應該瞄準的是肚子……」

「喂喂，我可不想要妳進入我的肚子當蛔蟲喔。」

「希望你別聳的是肩膀。應該聳肩的人是我。」

唔唔，打腫臉充胖子毫無效果。

其實我大腿很痛。

被割破的牛仔褲價格也令我心痛。

「哎，算了。接下來輪到我問了。」

「為……為什麼也輪得到的是你？」

「妳看起來不像是從小學放學回家，只有妳一個人嗎？爸媽在附近嗎？」

「首……首先確認的是爸媽在不在……罪犯常用的是這個手法……」

看來她有所誤會。

但我認為可以相互理解。

「沒有上的是小學……拒絕上學的是我。平常和我在一起的是創貴，可是走散了……我爸媽……」

她支支吾吾。

莉絲佳即使提高警覺，還是在話語之中洩漏了私人情報（創貴？），但是關於雙親似乎不方便透露，這部分看來和她的說話方式無關。

怎麼回事？和家裡處不好嗎？

「這樣啊。那麼，要來我家嗎？」

「要去是不可能的。我正在進行的是『魔法獵殺』。」

莉絲佳婉拒我的邀請之後接著說。

「魔法獵殺」？

「啊啊，是那個吧。」

「我覺得不可能的是你知道。」

「這妳說得沒錯，但我知道類似的前例喔。是的，那是我在調查中世紀歐洲文學的時候……」

「希望你別假裝的是博學多聞的模樣。」

「我不是無所不知，只是剛好知道而已。」

「希望你不要裝的是傻。」

「我不是無所不裝，只是剛好裝傻而已。」

以這種方式依樣造句可能會惹羽川生氣，所以修正軌道吧。

「我大致知道了。莉絲佳小妹是為了打倒危害世界的邪惡魔法師，從『魔法王國』來到這裡的正義魔法少女對吧？」

「為……為什麼真的知道的有八九成？幾乎完全正確是一件恐怖的事。」

「要是被妳瞧不起，我會很困擾的。我是小女孩的專家，是少女的權威——換言之也是魔法少女的權威。」

「困擾的肯定是你的家人。」

「哎呀，抱歉還沒自我介紹。我是阿良良木曆，即使下地獄也學不到教訓的男人。」

「獲得這種沒用情報的經驗是第一次。那個……阿……阿良？良木？」

「不好發音嗎？總之，妳喜歡怎麼叫就怎麼叫吧。」

「該怎麼做的是如果全都不喜歡？」

「選一個妳願意慢慢喜歡的叫法就好。」

「在想什麼事情的是曆？」

「呼呼，我是隨時都在想莉絲佳小妹的男人。」

即使進行這種幽默風趣又輕快的對話（但我也覺得豪邁離題了），我在這時候也沒有真的認為莉絲佳是魔法少女。

我自認是擁有氣度的大人，配合她玩這場「家家酒」。

需要的話，我也可以假扮成怪物，陪她玩到和那個叫做創貴的朋友會合。當我這麼想的時候……怪物出現了。

是真正的怪物。

「啊！曆，危險！」

危險？在說我嗎？喂喂喂，沒有比我更安全的傢伙吧……我還來不及這麼說（或許也沒有這種餘地），就從背後被踢飛——一隻右腳把我踢飛。

平常被我從後面抱住的八九寺就是這種感覺吧。我體驗著朋友的痛楚，就這麼用力撞上電線杆。

「太好了！死掉了！不對！還好嗎，曆？」

感覺一瞬間聽到莉絲佳透露的真心話，不過如同天使下凡現身的十歲少女不可能這麼說，所以應該是幻聽吧。

「沒問題。」

我簡短回答，將姿勢翻轉過來。我想知道剛才從背後賞我一記飛踢的暴徒是何方神聖。

然而，不是神也不是聖。甚至不是徒。

站在那裡的只有一隻腳。

赤裸的右腳。

若要勉強以怪異來形容，就是唐傘拿掉「傘」這個部分的模樣。不過這樣的話應該會穿著木屐才對。

「那……那是什麼……」

「是『旋轉木馬』地球木霙的『右腳』。」

我不禁提出這個疑問之後，莉絲佳居然回答了。

「我、創貴與繫聯手進行一連串『魔法獵殺』的行動時，沒能獵殺成功的是這隻腳。來獵殺餘黨的就是我。」

魔法少女說完之後，將紅色美工刀的刀刃『嘎吱嘎吱嘎吱嘎吱……』全部推出來，像是在展露敵意。

004

仔細想想，昔日和德拉曼茲路基交戰的時候，也是牽扯到右腳。為了搶奪鐵血、熱血、冷血之吸血鬼——姬絲秀忒．雅賽蘿拉莉昂．刃下心的右腳，我被迫和那個怪異（魁偉？）戰鬥。

那麼，在被追進體育倉庫之前，我應該就可以聯想到那個吸血鬼獵人吧。不過這次是這邊當獵人。

而且獵殺的不是吸血鬼，是魔法。

怪異現象與魔法現象有多大的差異，這部分應該是眾說紛紜，不過極其相似的這兩段機緣，與其說是命中註定，更令我不免覺得是一種諷刺。

無論如何，既然涉入到這種程度，看來我不能在這時候回去。

「不，已經可以回去的是曆。」

「喂喂喂，別說得這麼寂寞。以為我會留下妳一個人逕自回去嗎？」
「極為遺憾的是我不這麼認為。」
「沒問題。只要身高沒超過一五〇公分就沒問題。」
「什麼？」
不過莉絲佳說，這場獵殺肯定幾乎已經完成才對。
地球木霙。擁有「旋轉木馬」這個稱號的他，使用的魔法屬性是「肉」，種類是「增殖」。他可以自由自在改造自己的肉體。
肉體改造系的魔法。
世界觀不同的我，聽她這麼說明也滿頭霧水難以理解。
「可以變得像是蜘蛛一樣很多隻腳就是重點。」
但是經由莉絲佳這句說明，我大致可以想像了。只不過，這名魔法師不只是腳，包括手的數量、手指的數量、指甲的數量、頭髮的數量、眼睛的數量、鼻子的數量、頭的數量，全身上下所有部位都能增加，我的天啊，真是不得了。
以「讓肉體膨脹」的意義來說，和斧乃木余接這個屍體怪異或許有共通點，但是斧乃木肯定無法將身體部位增加到這種程度。
老實說，是我完全不知道該如何對付的對手。
面對這種魔法師，莉絲佳（還有創貴？加上繫？）之前到底是以何種方式獵殺成功，我對此深感興趣。

「不，沒能完全獵殺就是所以然。剩下的是一隻腳。還不夠成熟的是我。」

莉絲佳說。

原來如此，她來到這座城鎮的原因，以及像是尋找東西般東張西望行走的原因，謎底就此揭曉。

她是為了負起責任而來。

了不起。我想慰勞她一下。

「別在意。妳還不夠成熟所以沒關係吧？」

「……懷著『不想成為大人』這種堅定想法的是我，不過我覺得不能這樣下去是現在第一次。」

基本上可說是和其他世界觀具備共通宗旨的這份信念，感覺被我這句輕率的臺詞扭曲了，但是現在不是做這種事的時候（學她的說法就是「不是做這種事的時候就是我的信念」這樣？）。

回憶結束，我的意識已經回到鐵門毀損的體育倉庫內，陪著莉絲佳一起和地球木霙的右腳對峙。

真是另類的光景。

但是我笑不出來。依照我聽到的說明，現在這個賭命戰鬥的狀況，足以匹敵我面對德拉曼茲路基的那時候。

「莉絲佳小妹，躲到我背後。」

「哪裡安全的是你剛才被踢的背後？」

唔，她說中我的痛處。

不過比起背後，剛才真的被她戳傷的大腿反而才是痛處。

大腿動脈真的沒事吧？

「說起來，陷入這種困境是你先前扯後腿。」

「先前扯後腿？妳說的難道是妳在路邊揮動美工刀要戰鬥的時候，我抱起妳的雙腿逃之夭夭的那件事？」

「不可能是別件事。」

這也沒辦法吧。

我還不能完全相信魔法或是魔法少女的那個時間點，我認為這麼做是最好的判斷。雖然也可以說我當時實際扯了後腿，不過光是沒留下莉絲佳獨自逃走，我的人格就應該受到讚賞。

「總之不提這個，在逃跑的那時候，被摸得太過火的是我的腳。」

「別氣別氣，我預定像這樣在各方面扯到『腳』這個字，最後以『敬請見諒』收

尾。」（註4）

「無法以這種話語總結的惡行是你的所作所為。」

無論如何，當時的光景正如莉絲佳所說，我把她抱起來，閃躲不只是追過來還發動攻擊的右腳，拔腿到處逃竄的結果，就是被追進這間體育倉庫。

對於為了獵殺地球木霙的右腳而來到這座城鎮的莉絲佳來說，遭受這種反擊是明顯違背她本意的狀況吧。

「做好心理準備的是遭受反擊。獵殺的一方也經常會成為被獵殺的一方。唯一違背我本意的是把曆捲入這個事件。」

「別這麼說啦，莉絲佳小妹。我相當享受這個狀況啊？」

「心情變得這麼差是因為把曆捲入這個事件。」

看來不是我想的那個意思，但是無論如何已經騎虎難下。畢竟我如今大致掌握事態，而且不提這個，這裡是我想逃也逃不掉的體育倉庫。

只能視為是緊要關頭，或者是背水之陣。

「以我現在的雙腳，真的可以一邊保護莉絲佳小妹一邊戰鬥嗎……」

「希望你讓開是我的真心話。被曆擋住看不見的是敵人的模樣。」

註4　日文「敬請見諒」前兩個字的發音和「腳」相同。

「哈哈，原本只有囂張可言的那個小女孩，現在變得真敢說啊。」

「希望你別說得我們好像早就認識。你肯定會連同敵人被碎屍萬段的是創貴在場的狀況。」

好恐怖。

那個傢伙是怎樣？

我原本打算像這樣和莉絲佳進行和樂融融的對話，故意露出破綻引誘敵方貿然攻擊，但是地球木霙的右腳在踹破體育倉庫鐵門之後沒有進來。

簡直像是在等待起跑槍聲的跑者右腳。

就這麼屹立在原地，動也不動。

……難道是看穿這邊的企圖嗎？明明是腳？明明沒有眼睛能看，也沒有大腦能思考啊？

魔法師即使只剩下腳，還是可以運用智謀算計嗎？

「你錯了，曆。始終只是殘骸的是那隻右腳。切離的來源是名為地球木霙的魔法師。從主體分離的魔力本身說穿了是自動的……更正，是衝動的。」

嗯。

包括說話方式在內，莉絲佳的解說相當不得要領，但若以我的方式解釋，那隻右腳是如同鏡子反應我們的行動而行動，看起來是右腳形狀的魔法。

因為莉絲佳想要獵殺，所以那隻右腳會在她想獵殺的時候襲擊（之所以變成我背部被踢，大概因為我剛好站在攻擊軌道吧）。因為我抱起莉絲佳逃走，所以右腳追了過來。因為我們躲在體育倉庫，所以右腳找到我們。

動作看起來暴虐，其實未必如此。

是猜拳後出，是後攻，是後續行動。

是反應，是反射，是對應。

正因如此，所以在我進入伺機而動的形態，莉絲佳因為我成為牆壁而無法改成狩獵形態的現在，地球木霙的右腳也一樣在這時候停止動作。

「原來如此。所以我至今掙扎不肯把腳踏進棺材，也絕對不是徒勞無功。」

「咦？做出這種結論是為什麼？還有，居然說什麼把腳踏進棺材，不需要硬是牽扯到的是和腳相關的話語。」

我努力想把現在的均衡狀態當成自己的功勞，可惜連苦勞都稱不上。

不過，這下子怎麼辦？

均衡狀態本身絕對不是壞事，不過想到這裡是直江津高中體育倉庫內部，就不能一直僵持下去。

我們和赤裸右腳交戰的光景，要是被局外人目擊就慘了！

「更慘的是把十歲小女生帶進體育倉庫的光景被局外人目擊。」

「沒什麼，這部分是家常便飯。」

「是身經百戰？還是慣犯？」

「嗯，沒錯。」

她脫口說出的「慣犯」這個詞令我想起來了。

既然那隻腳是只會對我與莉絲佳的動向（身體動向或是情緒動向）起反應的魔法體，那麼只要從觀望的形態變得對於戰鬥更加消極，那隻右腳也會更加喪失戰意吧？

「換句話說，只要我疼愛莉絲佳小妹的右腳，那個傢伙應該會就此歸西吧。莉絲佳小妹！」

「我不會回應的是即使你堅定這麼叫。我不懂的狀況是你要疼愛我的腳？而且在這種狀況，那隻右腳會反應的是我想把曆砍得稀巴爛的殺意。」

她確定要把我砍得稀巴爛。

踏出這一腳的犧牲太龐大了。希望她只找我的腳算帳就好。

「而且對曆來說，疼愛腳的這個戰略是從『慣犯』這兩個字想起來的？這是哪一種身經百戰？是什麼的慣犯？」

「哇，莉絲佳小妹對我興致勃勃耶。」

「我唯一強烈的是防範意識。」

「那妳從一開始就不能和我這種傢伙有交集喔。妳就忘記我，去尋找更好的男人吧。」

「嗯，我這次清楚體會到的是創貴其實是好男人。」

我意外提升創貴這個人的評價，不過還有一件意外的事，就是我在這段奇妙的對話成功想出戰略。

我剛才說的「踏出這一腳」，照例只是為了方便收尾而勉強說出和「腳」相關的句子，不過如果不是「踏出」而是「固定」呢？

如果可以固定那隻腳……

「……莉絲佳小妹，如果我有個三長兩短，幫我傳話給一個叫做八九寺的女生。」

「沒什麼好傳的是曆要對那孩子說的話。」

「『我害妳為胸部而死了』。」

「噁心。」

我被小女孩說噁心了。

微調一下比較好嗎？

「『以妳的胸部養大的我，沒能養大妳的胸部，害妳為胸部而死了』。」

「已經有個三長兩短的是曆的大腦吧？」

「如果我成功活著回來，麻煩到時候和以往一樣給我獎賞的 kiss 吧。」

「曆度過的是什麼樣的以往？希望你別做的是把『吻』寫成英語。」

「我真想再聽妳這樣數落我。不過唯獨處罰的 kiss 拜託不要喔。」

「你把聽到的數落活用在今後是我由衷的希望。」

「哎呀，變得有點像是早期的純文學了。」

「變成的是現代的怪文章。當成電影特典發送的真的是這個？希望你不要前往的是比噁心更高的境界。」

「我要上了！」

在莉絲佳這番激勵的推動之下，我猛然向前跑。不是要前往比噁心更高的境界，是放低姿勢衝向魔法師的右腳。

單腳擒抱。

沒有彼此更正確的單腳擒抱。

這是我的格鬥家妹妹阿良良木火憐直接傳授的招式（更正確來說是格鬥家妹妹經常對我施展的招式），但我的攻勢當然不只這樣。倒在體育倉庫外面地面的腳，我就這麼不再放開，當場反覆打滾。

接下來也是妹妹直接傳授（也就是經常對我施展）的招式。全身沾滿泥土的我，將地球木霙的右腳上下顛倒，像是緊抱少女般抱住，再以雙手鎖住腳踝。

換句話說，是俗稱「阿基里斯腱固定技」的招式。

之前對上德拉曼茲路基，我是以臨時惡補的合氣道招式戰鬥，這次則是使用摔角招式。

當然不是因為對方是腳，我才直覺認為阿基里斯腱肯定是弱點。

這隻右腳是會對這邊的敵意或殺意起反應，後發先至的反擊型（以怪異來說是因果報應型）魔法體，我判斷關節技絕對有效。

想狩獵的話應該會被狩獵。

想除掉就會被除掉。

想殺就會被殺……不過如果是這種固定技，即使這隻右腳以相同方式反擊，也不至於取我性命……呃！

為了逃離阿基里斯腱固定技，像是鮪魚胡亂掙扎的這隻右腳，我卯足了勁試著壓制，然而在這個時候，我的臉被狠狠踢了一角。

難道是莉絲佳？抓準這個時機報復我？不對，這不是少女的腳。仔細一看，剛才踢我之後位於眼前的腳，是我應該用力抱在懷裡才對的右腳。

赤裸的右腳——地球木霙的右腳。

有兩隻腳？腳確實應該成對才正確……不對，兩隻都是右腳！

所以這個餘黨有兩隻右腳嗎？

「不對……增加的是右腳！」

體育倉庫深處響起莉絲佳的聲音。原來如此，是「增殖」！地球木霙的魔法——屬性是「肉」，種類是「增殖」！

不過，像這樣從主體切離，肯定沒有意志的魔法體，為什麼會「增殖」……在莉絲佳尋找餘黨的階段，始終只有一隻腳才對吧？

……啊啊，原來如此。

是因為我。

我這個助手的登場，使得地球木霙的右腳增加了。換言之是增援造成增殖。

「唔……明明自以為是在幫莉絲佳小妹的忙，在最後的最後，居然是我害得事情變成這樣……」

「我說不需要協助的時間是從一開始。」

剛才我被踢臉，應該是單腳擒抱的份。看來敵方判斷那是攻擊。不過那一腳沒有重到令我昏迷，看來我的作戰未必失算……我這個想法沒有持續太久。

右腳B從死角使出的腳尖踢造成衝擊，加上我的大腿本來就很痛，所以雙手沒有鎖得很緊，右腳A得以逃離我的阿基里斯腱固定技，就這麼像是壓上來般勾住我的脖子。

右腳B也跟著做出相同的動作。

不妙。

這個形式不太妙。

回敬我剛才那招固定技的不是固定技，是絞技！

三角絞！

糟糕，我的固定技被擴大解釋為地板技了！整座操場都成為地板！

完了完了完了完了，固定技不會出人命，但是絞技會出人命！

「嗚……莉絲佳小妹，快逃！然後照我剛才說的轉達給八九寺！」

「可以傳達是真的？」

「還有，我也希望妳幫我傳話給羽川與戰場原與神原與老倉與火憐與月火與千石與斧乃木！」

「太多的是訊息與你關心的對象！」

大概是在最後關頭判斷無法背負這麼麻煩的重擔，莉絲佳不只沒逃走，反而來拯救即將窒息的我。

不對，她揮動美工刀衝出體育倉庫的模樣，是不太適合形容為救人的恐怖影像。勒住我脖子的右腳，我已經不知道哪隻是A哪隻是B，總之她將其中一隻右腳劈成兩半。

區區美工刀不可能做得到這種事，所以那把美工刀應該是魔法物品吧。總之大概算是魔法手杖？

不過，被劈成兩半的右腳也沒有任憑被劈成兩半，而是在被劈的時候主動縱向旋轉，像是足球的挑球動作那樣，將美工刀向上踢。

美工刀被踢飛的距離，當然不只是挑球的程度，而是越過操場飛到校舍的另一側，我不禁懷疑自己的眼睛。

好驚人的力道……不，應該認定莉絲佳以美工刀直劈的攻擊力如此驚人吧。後續的反作用力造就了這段飛行距離。

「啊——！啊，啊啊啊……」

即使如此，增為兩隻的右腳被「獵殺」其中一隻的結果還是沒變，但是莉絲佳失去美工刀之後明顯驚慌失措。她微微發抖，一副像是要當場蹲下的模樣——失去氣勢的模樣。

原本那麼紅的嘴唇顏色，也似乎逐漸變淡。紅色雙眼溼潤得像是淚水隨時會奪眶而出。

「…………！」

腳剩下一隻，總之我順利從三角絞解脫，一站起來就再度抱起這樣的莉絲佳拔腿狂奔。我知道一旦逃走，右腳就會產生反應追過來，但莉絲佳現在是這副模樣，我不得不和敵方拉開距離。

「怎麼了，莉絲佳小妹！還好嗎？唔……不行，我摸遍雙腳都沒反應！」

「…………」

不行了，真的沒反應！

這樣就像是我真的不行了！

在我這麼做的時候，右腳跳啊跳地從我身後逼近。即使再快也始終只是用跳的，所以勉強可以保持距離，但是無論如何，那隻右腳只會看我逃得多遠就追得多遠，這麼一來被追上也是時間的問題。

時間的問題……剛才是怎麼說的？

——時間這種概念是極度微不足道的問題，這就是我。

「莉絲佳小妹，妳那份自信怎麼了？要不是我多管閒事妨礙到妳，這場獵殺的難度就很低，妳原本不是這麼說的嗎？」

「那……那是因為……」

她終於以軟弱的聲音回答。

「我手上有王牌，是在那個時間點……可，可是，已經無法使用的是我手上的王牌……如，如果沒有美工刀……」

我聽不懂意思。或許也沒什麼意思。

手上的王牌？

不，可是我覺得莉絲佳現在的這個模樣似曾相識。感覺和我知道的某個模樣很像。

我知道的模樣。

是誰的什麼模樣？

是我失去人類性質時的愚蠢模樣？還是吸血鬼失去四肢時的可憐模樣？

換句話說，那把美工刀不只是魔法物品，不只是魔法手杖，對於莉絲佳來說如同肉體或靈魂的一部分，放開那把美工刀就像是失去肉體或靈魂的一部分，這個事實連帶令她失去自信？

或許是錯的，或許是牽強附會。

或許只是如同籌碼所剩不多的賭徒，故意去賭機率較低的那一邊。

就算這樣，如果這個猜測沒錯，那就還有方法可行。

即使不是手上的王牌，也還有腳上的王牌。

更正確來說，應該是腳裡的王牌。

我將手指插入大腿的傷口。

「嗚……」

這就像是自己撕開傷口，我終究發出呻吟，但是毫不猶豫。傷口裡，插在深處骨骼部分的「目標物」，我以拇指與食指仔細捏住，就這麼一口氣取出。

手上沾滿血的我，從傷口挖出來的東西，是刀片。

美工刀的刀片。

尖銳前端的尖端碎片。

「莉絲佳！用這個吧！雖然不知道要用在哪裡！」

「……………！」

用不著詢問為什麼會有這種東西。這是自明之理。

是莉絲佳將美工刀粗魯捅向我的大腿並且粗魯拔出來的時候，卡到骨頭而斷在傷口裡的剩餘碎片。

難怪我一直痛到現在。

真要說的話不是餘黨，是餘刀吧？

美工刀的刀片參考板狀巧克力，設計成易於折斷的構造（換句話說，刀刃受損的話易於更換）。如果文具專家戰場原在場，應該會提供這個小知識。也就是說，前人的這個智慧救了我們。

果然，莉絲佳露出笑容，從我手中接過這片刀片。

這個笑容看起來像是證明她取回了活力，也可能是取回了肉體或靈魂。

因此，我大意了。

莉絲佳用力閉上雙眼，發出「嗚嗚嗚嗚嗚……！」的聲音，把從我手中接過來的美工刀刀片，按在自己的右大腿，就這麼狠狠割到深入大腿動脈。

005

接下來是後續，應該說是結尾。

可愛女孩在我肩膀上悽慘自殺成功，我體驗到這段可能會帶到下輩子的心理創傷。要是本故事就此結束可不是鬧著玩的，不過想到接下來的進展，本故事如果在這裡結束，或許反倒只會讓這段心理創傷持續到下輩子。

莉絲佳大腿部位深深劃開的直線傷口，當然大量噴出鮮紅的血。

僅次於頸動脈第二粗的大腿動脈被劃破，所以這是天經地義的事。

人類體內大約儲存了五公升的血液。即使莉絲佳是體格還很嬌小的十歲小女孩，至少也有兩公升……咦？

不只是兩公升……？

像是源源不絕般從少女右腿持續噴出的血液，如今繼續淋溼我的全身，不只如此，還逐漸浸透直江津高中的操場。

逐漸浸透——逐漸侵入。

血。血。血。血。血。血。

莉絲佳的血浸透身體。

魔法少女的血浸透地面。

「魔法獵人」的血浸透操場。

「紅色的時間魔女」的血浸透一切。

鮮血鮮血鮮血鮮血鮮血鮮血鮮血鮮血鮮血鮮血鮮血鮮血鮮血。

血血血血血血血血血血
血血血血血血血血血血
血血血血血血血血血血
血血血血血血血血血血
血血血血血血血血血血
血血血血血血血血血血
血血血血血血血血血血
血血血血血血血血血血
血血血血血血血血血血
血血血血血血血血血血
血血血血血血血血血血
血血血血血血血血血血
血血血血血血血血血血
血血血血血血血血血血
血血血血血血血血血血
血血血血血血血血血血
血血血血血血血血血血
血血血血血血血血血血
血血血血血血血血血血
血血血血血血血血血血
血血血血血血血血血血
血血血血血血血血血血
血血血血血血血血血血
血血血血血血血血血血
血血血血血血血血血血
血血血血血血血血血血
血血血血血血血血血血

血血血血血血血血血血血血血血血血
血血血血血血血血血血血血血血血血
血血血血血血血血血血血血血血血血
血血血血血血血血血血血血血血血血
血血血血血血血血血血血血血血血血
血血血血血血血血血血血血血血血血
血血血血血血血血血血血血血血血血
血血血血血血血血血血血血血血血血
血血血血血血血血血血血血血血血血
血血血血血血血血血血血血血血血血
血血血血血血血血血血血血血血血血
血血血血血血血血血血血血血血血血
血血血血血血血血血血血血血血血血
血血血血血血血血血血血血血血血血
血血血血血血血血血血血血血血血血
血血血血血血血血血血血血血血血血
血血血血血血血血血血血血血血血血
血血血血血血血血血血血血血血血血
血血血血血血血血血血血血血血血血
血血血血血血血血血血血血血血血血
血血血血血血血血血血血血血血血血
血血血血血血血血血血血血血血血血
血血血血血血血血血血血血血血血血
血血血血血血血血血血血血血血血血
血血血血血血血血血血血血血血血血
血血血血血血血血血血血血血血血血
血血血血血血血血血血血血血血血血
血血血血血血血血血血血血血血血血
血血血血血血血血血血血血血血血血
血血血血血血血血血血血血血血血血
血血血血血血血血血血血血血血血血
血血血血血血血血血血血血血血血血

血血血逐漸滿溢。

逐漸滿足。

『真是懷念啊！』

在如今化為血泊的操場捲著漩渦的大量血液底部，響起這個災難般的聲音。

響起這段災難般的咒語。

『農奇力、農奇力、馬克納多，洛伊奇斯洛伊奇斯洛伊、奇斯卡魯奇斯卡司，農奇力、農奇力、馬克納多，洛伊奇斯洛伊奇斯洛伊、奇斯卡魯奇斯卡司，馬魯薩克魯、馬魯薩克利、卡伊基利納，魯、利歐奇、利歐奇、利梭納、洛伊托，洛伊托、馬伊托、卡納古伊魯，卡加卡奇、奇卡加卡，奈魔瑪、奈魔納基，多伊卡伊古、多伊卡伊古、馬伊魯斯、馬伊魯斯，奈魔瑪、奈魔魅——』

血泊轉眼之間化為血池，血池眨眼之間化為血海，血海轉瞬之間化為血洪。

然後……

『——奈亞拉！』

然後，滿溢的血一口氣集中。

集中為人的形體。

然而從中顯現的不是人，是魔女。

超越人類的魔女。

原本寬鬆的那頂三角帽戴在頭上剛剛好，二十七歲的水倉莉絲佳站在該處。

絲毫不殘留稚嫩氣息，成熟的站姿。

身高遠超過一五〇公分，手腳明顯變得修長，呼之欲出的妖豔身材以鮮紅的皮製服裝貼身包緊。

「哈——哈～～哈哈哈哈哈哈哈哈哈哈哈！哈哈哈，哈哈哈，哈哈哈哈！哈哈——哈哈——哈哈哈——哈哈哈哈——哈哈哈哈哈哈！」

魔女哈哈大笑。

像是吸血鬼般的笑聲。

張大嘴巴，像是在嘲笑古老的世界，放聲大笑。

……其中的玄機，說穿了無疑是魔法，那麼就等同於沒有玄機可言。不過怪異專家忍野咩咩的作風是會好好說明無從說明的事情，既然這樣，我就把這個作風繼承下來吧。

沿襲下來吧。

水倉莉絲佳——「紅色的時間魔女」。

地球木雯的魔法是以「肉」為屬性，以「增殖」為種類的肉體改造系魔法，水倉莉絲佳的魔法則是以「水」為屬性，以「時間」為種類的命運干涉系魔法。說穿了就是「操作時間」的魔法。

只聽這段說明，會以為是穿越時空或是時間暫停之類的魔法，不過莉絲佳能操作的時間，基本上只限於「自己的時間」。

固有的時間。

莉絲佳本人將這個現象稱為「省略」——是在時間軸抄捷徑。

比方說如果受傷，傷勢要一週才能完全痊癒，她可以「省略」這一週，瞬間讓自己完全康復。或者說，要從她的家鄉來到我居住的這座城鎮，如果是搭乘大眾交通工具，基本上再怎麼轉乘也要三個小時，但是這個魔法可以「省略」這三個小時，不用一秒就能抵達這裡。

這當然不是只有便利這個優點，應該有各式各樣的制約（時間只能向「前」快轉也是其中之一），不過光是聽到一半的說明，就知道這是非比尋常，驚天動地的魔法。然而接下來才是「紅色的時間魔女」的真本事。

在她面臨死亡的時候，換句話說，在她陷入危機，即將完全失去固有時間的時候，會發動某個類似緊急避難的魔法。

出血量達到一定以上的時候，刻在每一顆紅血球的魔法陣會被「激發」。

說來驚人，會因而「省略」十七年份的時間。

從十歲「成長」為二十七歲。

二話不說違反邏輯直接成長。

從魔法少女成長為魔女。

換言之，這個魔法可以將自己提升到足以迴避眼前死亡危機的身心狀態。依照我這個外行人的想法，如同地球木霙的右腳是魔法體，莉絲佳的血液也是會對特定現象產生反應的魔法體，這個解釋應該大致正確吧。

而且效用無須特別說明。單純的身體能力提升自然不在話下，智能與智謀的廣度也更上層樓，魔力量或是魔法的規模，也不是十歲那時候可以比擬的。

真的是大人與小孩的差距吧。

如同幼女形態的姬絲秀忒．雅賽蘿拉莉昂．刃下心和完美形態的姬絲秀忒．雅賽蘿拉莉昂．刃下心判若兩人，十歲的水倉莉絲佳和二十七歲的水倉莉絲佳也是判若兩人。

不過以我的觀點來說，另一個部分更是判若兩人。

「哈～～哈哈哈哈！啊～～懷念過度害我忘記角色個性了，我是完美的莉絲佳！唔哼～～～～嗚！心情亢奮到聲音啞掉了！好啦你這傢伙，好啦你這傢伙，好啦你這傢伙！竟敢徹底妨礙別人的獵殺，應該說竟敢徹底疼愛十歲的我，晚點我會以這雙美腿把你踩爛，你這個廢物人類給我做好心理準備啊！給我貼心一點現在就跪伏在地上方便我蹂躪吧，我想想，你叫做曆是吧？哈哈！在支配所有時間的我面前自稱是歷史，你真是好膽量！我就用腳底仔細把你按在地面當成獎勵吧……不過在這之前！得先完成魔法獵殺才行。繫那個笨蛋吃剩的渣滓，就由我勤快處理掉吧，我最喜歡砍雜碎的腳了，啊哈哈哈哈哈哈！」

「………」

這種性格更是判若兩人。

那麼內向又可愛，青澀又純真，甚至有點懦弱的莉絲佳，在接下來的「十七年」到底發生了什麼事……

她說我是廢物人類耶。

好戰、高壓、侮蔑、歧視。

說穿了是正如教科書所述的魔女。

看到可以說是婀娜少女誤入歧途的這種下場，我不免贊同她不想成為大人的信念。不過未來是可以改變的，所以每次變身出現的「十七年後的水倉莉絲佳形象」好像多多少少有些誤差。

例如在這次，她在變身前和我這個人類共同行動，對她造成不少影響，成為另一個特別的「二十七歲」。

不過，這也始終屬於誤差範圍。

莉絲佳的將來是最壞的結果，這是幾乎已經確定的未來。

我自認以我的方式竭盡所能努力過，但是不足以讓將來的莉絲佳改頭換面。力有未逮，我深感遺憾。

如果我換成羽川，事情或許也會變得不一樣，但總之不看性格只看實力的話確實高明，二十七歲的莉絲佳在覺醒之後，立刻將地球木霙的右腳「處分」了。

莉絲佳揮動美工刀刀片的一塊碎片，砍碎那隻右腳。那隻右腳當然也因應砍碎的動作進行反擊，但她沒放在眼裡。

莉絲佳恐怕是故意承受所有反擊，在受傷的瞬間回復（「省略」），將彼此壓倒性的實力差距展現到令我抗拒的程度，結束這次的「魔法獵殺」。

而且像是順便般（以細跟高跟鞋！）踩踏跪伏在地上的我，規矩履行剛才的約定。

「再見啦。我玩得還算開心喔，廢物人類。要是就此學到教訓，就不准再度對魔法少女出手。不對，以不准礙事的意義來說，應該是『不准出腳』？」

她說完之後離開了。

像是失去形體融入空間，像是溶入鮮血般忽然消失。

大概是將時間「省略」，回到自己的領域吧。因為對她來說，這趟旅行原本是不可能接到的外務。

真是的。

我一邊嘆氣，一邊從千瘡百孔的身上拍掉塵土，站了起來。雖然我的身體傷痕累累，不過說來神奇，本應爆發鮮血洪水悽慘至極的操場，本應被破壞鐵門的體育倉庫，全都回復原狀了。

是「紅色的時間魔女」的特別服務嗎？

只能操作體內相對時間的束縛，以及只能讓時間向「前」快轉的束縛，或許在二十七歲的時候都消失了。不然也可能是使用了不同的魔法。既然這樣，如果她願意治好我大腿的傷（以及細跟高跟鞋踩出來的洞）會讓我感激不盡，不過對那種虐待狂般的性格抱持這種期望也不可能實現吧。

哎，算了。

反正我也不是普通人，這種程度的傷真的是擦傷。如果說塗上口水就治得好也太誇張了，不過流點血就治得好。

血。

是的，補充一點，對於莉絲佳來說，這好像是一種缺陷。既然手上藏著那麼恐怖的王牌，她被右腳逼入絕境時依然一派從容也是理所當然，不過她失去美工刀時的慌張，也和這張王牌有直接性的關聯。

瞬間成長的發動條件，是流出某種程度以上的血。換句話說，莉絲佳使用王牌的時候必須流血。

基於這層意義，由於地球木霙的右腳只有「踢」或「絞」這種攻擊手段，所以對於莉絲佳來說或許近似天敵。

若是在不會造成出血的狀況下被攻擊到瀕死，無法發動這個王牌魔法。所以即使只有一小片也好，莉絲佳需要利刃。

切入皮膚，切開肌肉，切斷動脈的利刃。

……這未必一定只能使用她當成魔法杖的美工刀，基於這層意義，我的猜測很難說是正確的，總之這部分只要結果ＯＫ就好。

無論如何，不必收拾善後真是幫了我一個大忙。衝出體育倉庫之後發生的事情，似乎也沒被任何人目擊，所以我就回到家裡，請火憐傳授單腳擒抱的正確方法吧……嗯？

我在這時候想起一件事。

風景看起來確實回復原狀，應該不必做什麼滅證工作，但這只限於操場。

剛才被踢到校舍另一側的美工刀又如何？

既然已經想到，那就不得不確認一下，所以我繞過校舍，移動到中庭。

果不其然，水倉莉絲佳的紅色美工刀插在花壇中央區域。

「……魔法少女的失物嗎？」

我輕聲說完拔出美工刀，然後學她先前那樣，『嘎吱嘎吱嘎吱嘎吱……』『嘎吱嘎吱嘎吱……』『嘎吱嘎吱嘎吱嘎吱……』反覆推出又收回刀刃。

最後將刀刃推到底的時候，我思索出結論了。不，反正以我的個性，應該是從一開始就有結論了。

「阿良良木曆，真是一個學不到教訓的男人。」

不過，說得也是。

像那樣被壓得死死的，被踩得死死的，而且雖然不是我的本意，不過還完全沒有「敬請見諒」的感覺……為了送還失物，我決定這次輪到我去九州一趟。

雖然對不起莉絲佳，不過到時候妳又會被我認錯人喔！

第刀話　否定・透

001

沒什麼好隱瞞的，否定姬是公主。或許大家會嚴厲斥責「姬」當然是公主，質疑我是基於什麼心態在開頭說這種理所當然的事，要求我說些更特別的事。但我連這種理所當然的事都不敢隨意說出口，尾張幕府家鳴將軍家直轄內部監察所總監督的否定姬就是這麼令我惶恐敬畏又聽話。在我這種率直的人眼中不曉得會以什麼契機否定何種定義的她，在這個時間點就近似於怪異。

「我否定。」

她只以這句話就能推翻一切，所以完全不能掉以輕心。和她比起來，鐵血、熱血、冷血之吸血鬼姬絲秀忒．雅賽蘿拉莉昂．刃下心誠實得多。

仔細想想，那個傳說中的吸血鬼，若是追本溯源也曾經是公主或貴族，所以共通點不算少（兩人都擁有一頭耀眼奪目的金髮，這是最明顯的共通點吧），不過吸血鬼清楚展現自己是吸血鬼的真面目，這位公主則是完全相反，是除了公主這個身分之外，其餘真相都過於不明的公主。不只是「尾張幕府家鳴將軍家直轄內部監察所總監督」這個頭銜很可疑，說她是否不是單純以「姬」為名而真的是公主也有待商榷，我必須在此謹慎補充這一點。

如此真相不明的她，卻沒有目的不明的問題，這也是令人忿恨的設定。她的目的是收集刀。

收集日本刀。

為了尋求四季崎記紀這名刀匠所打造名為「變體刀」的一千把刀，為了尋求其中的十二把完成型變體刀，她身為公主卻用盡智謀策略。

絕刀『鉋』。斬刀『鈍』。千刀『鎩』。薄刀『針』。

賊刀『鎧』。雙刀『鎚』。惡刀『鐚』。微刀『釵』。

王刀『鋸』。誠刀『銓』。毒刀『鍍』。炎刀『銃』。

她收集各式各樣變體刀的理由，位於不同歷史的我大概無從猜測，所以避免深究吧。不過她只基於這個目標行動，所以穿越時代造訪我們的城鎮也沒什麼好奇怪的。

超越時代。

啊啊，對了。這也是否定姬與姬絲秀忒·雅賽蘿拉莉昂·刃下心之間，不得不提及的代表性共通點。

如同傳說中的吸血鬼是從數百年前飛來的吸血鬼，否定姬也是從數百年前飛來的公主。

不過說得草率一點，這也可能是會被她斷然否定的虛言。

002

雖然沒什麼好炫耀的，不過我有一個叫做阿良良木月火的國二妹妹。她是每個月會換一次髮型的時尚女孩，也加入茶道社當成自己時尚的一部分。不是把茶道的優雅當成時尚，是更直接的「因為我喜歡和服」這個理由。她基於這種理由加入，我以為茶道社想必也很頭痛，但她好像意外融入這個社團。

以我個人的立場，能讓那個妹妹順利融入的茶道社，老實說無論如何我都不想靠近，不過問題多多的現代社會未必准許這種個人意志堅持下去，我今天就這麼來到了妹妹就讀的栂之木第二國中。

我是校內學生的家屬，原本要造訪並非難事，但因為理由不便說明，所以我以潛入的形式造訪。

簡單來說，茶道社的社辦——應該稱為茶室吧，這間茶室疑似發生一些怪異現象。

登記在名冊裡的社員明明只有七人，卻不知為何感覺到「第八人」的氣息。月火先前來找我談這件事。

正確來說，隱約感覺到「第八人」存在的不是我妹，是另外六名社員，月火反倒是為了否定這個「第八人」的模糊存在而東奔西跑。

否定。

經過蒐證與推理，結果她應該已經成功否定才對……總之這段劇情收錄在已經出版的某集。

明明已經解決的事件卻沒有結束，留下這種像是偵探角色空虛心態的苦澀教訓，是在事後回想時有點不是滋味的經驗（話是這麼說，不過和月火相關的事件不曾有過好滋味），但是難得獲得的這種教訓，必須活用在今後的生活中。

為妹妹善後是哥哥的工作。

為求謹慎，我想親眼確認「第八人」的事件是否真的已經解決。曾經被吸血鬼吸食鮮血的我，想以這雙眼睛仔細確認是否已無後顧之憂。

我也覺得是我自己太敏感了，但最近總是不知道事後會被埋下什麼伏筆。

我偷偷摸摸避免被學生或教職員發現，像是蛇行般迂迴繞路抵達茶室，使用從月火那裡借來的鑰匙（當然是我擅自借來的）打開這扇門。

茶室裡，一名金髮碧眼的美女身穿華麗和服，正在優雅點茶。

她的舉止，她的外貌，再怎麼樣也不會是社員。

不是慘遭我妹魔掌，如今化為和服社的茶道社社員。

不只如此，甚至也不是國中生吧。

正在非法入侵的高中生不該犀利指摘這種事，但她怎麼看都已經成年……所以是教職員嗎？

大概是茶道社的顧問老師吧。

這所國中是私立的，從海外聘請英語老師前來擔任教職員不奇怪。可是為什麼會成為茶道社的顧問？

不，總之茶道或是劍道之類的日本文化，據說在海外的評價意外地好，看起來是外國人的這個人身穿和服點茶，就某方面來說或許很自然。

不然的話，難道說……

難道說，這個人是「第八人」？

怪異？

慢著，這種判斷太心急了，是沒錯啦，我清楚感受到她異於常人的氣息……

「我說曆啊……」

果不其然，她就這麼沒停下點茶的手，對我說話。

雖然藍色雙眼沒看向我，但她叫了我的名字，所以應該是在對我說話吧。

即使無從得知她為什麼知道我的名字。

「你相信未來預知嗎？」

「未……未來預知？」

我情急之下將手放到身後關上門，總之這麼回答。她擁有一頭閃亮的金髮，我覺得暫且必須關門幫她遮擋一下，不過這麼做等於是我把自己關進茶室。

「能夠預先看見未來的能力。不對，應該說能夠預先『體驗』未來的能力。人們或許稱為既視感吧。換句話說，未來預知也是近似未來旅行或是時間移動的技術。」

「…………」

「這就是我——否定姬位於這裡的原因。就我看來，這是已經失傳的職人技術，不過職人技術是在根基的部分代代傳承下來。你可以接受了嗎？」

大概是大功告成，她將茶碗遞向我。

金髮碧眼的女性——否定姬。

咦？什麼？

我最好品嘗一下她的手藝嗎？

現在是喝茶的場合嗎？

我的步調是不是早早就被她主導了？

我甚至不知道她現在到底在說明什麼事……只是，即使「未來預知」這四個字出現得非常唐突，「時間移動」這個詞卻有一些折衷的餘地。

因為我不久之前才嘗試過類似的事。當時不只非常失敗還留下相應的禍根，所以只是一段苦澀的回憶。

不只苦澀，更是苦痛的回憶。

不過，既然我曾經從這個世界進行某種時間旅行，這個世界或許也會迎接其他世界的旅行者來訪吧。

這麼一來，我可不能敷衍應付這位神祕的公主。如同我曾經在不可能存在的世界備受歡迎，我也必須款待這個人。

無論如何，至少喝她端給我的茶吧。

這次要好好試探她的底細。

我下定決心之後，脫鞋踏上榻榻米。

「抱歉我不知道茶道禮節，請容我自便吧。」

我盤腿而坐，試著裝出粗魯的態度這麼說，不過公主面不改色毫無反應。

嗯，看來不是會配合他人興致的那種人。

這麼一來大概無法期待她會吐槽，所以我禮貌改成正坐，拿起茶碗。記得要轉動三次？

「我要享用了……噗咕！」

茶碗裡幾乎都是粉。

口腔的水分八成都被吸走了。

「啊哈哈哈!中計了中計了!」

否定姬指著頻頻咳嗽的我，哈哈大笑。喂，她意外地開朗耶。

「抱歉抱歉，畢竟我不可能會點茶。我連怎麼燒開水都不知道。這種生活上的事情，我全部交給親信負責。剛才始終只是假裝有所造詣當成一種演出……但如果是那個討厭的女人，肯定會做得更好吧。」

其實我也不擅長正坐。

否定姬說完站了起來。

唔哇，她好高!

當然也是因為我趴在榻榻米反胃造成落差，不過簡直像是在仰望一座山。從某種角度來看，我就像是跪伏在她的腳下，然而在這種相對位置，在這樣的落差被她俯視，我有種奇怪的感覺。

「以為我是對日本文化造詣頗深的異邦人?那我否定。我是在這個國家出生長大的愛國者。」

「……這樣啊。」

那麼她是混血兒或隔代混血兒嗎?不過感覺我這麼問也會被否定。

我自從春假就看慣金髮，不過碧眼只在電影或電視劇接觸過，所以她的視線令我臉紅心跳。

「請問……妳為什麼知道我的名字？還有，為什麼知道我今天會來這裡？」

不能總是一直趴在（跪伏在）榻榻米，所以我起身（全身都被染成抹茶色）詢問否定姬。

老實說，面對她日西合併的存在感，我不是很在意這種小事，但我總之想以發問做為緩衝。

「就說是未來預知喔，未來預知。包括你的名字，以及你今天會來到這所學舍裡的這間茶室，我都是從數百年前就預知並且體驗了。反過來說，也是這種亂七八糟的事情，害我必須像這樣千里迢迢來到這裡。畢竟既然被預言指名，基於立場就躲不掉了……我不擅長自己行動。」

「……都是妳不擅長的事情耶。」

「我否定。我不擅長很多事，卻擅長更多事。比方說，將你這樣可愛的小男生玩弄在手掌心，是我的拿手絕活。」

「…………。」

擅長……說得也是。

反過來說，以我的角度來看，這個人明顯是我不擅長應付的類型。

即使站起來，我的視線高度也只到公主的肩頭。必須維持抬起下巴的姿勢，才能和她視線相對。

「所以曆，你接下來會問的問題，我也猜得中。」

「……這也是所謂的未來預知吧？」

「我否定。就說了，我無法使用這項技術。我始終只是順著預言在走。我能夠猜中你的問題，是因為我擅長把你玩弄在手掌心。」

「……那請妳猜猜看吧，公主。我現在抱持什麼疑問？」

我隱約知道當成耳邊風是最好的做法，但是反覆聽她說出瞧不起我的話語，我忍不住接受她的挑釁。在這個時間點，我等於已經被她玩弄在手掌心。

在她的手掌心滾動。

只能任她擺布。

「你會說『找我有什麼事』對吧？我不惜超越時代、超越世界觀來到這裡，到底有什麼事……對於這個問題，我會這麼回答：『我否定。曆，我並不是有事找你這個人。因為我要找的是你擁有的日本刀，也就是妖刀「心渡」。』」

003

妖刀「心渡」。

我自己沒有正確理解真正的威脅性，所以很難說明，但是一言以蔽之，這是傳說中的吸血鬼姬絲秀忒・雅賽蘿拉莉昂・刃下心昔日握在手中揮動，用來斬殺怪異的武器。

只斬殺怪異的大太刀。

因此，這把刀獲得「怪異殺手」的別名，這個名字就這麼成為鐵血、熱血、冷血之吸血鬼的另一個稱號。

基於這層意義，我們的金髮金眼吸血鬼也可以說是日西合併，就算這麼說，我可不能在這裡和否定姬意氣相投。

甚至相反。

我的戒心瞬間跳到最高等級。

既然她說她不是為別的，正是為了得到那把妖刀而來找我，那麼現在真的不是喝茶的場合。

我只能用盡我個人擁有的所有能力徹底裝傻。

「妖刀？哈哈哈，妳在說什麼？該不會是動畫看太多吧？」

「我否定。因為在我的時代沒有影片。」

居然說「影片」，妳明明懂吧？

不過，如同對方裝蒜都被我看得一清二楚，我再怎麼掩飾似乎也瞞不過對方的眼睛。好啦，這下子怎麼辦？

這麼一來，場所選在栂之木第二國中校舍裡的茶室是絕佳選擇。剛開始我納悶心想怎麼選在這種地方埋伏，但她這麼做幾乎等於拿我妹當人質。

如果她選擇在直江津高中或是我家等我甚至還比較好。這樣的話我應該勉強擁有地利。畢竟她像是硬闖般進來的這裡其實是中立地帶，看起來是中立地帶，其實對我來說是最差的地形效果。

不過就算這麼說，我也不能輕易答應公主的要求。

「這樣啊。我想也是。但我否定這種膠著狀態。其實『這種做法』是那個討厭女人的領域，不過如今我也否定這種限制吧。曆，可以和我『比刀』嗎？」

公主從懷裡取出鐵扇，發出「啪」的一聲打開，將扇子指向我這麼說。

接著在三十分鐘後，我與否定姬並肩站在栂之木第二國中的泳池邊。

不只是場景突然從茶室轉換到這裡令我困惑，更令我困惑的是金髮碧眼營造出無比奢華氣息的否定姬，現在穿著學校泳裝站在我身旁。

「……………。…………？」

我不小心看了兩次。

咦？

等一下，妳這角色是會做出這麼有趣事情的類型嗎？經紀公司沒禁止妳穿學校泳裝嗎？

對這場意外邂逅感到為難的我，姑且比對自己的交友範圍，思考她近似我認識的哪個人，做出「總之是稍微近似影縫的臥煙小姐吧」的折衷結論，擬定接下來如何應對她的計畫，不過那兩位成年女性即使在版權圖也絕對不會穿的這種衣服，她為什麼主動穿上？

公主直到剛才都展現日式加西式的平衡感，她究竟是吃錯什麼藥，變成金髮美女加上學校泳裝的矛盾感……

「我否定。我不會不做有趣的事。」

「…………」

雙重否定……！

她一開口就是否定否定，我原本心想滿嘴都是NO的她要怎麼待人處世，沒想到有這種對應方法。

「難得來到未來又沒人監視，當然也想放縱一下。畢竟這裡是不用擔心明天就會死掉的世界。」

「這樣啊……不用擔心明天就會死掉的世界嗎……」

「我來到了一個可以穿成這樣恣意嬉鬧，開朗到耀眼的時代。我由衷實際感受到這一點。」

……公主究竟來自何種時代，我即使聽她說明也難以掌握，不過既然她形容得這麼艱苦，我也不方便插嘴。哎，反正只是名稱加了「學校」兩個字，外型始終是普通的泳裝。

如果是影縫或臥煙小姐穿成這樣，不用等明天，應該會當場暴斃吧。

不過，縫在這件學校泳裝胸前的名牌寫著「阿良良木火憐」，我絕對不能看漏這一點。

換句話說，這意味著否定姬身上的學校泳裝，不是來自以茶室為根據地的阿良良木月火，而是我的另一個妹妹——栂之木第二國中三年級學生阿良良木火憐的學校泳裝。

依照泳裝尺寸的需求，所以她選擇的不是月火，而是火憐的泳裝（月火比我矮，但是火憐比我高。明明是妹妹）……不過原因應該沒這麼單純。

我也確實掌握了你的大妹喔……感覺她像是這樣暗中施壓。居然從學校泳裝感受到懾人的壓力，這是我這輩子第一次的經驗。

說到尺寸，否定姬比火憐還高一個頭，我心想她穿這件可能還是太小，不過說來驚人，高一個頭的部分或許都是腿的長度，設計上只包覆軀體的泳裝，穿在她身上看起來剛剛好。

「總之，我在這裡穿成這樣，也是早已預言到的命運。」

「終究不會是這麼回事吧？」

順帶一提，我沒換衣服。

依然是沾滿抹茶粉的便服。

「所以……先不提服裝，否定姬大人，為什麼要換地點？」

「就說要比刀了……令我火大的那個奇策士，就是用這種方法收集刀。向擁有刀的人提出賭上刀的決鬥。唇，感覺你好像不想讓我見識妖刀『心渡』，所以我想說把態度放軟，和你談這場交易。」

說完，否定姬跳進泳池。

沒做熱身操也沒適應水溫就跳進去，她的心臟到底多強？我帶著傻眼的心態感到佩服，卻還看不出她的行動脈絡。

大概是以這種方式擾亂對方，持續「否定」各種認知與理解，藉以持續位居優勢的作風吧……

不過，以我沒看過的泳式游向泳池另一側的她（古代泳式？），看起來也確實像是純粹在享受假期。她在對岸華麗掉頭，改以潛水的方式回到這裡。

回到這裡……沒回來？

就這麼潛入水中沒上浮？

咦？難道溺水了？

不會吧，別說明天，居然今天就死掉……真的會令人想要打趣問她到底來做什麼吧？唯獨這種結果一定要避免，被這份義務感驅使的我，連忙脫下上衣要去救人，但我上半身赤裸的這時候，隨著嘩啦的水聲，公主迅速從池畔探出頭。金色的頭髮緊貼身體，散發奇妙的魅力。如果不是學校泳裝，散發的魅力應該會更強吧。

公主輕撥那頭金髮。

「咕呼……啊啊啊，真是的，我真的不適合做粗重的工作……不適合做任何工作。曆，別在那裡脫衣服，快來幫忙。」

她這麼說。

「幫……幫忙？」

「這個，幫我拿著。要是沒有浮力，我就拿不動了。」

還以為是要我拉她上來，看來不是。近看才知道，她在水裡以雙手抱著某個「物體」。

之所以要近看才知道，原因在於這個「物體」是透明的。在透明的水裡抱著透明的東西，難怪看不見。

水晶……？

還是鑽石之類的……？

剛才她潛水那麼久，似乎是為了把這個藏在池底的「物體」撿起來，不過這是怎麼回事？這位公主難道想要以物易物，用值錢的物品交換「心渡」？

以為我阿良良木曆可以用錢打動？

……並不是不可以。

我在春假向專家忍野咩咩積欠數百萬債務的經驗，在我內心留下很深的傷。

不過，她當然否定我的這種想法。隔著水面接過來的這個物體，只是看起來很像水晶或鑽石。

是玻璃的長方體。

不對。

說得正確一點，是封閉在玻璃製「刀鞘」裡的一把日本刀。

「透刀『鐵』——雖然不是完成形變體刀，卻是四季崎記紀打造的一千把變體刀之一。總之應該匹敵妖刀『心渡』，具備足以對抗的強度吧。阿良良木曆，賭上彼此的刀……『堂堂正正一決勝負』吧。」

004

聽到要以刀來分出勝負，我一直以為會變成持刀互砍（在泳池畔和身穿學校泳裝的金髮美女互砍）的結果，不過看來可以避免這種非比尋常的展開。之所以這麼說，是因為從泳池上岸的她，一邊以浴巾擦拭全身（應該說是她叫我擦。無論身穿的是和服還是學校泳裝，她再怎麼說都是公主），一邊朝著放在泳池畔的玻璃箱示意。

「曆，請你從這把『鞘』取出刀。但是不能傷到硝子。只要你做得到就算你贏。」（註5）

她這麼說。

和她至今的發言完全一樣，我聽不懂這段話的意思，不過這似乎是這把日本刀——透刀「鐵」的特質。

可以形容為「透徹」吧。

這把刀可以通過砍中的物體。可以穿透斬殺的人體。

我不得不認為這樣根本不具備「刀」的意義，不過看來事情沒這麼單純。

註5　「硝子」為玻璃的日文漢字。

因為這把刀的特質，在於無論是鎧甲還是牆壁，這把刀都可以穿透通過，砍中保護在另一側的東西。比方說砍殺人類的時候，可以不砍衣服只砍內部，進一步來說，可以不在皮膚留下任何傷口，直接砍中內臟。

將人體直劈成一刀兩斷，同時只砍斷一根腦血管。如果能夠這麼神乎其技，就可能用來當成殺人懸案的凶器吧。

我無法心想「這也太離奇了」一笑置之。因為妖刀「心渡」也做得到類似的事。比方說不砍傷人體就斬殺怪異。

所以基於這層意義，公主說的「足以對抗」或是「匹敵」確實沒錯。兩者的賠率幾乎相同。

到這裡我懂。

不過，我還不知道這和比賽內容有什麼關聯性。說起來，這把奇妙的刀為什麼會封閉在玻璃箱裡？

之所以藏在國中泳池底下，總之先當成否定姬為了主導步調而設的局……

「所以說，這硝子是透刀『鐵』的『鞘』。因為這把刀能穿透任何物體，當然也包括硝子。要是收入普通刀鞘插在腰際，持有者可能會受傷，所以像這樣包括握柄在內，四面八方都一起收納在固體內部比較安全。」

「這樣啊……可是這麼一來，即使收得進去也拿不出來吧？」

收納的時候，只要發揮刀的特質就好……啊啊。

所以才把這個設為比賽內容嗎？

「沒錯，即使是這種狀態，也有拔刀的方法。暦，如果你能說中這個方法就算你贏，到時候我會把透刀『鐵』留在這個時代。不過如果你無法拔刀或是傷到『鞘』，到時候你就要獻出妖刀『心渡』。」

「…………」

咦？

這場比賽什麼時候成立的？

我還沒答應接受這場賭局吧？

主導權完全被她掌握，不只是比賽地點，包括賭注以及賭局的內容，回過神來都由她單方面決定，毫無讓步的餘地……我會就這麼一直對公主言聽計從嗎？

畢竟學校泳裝也是這個人主動穿上的……我到目前為止完全被她戲弄。

我不抗拒被年長大姊姊的蠻橫或魅力要得團團轉，但是如果攸關人生就另當別論。

老實說，我又不需要透刀「鐵」……這種東西除了用在完全犯罪，還能用在哪裡？總之在現代應該不會毫無用武之地，不過考慮到我的現況，為了在今後也能繼續活下去，我比較需要的應該是妖刀「心渡」。

雖然她巧妙引我上鉤，不過接下來要想辦法扳回一城，讓這場比賽本身無效……不，等一下？

透刀「鐵」？

公主使用「通過物體」或是「穿透人體」這種說法，所以我只想到用來當成密室詭計的手法，但是反過來也行得通吧？

反過來——換句話說，不是「不砍外側只砍內側」，而是「不砍內側只砍外側」的使用方式。

剛才否定姬說這把刀可以不砍衣服只砍內部，說得令人膽顫心驚……反過來說，也可以使出動畫《魯邦三世》石川五衛門那種不傷人體只砍衣服的神技吧？更具體來說，我可以對我的朋友羽川翼使出這招吧？

「……呵，真是的。」

羽川啊。

到頭來，我的動力總是來自於妳。

「我知道了，公主。我就接受這場比賽吧。」

「以散漫時代的登場角色來說，你的膽子不錯。我並非不能稱讚你一聲。」

否定姬嫣然一笑，像是抓準這個機會，以雙重否定的句子回應。

005

從現實問題來看，除非是黃金週的那種事件，否則我不可能心血來潮對羽川動用武器，不過準備得如此周到等我上鉤的否定姬，不可能沒準備第二或是第三個備案，我也不可能在這時候選擇不接受比賽。而且我不能說得過於悠哉。

這裡不是室內泳池。陽光燦爛灑落。

泳池位於遠離校舍的地段，應該不會那麼快被別人看見，但是在這種狀況，要是被外人發現，可能會招致不甚理想的結果。應該說既然這裡是栂之木二中境內的泳池，反倒我才應該是外人。

這樣的外人在身穿學校泳裝的金髮美女陪同之下玩著日本刀，光是這樣就會立刻驚動警局。而且那件學校泳裝是我妹的。

已經不只是變態的程度。

為了預防今晚召開家族會議，我必須迅速處理……所以我蹲下注視玻璃箱。

我為求方便形容為「箱」或是「盒」，不過說成玻璃「塊」比較正確吧……

否定姬剛才說她如果不藉助浮力就抬不起來，但我也無法一直拿著這麼重的東西。

總覺得看起來也像是化石。

否定姬終究不是來自足以成為化石的遠古時代，這麼說來，我看過古代昆蟲被封在透明琥珀裡的影片。

不過這是透明玻璃，給我的印象比較像是出鞘之後冰封的刀。

我不知道這麼做是否有意義，就這麼試著測量這個長方體的大小……雖然這麼說，但我身上沒捲尺，所以是以手掌當尺大致測量。

假設我張開手心是二十公分左右……大概是長一．五公尺，寬三十公分，高三十公分吧？

收納在內部的出鞘日本刀，長度大約一．三公尺……雖然沒有充足的知識，不過以日本刀來說算是很長吧？但我個人無論如何都會拿來和妖刀「心渡」的誇張長度相比，所以不方便斷言……

「『公尺』與『公分』是吧。難道也會使用『呎』或是『碼』嗎？」

我一邊在透刀「鐵」周圍繞圈，一邊輕聲進行各種推測的時候，否定姬開口打岔。

「你剛才說我是日西合併，但從文化角度來說，你們更像是日西合併吧？」

「……公主的時代正在鎖國嗎？」

最近也有學說主張，當時的鎖國沒有鎖得那麼嚴密……但是無視於公主的消遣也會造成這邊的壓力，所以我只轉頭朝她如此回應。仔細一看，大概是討厭紫外線吧，否定姬坐在屋簷下方的長椅滑手機。

當然是我的手機。

我一直放在脫掉的上衣口袋，她好像擅自拿去用了。難道正在上網嗎？

她就是以這種方式調查現代文化吧。

雖然沒有忍野那麼極端，但我對於電子機器也絕對不算熟悉，公主的手指動作看在我眼裡快得令我著迷……

「……真是熱心求知耶。」

我酸溜溜地這麼說。

「我否定。這不是求知，是玩遊戲。」

否定姬就這麼盯著畫面回應。

「我在玩一個重現戰國時代的遊戲。」

「…………」

所以她用我的手機擅自下載應用程式，玩戰國系列的遊戲？她為什麼可以厚臉皮做出這種事？又為什麼能這麼高明對應這個時代？

這個人真的來自過去嗎？

雖然並不懷疑（其實有在懷疑），但我試著詢問否定姬。

「妳那裡是什麼樣的時代？」

「問太多也沒有意義。我們的世界觀與這裡的世界觀，只從我玩遊戲的感覺來看，應該沒有相連。」

「沒有相連……那個，意思是平行世界那樣嗎？」

我在這部分的理解也很淺，不過這是穿越時空必備的用語。即使不是時間旅行而是未來預知，在得知未來的時間點，未來就會隨之改變的想法還是存在吧。

「與其說平行更像是雙重吧。哎，我也不敢說得很確定。因為我終究也是連綿不絕的齒輪之一。不過在這個和平又糊塗的時代，或許某處也有迴路和我的時代相連，想到這裡就覺得不枉費我這麼努力。真希望我的後代子孫別太長進。」

「…………？」

否定姬究竟在說什麼？或是究竟想做什麼？和平又糊塗的我無從得知。不過看來她並不是要用話語干擾我或是令我混亂。

但我還是混亂了，所以沒差。

我重新面向正前方。

這次我試著直接觸摸玻璃表面檢查。即使我翻過箱子，同樣仔細調查底部，整個箱子都像是打磨過一樣光滑。

雖然理所當然，不過到處都找不到按鍵或是可以滑動的部分，看來沒有類似拼花工藝品的構造。

感覺也不像是只要說出暗語就會開啟……畢竟是玻璃製的，有這種機關的話一眼就看得出來。

玻璃內部只有一把日本刀。

要從這個狀態，不傷到玻璃就取出日本刀……唔唔，不妙，我完全沒靈感。像是打磨過的玻璃般完全無從著手。

玻璃本身不像是特殊材質，應該始終只是「鞘」吧。具備穿透特質的是這把刀……換句話說，從這個狀態發動刀的特質，刀就會直接穿透玻璃落下？

然而如果做得到這種事，「鞘」就沒有意義……應該解釋成必須經由握刀或是架刀等方式碰觸刀，才能發動刀的特質嗎……

這麼一來，我想處理一下這塊玻璃。即使玻璃是「鞘」，上頭有什麼機關應該也不算犯規吧……不妙，思緒開始在原地打轉。

這就是陷入無限迴圈的狀況。

「否定姬……」

我再度轉身，這次是整個身體轉向公主的方向。

並不是想到什麼點子。只是覺得也可以從兩人的對話套出提示。

雖然有點旁門左道，但是如今顧不得這麼多。

然而長椅沒有她的身影，只有手機孤單放在那裡。咦，她的戰國遊戲已經統一天下了嗎？

那她去了哪裡？我不太希望她穿成那副模樣到處跑……

我如此心想環視周圍，發現她正在泳池游泳。

剛才是為了從水底拿起刀，但她這次看來純粹是在享受游泳的樂趣。這麼說來，她把刀拿上岸的時候也是單手滑水游過來……真的是抱持度假心情來的。

「噗哈……曆，叫我嗎？」

否定姬在泳池中央露出頭，看向我這裡。總之她長得很高，所以即使站在最深的場所，姣好的上半身也幾乎露出水面，害我眼睛不知道該看哪裡。

「不，那個……」

話是這麼說，但我某方面算是閒聊專家，想要天南地北聊個不停肯定難不倒我才對，我卻在這時候語塞了。

該說動不動就出人意表嗎？她這個人難以應付。

所以我問得相當接近核心，應該說直截了當。

「公主大人，妳要拿妖刀『心渡』做什麼？依照剛才的說明，妳收集的始終只有四季崎記紀這個人打造的刀吧？」

「四季崎記紀這個人為了打造刀，需要吸收未來各種刀的知識與見聞。我不只是未來，還必須改變過去。」

「這樣啊……改變是吧？」

「可是……我想想。如果存在著我想斬殺的怪異，那麼果然是來自過去的亡靈吧。」

亡靈——茶道社的「第八人」聽說到最後被當成不存在而結案。真是的，我每次為了月火而行動都沒什麼好結果。

「或者不該說是亡靈，應該說是恩怨。不只是我，那個時代的人們大多受到這種東西的束縛。包括那個討厭的女人，包括七花，包括真庭忍軍……也包括右衛門左衛門那個笨蛋。」

「……先不提亡靈，即使是妖刀『心渡』也斬不斷恩怨喔。」

如果有刀斬得斷這種東西，連我也想要。

不。

還是不要吧。

「呵呵，這樣啊。」

否定姬似乎也不是當真這麼說，很乾脆地如此結尾。

「曆，就算你想不經意問出拔刀的方法也沒用哦？」

然後她像是透刀般看透我的想法般這麼說。

「因為我不知道正確答案。」

「咦？」

「我想妖刀應該也一樣，變體刀會選擇適合的擁有者。說來不巧，我不是劍士。別說是刀，我甚至沒拿過比筷子重的東西。」

她厚臉皮說出這種話。

明明那麼精明。明明毫無破綻。

我的天啊，那我這麼做毫無意義吧……！不，應該說，事到如今怎麼還出現「只有獲選的人拔得出刀」這種條件？

若要這麼說，那我也不是劍士。

我絕對不適合扮演拔出石中劍的勇者。而且既然否定姬自稱不知道方法，我只能說這把刀是否真的拔得出來都很奇怪。

那麼這場比賽就不公平了，不過仔細想想，否定姬的目的並不是公平比賽。她的目的始終是妖刀「心渡」。

這麼一來，原本就無從著手的這個課題，難度更是三級跳了。就像是要我捕捉屏風裡的老虎。

那她應該不是公主，而是將軍吧？

不只是有點犯規，這樣完全是犯規，不過事先沒確認的我也有疏失。規則應該設定成如果我拔不出這把刀，接下來要由否定姬以正確方式拔刀。

既然答應挑戰，我當然想要獲勝，所以疏於顧慮到這方面……可惡，這個人根本不是近似影縫的臥煙小姐，而是貝木之類的騙徒吧？

「不是騙徒，是奇策士。我始終只是模仿那個討厭女人的做法。她本人的做法更加殘忍喔。我唯獨不想成為那種卑鄙人物。」

模仿那個人的否定姬說出這種話，然後再度開始游泳。

不，我要冷靜。

還沒確定我不可能拔出這把刀。

而且沒設定明確解答的這個狀況，並非只對我不利。其實否定姬也背負相當的風險。

既然出題者沒掌握正確解答，那麼只要滿足條件，任何答案都可以成為正確解答。這個題目具備這種彈性。

奇策一定有破綻可以反將一軍。

雖然不是和將軍鬥智，不過既然沒有明確既定的答案，那麼以機智解題也是有效的方法。我想想，勝利條件是「不傷到玻璃就取出刀」，那麼比方說「以高溫熔化玻璃」怎麼樣？

我靈機一動想到這個點子，卻也未免不夠機靈（雙重否定）……「熔化」廣義來說應該算是「傷害」，不過至少表面依然光滑，甚至比立方體的狀態還要光滑而且柔軟。

實際上摸到光滑的表面會嚴重燙傷，要怎麼產生這種高溫也是新的課題，不過如果盡可能採用這個方法，就可以順利將冰封狀態，更正，將玻璃封狀態的日本刀拿出來……可以嗎？

承受足以熔化玻璃的高溫，包裹在一旦摸到會嚴重燙傷的液狀玻璃，裡面的日本刀能完好如初嗎？

不會一起熔化嗎？

我想想，記得……這是我從漫畫得到的知識，玻璃會在攝氏一千四百度左右熔化？然後鐵的熔點……好像是一千五百還是一千六百度……還挺接近的？不，溫度過高，感覺一百或兩百度只是誤差，不過冷靜思考應該差很多？這不是能夠冷靜思考的熱度吧？

然而這裡又不是實驗室，即使是以一百度為單位，若問能否這麼輕易調節溫度也很可疑。而且詳細來說，日本刀並不是鐵吧？

是鋼？玉鋼？記得是合金……說起來，既然是以高熱鍛造，反倒會怕熱吧？

何況名為四季崎記紀的這位刀匠，不一定是以正常的方法鍛刀……假設刀沒有和玻璃一起熔化，也不保證日本刀不會受損。

不管成敗與否的這種方法，實在無法主張是「正確的方法」。以我的膽量不敢這麼做。

那麼……要以更像是腦筋急轉彎的方式？

比方說利用太陽？

將這把「鞘」高舉到頭上，經過陽光照射，讓日本刀的影子落在泳池畔，堅稱「看吧，日本刀穿透『鞘』，被我拔出來了」……要把這麼大的玻璃塊舉高，又要維持相當長的時間，應該很難吧。

那就利用浮力在水中……水中能確實形成影子嗎？應該會搖晃吧？而且即使形成影子，感覺到時候連玻璃都會形成影子。玻璃的透光率也不是百分之百。

如果是一大塊玻璃就更不用說。

即使刀落下了，要是「鞘」也一起落下就沒有意義。

落下……掉落？

「差不多有答案了嗎？還是要投降？話先說在前面，要是拔刀的方法錯誤，透刀『鐵』會自動消滅，所以要小心。」

回過神來，否定姬不知何時從泳池上岸，站在我背後。我的視線真的連片刻都不能從這個人身上移開。

而且還厚臉皮說什麼「話先說在前面」追加新的規則……物體終究不可能消

滅，她大概是以這種話施加心理壓力，讓我更難摸索方法解決問題吧。

但是否定姬沒把這種盤算表露在外。

「來，請吧。」

她說完將浴巾遞給我。

又要叫我擦是吧……說什麼「請吧」，好歹說聲「請幫我擦」好嗎？

只是，雖然我對公主體質沒有奴隸屬性，卻也懶得拒絕這個要求。哎，畢竟我曾經在春假被叫做「廝役」，這工作或許很適合我。

我接過浴巾，擦乾否定姬頭髮的水分……水分。

水？

「…………」

「嗯？曆，怎麼了？表情突然像是力氣被抽乾似的。」

「不是力氣被抽乾，是刀要被抽出來了。」

說完，我將她給我的浴巾攤開，輕盈蓋在玻璃「鞘」。

然後以這個狀態旋轉立方體，將其團團包裹。

不只如此，還將毛巾兩頭用力打結以免鬆脫，說穿了就像是以包袱巾裹住這把「鞘」。

「……這是要做什麼？曆，我是要你擦乾我的身體。」

「請別這麼焦急。接下來妳冒冷汗的時候，我再幫妳擦乾吧。」

我自認回答得很妙而咧嘴一笑，但是否定姬看起來沒有明顯慌張失措，旁觀我的行動沒要妨礙。

總覺得好像冷場了，但我重新振作，雙手從浴巾包的兩側下方伸進去，吆喝一聲用力舉起來。

果然很重，我的上臂肌肉頻頻顫抖，但我好不容易勉強舉到頭頂。

「哎呀哎呀，該不會要透過陽光投射影子，然後說你拔出刀了？如果是這種解答，我會否定喔。」

請不用擔心。

反正既然已經以浴巾包裹，形成的影子也是陽光無法穿透的漆黑影子。日本刀的輪廓不會落在地面。

我希望落地的是另一個不同的東西。

不對，就是我手上的東西。

剛好手臂也達到極限，我把手上的浴巾包連同內容物，一起扔在泳池畔的水泥地。

響起一個刺耳的碎裂聲。

難以形容為悅耳的這個聲音，被蒙在浴巾裡響起。與其說是我扔到地面的衝擊使然，不如說玻璃塊單純是被自己的重量震碎。

如果只是為了摔碎，當然不必包裹浴巾，這麼做反倒會減少衝擊，但我可不能讓妹妹就讀的學校泳池畔成為無法赤腳行走的慘狀。

這是防止玻璃碎片飛散的處置。所以看到玻璃正如預料只在浴巾裡摔碎，我鬆了口氣。

否定姬也終究目瞪口呆……並沒有。

她露出從容的笑容看向我。

「曆，這是在做什麼？打碎之後確實可以拿出裡面的刀吧，但我難道沒加上『不可以傷到硝子』這個條件嗎？」

她這麼說。別說慌張，甚至像是確信自己勝利的態度。

不對，不要緊張，我才應該不要緊張。

公主只是沒察覺罷了。

只是沒察覺自己已經敗北罷了。

這是當然的，因為我突破她的盲點。換句話說，我在這時候活用了來自過去的她所不知道的知識。

「我沒有傷到喔。否定姬，妳跳進泳池水面的時候，游泳划水的時候，甩動溼透的頭髮濺出水花的時候，會覺得『傷到水』嗎？」

「我否定。我不可能這麼認為吧？不過，因為是水才可以這樣……」

「玻璃也一樣喔。因為玻璃是一種『水』。」

水——正確來說是液體。

不是需要賣關子的小知識，是高中上課就會教的東西。玻璃從性質來說雖然是固體，分子結構卻比較偏向液體。

是分子不會形成結晶的一種物質。

不必特別以高溫熔化，從歷史上的觀點來說，玻璃從一開始就像是液體。

只要是現代人，任何人都知道這種事。

「所以，『無論是破碎或飛散，都不算是傷到玻璃』。否定姬，我肯定滿足妳提出的過關條件了。」

會把玻璃說成「硝子」，來自數百年前的這名登場角色，是否聽得懂「分子結構」或是「物質三態」這種說法，對我來說真的是一場豪賭，不過聰明的否定姬因為聰明，所以無論如何都得理解。我當然絲毫不認為這種粗暴的做法是正確拔出透刀「鐵」的方法，不過這份「正確」是公主先否定的。

不，真要說的話在這之前，將比賽場所設定在泳池畔，就是否定姬決定性的瑕疵。

不知道是因為適合當成玻璃「鞘」的隱藏地點，或是為了穿上我妹的學校泳裝對我施加壓力，抑或單純是想要享受假期，她將場地選在水邊，令我想到玻璃只從結構來說和水差不多，不必套她的話就得到這個提示。

雖然並非因為這裡是泳池畔，不過「策士沉溺於用策」就是這麼回事！（註6）

「我否定。就說這不是策士，也不是騙徒，是奇策士的做法。說來討厭，奇策士並不會沉溺於用策喔。」

事到如今，否定姬依然毫不狼狽，反倒加深臉上高傲的笑容。

「曆，如果你想看我哭喪著臉的模樣，你就打開那個布包看看吧？說不定硝子意外堅固，沒被你摔碎吧？」

「…………？」

她為什麼不改從容態度？

成年女性穿著學校泳裝，為什麼擺得出這麼囂張的態度？我開始擔心自己看漏什麼重點，依照她的要求，朝布包伸出手。

啊啊對喔，難道否定姬在暗示不只是玻璃，可能連日本刀都摔碎嗎？不，可是日本刀正常都是以「不斷裂不變形」為賣點吧？不像玻璃在分子結構上有「容易碎裂」這種特性……不過，如果透刀「鐵」因為摔落的衝擊而折斷，我確實必須承認

註6　日本諺語，「聰明反被聰明誤」的意思。

自己輸了這場比賽。

硬著頭皮打開吧。我以祈禱般的心情解開布結。首先，玻璃正如我的預料完全粉碎。這是當然的。

至於問題所在的日本刀……沒有折斷。

與其說沒有折斷，應該說我沒看見。

「……奇怪？咦？哎呀？」

解開的浴巾裡只裝滿粉碎的玻璃碎片，找不到本應收納在內部的日本刀。

如同整把刀一直穿透到地獄底層。

「要是拔刀的方法錯誤，透刀『鐵』會自動消滅……我自認這麼忠告過吧？既然刀消失了，換句話說，就是這個拔刀方法錯了。」

「…………！」

原來那句話不是在嚇唬我嗎……！

我一直以為是後來追加規則的心理戰……不，可是既然實際上像這樣消失不見……雖然像是變魔術，不過包上浴巾之後，只有我摸過「鞘」……根本沒有詭計介入的空檔……！

「啊哈哈，曆，原來哭喪著臉的人是你嗎？而且冒冷汗的也是你。」

否定姬靜靜收起鐵扇，面向錯愕到無法重振的我。

「即使對象是右衛門左衛門，我也不曾這麼勤快服務過……不過需要的話，我幫你擦一下汗水吧？」

她寬容地這麼說。

006

接下來是後續，應該說是結尾。

到最後，否定姬沒將妖刀「心渡」帶回自己的時代。我覺得被戲弄，也感到相當羞愧，不過輸了就是輸了，所以我原本下定決心，在最壞的狀況至少必須交出一份複製品，所以這個結果令我掃興，但她似乎從一開始就只是想親眼檢視實物而已。

畢竟火憐的泳裝也留下來沒帶走，或許她被限制只能帶知識回到過去當成伴手禮。既然這樣，如果她一開始就這麼說，我並非不能免費提供協助讓她看刀。

「我否定。我不相信免費可得的價值。所以剛才的玩具我也一直課金。」

「妳剛才拿我的手機做了什麼？難怪能以那種速度統一天下。」

「何況這麼正經的交涉不是很無聊嗎？得好好玩樂才行。」

始終是真的想要度假嗎？

不，未必不是只有這個原因吧。她穿上泳裝，在泳池游泳，以這些方式巧妙誘導我的思路。

事後回想就很明顯。

那些舉動不是無預期提供的線索，是巧妙的誤導。她在水邊進行這場比賽，讓我就這麼聯想到玻璃的液體性質。

徹底中了她的圈套。

她不只是沒設定正確答案，還設定錯誤的、虛假的答案。很像是否定姬會做的事。

在那個時間點遞浴巾給我，如今回想起來也是故意的。這麼一來，她早就已經掌握玻璃這個物質的特性嗎？

應該有吧。

想必早就掌握吧。

我甚至想宰了當時自詡是現代人，露出自以為是的得意表情，還在解說時加上雙引號強調的我自己。否定姬肯定早就熟知這些知識。因為以「未來預知」的時間移動造訪這座城鎮的她，說穿了不只是現代人，更是來自過去的未來人。

知道影片為何物，也知道玻璃的特性。

那把「鞘」隱藏的機關證明了這個事實。即使是她那份否定合理性的玩心驅使她進行名為「比刀」的賭局，為此誤導我作答害得一把刀消滅也太過火了。

實在不能以「文化的差異」來解釋。

這是「文明的差異」。

解開這個謎的過程中，阿良良木曆的原動力，各位耳熟能詳的羽川翼助了我一臂之力。當時，直覺敏銳的她猜到我原本想用透刀「鐵」對她的衣服做什麼，卻沒有特別追究這一點（妳是天使嗎？）。

這已經不算是現代人都知道的小知識，高中上課的時候更不會教，但是透刀「鐵」的特質——「不砍外側只砍內側」的特質，在科學上做得到。

羽川說的是「雷射光束」。穿透玻璃表面，只切割內部的雷射技術。

只聽這幾句話真的很像是科幻世界的科學技術，卻是早就已經進入實用階段的現實科學。

聽她這麼說，我就想到自己看過這種玻璃工藝……明明表面沒受損，甚至沒有熔接的痕跡，內部卻被加工過的藝術品。

那種藝術品到底是以何種方式製作，我至今偷懶不曾思考過，不過好像是雷射光束聚焦在內部製作而成。在外表受損之前破壞內部，超強力又超高速的雷射光束。

要是今後技術繼續進化，或許可以開發出不切開皮膚或肌肉就能治療內臟的雷射手術刀，這是將來的可能性。

雷射手術刀，就某方面來說也算是一種刀。

甚至可以用科幻影片出現的「光束刀」來形容。如果透刀「鐵」是具備這種破天荒性質的刀，否定姬又是來自這種終將來臨的未來，那麼應該不難對玻璃立方體加工，在內部雕刻日本刀的立體圖像吧。

想要不傷到表面，在內部烙印日本刀的形狀也不是難事吧。

說穿了沒什麼，那把「鞘」從一開始就是空的，如同畫著虎的屏風。

其實，我以浴巾包住「鞘」，不利用浮力就可以舉到頭頂的時候，我肯定就可以察覺了。不應該因為自己力氣意外地大而略為開心，而是應該和日本刀一樣犀利察覺不對勁。

因為如果立方體內部真的收納一把出鞘的刀，肯定比相同體積的玻璃重。

總歸來說，否定姬從一開始就沒把變體刀當成籌碼放在賭桌。她不只是準備了假的解答，透刀「鐵」本身也是紙老虎。

解釋得詳細一點，不只是水邊，她選擇紫外線灑落的大太陽底下做為比賽場所，應該是要讓玻璃裡的日本刀立體圖經由稜鏡散射變得更漂亮。這已經是現代技術達不到的工藝範疇，我這個現代孩子真的不可能看穿，不過否定姬即使沒把透刀「鐵」放上賭桌，還是準備了以「可穿透的刀」製成的假貨，證明她起碼想進行一場公平比賽吧。

不過站在輸家的立場，別說起碼，這幾乎是一場整人的公平比賽。

要說是奇策也確實是奇策。

否定姬說這始終是有樣學樣的類似手法，真正的奇策士到底是多麼深不見底的軍略家……生長在和平時代的我難以想像到悲哀的程度。

還是說，生長在難以想像這種事的和平時代，我反倒應該覺得高興嗎？

雖然這麼說，但如果我不被外表所惑，看穿那只是普通的玻璃塊，我在那個時間點就勝券在握，所以這果然不是毫無風險的作戰，我也不該抱怨這種結果。即使想抱怨，對方也已經不在這座城鎮，甚至不在現代。

她以那雙藍色眼睛，筆直注視只斬殺怪異的恐怖妖刀「心渡」，獲得知識與見解回到更久以前的過去之後，到底會活用這些收穫，打造出多麼奇特又古怪的刀……我對此毫無頭緒，但是這些連綿不絕的因緣，或許真的造就了透刀「鐵」的問世，想到這裡就覺得何其諷刺。或許這些因緣像是奇策般反覆輪轉之後，又會回饋到妖刀「心渡」本身，想到這裡就覺得我這次敗北也不是毫無意義。

不只如此，以公主的角度來看，或許她只覺得玩得很愉快，甚至不覺得和我進行了一場比賽，就算這麼說，我無論如何也無法拭去敗北的感覺。

即使看穿多麼遠的將來，即使看透多麼遠的未來，這次的慘敗都不會成為否定的預知吧。

第殺話　伊織·賦格

001

無桐伊織是隸屬於零崎一賊的殺人鬼。殺人鬼——如字面所述，是殺害人類的鬼。從這個觀點來評價，在我至今遇見各種不同個性的人物之中，也算是首屈一指的危險人物吧。比起怪異奇譚更不能隨意多語，比都市傳說更不被允許貿然述說，是非常令人擔憂的存在。

存在。

是的，重點在於和妖魔鬼怪不同，殺人鬼確實存在。不過各位請放心。無桐伊織目前是被禁止殺人的殺人鬼。因此如果是戰戰兢兢臨機應變不經意開口，就可以踩在紅線邊緣說明關於她的事情。

關於她。

關於我所遇見的毛線帽殺人鬼。

到了這種程度，這已經不是物語，而是報導了……順帶一提，「零崎一賊」就像是殺人鬼的公會，以她自己的說法是類似家族的組織。

「我身為家族的一分子，大家都很疼我。」

她靦腆這麼說。

只聽她這句話，我完全不清楚到底是什麼樣的組織，不過羽川翼求之不得的

「家族」似乎同樣是知名殺人鬼們想要的東西，我想到這裡就難免冒出些許親近感。只不過，零崎一賊的堅定情誼是以「危害家人者必死無疑」或是「敵對的人們全部該死」這種形式顯現，所以我內心冒出的親近感只能徹底抹滅。

不愧是在「殺之名」排名第三的集團。聽說他們在討人厭的排行榜是實至名歸的第一名，不過以殺人鬼聯盟的角度來說，這個稱號值得引以為傲。

無桐伊織在這個集團——在這個沒有血緣關係，只以流血建立關係的家族裡是新人。

十七歲的殺人鬼。

為了得到這個資格，她當然失去許多東西。比方說學籍。她不久之前是高中二年級的女高中生，如今失去了這個身分。比方說朋友。比方說日常。比方說安息。

比方說……雙手。

成為殺人鬼的時候，她將自己雙手手腕以下的部位殘忍砍掉。正好是鐵血、熱血、冷血之吸血鬼——姬絲秀忒・雅賽蘿拉莉昂・刃下心昔日被奇洛金卡達奪走雙手的那種狀況。

想到這裡，我再度不得不冒出親近感，不過以我的狀況，如果要親近不是吸血鬼而是殺人鬼的她，我必須細心注意各種事。

因為，雖然現在的她確實如前面所述，是無法殺人的殺人鬼，不過只針對我來說的話反而危險。

極其危險。

在春假地獄被吸血鬼吸血，結果成為似人非人，不知道是何種存在的我——至少在某段時間放棄當人類的阿良良木曆，在殺人鬼眼中可能成為禁令的漏洞。

衝動的連環殺手無桐伊織從哥哥那裡繼承的大剪刀「自殺志願」不會對我剪下的保證，不存在於任何地方。

002

張開眼睛的時候位於不知名的場所。我春假在補習班遺址的廢墟覺醒（雙重意義的「覺醒」）至今，早就非常習慣這種展開，不過這次我有點混亂。我穿越時空了嗎？還是說至今的事情都是一場夢？我稍微陷入恐慌。

之所以這麼說，是因為我這次回復意識的場所，是我國一暑假頻繁造訪的場所。真的是會令我聯想到補習班遺址的廢墟，像是隨時會崩塌的廢屋。

在住宅區深處如同旗竿的建地，不為人知逐漸老朽化，連房仲業者可能也忘記其存在的廢屋。我位於這裡二樓的某個房間。

那個……怎麼回事？

現在的我不是國一，是高三吧？那又為什麼……啊啊，我想起來了。

不久之前，我以這棟令我懷念，就某種意義來說令我不堪回首的建築物為舞臺，和學妹解開某個謎團。這個事件已經落幕，為了整理心情，我再次（這次是獨自）來到這個房間。

或許「整理心情」是表面上的理由，我只是想確認這棟廢屋在我心中再也不是只想忘記的回憶。

和精靈共度的那個夏天，是我心中忘不了的記憶。

我或許是想重新承認這一點。

這證明即使是渾渾噩噩過日子的我，有時候也會變得感傷。這部分不重要，所以後來我為什麼會睡在這裡？

直接睡在看起來不好睡的破爛床鋪……是唸書準備大學考試太累了嗎？

還是說，我剛才不是在睡覺，回復意識前的我，難道處於昏迷的狀態……

「喔，你醒了嗎？」

此時，不知道從何時坐在房內另一側的女生，朝著坐起上半身的我這麼說。

嘴裡就這麼咬著一把大剪刀。

就這麼咬著一把大剪刀？

咦，她是怎麼說話的？

不對……更重要的是……她是誰？

她是哪位？

畢竟房裡光線陰暗，難以看清她的真面目。

如果春假發揮過的視力還在，這種程度的黑暗不算什麼，但現在時機不對。

雖然這麼說，不過她應該不是我認識的人。

畢竟我肯定是獨自來到這裡……

頭戴毛線帽，身穿及膝百褶裙的女生。只看下半身很像制服裙子，但是上半身沒有這種感覺，是一件寬鬆的長袖連帽上衣。與其說寬鬆，不如說袖子感覺太長了。

很像小扇……不，等一下，記得小扇的那種設計是動畫版規格？不過最近連世界觀的界線也變得相當模糊……

總之不提那套衣服是不是制服，她確實是和我相同世代的女生。如果把剪刀視為文具，與其說像是小扇，我在這個局面或許更應該聯想到戰場原，不過她嘴裡咬的剪刀大到實在無法形容為文具。

如果是戰場原，她應該會說違反美學吧。

與其說是剪刀，設計上更像是兩把大型的刀子合體……真虧這個女生面不改色就敢咬著這麼危險的東西。

「啊，曆哥哥，你好奇這個嗎？」

曆哥哥？她為什麼這樣叫我？

我昏迷之前發生了什麼事？

「那我暫時收起來喔。嘿咻。」

毛線帽女孩說完之後迅速抬起下巴，將嘴裡咬的大剪刀扔到正上方，接著她站起來，像是表演Y字平衡般抬起一條腿。

穿著裙子做這種動作會發生不得了的事吧？我頓時緊張了一下，不過她裙子底下穿著緊身褲。

那麼與其說像是小扇或戰場原，她更像是神原。

不過以她的狀況，裙子底下不只穿著緊身褲。大腿部位綁著一條像是西部劇槍套的皮帶。

收納在該處的看來不是手槍而是利刃，剛才向上飛的大剪刀，像是劍玉般落下來漂亮收進該處。

「好，這樣就安心了。就是安心剪刀了。」

「……我不認為那是安心剪刀。」

妳讓我欣賞了驚險的特技。

我看得緊張兮兮。

「明明只要讓我欣賞緊身褲就夠了。」

「啊，曆哥哥連緊身褲也可以嗎？世間確實有各式各樣的變態耶。」

聽到初次見面的女生這麼輕易下定論，我個人感到遺憾（被斷定為變態當然不用說，被斷定「連緊身褲也可以」同樣令我感到遺憾），但我看她站起來之後就知道了。她並不是為了表演才以那種方式收起剪刀。

那是她平常收納剪刀的方式。

看她連帽上衣無力搖晃的兩條袖子就很明顯了。未必是因為袖子太長。

「啊，這是所謂的榮譽負傷。手腕以下的部位是被殺手兄弟砍掉的，請不用擔心。」

「這樣啊……」

殺手？殺手兄弟？

老實說，現在在這棟廢屋裡發生的事，盡是應該要擔心的事……

「有時候也會裝上義手，但我總覺得很麻煩，經常會忘記裝。不過如果有義手，我就不必藏身在這種爛地方了。需要反省反省。」

「藏身……？」

對我來說充滿回憶的場所被她說成「這種爛地方」，我內心有點火大，不過搖搖欲墜到像是吹一陣風就能讓建築業大賺一票的這棟民宅，我應該也這麼稱呼過，所以這是我擅自冒出的情感。

不提這個，啊啊，對了。

我想起來了。

我想起失去記憶之前的事了。

我抱著複雜玄妙的心情造訪這棟廢屋，進入二樓的這個房間。

就在這個時候，躲在房間裡的某人一看見我，就以上段踢攻擊我的延髓。

「喔，曆哥哥，你的臉色變了。想起來了嗎？是的，剛才失禮了。我以為是追兵，不小心就……」

毛線帽女孩——或者該說「躲在房間裡的某人」，對我說完之後「欸嘿嘿」笑著低下頭。

不，就算害羞也沒用。

「追……追兵？」

我察覺自己身處的狀況似乎比想像中危險，就這麼坐著後退詢問。

「妳……妳到底是什麼人？」

「我嗎？我是零崎——無桐伊織。說個祕密，我是殺人鬼。」

她自報姓名到一半改口，然後隨口說出恐怕不能當成沒聽到的個人資料。

「現在是逃犯。」

並且在最後提供這個我不想知道的情報。

003

原來如此，看來我這次的角色是被逃犯抓住的人質。既然這樣，明明只要預先這麼說，我就可以扮演好這個角色，突然被分配這麼難的角色，我也不可能即興發揮。我原本沒有出演這種悲喜劇的計畫。

還是說，我應該真摯反省自己總是注意該如何對付怪異，對於逃犯的防範意識變得稀薄嗎？

不過，名為無桐伊織的這個女生和逃犯常見的狀況一樣，是背負著自己不記得的冤罪而被追緝。

而且她說追緝她的不是警察。

是人類最強的承包人。

哀川潤。

……我認識這個人。

上次才見過她。

與其說見過她，應該說差點被她殺掉。

不會吧，劇情有可能這樣串聯起來嗎？

「說來話長，總之我是被禁止殺人的殺人鬼。我承諾從今以後再也不殺人，所以哀川姊姊饒了我一條命。」

「喔，這樣啊。我可以理解。」

理解個頭。

這種殺氣騰騰的世界觀是怎樣？

即使整理得這麼簡短，我也不想聽。

她說「從今以後」不殺人，那麼「在這之前」呢？

不過，如果這名逃犯無桐是「那個世界觀」的居民，即使「殺人鬼」這個頭銜是風趣的玩笑話，我也愈來愈相信自己的生命是風中殘燭。

「後來，我在各種局面都克制自己不殺人。我是好孩子吧？」

「是啊，妳是好孩子。真想收妳當學妹。」

雖然我與學妹們都好不到哪裡去，但是至少沒有殺人鬼。

「即使如此，我現在也受了不白之冤。我在某件殺人案被懷疑是凶手。這樣下去我會因為違反契約被逐出家門，被人類最強處以最強的鎮壓。所以我急急忙忙逃來這裡了。」

「…………」

「只因為我是殺人鬼就懷疑我，這樣太過分了，對吧！」

「…………」

只因為是殺人鬼就被懷疑，我覺得這應該是理所當然，不過在這時候討論這種議題沒有建設性。

我也曾經只因為是吸血鬼就差點被除掉，基於這份經驗，我並不是完全無法理解她的立場……不過這也不是現在應該考慮的事。

如何順利並且毫髮無傷克服這個局面，以及如何讓這個殺人鬼回到她自己的世界觀，才是現在的待辦事項。

可惡，總覺得「人類最強」那時候也一樣，最近的邂逅大多逼我思考「該怎麼回去」這種問題……正常來說，不同作品的夢幻合作，不是會以更悠閒的氣氛進行嗎？

為什麼真的營造出賭命對決的感覺啊？

不是夢幻般的合作，而是惡夢般的合作。

「哎，就是這樣，所以雖然對不起曆哥哥，不過既然被你看見我的長相，我要你就這麼和我一起躲在這裡。放心，即使是這種廢屋一樣久居則安。要吃零食嗎？也有飲料喔。」

無桐如同無視於我的內心糾葛，重新坐在我的身邊。仔細一看，房間角落確實堆放著便利商店的袋子。

竟敢毫不留情弄亂我回憶中的房間……久居則安是怎樣？

順帶一提，無桐之所以知道我的名字，好像是我挨了她的上段踢而昏迷時，她摸索過我的口袋與書包。

根本是貨真價實的罪犯吧？

但我還是不知道她為什麼叫我「曆哥哥」……

「……不，我原則上只吃正餐。」

「這樣啊。不過，我覺得能吃就吃比較好喔。反正你回不了家。」

好恐怖。

她為什麼理所當然般剝奪我回家的自由……話是這麼說，但是累積不少歷練的我，剛才一腳就被無桐踢昏。

貿然違抗她的話不太妙。

「我要吃零食。啊～～」

「…………」

就算把嘴巴張得這麼大……

總之，暫且不提她說自己被殺手砍斷雙手是否屬實，這時候或許應該以協助進食的方式和她打好關係。

我從便利商店的袋子隨便挑選零食，拿起來放進她口中。

「話說回來，無桐，這整件事情願意對我說得更詳細一點嗎？」

我在提供零食的同時這麼問。

「別看我這樣，我在學校以『少年偵探』的別名為人所知。至今洗刷了將近一百名同學的冤屈。」

「哇，曆哥哥就讀的學校，有將近一百人遭受不白之冤嗎……還說什麼少年偵探，你都已經是高中生了。」

她意外犀利地吐槽。

從她傻乎乎的氣息，我以為她是負責被吐槽的那一方，看來原本是不同的定位吧。

「如何？在這時候交給擅長奸計的少年偵探也是一個辦法喔。」

「擅長奸計的少年偵探……聽起來形象好差。唔～～很感謝你的邀請，但我還是婉拒吧。飲料。」

「……是。」

明明會婉拒別人的邀請，為什麼要求飲料的時候這麼厚臉皮，真是完全無法捉摸的殺人鬼……如此心想的我依照吩咐打開寶特瓶蓋。

總之，無法捉摸的話就別捉摸吧……比起這種事，我更得提高警覺，避免自己這麼聊著聊著就罹患斯德哥爾摩症候群。

「反正說了也沒用。不提這個，既然已經被懷疑，乾脆不要克制殺人衝動盡情殺人也一樣吧？我忍不住這麼想。」

「千萬別這麼想。不要放棄。」

我像是人權律師般說服她。

在這種場合，她不克制衝動出手殺害的對象恐怕就是我，所以我拚命說服。

「妳的家人肯定相信妳喔。」

「真要說的話，我的家人應該會相信人是我殺的。如果發現我沒殺，他們會罵我一頓。」

「……好了啦，告訴我吧。我會想辦法。」

愈聽愈令人發毛的這種文化，使得我用來說服她的話語也變得相當隨便，不過大概是潤喉之後轉換心情吧。「那麼，我以文學形式詳細說明吧。」無桐說。

無論是殺人鬼還是什麼，女生陰晴不定的心情總是難以理解。

「因為我文才洋溢。呵呵，我會拿下諾貝爾文學獎喔。」

「拜託不要以文學形式說明。可以的話麻煩以大眾形式說明。」

「大眾形式……我知道了。那我就改以諾貝爾輕文學獎為目標吧。」

諾貝爾輕文學獎……

感覺會有。

「『我是無桐伊織！只有活力可取的早熟十七歲！前陣子發生了一件嚇我一跳的事，願意聽我說嗎？』」

「我知道了。條列就好。以條列的方式告訴我吧。」

而且無桐對於輕小說的概念很老舊。

居然說早熟，這是什麼文才？

「但其實是只有殺意可取的礙事十七歲，懂了吧！」

「別以為加重音強調『懂了吧！』就會變成搞笑。妳說的『嚇妳一跳的事』是什麼事？」

「好啦好啦，曆哥哥真是任性。傷腦筋。」

如此回應的無桐看起來很愉快。

她正在逃亡，或許單純是因為有人陪她說話而開心吧。

「條列是吧？那麼，案件總共有五個要點。」

「五個嗎？說來聽聽。」

「①被害人是奇野大地，十五歲的少年。②是被我的大剪刀殺害的。③我刺殺他的場面有十人以上的目擊者。④奇野師團與零崎一賊現在對立，⑤而且我是殺人鬼，所以即使沒對立，基本上也會殺。」

「嗯嗯，整理起來就是……」

①被害人是十五歲的少年，②被無桐的大剪刀殺害，③有許多目擊者，④也有動機，⑤沒有動機也沒差……

「無桐。」

「什麼事？這麼快就有靈感了嗎，少年偵探？」

「我會陪妳一起去，所以自首吧。」

我只能這麼說。

這哪裡有不白之冤的餘地？

證據也太充分了吧？

「說來遺憾，我們的世界沒有『自首』這個概念。」

「這是什麼世界啊？」

妳來自中世紀嗎？

即使在中世紀也有這個概念吧？

「或者是有『自警』這個概念。不過，我也能理解曆哥哥聽不下去的心情。因為我直到不久之前也在你那一邊。所以如果你不想知道得更詳細，我就說到這裡吧。」

「……不要緊的。我沒事，說下去吧。」

我愛面子地這麼說——不對，是虛張聲勢地這麼說。

「咦？剛才說到什麼？被害人是奇野大地？奇野師團？哈哈哈，總覺得這個集團的名稱聽起來很弱。」

「是司掌萬病與萬毒的病毒使者。這種程度規模的城鎮只要三天就能消滅的專業玩家集團。」

撐住。我要撐住。

要是我這時候應對有誤，被害範圍可能不只我一人。光是認知到這個可能性也是一大收穫。

這種東西可以稱為收穫嗎……

「所以？零崎一賊……妳的家族和這個奇野師團對立……簡單來說就是曾經相互廝殺嗎？」

「對，不過這裡有個重點，當時我被排除在這種廝殺之外。因為哀川姊姊禁止我殺人。我在戰鬥裡派不上用場。」

以邏輯來說確實如此。

即使無法成為洗刷疑惑的關鍵證據——

「但是有目擊者吧？意思是這些傢伙都在說謊？」

「不，在這種場合，目擊者沒那麼重要。因為『咒之名』首席的時宮病院也插手這次的戰鬥。」
「病院？換句話說，是有人因為奇野師團而發病時，提供救濟的醫師團？」
「是自在操控他人內心與情感的一群傢伙。」
「…………」
這不是在說怪異的話題嗎？
我聽說吸血鬼擁有「魅惑」這種技能……
「所以目擊證詞一點都不可靠，想怎麼造假都可以。實際上，以前也發生過類似的事。以時宮病院的立場，大概想把這件事當成我破戒，讓我被人類最強的承包人解決掉吧。」
「不過，和斲殺保持距離的妳即使被潤小姐解決掉，也不會影響到雙方對立的大局吧？」
我還沒能清楚掌握派系平衡或是勢力圖……但是以我理解所及的範圍來說，沒道理為了陷害無桐一個人而做到這種程度。
「未必不能這麼說喔。因為零崎一賊有一種習性，要是自家人被傷害，就會不考慮得失而且不分青紅皂白，將加害者及其周邊消滅殆盡。」
「你們是大虎頭蜂之類的生物嗎？」
剛才沒選擇硬是帶著這孩子離開廢屋，我打從心底鬆一口氣，並且信服了。原來如此，以這個邏輯來說，如果無桐被潤「解決」掉，很可能演變成零崎一賊其他殺人鬼一起挑戰人類最強的結果。

站在敵方勢力的立場來看，即使沒能把潤這張究極王牌拉攏為自己人，光是能當成天災利用就是意外的收穫吧。

既然這樣，新加入家族而且被排除在廝殺框架之外的無桐，可說是最好的目標。因為沒有和同伴共同行動，所以不在場證明不成立。

「是的，在時宮病院的玩家心目中，我應該是非常值得鎖定的目標。畢竟雖說狀況外，我也並非完全被排除在框架外，在某些戰場為人所知。」

「原來如此……那麼，總之至少有嫁禍給妳的理由。」

即使光是這樣絕對無法直接證明無桐的清白……何況從我的現狀來看，無桐是否真的清白也沒什麼關係。

就算她真的打破潤的禁令犯下殺人罪行，無論是在裝傻還是內心被操控的結果，只要她堅稱自己是無辜的，我站在身為人質的立場只能相信。

「這樣的話，到頭來，問題只有五大要項的②。凶器是妳手上的大剪刀……即使是本領高明的時宮病院，也無法在這方面動手腳吧？」

總之，我對於時宮病院並沒有熟知到可以形容為「本領高明」，不過聽她剛才的介紹，這個組織肯定無法偽造物證。

「是的，嚴格來說，身為奇野師團玩家的被害人，心臟被一刀插入的傷口形狀，和我的大剪刀『自殺志願』刀刃造成的傷口一致。」

對方有這種像是法醫立場的人（職業玩家？）令我不解，不過真要說的話，被害者的傷口特徵就是這麼明顯吧。

那把剪刀看起來確實是奇形異狀。

「無桐，可以再讓我看一次嗎？」

「緊身褲嗎？如果看緊身褲就好，你就儘管看吧。」

「不對，是剪刀。」

「其實一樣就是了。請吧，想怎麼掀裙子請儘管掀吧。」

無桐說完站起來，近距離將腰部朝向我。想怎麼掀裙子請儘管掀……這是哪門子的情境？

「如果你會害羞，可以改成我咬著裙襬自己掀起來的情境。」

「兩種都怪怪的。」

猶豫之後，我決定掀起無桐的裙子。不提緊身褲本身，即使她是殺人鬼，我距離女生大腿這麼近還是會臉紅心跳。

「重點在於緊身褲強調出肉肉的感覺。」

「你不小心說出評語了喔，曆哥哥。」

「阿良良木曆讚不絕口！『本年度最佳推理作品早早拍板定案！』」

「變成推薦文了喔，曆哥哥。而且這句子很老套。我的大腿沒有謎題。」

「『犯人是……讀者？』」

「早就用到不能再用了吧？」

「『犯人是……推薦者？』」

「這真是創新。」

「突破百萬部……」

「並不會。」

不是推理文學，而是變成脫線文學了。

如果這是褲襪，就可以說成「綻線文學」來總結，總之我不會過度期待……切換心態吧。

「皮套綁在大腿上也很誘人。」

「心態完全沒切換喔，曆哥哥。而且這原本是一位奇妙的大叔藏在西裝底下的皮套耶？」

總之，我注視大剪刀。

和女生大腿格格不入的大剪刀……記得叫做「自殺志願」。

「唔～～果然是相當獨特的利器。那麼，即使凶器是這種形狀的利器無誤，光是這樣也不能斷定妳是凶手吧？或許真凶也使用一樣的大剪刀吧？」

「不過，這種說法行不通喔。因為『自殺志願』獨一無二，是名為古槍頭巾的刀匠精心打造的作品。這個世界上沒有第二把同樣的剪刀。」

舉世無雙的凶器。

正因如此，所以將其當成凶器使用，能讓無桐的罪證更加確鑿……是這麼一回事嗎？

那麼，接下來的假設可以成立。

「既然這樣，凶器本身應該是這把大剪刀吧？不過使用的不是妳，是別的玩家……妳有沒有借給某人，或是曾經放在某個地方很久？」

她說過自己會因為安裝很麻煩就忘記裝義手，可見這傢伙的個性相當隨便，這麼一來，肯定有可能是剪刀在她疏於管理的時候被用為殺人凶器。

然而，殺人鬼給我的答覆是「ＮＯ」。

「關於這把剪刀，正如字面所述，我隨時隨地貼身帶著。」

「……這樣啊。」

那麼，這就是相當屹立不搖的證據了。

如果這是推理小說，或許會反向提出「凶手不可能使用只要看見傷口就能確定是自己行凶的這種凶器」這個論點，但這種推論在無桐他們的世界觀不管用。

戰時的殺人嫌疑，反倒是一種稱號。

在現場留下特殊標誌，就某方面來說算是殺人鬼的作風。被「禁止殺人」這個規則束縛的無桐始終是例外。

既然這樣，我該怎麼思考？

在鐵證如山的這個狀況，要如何證明無桐無罪？我開始覺得與其說我是人權律師，更像是只要有錢就能把任何罪狀說成無罪的王牌大律師。

「那個，曆哥哥……」

「慢著，再讓我想一下。我一定會讓妳重獲自由。」

或許不該對殺人鬼說這句臺詞，但是無桐有氣無力回應「這樣啊，哎，我很感謝你這麼做」，然後這麼說。

「不過，差不多可以先請你把裙子放下來了嗎？」

004

如果以上就是能用的所有情報，少年偵探阿良良木曆難免幾乎處於束手無策的狀態。只能說現狀對於無桐極度不利。既然對於無桐不利，也就是對於我這個人質不利。

對於想重獲自由的我不利。

說真的，我可以把這件事告訴不是我這種冒牌貨的真正名偵探，換句話說，我有「打電話給羽川翼」的密技，但是這個密技只在這次無法使用。

本次的劇情牽扯到殺人鬼，即使不是如此，也牽扯到暴力無止盡囂張跋扈的染血世界觀，我不能把羽川以及其他人拖下水。

雖然和忍野咩咩說的意思不同，但是我只能自己救自己。好啦，該怎麼做？怎麼做才能讓這個毛線帽女孩無罪？

從證詞到證據，一切都過於對被告不利，毛線帽看起來已經是露眼帽了。

「我想想……只要那個時宮病院有插手，即使妳提出不在場證明也沒什麼意義對吧？因為證人的記憶可能會被改寫。」

「是的，你很清楚耶。話說你是『咒之名』嗎？畢竟姓氏也很像。你是『咒之名』排名第七的阿良良木嗎？」

她好煩。

無論如何，從凶器這條線背負的嫌疑，只能從凶器這條線洗刷嗎……嗯，不過在這種狀況，即使無法完全證明無桐的清白，只要證明別人也有嫌疑就夠吧？

因為凶器的大剪刀「自殺志願」，使得嫌犯範圍縮小到只有無桐一人。

「記得叫做古槍頭巾？比方說，會不會是這位刀匠老爺爺被某人委託，打造了一模一樣的東西……」

「老爺爺？哎呀哎呀。為什麼知道他是老爺爺？我只說他是刀匠啊？」

「不准用推理劇常見的方式追問。我站在妳這一邊。」

我只是從姓名與頭銜隱約這麼認為。

怎麼了，他不是老爺爺嗎？

「不，是老爺爺沒錯。但他已經作古了，所以不可能請這個人打造一樣的凶器。」

「嗯……不過其他人做得出仿冒品吧？與其說仿冒品，應該說仿造刀……」

或者說仿造剪刀。

不是製作者本人，所以再怎麼試著精密模仿，應該也做不出相同的東西……但如果只要大同小異就好，應該不是做不出來。

「嗯，我當然也想過這一點，不過這果然是不可能的。因為我說過吧？我隨時隨地貼身帶著這把『自殺志願』。」

我一時之間聽不懂她的意思……啊啊，說得也是。

如果要複製，當然需要範本吧。

如果是製作原版的刀匠本人，或是平常就用得熟練順手的無桐還有可能，從兩人以外的第三者來看，如果要仿造出武器的特徵，最好要準備原版武器放在工作桌旁邊。

不過，如果做得到這種事，直接拿準備好的原本武器行凶就好，不需要特地製作仿冒品。

「那個……會不會是在妳沒發現的時候偷走大剪刀，同樣在妳沒發現的時候放回來？」

「如你所見，剪刀固定在皮套，所以不可能在我沒發現的時候被偷走，同樣不可能在我沒發現的時候放回來。」

那就不可能了。

不過，可以操控「察覺」與「意識」的時宮病院，如果參與這段偷走又歸還的行動又會怎麼樣？

……不會怎麼樣。

既然可以這麼近距離向無桐使用這種像是催眠術的技能，不需要做得這麼麻煩，直接操控本人，命令她對奇野某某下手就好。

他們下令之後剝奪無桐記憶的可能性，以理論來說當然存在，不過這麼做應該沒意義吧。既然目的是要讓人類最強與零崎一賊交戰，留下記憶反而比較好。

那麼，無桐說的「隨時隨地貼身帶著」這句證詞，肯定可以判斷值得信賴到某種程度……不對，等一下？

「無桐，妳聽過這句話嗎？『妳有權保持緘默』。」

「嗯？這我當然聽過。在推理劇真的常聽到這句話吧？」

太好了。

她說她來自沒有自首概念的世界觀，我覺得可能也沒有緘默權，所以謹慎確認以防萬一。

「換句話說，無論是嫌犯還是被告，都不需要進行不利於自己的供述。只要妳收回『隨時隨地貼身帶著自殺志願』這句證詞，不就可以輕易洗刷嫌疑嗎？」

進一步來說，也可以說「曾經遺失三天左右」或是「原本保管在某個地方，卻在不同的地方找到」或是「洗澡的時候沒注意」作偽證。這種做法當然不值得稱讚，不過既然攸關性命就另當別論吧。

即使無法藉此解決所有問題，總之也可以先擺脫這個困境。不過潤會使用讀心術，這部分如何迴避也是一個問題……

「不，我不能說這個謊。」

但是，無桐搶先這麼說。

妳說什麼？我不禁探出上半身。

不能說謊？怎麼可能，妳明明也不是什麼老實人。沒有自首的概念卻不能說謊，這是哪門子的道理？

「這……這件事攸關性命耶？」

「曆哥哥，對我來說，隨時隨地貼身帶著這把『自殺志願』，才是我必須賭上性命做到的事。這是我對前任持有者雙識先生的禮儀……不對，是愛情。」

無桐以堅定的態度回答。

愛情。

這是他們所說的家族愛情嗎？

是零崎一賊的親情嗎？

既然這樣，這確實超越損益得失，甚至超越利害關係。

「所以曆哥哥，沒關係的。不必這麼為我著想，不必這麼為我擔心，我的事情我會想辦法處理。」

無桐像是鼓勵般朝我露出笑容。不，我在某種程度佩服你們的家庭觀，甚至可以限定在這方面表示敬意，但是拜託妳記得這件事也攸關我的性命。

「啊啊，說得也是。不然曆哥哥要加入零崎一賊嗎？」

「這個家族應該沒那麼輕易就能加入吧？」

「只要是殺人鬼，任何人都能加入。」

「那我不是殺人鬼，所以不能加入。」

吸血鬼的話還有得談。

我在內心這麼想，同時撫摸脖子。剛才直接睡在地上，多少覺得有點落枕，不過和這個動作無關。

單純只是撫摸我脖子的傷痕。

這是在春假被吸血鬼咬過的痕跡。那個時候，我就像是突然從日常生活被拖到地獄底部。

無桐也是如此嗎？

原本是隨處可見平凡女高中生的無桐，某天突然被冠上殺人鬼的稱號，必須拋棄包括雙手的所有日常……如果這個家族是她的救贖，我也只能贊同她這種不是老實而是過於老實的做法。

雖然不能理解，卻能贊同。

因為我也一樣，雖然免於退學，但是從春假之後就度過截然不同的青春。肯定無法只以正常的道德觀行動。

無桐說這是必須賭上生命的事，不過我已經將這條命讓渡給她了。

所以……

「…………」

嗯？傷痕？

不，這是在那天夜晚，被姬絲秀忒・雅賽蘿拉莉昂・刃下心咬的傷口，是吸血鬼深深插入尖牙的痕跡。

說得浪漫一點是吻痕，說得無趣一點是咬痕。

「咬痕……」

以推理小說的知識來說，應該可以從這個咬痕查出咬我的「犯人」是傳說中的怪異殺手。

不過，我該思考的不是這個……比方說，既然這道傷痕反映她的尖牙……

「無桐。」

「嗯？曆哥哥，什麼事？」

「可以讓我再掀妳的裙子一次嗎？」

「如果只擷取這一句，聽起來真是不得了。請隨意吧。」

無桐說完再度站起來，將腰部朝向我。她的態度愛理不理，如同示意再怎麼調查反正都是白費工夫。

正是如此吧。

再怎麼調查，反正都是白費工夫。

再怎麼見聞也一樣。（註7）

註7　日文「調查」與「見聞」音同。

不過，查出真相的不二法門是見與聞。這是我不久之前從某段苦澀經驗學到的教訓。

我掀起無桐的裙子。

然後湊向以緊身褲強調肉感的殺人鬼大腿聞味道……挨了一記膝踢。

005

繼上段踢之後的這記膝踢，害我差點昏迷第二次，但是不提這個，我天生沒什麼文才，所以形容的時候有點失準。

無須多說，我並不是特別對無桐大腿的味道感興趣。完全不想知道人體以緊身褲悶過之後的感覺。

我這個擅長奸計的少年偵探應該尋找的東西，不是裙子裡的悶熱，而是黑暗裡的真相。換句話說，我聞的是固定在她大腿的大剪刀「自殺志願」的刀刃。

我想確認刀刃的味道——滲入刀刃的血腥味。

「這是怎麼回事？我完全不懂。」

如果接下來還是無法讓我懂，我就殺了你。無桐以言外之意如此暗示，並且咬著「自殺志願」這麼問我。

哎，別這麼自暴自棄。

無桐，這麼一來等於已經證明妳的清白了。

「妳的大腿沒有謎團，但是有答案。貫穿被害人心臟的傷口特徵，和妳用為武器的大剪刀『自殺志願』一致，所以妳被懷疑是凶手對吧？那麼反過來說，只要能重現『自殺志願』，就可以讓妳被懷疑是凶手。」

「嗯，是這樣沒錯。可是別人不可能複製這把武器，至今我們不是討論很久了嗎？」

「是啊，我們猜想一定要將原版留在手邊一段時間才能成功仿造，所以認為只要妳『隨時隨地貼身帶著』就不可能複製。不過出乎意料並非如此吧？」

「？」

「雖說『隨時隨地貼身帶著』，也不是一直緊貼著大腿。現在妳不是也像這樣咬在嘴裡嗎？」

不過在這種場合，她是準備看狀況要殺掉我才咬在嘴裡……總之她在戰鬥的時候會取出這把大剪刀。

即使和人類最強約定過禁止殺人，也並非完全被排除在廝殺框架之外。無桐是這麼說的。

換言之，她絕對不只是保管這把凶器，不只是一直收納在大腿，有時候會不挑時機拿出來使用。

「這樣啊。哎，這方面或許是我說明不足，不過就算這麼說，我也一樣隨時隨地貼身帶著『自殺志願』啊？剛才你輕聲說到咬痕什麼的，不過這把『自殺志願』畢竟很堅固，不會因為被我咬著握柄就留下咬痕啊？」

「和這個無關。」

始終只是我脖子被吸血鬼咬過的傷痕，成為我察覺端倪的契機。咬痕什麼的不重要。

重要的是……「模具」。

「我們是以刀或是利器來思考，所以下意識認為要複製的話很難，不過如果是『製作備份鑰匙』呢？聽起來是不是不一樣？」

「聽起來不一樣，不過製作備份鑰匙還是需要原版吧？」

「需要，但是依照鑰匙的類型，不一定需要將原版放在手邊太久。只要以黏土之類的東西取得兩面的『形狀』就夠了。」

也就是「取模」。

這是量產塑膠組裝模型或是人偶模型時不可或缺的技術，然而即使不是刀匠也做得到這種程度的事。

精密度當然會差很多，而且最近的鑰匙無法以這種方式偽造，不過已經足以複製出可以重現一次類似傷口的「利刃」。

「如果只是以黏土取模複製『自殺志願』的形狀，應該一瞬間就夠吧？」

「夠是夠……可是連這一瞬間都不存在啊？是沒錯啦，我不敢說自己使用這把武器之後從來沒脫手，不過至少和奇野師團交戰的時候，我敢斷言不曾沒咬穩放開這把武器。不可能有人能趁我不注意的時候下手『取模』。」

「不需要趁妳不注意的時候下手。因為下手的反而是妳。」

「是……是我？你說我下手做了什麼？」

「取模不一定要使用黏土。可以是塑膠，可以是橡膠……也可以是肉。」

也可以是人體。

說完，我再度撫摸自己的脖子，確認吸血鬼尖牙的形狀。

006

接下來是後續，應該說是結尾。

逼不得已絞盡腦汁想出的推理，不知道接近真相到何種程度，但是後來我順利從攜帶凶器的逃犯手中解脫了。

總歸來說，想嫁禍給無桐的敵對勢力利用「肉」來取模。

在戰鬥中取模。

即使沒殺人，無桐應該數度有機會以咬在嘴裡的「自殺志願」應戰吧。為了避免打破承諾，刻意避開要害只將大剪刀深深插入敵方玩家身體的狀況，我猜也不只是一兩次。

不，這種事不能只用猜的斷定，所以我實際聞了刀刃的味道好好確認。而且從那股新鮮血液的味道，確信這把利刃最近砍過人類。

我可不是平白被吸血鬼吸血。但我不想自詡是吸血鬼偵探就是了。

而且，從被刺殺的敵方玩家來看，既然確信無桐會避開要害，那麼或許會出現「刻意承受攻擊」這個選項——如果傷口有利用的價值。

如果傷痕可以成為複製的「模具」。

……把肉體當成黏土使用，這在我們世界的常識來說匪夷所思，何況要將熔化的鐵注入傷口，幾乎等於是拷問的行徑。

即使是自己的身體，做這種事應該也不會被原諒吧。雖說對方是殺人鬼，使用嫁禍的這種奸詐戰術，我並不是沒有鄙視他們的想法，但是看他們徹底做得這麼徹底就令我語塞。

我深切體認到這是不同世界發生的事。基於這層意義，我這牽強附會的推理或許出乎意料完全錯誤，隱藏在根基的或許是更加毛骨悚然的真相。

不過，我至少勉強成功說服這名逃犯了。

「那麼，我就用這種說法向哀川姊姊投降看看吧。」

無桐似乎下定這個決心了。

看來即使沒有自首的概念，也有投降的概念。

「畢竟也不能一直到處逃竄，我原本也沒這個打算。曆哥哥，受你照顧了。這份大恩大德我沒齒難忘。」

「妳可以忘記沒關係……對了，在最後可以告訴我一件事嗎？」

還留著一個謎團。

雖然是無聊的問題，但還是來對答案吧。

「妳為什麼叫我『曆哥哥』？」

「別看我這樣，我是妹妹型的角色喔。」

是喔，真意外。

大概是這個感想顯露在表情上，無桐「嘻嘻」發出笑聲。

「請放心。我剛才試著親切邀請過，不過曆哥哥『合格』了。」

她這麼說。

「『合格』？什麼東西合格？」

「人間試驗。託你的福，我玩得很愉快哦？感覺好久沒有像這樣再度變回平凡的女生——變回平凡的人類。那麼！」

那麼，開始零崎。

無桐伊織——只有活力可取的十七歲少女說完之後，回到家族等待的戰場。

「…………」

我才要說，好久沒像這樣被認同是人類了。

我這傢伙沒有率直到把這個當成救贖，但是再和無桐深入聊聊或許比較好。我像是後知後覺般感到後悔。輕易斷言失去雙手是榮譽負傷的她，肯定還有許多話題可聊。可以的話，我想聽聽關於那雙手的各種豐功偉業。

只是說來悲哀，我沒有能夠說給殺人鬼聽的英勇事蹟做為回報。是不堪入耳，不足為提的物語。

深深刻在我脖子，清楚留在我心裡的，是毫無榮譽可言的負傷。

第軍話 子荻・遊俠

001

萩原子荻是千軍萬馬的軍師，紫木一姬是足智多謀的琴弦師，西条玉藻是橫衝直撞的狂戰士。所以三人雖然和我一樣是高中生，卻可以說是和我完全不一樣的生物。只不過，回想起我在那個春假曾經成為一騎當千的吸血鬼，即使彼此是完全不同的生物，或許也能說是完全相同的怪物，這個局面在這部分難以判定。

總之分別依序介紹吧。

萩原子荻。澄百合學園三年級。

她在集結各種背景的各種孩童培育為賢淑美女或是堅韌戰士的學園擔任總代表。總之我擅自解釋成類似學生會長的地位，不過「軍師」這個頭銜似乎沒這麼易於理解。她站在接受培育的立場，同時實質上統治這所學園，所以就像是棋子在操縱棋士，令人敬畏又折服。如果要在我就讀的直江津高中尋找類似她的人，羽川翼果然是不二人選吧。不過居然有女高中生匹敵羽川？我光是想像這種人，背脊就發涼到打顫。而且和頭腦派的羽川不同，這名軍師也精通武道，所以終究是冒犯不起。

紫木一姬。澄百合學園二年級。

她是軍師信賴的戰士。雖然這麼說，但主要負責的任務是偵察。「琴弦師」詳細來說是用線高手的別名，她可以像是蜘蛛織網般，朝四面八方架設「看不見的線」

掌握戰況。據說是從同校名為市井遊馬的「師父」學到的技術，不過她就某方面來說超越師父。以繼承自師父的手套使出的招式，比高科技雷達還要精準得多、悽慘得多。不過，之所以把這種像是後方支援的職責交給她，絕對不是因為這個二年級生缺乏戰鬥能力，反倒是因為戰鬥能力太強。換句話說，為了達成任務而用盡各種手段的軍師，會覺得「把這個學妹放在前線簡直卑鄙無比」，紫木一姬就是擁有如此高超的本領。天羅地網的蜘蛛絲會直接化為鋒利的鋸齒。傳說中的吸血鬼曾經被切斷四肢，我也曾經幾乎被肢解全身，即使如此，相較於至今所有只能擋在她面前一次的犧牲者，這種程度的被害還算是說得過去吧。

西条玉藻。澄百合學園一年級。

她是軍師不信賴的戰士——是狂戰士。如果有女高中生是為了戰鬥而生，肯定非她莫屬，如果有女高中生是為了殺戮而生，那也肯定非她莫屬。雙手所握的武器是刀刃長度絕對不只十五公分的大型刀，難免令我想起昔日的吸血鬼獵人德拉曼茲路基，但她不是魁梧的巨漢，是可愛的少女。不過西条玉藻至今造成死傷的人數，應該遠遠凌駕於德拉曼茲路基除掉的同胞數量吧。她的空洞雙眼到底映著什麼東西，沒有任何人知道。她自己也不知道。

軍師。琴弦師。狂戰士。

這個奇特的遊俠三人組，據說光是這三人就足以匹敵一個國家的軍隊。說這句話的不是別人，正是人類最強的承包人，所以我不應該把這句話當成單純的玩笑話。不過即使如此，這也是過於難以接受的現實。沒想到「平凡又毫無可取之處的我」居然必須同時對付這三個人。

簡直是憑空捏造的事情。

是的，彷彿不是物語，而是戲言。

本系列的《結物語》描寫了我阿良良木曆成長茁壯為二十三歲之後的亮眼模樣，不過現在這個事件是我剛滿十八歲不久的事，換句話說，是四月下旬的事。如果准許我刻意使用行家聽得懂的專業用語，這大約是發生在《傷物語》與《貓物語（黑）》之間的事。不過這樣下去的話別說《結物語》，或許我甚至不會遇見《貓物語（黑）》之後登場的各種怪異就結束這一生。要活到二十三歲是痴人說夢話。

話說回來，如果各位還記得那個三岔路口，我會很高興。

我被鐵血、熱血、冷血之吸血鬼吸乾血液，化為世間畏懼的吸血鬼時，在那個三岔路口被同胞殺手德拉曼茲路基、吸血鬼混血兒艾比所特、自命為神的奇洛金卡達等三人從三方夾擊。我在當時一模一樣的座標遭遇一模一樣的下場。

不對，我不得不說狀況比那時候更糟。

因為和春假不同，這次我無法期待忍野相助。那個穿夏威夷衫的中年大叔，當然會說他不記得救了我，主張只是在保持人類與怪異的平衡，不過如果在這時候採用這個彆扭的意見，我更敢斷言那個男人果然不會在這時候瀟灑登場。

因為這次夾擊我的三個人不是怪異的專家。

是「人類」的專家。

她們不是要除掉身為吸血鬼的我，而是要除掉身為人類的我。真是的。

不過，想盡辦法好不容易勉強從地獄般的春假存活下來的我，面對德拉曼茲路基的左右雙劍、艾比所特的巨大十字架以及奇洛金卡達卑鄙的人質作戰都沒有屈服的我，要是在言猶在耳……更正，血猶在身的這時候就被現今流行的辣妹們殺掉，我會對不起這三個人。

這次我也會存活下來給你們看——即使沒有忍野。

讓你們見識一下，我即使不是吸血鬼也能存活下來。

因為我將來想在「本應在高中時期死亡的同學寄來同學會的邀請函……？」這樣的推理小說登場。

我可不想飾演「本應在高中時期死亡的同學」這個角色。

不能蹲在原地不動。好啦，那麼在每條路都通往地獄的這個三岔路口，我要走哪一條路？

走右方的路，和狂戰士交戰↓往００２。

走左方的路，和琴弦師交戰↓往００３。

走後方的路，和軍師交戰→往004。

「飄啊飄～～……飄啊飄。」

「你的意圖將會就此斷絕。」

「即使對手是吸血鬼，我的名字是萩原子荻。就請你們見識堂堂正正，不擇手段的正面偷襲吧。」

本次通往地獄的道路，以武裝的女高中生填滿。

002

我沒有選擇的餘地，跑向右邊的道路。既然蹲在原地是最愚蠢的選擇，我確信三岔路之中只有這條路是聰明的選擇。

話是這麼說，但這個判斷違反直覺。我基於本能不太想選這條路。因為從右方道路走向這裡的玉藻，是遊俠三人組之中唯一明顯帶著凶器的女高中生。

她的雙手各拿著一把和體格不搭，如同柴刀或斧頭的厚刃大刀。

正常來說，選擇和這種危險女高中生狹路相逢的危險道路，只能說是腦子不正常，不過現在的場面早就不正常了。這麼一來，我應該重視的是玉藻看起來沒能熟練使用這兩把刀。

原來如此，她的刀確實凶惡。

不過如果別看雙手而是注意她的雙腳，那就難說了。

玉藻的腳步實在無法令人放心。不知道該說踉蹌，還是該形容為剛出生的小鹿，她像是喝醉酒般忽左忽右，像是訓練平衡感的玩具般搖搖晃晃走過來。

肯定是被刀的重量影響到無法筆直行走吧。「過猶不及」就是她這種狀況。就像是認為「當然是買最貴的就好」無意義買下高規格電腦的初學者。

不被外表的魄力欺騙，看透事物的本質，刻意選擇看似危險的道路奔跑，我現在的身影肯定和身經百戰跨越難關的勇者重疊吧。

說到外表，玉藻符合高中生的形象，穿著體育服。話是這麼說，卻也不符合高中生的形象，穿著被割得破破爛爛的體育服。我想恐怕是沒能完全駕馭雙刀而砍到自己的衣服（髮型看起來像是狗啃的，應該也是一樣的原因），但我想注目的不是衣服破爛的原因，而是她的體育服不知為何是燈籠褲款式。不，我並不是想對燈籠褲注目。

她是女高中生沒錯，不過到底是哪個時代的女高中生？我對付年紀比我小的女生很有心得，不過基於這方面的意義，我從玉藻身上不只感覺到她經驗豐富，甚至感覺得到沙場老將的魄力……居然是燈籠褲？

要是從上空俯瞰，這幅光景就像是我朝著身穿燈籠褲的女高中生狂奔，看起來挺難受的，但我當然完全沒要撲向她的嬌細身軀。即使看起來沒能好好操控，刀畢竟是刀，要是扭打在一起，可能一個不小心就插在我身上，我不能冒這種危險。和春假在這個三岔路口被襲擊的那時候不一樣，我現在已經不是不死之身。

為了脫離自己深陷的困境，我完全不會吝於努力，卻也完全不想和接受過特殊訓練的女高中生戰鬥。像這樣維持前傾姿勢全力衝刺不是為了戰鬥，是為了迴避戰鬥。

這是帥氣的逃避行動。

我像要像是擦身而過般，迅速從搖搖晃晃走不穩的玉藻身旁跑過去。這個目標肯定不會難以達成……只要小心刀尖，反倒是相當簡單的工作。

如果是德拉曼茲路基那樣的巨漢擋在前方，這條路恐怕沒有任何我鑽得過的縫隙，不過玉藻比我嬌小得多，而且像是自動式的打掃機器人，一邊碰撞兩側的外牆一邊前進。每次碰撞就改變軌道，往我這邊接近。那麼我只要在她晃到右邊的時候走左邊就好。

雖說是道路卻有足夠的寬度。就是這麼回事。

「飄啊飄～～飄啊飄……飄啊飄。」

看吧，玉藻自己也哼聲要身體放鬆搖晃，這就證明她難以操控厚重的凶器。兩把刀加起來肯定超過玉藻的體重，這是天經地義的萬有引力。不過，這完全是我的誤解。

並非因為看起來粗獷的刀終究沒那麼重。是她並非難以操控那兩把凶器。真要說的話，她難以操控的是自己的瘋狂。

「放！輕！鬆！」

應該是形容自己搖搖晃晃不太可靠的這三個字，玉藻突然加重力道喊出來並且迅速行動，衝到想躲開她跑過去的我面前。

她的動作就像是反覆橫跳。不對，像是瞬間移動。

刀的重量以及自己的輕量，反倒都納為己用。

她像是落向這邊的外牆般瞄準我攻擊。如果我懾於她犀利的攻勢，稍微從刀尖移開視線，我肯定會當場中刀吧。

我像是向後仰般躲開刀刃。如果玉藻的動作是反覆橫跳，我的動作就是「向後弓身伸展背肌」的運動。這不是全力衝刺時該做的伸展動作，這麼做肯定會傷到腰，但是我可不想保住腰卻被挖掉心臟。

這是情非得已的做法。

結果，代替我被玉藻右手刀子砍中的，是豎立在該處的電線杆。刀刃深深插入電線杆直達基底。咦，不會吧，電線杆以構造來說可以像這樣被刀挖嗎？

在我至今的人生中，從來沒想過電線杆的內部長什麼樣子……

「討伐成功～～」

玉藻以心不在焉，幾乎像是讀稿般毫無抑揚頓挫的語氣，像是從一開始就以電線杆為目標般這麼說。不，實際上她完全沒看向踉蹌停下腳步的我，現在也依然看著毫不相干的方向。

「我的……名字是，西条玉藻。是也。是也。是也。是也。是也是也是也是也是也是也是也是也是也。西西西西西西条玉藻，西条玉藻。是也是也是也是也。我是玉藻。玉藻是我。」

「…………」

不妙。這女生是怎樣？

我選擇的路，該不會是在想像得到的範圍之中最壞的一條路吧？

先不提那兩把刀……我應該好好畏懼西条玉藻這個人嗎？

「等……等一下，玉藻小妹，相互溝通吧。」

「嗯，相互廝殺吧。你死我亡吧。你是我王吧。王是我。不對。王將是萩原學姊。我是……」

呼咿～～

玉藻有氣無力這麼說（「呼咿」應該是在說「步兵」），以旋轉般的動作從電線杆抽出刀……這個「抽刀的動作」和「刺殺我的動作」是同時進行的。

簡直像是拔刀術，就這麼迅速砍向我。

如果是日本刀，應該會形容為「袈裟斬」，但是以粗獷的刀做出這個動作很像是劈柴。

果然，與其說利刃恐怖，不如說毫不猶豫砍過來的這個動作比較恐怖。不帶任何情感，如同呼吸般想把我砍成兩半。

向後仰還不夠，我只能以後空翻的形式躲開這一刀。或許有人認為這是誇張又不合理，簡直過於耍帥的閃躲方式，但是為了對抗動作古怪的玉藻，這邊也只能展現古怪的動作。

我閃躲成功，但是著地失敗，所以要打分數的話是滿分一百分的五十分，不過這和零分差不多。不是五十步笑百步，是五十步笑零步。既然只能走五十步，那就和站在原地沒什麼兩樣……我這傢伙還真是隨時都致力於創造新諺語。

「飄啊飄～～飄啊，飄啊。啊飄飄飄飄飄～～」

我當然是整個人摔在柏油路面（剛才是後空翻失敗，光是沒折斷頸骨就該謝天謝地），原本想說追擊的利刃會先從左右的哪一把刀砍下來，但是玉藻接下來的攻擊不知為何是對電線杆出招。

這孩子對電線杆有仇嗎？

她以刀柄反覆粗魯毆打電線杆。

……我不知道這個行動的意義，不過或許可以趁現在從她身旁經過，如此心想的我以爬行的姿勢試著悄悄離開現場……玉藻隨即看向我這裡。

不，眼睛沒看過來。真要說的話，眼睛瞪得好大。

雖然頭轉向這裡，視線卻完全是不同方向，手與腳的動作也完全不一致。即使架勢一點都不合理，但是不知為何只有刀尖極為精準鎖定我。

看來她就像是感應器那樣，只對會動的東西起反應。剛才比起癱坐的我，她選擇面向被深深挖開而失去平衡搖晃的電線杆，就是這個原因吧。

我的天啊。

沒想到我倒地之後一直軟腳爬不起來居然是正確做法。

我終於只能從爬行姿勢改為在地面打滾閃躲攻擊了。選項愈來愈少，求生方式也愈來愈丟臉。

她揮下的刀，這次是插入柏油路面。

這個世界是以豆腐組成的嗎？

不過這次的豆腐和我站在相同陣線。反過來說，刀的重量在這次成為玉藻的敵人。利刃垂直插入地面之後，她拔不出來了。

「刀一把就夠，一刀就夠。」

但玉藻不只動作快，放棄得也快。她沒有繼續努力拔刀，而是放開刀柄，改為以剩下的刀進行殺我的工作。如果只是要殺我，刀確實只要一把就夠吧（說來遺憾，我意外覺得「刀一把就夠，一刀就夠」這說法很有趣。如果可以活下來，今後我想用用看）。

不過，我足以趁著這個空檔站起來，這也是事實。雖然這麼說可能會嚇到各位，不過我好歹站得起來。

玉藻當然也對我起身的動作起反應。

她像是被磁鐵吸引，爆發性地撲向我的懷抱。體育服敞開的女生撲向懷抱，可以說是男生內心的一種願望，不過對方手握利器的話，狀況就不太一樣了。玉藻的性質近似食蟲植物，只要這邊不動就不會起反應，但是刀尖都朝向我了，我實際上不可能不行動。

只不過，既然理解了這個性質，背對玉藻全速逃走的做法也不太合適。我動得愈快，她的反應也愈快。

結果我決定停在原地，以最小的動作閃躲玉藻的利刃。身為一介高中生的我不可能有這種拳擊手般的素養，所以學生服逐漸被砍爛，成為和玉藻相同的造型風格，簡直是好朋友。改天兩人搭檔玩玩吧。

與其說是以毫釐之差閃躲，不如說是苟延殘喘的閃躲方式。

說到在這種狀況僅有的救贖，就是她的攻擊僅限於揮刀。不會空手毆打，不會以室內運動鞋踢過來。始終遵守禁止頭鎚與肘擊的擊劍規則。

她對利器的這份執著，某方面來說是一種病態，在我眼中卻是唯一的勝機，是戰勝狂人的機會。

只要看得見刀，我就勉強躲得過。

地獄般的春假結束之後，我完全喪失不死之身的吸血鬼特性，不過像是渣滓的東西頑強滲入體內。阿良良木曆這個人類的體內住著鬼。

即使不死之力靠不住，但我對視力有自信。

動態視力也不例外。

玉藻的攻擊方式完全不合邏輯，沒有法則的奇特動作非常難以預測，但幸好我在格鬥技是大外行，不會被這種形式上的刻板印象影響。

如果她手上依然有兩把刀，或許視線無論如何都會分散而招架不住，不過現在這樣我可以撐一段時間，只要在這「一段時間」尋找下一條逃脫路線就好。

「稀巴爛～～稀巴爛～～稀巴袋～～」

不過，即使反覆攻擊都沒有命中，玉藻似乎也完全沒感到壓力。算是軍人的她遲遲沒能殺掉我這種大外行，她應該可以更不耐煩才對……要是她感到煩躁，我或許就有機可乘……

她為什麼沒煩躁？

「稀巴袋，砍開來。砍開來一看，裡面整個爛。爛掉爛掉缺一塊，刀刃缺一塊……」

……她唱著像是被強烈詛咒的童謠，卻沒有煩躁。不過即使真的沒煩躁，玉藻似乎也感到詫異。

詫異為什麼還沒把我砍成「稀巴爛」。

這是當然的，她再怎麼樣也不可能知道我以吸血鬼的視力閃躲攻擊。不對，若要這麼說，我覺得自己對這個女生一無所知。說起來，她毫不留情像是製作紙工藝品般砍向我這個不是吸血鬼的人類，就是令我難以置信的事……

「肚子好痛，我幫你摸摸插插～～插插～～飄啊飄～～飄啊飄。」

我剛才要求和她溝通，但還是別再被玉藻的言行（歌唱）擾亂吧……總之只有視線不能離開刀，我提高警覺。

在這個時候，我察覺了。

剛開始我以為只是眼睛習慣了，不過看來不只如此。玉藻以各種意義來說犀利無比的動作，一點一滴逐漸變慢。

以我的視力看來是疲勞。

這是當然的，她以旋轉動作將重力活用到極限的手腕相當高明，但她的手臂不像德拉曼茲路基粗如圓木，是細如枯木的手臂。

說好聽是奇特古怪又出人意表（好聽嗎？），但是做出這種不合理又沒效率的動作，少女的身體不可能不會疲勞。太好了，我纏鬥至今獲得下一個機會了。等她的動作再遲鈍一點，我就找機會一溜煙逃之夭夭……

我隨著玉藻的疲勞看見一絲希望時，反而也看不見某些東西。

原本應該目不轉睛，一直以視線追著不放，最重要的那把刀，忽然從我的視野消失。

「轉圈轉圈舞，轉切轉切舞～～轉圈耍個帥，卻少了必勝招～～這時候需要的是，斬切斬切舞～～」

玉藻視線朝著無關的方向，空出來的右手擺出剪刀手勢朝天空舉起，扭動身體將右腳向後抬高，左腳踮起腳尖，左手則是……

玉藻的左手繞到背後。

她全身不協調的動作奇特過度，甚至稱不上是障眼法，不過玉藻藏在背後的手肯定握著刀……原來如此，她瞬間將利器藏入死角，想藉以迷惑我嗎？那就白費工夫了，我等利器從死角出現之後再度追蹤就好。

或許是想在背後把刀從蓄積疲勞的左手換到還有餘力的右手……並非如此。完全猜錯了。

我應該更用心聽她唱的童謠。

斬切斬切舞。斬切斬切MY——

依照英語課本的說明，把「舞」的日語發音「MAI」當成英語的「MY」是大錯特錯，但她做的正是這件事。在把我砍得稀巴爛之前，她一刀插向自己的背。

然後，刀子貫穿玉藻不知道是否有料的扁平身體，從她的腹肌突出刀尖，插入我的腹肌。

深深插入，並且劃得稀巴爛。

以刀子的尖端寫下Z字。不對，如果寫在我肚子上的是Z，寫在玉藻肚子上的應該是S吧。總之她將我的腹部連同自己的腹部一起剖開。

她的字典裡沒有「顧得了腹部也顧不了背部」這句諺語。（註8）

從自己的背部刺向我的腹部。

肚子好痛，我幫你插插。

不是從背後死角出現，而是貫穿腹部出現的刀，即使以吸血鬼的視力也不可能

註8　犧牲小事顧全大局的意思。

看見。

不，勝敗從一開始就顯而易見。連生死也顯而易見。

在我選擇右邊道路的時間點……

「……話說這樣的話，妳不是也會死嗎？妳的背脊現在是什麼狀況？」

「放心，人類背脊折斷的時候不算死亡，內心崩潰才是真正的死亡。」

在最後的最後好好和燈籠褲女孩對話了，我對此感到高興，而且既然這樣，看來我也只能在這裡任憑背脊折斷以及內心崩潰而死。

003

我理所當然決定選擇左邊的路，全速奔跑。幾乎沒有猶豫的餘地，需要的只有做決定的勇氣。因為在右邊那條路，手上握著兩把刀，頭髮像是狗哨的燈籠褲少女搖搖晃晃走向這裡。選擇那條路的人根本是真正的笨蛋。是死也治不好的笨蛋。是最好早早死掉不用治的笨蛋。

話是這麼說，我也不太想後退和子荻對峙。因為她是遊俠三人組的領袖。她的足智多謀不下羽川，我遲遲不敢單獨挑戰。

所以依照刪除法，我決定對付一姬。

她是綁著一個巨大黃色蝴蝶結的女生。雖然外表年幼得不像是和神原同年，即使如此，她當然也是就讀澄百合學園的優秀戰士，我不會因為那個可愛的蝴蝶結就掉以輕心。

幸好我看得見她手上的牌。

看得見她手套裡的玄機。

她是用線高手。

在周圍密密麻麻架設「看不見的線」，包括偵察工作在內，負責掌握戰況。所以要在這條路躲開她走過去應該比登天還難吧。難度就像是要偷走以紅外線防盜的寶石。

正常來說是如此。

不過我擁有吸血鬼的視力。人類視力看不見的極細琴弦，在我眼中也不是「看不見的線」。在狀況極佳的時候，我連紅外線都看得見。

要躲開所有立體架設在這條路的線，雖然對我來說還不到易如反掌的程度，卻不會成為必須放慢腳步奔跑的障礙。

會被線妨礙的反倒是一姬吧。

她架設的不對稱蜘蛛網，反而成為拯救我的蜘蛛絲。據說蜘蛛只會行走在縱絲的部分吧？那我只要躲在橫絲的部分奔跑就好。

一邊織網一邊移動的速度本來就快不起來，所以一姬的腳步無論如何都比較慢。我並不是基於這個想法選擇左邊的路，不過這麼一來我應該可以恣意行動，鑽過蜘蛛網的縫隙。

然而黃色蝴蝶結的女生紫木一姬從容不迫，看著我完全沒碰到也沒弄斷任何一條「看不見的線」就筆直奔跑過來的高超身手。

她可愛的臉蛋露出可愛的笑容。

「呵呵呵，居然使用特攻戰術，阿良良木先生真是英勇。不過在我小姬的眼中，這種粗魯行徑就像是撲火的悶熱。」

她這麼說。

怎麼回事，她擅長說錯諺語嗎？

不好意思，在我們的世界觀，這是任何人都會用的基本技能。

這種程度的傳統能力就想抓住我，還是回去多練一百年吧，妳這個琴弦師。然而她擅長的當然不是文字遊戲，是花繩遊戲。

雖然現在是春天，不過要說我是撲火的飛蛾也確實沒錯。正因為我有自信通過，我才會衝進蜘蛛網，但是我沒料到這張網自己會動。

不對，當然可以動吧。

這張網不只是等待獵物上門，也可以改為主動攻擊。

不只是用來捕捉的線，也是用來切割的線。

所以我早就做好心理準備，在「看不見的線」接近我的時候臨機應變。出乎我預料的是其驚人的移動方式。

所有線都回到一姬的手中。發出咻咻咻的聲音，像是影片倒轉般捲回她的手套。

看來在回收線的時候，不必像是一邊架設蜘蛛網一邊步行那樣耗神。畢竟只要按照架設的步驟反向進行就好，而且仔細想想，事到如今她清楚知道我看得見這些「看不見的線」，所以不需要偷偷摸摸捲回去。

而且既然這麼說，接下來的這道程序，一姬也不必偷偷摸摸進行。

既然你看得見，就讓你好好見識吧。

她立刻將捲回來的線重新利用。雖然她的任務是在後方支援，不過在必要的時候，在不必掩人耳目的時候，她可以瞬間重新織網。

而且這次的網不是蜘蛛網。

應該說，甚至不是網——是牆。

我的面前突然出現「牆」。

不是架設而成的「線」，是編織而成的「面」。

不需要「掛在哪裡」或是「勾住哪裡」的說明，不需要這種詳細的程序表，單純以兩側電線杆為支架編織而成的「網」。網眼密到像是重疊一億張排球網而成。這面牆看得見卻躲不開。

在物理層面沒有能讓人類鑽過的縫隙。

「…………！」

線集結之後可以成為繩，繩集結之後也可以成為網。我緊急煞車卻來不及，正面撞上這面牆。

原本發誓即使斷掉也要繼續動的雙腿，被這面牆阻止行動。

不過，線始終是線。

如果這是一條鋼琴線，而且我以時速八十公里的速度跑過來，或許會上演像是好萊塢電影那種直接斷頭的場面，不過既然這是「看不見的線」密集到能以肉眼辨識的牆，即使我以人類跑得出來的最快速度（大概是時速十五公里？）撞上去，頂多也只會被線纏住。就某方面來說，這張網是安全網。

躺在一根針上面會被貫穿，但如果躺在一萬根針上面，體重就會分散，連皮膚都不會被貫穿，這是相同的道理。而且這面牆肯定和蜘蛛網一樣有保護我的效果。

因為，既然在道路正中央豎起一面牆，那就像是怪異裡的「塗壁」，一姬也一樣走不過來……然而實際上不一樣。

嚴格來說，我不是撞上牆，而是陷入牆。這面牆不是水泥或灰泥材質，是以線組成的牆。如前面所說，我被纏住了。腳也一樣，與其說是停止動作，不如說是浮在半空中。

一隻手與一隻腳，還有脖子以上的部位，都突出到牆的另一側。

和一姬四目相對。

她掛著非常開心般的笑咪咪表情。

沒有半點邪氣，但也沒有半點純真。

「唔呵呵，阿良良木先生，你中陷阱了。正如字面所述。」

「………………」

啊啊，原來如此。

這不是網，卻也不是牆，是陷阱。

記得是叫做「霧網」……用來捕捉野生斑鶇之類的鳥……像這樣纏住全身之後，前後都動彈不得……是的，因為體重分散……

不過，記得霧網因為過於惡毒，在現代已經是禁止使用的狩獵方法……

「……可以救我嗎？」

我不抱期待地詢問。

「不要，小姬是讓飛鳥墜地的生物。」(註9)

還以為她又搞錯諺語的使用方式，不過這正是「如字面所述」。她將手伸到頭後，輕盈解開黃色蝴蝶結。

原本綁好的頭髮解開了……這麼一看就發現她頭髮意外地長。

但她為什麼在這個時候解開頭髮？

「沒有啦，為了這面霧網，小姬我用光手上的琴弦了，所以想要準備別的物品代替琴弦。」

「那……那麼，這次妳要用那條緞帶？是沒錯啦，布也是線組成的……」

「不不不，這是師父給我的寶貝緞帶，不能用在這種地方以免受損。所以，我要用這些頭髮。」

一姬說完蹦蹦跳跳走向無法動彈的我，剛才以緞帶固定的頭髮，她將其中一束纏在我的脖子。

看起來像是綁圍巾的動作，不過在這一幕絕對不會出現這種高中生之間會做的事。我現在是陷入牆裡的狀態。

讓飛鳥墜地——將飛鳥絞殺的生物。

註9　日文原諺語是「讓飛鳥墜地的氣勢」，也就是權高位重的意思。

「那麼永別了，阿良良木曆先生。你的意圖將會就此斷絕。」

在春假，我大致經歷過一千種左右的死法，卻不曾被頭髮絞殺。我這種不成材的傢伙以這種方式死去，或許意外地不錯。

不過，我在逐漸消失的意識之中這麼想。

那個時候，如果我不是選擇左邊的路……

004

這絕對不是後退，因為我逞匹夫之勇輕盈向後跳並且轉身，選擇和軍師萩原子荻對決的路線。但我不是刻意出人意表，擒賊先擒王是這種場合的常見手段。而且以常識考量，這時候也只能選擇後方的路吧。妄想對付雙手握著利器的玉藻當然是瘋了，想躲過總是以細線雷達偵察自身周圍的一姬逃離危機，是連有史以來最笨的傢伙都不會做的決定。與其做出和當場咬舌自盡差不多的決定，還不如選擇和老奸巨猾的軍師擦身而過努力求生。

她雖說是匹敵羽川的女高中生，卻絕對不是羽川本人。確實，「自身也能戰鬥的羽川」想必是如虎添翼，但她在動用暴力的時間點就已經和羽川判若兩人。不把戰爭行為列入選項的絕對和平主義，正是羽川翼無與倫比的強項之一。所以我肯定有勝算。

雖然不知道她身經什麼樣的百戰磨練至今，但是我在春假跨越了全身幾乎磨滅的死線。如果是一次決勝負，我就戰勝軍師給大家看吧。

萩原悠然在道路正中央大步前進，走向我這裡。這種平凡城鎮的普通道路，她走得像是王道，像是皇家大道。

乍看是標準大小姐風格的制服女高中生，卻散發不像是和我同年的魄力。在這個時間點，我就覺得可能選錯路而後悔不已……衝向那兩把刀或是撲進層層架設的蜘蛛網或許還比較好吧……我為什麼最初就選擇這個最後的選項？

「主動前來了嗎？前吸血鬼先生。過於按照計畫進行，我吃了一驚。看來大蒜沒機會上場了。」

萩原微微一笑，將手伸進制服內側……大蒜？

喂喂喂，花樣年華的女高中生懷裡帶著這種東西？當成驅除吸血鬼的武器也太寒酸了吧？看見我瞬間卻步的模樣，敵人似乎受到鼓舞而加快腳步。

當然，總歸來說就是中了我的挑釁。

即使如此，我還是維持最底限的謹慎心態，要從她攻擊間距的外圍跑過去，這麼一來，如果她現在要從懷裡取出的不是大蒜，而是玉藻手上的那種利刃，我還是來得及應對。萩原匹敵羽川的不只是智力，胸部大小也不相上下。如果是她胸前的乳溝，肯定可以收納又大又長的利刃吧。總之，關於「看不見的線」肯定不必提防，那是在現代也罕見的琴弦師專利，基本上只有一姬以及一姬的師父會使用。所以只要採取迂迴路線，避免接近她兩公尺以內就好。

要避開走在道路正中央的她並不容易，不過只要做個假動作……不對，是看似假動作的假動作，做出假動作的假動作的假動作就好。不過，當我接近到五公尺的距離時，萩原從懷裡取出的不是大蒜。

「很好，不准動。那裡是我的有效射程。」

她從懷裡取出的是手槍。

我當然會停下來。不需要聽妳說。

「咦？妳那邊的世界觀可以用手槍嗎？」

「如果對手是專業玩家，這種短筒是完全不管用的玩具，不過對手是鬼的話就不一定了。雖然槍本身是充滿手工感的粗劣成品，子彈卻使用高價的銀。」

銀製子彈是吧。

原來如此，既然攜帶那種東西，大蒜確實沒機會上場……

「是的，在我們的世界觀，說到『行動裝置』，基本上指的不是通訊機，是武器。阿良良木先生，方便請你舉起雙手嗎？」

高調亮出的兩把刀以及奇幻風格的用線高手，到頭來都是一種誤導，致勝武器是極為直接又不做作的懷中手槍……感覺槍口與現實同時擺在我的面前。

「ＯＫ，我輸了。甘拜下風，饒了我吧。」

我聽話舉起雙手。在吸血鬼時代，我可以神乎其技將高舉的雙手化為植物打破僵局，但是說來諷刺，因為我幾乎喪失所有的吸血鬼特性，所以再度在這個三岔路口敗北。

「不過可以告訴我嗎？為什麼我們要像這樣戰鬥？萩原，為什麼妳要……應該說妳、一姬與玉藻要取我的性命？為什麼要刺殺我，捕殺我，槍殺我？」

「………？」

將所有局勢預設為穩操勝算而行動，如同戰略化身的這名軍師，在這時候首度露出目瞪口呆的表情。看起來完全聽不懂我在說什麼。

這個女生……不是在裝傻，是真的苦於理解。

就像是平凡高中生抱頭苦思期末考的最後一題。我想知道自己為何被索命，萩原對此詫異得無以復加。

「為什麼被索命，為什麼要戰鬥嗎？嗯，這是很愉快的著眼點，我從來沒有思考過。畢竟我只是按照命令行事……軍師終究是軍隊的一分子。」

「妳——妳們沒有理由就能戰鬥嗎？」

「戰爭不需要理由吧？就像戀愛不需要理由。」

她說出聽起來相當機靈的比喻。

原來如此。這傢伙不是匹敵羽川。

甚至和羽川完全相反。

「……妳真是一無所知呢。」

「我想都不想知道。就是因為不知道才能戰鬥。」

怪異是基於合理的原因出現——這是怪異專家忍野咩咩的說法。那麼人類專家萩原子荻應該會接著這麼說吧——人類不是基於合理的原因戰鬥。

是因為命令這麼要求，因為不知不覺，因為心血來潮，因為自然而然。

所以戰鬥。

「……那麼，為什麼要我不准動？既然妳沒有溝通的意思，二話不說直接開槍不就好了？」

不是為了告訴我為什麼突然就爆發這場戰鬥嗎？我原本抱持一絲希望，覺得依照理由或許還有交涉的餘地……

「……啊哈。」

萩原笑了。像是女高中生般笑了。

看來不是因為感到什麼疑問，單純是因為覺得好笑。

「居然在對方開槍之前，期待對方告知開槍的理由，阿良良木先生，你西部劇看太多了。」

「我沒看很多西部劇就是了。咦？那麼，叫我不要動並且舉起雙手是什麼意思？不是要讓我求饒嗎？」

「之所以請你不要動，是因為這把粗劣的成品很難瞄準會動的目標。之所以請你舉起雙手，是為了避免你保護心臟。」

「……光是願意告訴我這些就夠了。」

「那麼就 BANG 吧。我的名字是萩原子荻。就請你們見識堂堂正正，不擇手段的正面偷襲吧。」

萩原扣下粗劣成品的扳機。

對於吸血鬼當然不用說，對於人類也是立刻見效的銀製子彈貫穿我心臟的同時，我還是想知道一件事。

並不是想知道她開槍的理由，也不是想知道戰鬥的理由。

如果我當時沒有轉身，而是選擇朝左右筆直延伸的路，究竟會成為什麼樣的結果？我只想知道這一點——

005

接下來是後續，應該說是結尾。

到頭來，無論我走哪條路，無論進入哪個平行世界，所有分歧都會在最後像是機率一樣收斂，迎來大同小異的結果。從這個事件似乎可以學習到這種像是數學理論的警惕，實際上卻不是這樣。

即使是走投無路的三岔路，還是有倖存的路線可走。

首先，把這個問題當成三選一是我的過失。

即使完全不考慮當場蹲下這個選項，即使是三岔路，該選擇的路也朝著四面八方延伸。又不是將棋的棋子，所以能走的格子沒有受限。既然這樣，我應該選擇的是不會遭遇西条玉藻、紫木一姬以及萩原子荻的「路線」。

並不到特別難解的程度，我該著手的路線是所謂的「來來回回」。

總之，應該不能說著手，而是著腳……我所犯下最嚴重的錯誤，就是只以威脅度分析這三名戰士。不，當然必須將威脅度考慮在內，我說「只」也不是主張應該把判斷材料的範圍擴大，反倒是應該縮小。說起來，在她們的威脅度等級超過臨界值的時間點——在這邊的戰鬥力不到一點的時間點，無論她們的戰鬥力是一百點還是一千點都沒什麼兩樣。

那麼就應該將著眼範圍縮得更小。至少縮小到我能對抗的範圍。

比方說，如果「只」看移動速度呢？

再怎麼接受培育，人類的身體始終只有人類的腳力。無法跑得比汽車快，要是和列車相比，她們的速度肯定和我大同小異。

進一步來說，即使大同小異，也不是完全相同。

各人的速度無論如何都有差異。

A先生以時速五公里的速度外出買東西。過了三十分鐘後，B先生想順便拜託另一件事，以時速六公里的速度追過去。又過了三十分鐘後，C先生為了把遺忘在家裡的錢包拿給A先生，以時速八公里的速度追過去。B先生是在多久之後追上早三十分鐘出門的A先生？C先生是在幾個小時之後追上兩人？

當然，如同街頭巷尾平常所說，要是把這種問題直接套用在現實世界，會產生邏輯上的矛盾。像是「只靠著兩條腿是要多遠」或是「這條路沒有紅綠燈嗎」這樣。最中肯的應該是「既然有人從後面追過來，那就轉身往回走吧」。

從這個矛盾下手。

三名女高中生之中走路最快的人，說來令人意外，是在皇家大道正中央優雅又悠然前進的萩原子荻。說穿了她只是以正常速度走路，不過假設將她的速度設為一百點，相對來說走最慢的人，說來同樣令人意外，是紫木一姬。行走時在四面八方架設蜘蛛網的她，走起來相當慢吞吞。一姬的速度相較於萩原的一百點，恐怕是八十點左右。至於身體左右搖晃，以閃電般鋸齒軌道行走的西条玉藻，走路速度大概是介於兩人之間的九十點吧。

當然，這始終是基本速度，玉藻對於「會動的目標」起反應要刺殺的時候，她那靈活又矯健的奇特動作令人瞠目結舌，一姬要是放棄在暗中動手腳，動作應該可以比一般人來得快。萩原銀製子彈的速度，以我吸血鬼的視力也難以完全捕捉。不過三人的速度可以當成一個基準——選擇道路的基準。

首先選擇左方路線，也就是衝向蜘蛛網。

但是不以全速奔跑。維持在一百點前後，不會被任何人追上的速度，筆直跑在左方的道路，而且只跑到一半。在遇見一姬之前，在被她的雷達發現之前，掉頭往回走。

向後轉，然後走回去。毫不矛盾地朝著選項的矛盾下手。理想狀況是沒被一姬發現就順利往回走，不過被發現也沒關係。她的任務始終是「阻止我通行」，也是為此而架設蜘蛛網，所以不會放棄任務窮追不捨。因為反正另外兩條路有狂戰士與軍師把關。

應該有她們把關才對。

不過，在我進行「回到起點」這個行動之前，以一百點速度行走的軍師已經抵達三岔路的路口。她在這裡被迫做出選擇。和我一樣面臨選擇題。

要走右方的路？還是左方的路？既然目的是夾擊，就一定要選其中一條路，那麼軍師要走哪一條路才能繼續夾擊我？

換句話說，選擇權轉移到對方手中。不過稍微思考就知道，這個選擇題只能選擇右方。這是當然的，如果我走的是有雷達把關的左方道路，就不用擔心逮不到我……但是如果我走的是無法控制的狂戰士負責的右方道路，一個不小心可能會被我跑掉。所以她只能走右方道路。

然後在軍師走右方道路，後方道路無人把關的時候，我這次以一百二十點的速度狂奔——無人把關的逃走路線就此完成。

那麼，006就以這個計畫進行吧。

聽著童謠的同時腹部被劃上Z旗而死，陷入現代禁用的霧網之後被女生的頭髮勒死，明明已經回復為人類卻被銀製子彈打死，與其繼續遭遇這種悽慘的下場不如一死了之……這種想法在我內心完全不存在。這條路線在軍師的鐵柵面前大概也會悲哀失敗，不過到時候再尋找別的路線吧。

和異世界的女高中生們在無限輪迴中嬉戲也不壞，但是我比較喜歡和接下來會遇見的「那些傢伙」愉快玩樂。所以在成功跑完存活路線之前，我會復活無數次。如果沒有存活路線，我就做一條給你們看。而且總有一天會成為二十三歲的無趣大人給你們看。

即使被砍成稀巴爛，內心也不會崩潰。

我的意圖不會就此斷絕。

我的名字是阿良良木曆。

在那個春假地獄九死一生撿回一條命的我，比起身為不死吸血鬼的那時候，更想要好好珍惜生命。

第招話 彩・三重

001

千賀彩、千賀光、千賀明子是三胞胎女僕。各位聽我這麼鏗鏘有力地斷言，應該也完全聽不懂我在說什麼，不過她們三姊妹所登場推理小說的登場人物介紹名單就是這麼記載的，不同世界觀的我只能就這麼一字不改為各位介紹。

千賀彩——三胞胎女僕，長女。

千賀光——三胞胎女僕，二女。

千賀明子——三胞胎女僕，三女。

這是怎樣？

三胞胎我懂，意思是基因相同，長得一模一樣的姊妹。女僕我也懂，雖然在日本算是以大眾文化的形式普及，追本溯源卻是發祥自英國，擁有歷史與傳統的忠實侍從。可是「三胞胎女僕」是怎樣？三胞胎的女僕？三胞胎當女僕？我再怎麼努力應該也找不出更進一步的意義……

總之，無論如何都想知道她們相關細節的讀者們，請欣賞不是製作成劇場版而是ＯＶＡ版的動畫，追尋某件悽慘斬首殺人事件的原委，不過一般來說，推理作品都會有雙胞胎。三胞胎或許有點與眾不同，卻不是完全沒有類似的例子……在註定要將犯人鎖定為一個人的推理劇，面對現代的科學搜查，也能光明正大抬頭挺胸進行「一人分飾二角」或是「對調身分」等詭計的雙胞胎是一種禁忌的手法，同時也是推理作家心目中的迷人要素吧。

只不過，現實世界的雙胞胎或是三胞胎，即使是四胞胎，也並非這麼輕易就能對調或是取代身分。說起來，即使基因相同，指紋也不同。就算看起來一模一樣，也未必連個性都一模一樣。雙胞胎特有的神奇心電感應，其實好像是憑空想像而來，其中一人跌倒受傷的時候，另一人的膝蓋並不會感到疼痛。如果刻意依照這邊的世界觀從怪異角度來說，「雙胞胎觸霉頭」這種基於極度偏見胡說八道的假設曾經在某個時代流行，要是有人打趣對此尋求幻想，對於他們或是她們這些當事人來說應該非常困擾吧。

不過，這始終是總論，回到本次主題所提的千賀三姊妹，她們是打造成可以「對調代替彼此」的三胞胎——是三胞胎女僕。

刻意以相似、相近的方式養育長大。

誕生為不是幻想而是妄想的產物。

主要原因也在於她們現在服侍的主人所秉持的原則……被「赤神財閥」這個巨大組織驅逐，如今被監禁在與世隔絕名為「鴉濡羽島」這座孤島的大小姐，就是這樣的人物。

赤神伊梨亞。

明明是和我年齡差不多的千金小姐，但我只聽完一半的說明就覺得是非比尋常的狂人。不只三胞胎這部分。被流放到孤島的她，據說邀請全世界的奇人異士來到她不是牢獄而是豪邸的住處享受對話的樂趣。

奇人異士——也是被稱為「天才」的人們。

說到這裡，如出一轍的三姊妹為何造訪我們所居住的城鎮，我應該不必再說明了吧……是的，三胞胎女僕受命擔任特使，千里迢迢前來邀請新的天才前往孤島。

那麼，說到居住在我們城鎮的天才就是……？

002

「您是羽川翼大人吧？」

像這樣被認錯令我嚇了一跳，轉身一看是三胞胎也令我嚇了一跳，三胞胎穿著古典又傳統的女僕服更是令我嚇了一跳。

震撼到我不知道該從哪件事開始嚇一跳。

以某種意義來說，這三種驚訝甚至相互抵銷，我反而沒被嚇到。順帶一提，這裡是我昔日度過地獄般的春假時，和幼女一起藏身的補習班遺址。

從「遺址」這個詞就知道，那棟廢棄大樓如今不存在。

說來話長，簡單來說就是失火燒光了。

熊熊燃燒，化為焦炭。

從春假到現在的十一月，我們的生活也發生各式各樣的事件……和鐵血、熱血、冷血之吸血鬼的血戰以壞結局結束之後，我以為自己的人生不會再發生更嚴重的事件，不過匹敵春假的事件以每個月一至二次的頻率發生，我的人生真的是驚濤駭浪。

春假之後，我走過的道路是否可以稱為人生就另當別論……即使如此，我也還沒體驗過「轉身一看發現有女僕」這種事。

而且是三胞胎。

這真的可以說是今後絕對不會體驗的奇蹟吧。

三胞胎女僕，該不會是比吸血鬼更難遇見的存在吧？數據不多所以甚至無法試算，不過三胞胎都成為女僕的機率，我覺得肯定比被吸血鬼吸血的機率低……

「我是長女千賀彩。初次見面。今後請多關照。」

「我是次女千賀光。初次見面。今後請多關照。」

然後「長女千賀彩」說「這孩子是千賀明子」介紹最後一人，接著三人整齊行禮致意。拉起裙襬鞠躬的動作不只像是繪畫，甚至像是ＣＧ。

女僕氣息強烈到像是假的。

頭飾與圍裙也過於做作。

至少在祝融肆虐過的這種荒原格格不入……順帶一提，三名女僕相似到令我懷疑自己視線沒對焦，不過在這段自我介紹唯一沒說話的「三女千賀明子」，我勉強可以辨別。

因為只有她戴眼鏡。

不過要是取下眼鏡，肯定會轉眼之間融入另外兩人吧。年齡大概是二十五歲左右？看起來比實際年齡沉穩。

「我們三人都是赤神伊梨亞的僕從。您是羽川翼大人吧？」

「僕從」這個舊時代的稱呼方式，加上地點是這裡，我不得不想起那個傳說中的吸血鬼，然而不提這個，我不是羽川翼。

說來大意，我可能還沒表明身分，但我是阿良良木曆。

居然把阿良良木誤認為羽川，這是哪門子的誤解？

連性別都搞錯了……不對，總之如果只看「翼」這個名字，也很可能是男生的名字……畢竟我也不是在學生服別上名牌，在放學途中來到這片荒原。

只是，雖然我不知道情報在哪裡出錯，但是要在這時候回答「不，妳們認錯人了，抱歉幫不上妳們的忙」也令我躊躇。

如果要誠實以對當然應該這麼做，不過在這種狀況，誠實以對的必要性究竟有多少？

明顯異質的三人組來到這座城鎮找羽川……我不能坐視這種狀況。因為我欠那位班長太多恩情了。

此外還有一個原因。

十一月的現在，羽川翼休學沒去直江津高中。

這件事也是說來話長（會是一本書的長度），所以容我直接省略，總之那個傢伙現在不只不在高中，甚至也不在日本。雖然這些女僕難得來一趟，不過很抱歉，如果只在這座城鎮找，她們不可能見到羽川本人。

這麼一來，唯一的方法是我以發言人的身分代替羽川（唯一的方法？），不過容我把「無法勝任」這四個字用在錯誤的意思上吧。

「是的，我是羽川翼。胸部很大。」

「啊？」

彩（光？）對我露出疑惑至極的表情。

糟糕，羽川不是這種角色。

說起來我不必模仿角色個性。我並不是一定要扮演羽川的雙胞胎妹妹，始終只要假扮成羽川，專心問出女僕們來訪的用意就好。

「請問有什麼事羽？」

「事羽？」

彩（光？）的眉頭愈鎖愈深。

我沒能專心。

我不受教訓試著模仿羽川的語尾，不過仔細想想，羽川沒使用這種語尾。我只是將「有什麼事嗎？」說成「有什麼事羽？」，不過看來行不通。

應該說，我的話術完全行不通（或許是我多心，總覺得明子狠狠瞪我）。既然是三胞胎女僕，我以為應該比較特別，不過這些人或許在推理世界是意外正經的居民……我們也上演過類似推理的劇情，不過基本上都和怪異有關。

我們不是正統派。

「不不不，我是在問各位有什麼事。畢竟我也很忙，必須將聯立方程式聯立才行。」

我勉強試著把自己說得很聰明，卻不太順利……聯立方程式從一開始就是聯立的吧？而且我獨自來到這種空地，根本沒什麼好忙的。這片荒原只有世界最閒的人會來。

關於這部分說來話短。

十一月這時候的我，在生活上（或者說在生死上）遇到一些問題，思考該如何是好的時候，自然而然來到了這裡。即使被當成在懷念那位妖怪權威忍野咩咩也在所難免。

不過那個男人如今也不在這座城鎮。即使還在，標榜「人只能自己救自己」的那個男人，再怎麼樣也不可能爽快拯救我突破現狀。

「其實，恭喜您。」

彩（光？）像是切換心態般說。

她切換心態的方式，灑脫到如同早就習慣應付各種怪人。不過……「其實，恭喜您」？她把這兩句話排在一起也太奇怪了吧？

「羽川翼大人，本次您獲得了造訪鴉濡羽島，誠惶誠恐晉見我們服侍的主人──赤神伊梨亞大人的權利。您是獲選的天才。」

003

獲選的天才。

聽起來真是榮幸。

這是至今沒人對我說過，今後也沒人會對我說，我即使是幻聽大概也聽不到的華麗稱號。不過，這也是令我由衷認為幸好羽川本人不在這裡的稱號。

這應該是那個班長最討厭的稱號吧。她肯定會斷言與其被這樣稱呼，還不如被稱作是時尚眼鏡班長。

不過，如果這個日本還存在著沒解體的財閥，有一位大小姐被這個財閥驅逐流放到孤島，而且這位大小姐在島上集結天才組成交誼會（在這個時間點剩下多少可能性？），那麼羽川翼無疑是值得受邀加入的逸材。

比方說風格無限的畫家。

比方說窮究學問的學者。

比方說精熟百味的廚師。

比方說過於通神的占卜師。

又比方說……神聖的班長。

……就這樣，三胞胎女僕這種特異存在來到這座城鎮的理由揭曉了，不過就算這樣，我也不能說「原來如此，是這麼一回事啊。我完全接受了。那我就告訴妳們吧，其實我不是羽川翼。我把羽川翼本人的所在地寫在紙條給妳們，請去那裡找她吧。可以和妳們交談真是太好了，祝愉快！」向三胞胎女僕告別。

我無法看開認為接下來是三胞胎與羽川的問題，必須由羽川自己決定。我對那個班長的執著可沒有這麼淡薄。開什麼玩笑，如果住在莫名其妙孤島的莫名其妙大小姐把我的羽川帶走，我可嚥不下這口氣。

羽川高中休學出國流浪，其實我也無法苟同。

無論如何都要拒絕才行。

必須想辦法請她們三胞胎女僕打道回府……居然又是這種展開。我總是希望不同世界觀的人們回去……我深刻體認到異文化交流的難度。即使是看起來沒什麼危害的女僕小姐，我竟然也希望她們回去。

不過，彩（光？）如同完全無視於我的想法又絲毫不認為會被拒絕，甚至以滿臉笑容表示這是無比榮耀，無比美妙的事。

「恭喜！」

她再度這麼說。

即使我成功考上大學，也不會人這麼隆重對我說「恭喜」吧，我這麼想就覺得內心被打動……話是這麼說，但也不是我受邀前往那座某某島。

我這種傢伙，只吃閉門羹還算是便宜我吧。

「不過……」

彩（光？）說著豎起手指。

「不可以慌張。並不是平白就能前往哦？」

「咦？交通費要自己出嗎？」

雖說是被驅逐的，不過財閥千金還真是吝嗇。

我心想或許能以這個理由拒絕，覺得找到可乘之機，不過實際上當然不是這個意思。光（彩？）接續彩（光？）的話語這麼說。

「上島之前要進行測驗。請回答接下來的問題。」

測驗？

上島測驗？

明明沒申請就被擅自叫去，為什麼還得接受測驗……測驗是我這個高中生最討厭的東西之一。

只不過，這或許是意外正確的做法。

原本應該接受大小姐邀請的羽川翼非常熱愛測驗，從這一點來說，她這個班長基本上像是變態……是測驗變態。

在這種狀況，那傢伙或許會說「我不去孤島，只讓我接受測驗就好」。為了繼續扮演羽川，我這時候不應該糾正她們的做法。

「好吧，只不過，妳們一定會後悔出題考我。」

這句臺詞是怎樣？

一點都不像是羽川。

不過，我答應接受三胞胎的測驗，不只是為了徹底扮演羽川……

我反倒判斷這是大好機會。

總而言之，既然有上島測驗，而且沒通過的話就無法見到大小姐；那麼反過來說，只要沒通過這項測驗，羽川就不必前往那座神祕兮兮，很像是會發生殺人事件的詭異孤島。

咯咯咯，落榜是我的拿手絕活。

如果有人是為了在各種測驗落榜而誕生，這個人就是我。

「這樣啊。這份志氣很好。不愧是大小姐鎖定……欣賞的逸材。」

彩（光？）差點說溜嘴。

她們三人醞釀出和這片荒原格格不入的清純氣息，不過話說起來，既然會把我這種完全放不上檯面的傢伙誤認為羽川，這三人其實是相當冒失的女僕吧？

「那麼這次的測驗……就用那個吧。」

即使是同年同月同日生的三胞胎或許也是長幼有序，彩（光？）說到這裡朝著至今後退一步待命的三女明子使眼神。明子收到指示之後取下眼鏡。

這麼一來就無法辨別了。

變得無法辨別的三人，像是相互交錯般無聲無息開始行動。如同魔術師將杯子倒放之後不斷換位置的流暢動作，使得我的視線很快就跟不上三人。她們的動作經過縝密計算，我即使發揮前吸血鬼的視力也輕易陷入混亂。一人和一人互換位置的時候，另一人擋在前面，等到這一人躲在另一人的身後時，我已經看不見第三人的位置。

令我眼花撩亂的這種洗牌進行了短短十秒。

然後三人同時整齊停下腳步。

就像是絕不放過自己盯上的獵物，她們三人從三個方向圍住我，接著再度拉起裙襬行禮。

然後三人中的一人開口了。

不知道是誰的某人出題了。

「那麼，請問誰是長女呢？您的解答權有兩次。」

004

沒什麼好特別的。

這是典型的蒙提霍爾問題。又來了。

之前入侵七百一國中的時候，我就對小扇說明過。

沒想到居然會應用在三胞胎女僕身上……總之，「解答權有兩次」並非單純是「可以猜錯一次」的意思。

我指名三人之中的某人是「長女」之後，無論答案是否正確，另外兩人都會有一人排除在選項之外。問題從三選一重新設定為二選一之後，我會得到變更原先選擇的權利。

可以變更，也可以不變更。

也就是所謂的「違反直覺的題目」。

一般會認為無論是否變更選擇，答對的機率都一樣，但是其實這時候「變更選擇」才是正確的做法。這麼一來，猜中的機率會從三分之一提升到二分之一。已經出版的某集已經寫過（而且會被批評電影特典太厚），所以這裡省略詳細的說明。總之解答權要這樣活用才正確……本來應該是這樣。

現在不是「本來」。

三胞胎女僕收起表情，像是假人模特兒般動也不動等待我回答，但我在這時候不能按照教科書做選擇。因為我不想通過這項測驗。

連一丁點都不想通過這項測驗。

我絕對不能活用第二次的解答權，而且真要說的話，第一次的解答權也不能完全沒多想就用掉。變得無法辨別的三胞胎女僕到底誰是長女，我必須盡量提升猜錯的可能性。

因為，蒙提霍爾問題難以理解的原因之一，在於即使隨便指名，即使不做正確的選擇，即使依照直覺，以機率來說還是有三分之一的機率猜對。如果會以猜拳猜贏的感覺猜中，那就必須三思了。

三分之一機率會失去羽川的這種賭博，我敬謝不敏。

我希望判斷的材料再多一點。

我就像是原地轉圈，依序輪流觀察圍著我的三人……我的人生居然有機會可以這麼近距離仔細觀察女僕，我之前想都沒想過。

即使這裡是露天女僕咖啡廳，也不允許像這樣目不轉睛吧。

不過，我再怎麼定睛觀察，都看不出三人之間的差異。三胞胎會這麼像嗎？直到剛才戴著眼鏡的明子，臉上或許留著眼鏡的壓痕，如此心想的我試著凝視三人的鼻子，卻沒看見這種痕跡。

「我可以摸嗎？」

「不可以。」

彩與光與明子立刻做出否定的回應。當然不可以吧。

「請您只以視覺判斷。」

「我可以發問嗎？」

「沒關係，但是不保證會正直回答喔。尤其明子很愛說謊。」

這麼一來，這種做法應該也沒什麼意義。

我不抱期待說出「那麼請讓我看指紋」這個要求。

即使外表再怎麼神似，無論是雙胞胎還是三胞胎，指紋也肯定不一樣。假設DNA相同，虹彩也會相同嗎？總之，我沒有預先採集指紋，所以即使她們讓我確認，也沒有任何事情因而改變……總之，找不到任何差異導致我滿腦子混亂。

我需要思考的楔子。

雖然這麼說，不過三人給我看的手心，從指紋到掌紋看起來都只像是一模一樣。至少以手相算命肯定會做出相同的結論，她們三胞胎就是這麼完美相似。

唔～～太難找到著力點了。

被女僕三方圍繞而慌張的非日常感覺，也不允許我進行邏輯性的思考。面對三胞胎女僕這種不可思議的存在，邏輯又具備多少價值？

首先，我聽說以日本雙胞胎的狀況，輩分順序和出生順序相反……雙胞胎比較晚出生的是長子……但是總覺得這個說法有點假。

不過如果真是如此，那麼三胞胎是什麼狀況？依照出生順序分別是三女、次女、長女嗎？即使如此，既然她們一開始就分別自稱「三胞胎女僕的長女彩」、「三胞胎女僕的次女光」、「三胞胎女僕的三女明子」，我這時候應該猜中（應該猜錯）的肯定是「三胞胎女僕的長女彩」。

可以的話，我想以性格來判斷，但是在我掌握各人個性之前，她們就開始洗牌了……先不提沉默寡言面無表情戴眼鏡的明子，我還來不及確認彩與光這兩人的內在就進入測驗階段。

真要說的話，彩給我能幹可靠的印象，光給我親切溫柔的印象……？不過身為女僕的她們消除了部分情感，這部分無法摸透。

哎，繼續思考也無濟於事。

要是不小心就這麼維持膠著狀態，她們可能會看穿我是羽川的冒牌貨，總之推動現狀吧。

既然有兩次解答權，就拿第一次當成試金石。

藉此觀察三胞胎女僕的反應。

「那麼，我首先指名妳。」

雖然完全是瞎猜，但我以手指選擇三名女僕之一。沒什麼特別的根據，真要說的話，我剛才問「我可以發問嗎？」是她回答的。先不提「不保證會正直回答喔」這句籠統的回答，我著重於「尤其明子很愛說謊」這一句。按照邏輯可以推測說出這種話的女僕不是明子。

我判斷這是幌子。

雖然暗示自己不是明子，其實像這樣率先開口的妳正是沉默寡言的明子吧？這是少年偵探阿良良木曆的犀利推理。

這種東西背地裡要怎麼解釋都行，所以不是邏輯也不是推理，只像是一種直覺……不過第一次解答權這麼使用應該還不錯吧。

基本上這個選擇沒有絕對的對錯，而且蒙提霍爾問題接下來才是重頭戲。果不其然，被我指名的彩或光或明子露出甜美微笑，說著「原來如此，那麼……」催促著彩或光或明子的另外兩人。

被催促的彩或光或明子等兩人，其中一位彩或光或明子以及我剛才指名的彩或光或明子，像是照鏡子般只露出相同的甜美微笑，另一位彩或光或明子就這麼面無表情做出聳肩動作，從圍裙口袋取出眼鏡輕輕戴上。

接著後退一步。

原來她是明子嗎？是這個意思嗎？

所以我（為了猜錯）所指名的明子不是明子，而是彩或光嗎？

總之，經過我第一次解答，三選一的問題變成二選一了。剩下的兩人有一人是長女彩，有一人是次女光……不，未必如此。

雖說戴上眼鏡，但是不列入選項的女僕未必是明子。在洗牌程序彼此交錯的時候，要避開我的視線偷偷將取下的眼鏡交給別人應該不是難事。

洗練的女僕步行術令人畏懼。

無聲的腳步簡直是忍者。

總之，剩下的兩個選項無論是彩與光還是彩與明子，對於我這個解答者來說沒什麼明顯的差異……不對，等一下？

並不是沒有。

明子（或是光）戴上眼鏡示意我「猜錯」……不過剛才的舉動好像怪怪的？我現在只以解答者的身分思考，但如果我是三胞胎女僕會怎麼做？

……雖然完全無法想像，不過假設我是三胞胎女僕之一，成為蒙提霍爾問題的活課題，而且解答的第一階段已經結束，那麼無論怎麼想，接下來都需要討論一下吧？

因為必須在實際解答的時間點，才會知道解答者指名三人之中的誰。剛才我是以某段發言為主軸選了其中一名女僕，不過即使解答者聽完那段發言之後反而選擇其他女僕也不奇怪。

若說我這邊沒有基準，那麼她們那邊也沒有基準。

所以她們也不可能抱持確信預測誰會在第一次的解答被指名，由此可見，第一次答題之後，沒被指名的兩人是由誰退出選項，並沒有預先決定。

因此在這種狀況——在「兩人都不是正確解答」的狀況，必須以某種暗號相互協調。

然而現在，在被我指名的彩或光或明子催促之下，彩或光或明子以及彩或光或明子完全沒打暗號，也完全沒以眼神示意，其中一人就這麼露出微笑，其中一人戴上眼鏡。

別說這是三胞胎特有的心電感應。

我位於和怪異嬉戲的世界觀所以不該這麼說，但是禁止把超越人智的超能力帶進這裡。因為光是如出一轍的三胞胎就充分令人覺得犯規了。

雖然絕對不是早就料到這種展開，不過像這樣毫不遲疑就決定哪一人排除在選項之外，意味著我沒指名的兩名女僕有一人是長女彩。

在原本的蒙提霍爾問題裡，控制A、B、C三個選項的是遊戲主持人。並不是選項本身以自我意志行動……即使如此，還是會產生同樣的問題吧。單純從機率思考，如果機械性地在第二次選擇時變更答案，會有三分之二的機率答對，不過既然遊戲是由人類主持，判決的時候肯定會加入思考時間。

如果解答者憑著三分之一的機率選到正確的選項……要拿掉另外兩個選項的哪一個？畢竟條件完全相同，在這時候偏頗的話，遊戲本身就無法成立。

主持人必須隨機選擇要拿掉的選項。

必須秉持堅定的意志排除自身意志。

雖然我這樣有點囉嗦，不過換句話說，這種法則是成立的：解答者沒選的兩個選項如果包含正確答案，就沒有選擇的餘地。主持人無須花時間思考，就確定要拿掉哪個選項。解答者沒選的兩個選項如果不包含正確答案，就會有選擇的餘地，主持人必須花時間思考。

所以，解答者可以這麼假設。

如果主持人有花時間思考，就不該變更選擇。

如果主持人沒花時間思考，就應該變更選擇。

……這麼一來已經不是邏輯戰，而是逐漸呈現心理戰的樣貌，不過主持人在這方面當然不是毫無防備吧。即使剩下的兩個選項包含正確答案，要拿掉選項的時候沒有選擇的餘地，主持人也可以假裝還有餘地。

無論內心有沒有猶豫，比方說可以將思考時間機械化固定為十秒，這麼一來解答者這邊就無法辨別。

要是主持人對於各種狀況的反應都一樣，就無法當成判斷材料。

所以如果三胞胎女僕就是這麼做，我只能完全舉雙手投降。不過她們的行為完全相反。思考的時間是零。

她們應該能假裝思考，假裝猶豫。

但是她們不能假裝不思考，假裝不猶豫。

某些謊說不出口。

任何騙子都說不出口。

如果兩人都是「錯誤答案」，而且主動退出選項的時間點恰巧一致（就像是「啊」「啊」這樣相互禮讓的尷尬狀況），等於明示另外一人是正確答案。所以當我指名的女僕催促另一名女僕立刻戴上眼鏡的時間點，無論戴眼鏡的女僕是明子還是光，另一名露出微笑的女僕已經幾乎確定是長女彩。

賓果！

我可沒笨到在這時候像這樣大呼痛快，宣布「那我就這麼不更改選項！」這個決定。要是因為得出正確答案而喜悅顫抖，任憑衝動的驅使，順勢敗給誘惑貿然選擇正確答案，那就是真正的愚者。

這時候我應該假裝什麼都沒察覺，依照蒙提霍爾問題的教戰守則，違反直覺變更選擇才是「正確答案」——對我來說的「正確答案」。

說不定三胞胎女僕不是失誤，而是給我提示。或許是暗示如果沒察覺「思考時間的有無」就沒資格上島，也沒資格晉見大小姐……

暫且不提是否廣為眾人理解，如今已經完美解析的「蒙提霍爾問題」或許不是這次上島測驗的正題，而是用來考驗我的注意力與洞察力。

我都能察覺的思考時間，羽川不可能不會察覺，這樣的話，雖然對不起千里迢迢前來的女僕們，但我要按照邏輯答錯。

我如此心想，反倒是得意洋洋要說出蒙提霍爾問題解答法的這個時候（「假設選項有一百個的狀況云云」），我以第一次解答權指名的女僕，十之八九是彩的這名女僕開口了。

「我覺得肯定會很快樂喔，羽川大人。」

她笑咪咪這麼說。

既然明子退出選項（看似如此），應該就不必努力維持面無表情，但她這個笑容真的很溫柔，像是在顧慮我。

「對於羽川大人來說，和相同水準的天才競爭，肯定會很快樂。」

「…………」

聽到她這句話，我說不出話。

啊啊……原來如此。

我的思考稍微錯誤了。

把羽川送到像是犯罪小說舞臺般神祕兮兮的孤島是在開什麼玩笑？羽川為什麼非得被流放到孤島的大小姐叫去？羽川可不是展示品，能夠欣賞羽川的只有我一人……我至今是這麼想的，不過這個邀請的意義和我想像的不一樣。

集結天才的孤島。

換個意思來說，那裡會進行天才們的交流。

而且沒局限於特定領域，可能是學術方面的天才，藝術方面的天才，甚至可能有運動、料理、博奕或是格鬥天才……總之是接觸各種傑出才能的機會。

就讀正常大學無法獲得，千奇百怪的自然體驗，也保證能在那座無人島獲得……我可不想置身於這種無法想像的環境，但是羽川呢？

被稱為「獲選的天才」肯定不是她的本意。

那個傢伙最討厭被這麼稱呼。

不過，若問羽川是否討厭獲選的天才，那就完全沒有這回事。那傢伙應該會毫不羨慕，毫不嫉妒，率直讚賞他人的優秀才能吧。

如同她曾經對四處閒晃像是磕過藥的中年男性也不抱偏見確實表示敬意，也如同她曾經以人類的角度分析五百多歲鐵血、熱血、冷血之吸血鬼的行動。

羽川或許希望和天才們交流。

雖然現在是探勘形式的出國流浪，不過羽川應該是為了在畢業之後，在將來能夠接觸這種人而展望全世界——展開她的雙翼。

這樣的話，我在這片荒原懷著自以為是的心情，基於外行人……應該說平凡人的判斷，撕毀招待羽川前往異世界的邀請函，真的是正確的做法嗎……

糟糕，我思考多餘的事了。

被迫進行完全不同的選擇了。

「……是近乎怪物的天才嗎？」

「什麼？」

「沒有啦，那座島上的人們……受邀前往那座島的人們是什麼樣的人？相同水準的天才……」

面對羽川翼時。

面對那個完美無缺的班長時。

「……擁有能夠競爭的才能嗎？」

「無法斷言。因為我不是天才。因為我只是一介女僕——因為我們只是三介女僕，是三胞胎女僕。」

八成是彩的女僕這麼說。

她像是期待落空般這麼回答，不過我右後方的光（或是沒戴眼鏡的明子）接話說下去。

「只不過，我以女僕身分看過各式各樣的天才至今——看過五花八門的天才至今。天才們會相互刺激，相互影響，相互切磋，相互廝殺。」

「廝……廝殺……？」

「啊，不對，當然是『殺掉自己』這樣的意思。」

不對，就算妳面不改色更正話語……

相互殺掉自己是什麼狀況？這是哪門子的「當然」？

「對我來說，『天才』是『無法理解的人們』，不過正因如此，『天才們』在好壞兩方面都會相互牽引——相互吸引吧。對於一直被說成『無法理解』的人們來說，『有人可以理解』比起『被人喜愛』或是『被人討厭』重要得多吧？」

不過羽川大人的想法，我就『無法理解』了——光（或是照子）在最後貼心補上這一句，不對，她用不著補充這一句。

羽川也肯定是如此。

春假至今一直說那傢伙「無法理解」的我如此斷言，所以肯定沒錯。

無論是溫柔還是嚴厲，只要某人能以充滿說服力的語氣，對羽川說出「我可以理解」這句話，不知道那個天才會得到何種程度的滿足。

我不是無所不知，只是剛好知道而已。

一直這麼說的她，不知道多麼希望別人知道她自己的事。這我知道。

我知道。

「………」

這麼一來，我這時候應該不變更選擇，繼續指名彩嗎？

即使如此，我這樣也只是假裝在猶豫。

只是在設置「思考時間」。只是假裝正在為了羽川著想。

實際上，這個選擇真的應該是當機立斷。

沒有選擇的餘地。

羽川想怎麼做，不是我能決定的事……我該決定的只有我的選擇。

只有我的決斷。

那個傢伙不需要我的庇護。

所以我該展現的只有我的自私。

「那麼，差不多請您進行第二次回答了。好啦，誰是長女？請以手指指向您認為是長女的女僕。」

聽到可能是彩的女僕這麼說，我做出選擇。

我變更了選擇。

但我不是指向面帶微笑的女僕，而是戴眼鏡的女僕。是的，就是本應在第一次回答之後排除在選項之外，乍看是明子的那名女僕。

「真是高明！」

此時，我以為是照子的女僕取下眼鏡，露出微笑。

「我是千賀彩。三胞胎女僕的長女。」

005

接下來是後續，應該說是結尾。

我假裝按照蒙提霍爾問題的解法，故意為了答錯而準備改變選擇，卻在最後關頭察覺了。她們真的沒有用到「思考時間」嗎？我做出第一次選擇之後，她們確實幾乎沒有停頓。幾乎在我指名的同時，另外兩人的其中一人戴上眼鏡，一人露出微笑。不過，如果她們是事先完成思考又如何？

在我指名之前，無從得知選項A、B、C會留下哪兩個。不過，如果她們預先決定我以三分之一的機率猜到正確答案時，另外兩人要由誰退出選項，狀況會變得如何？

看起來是彩的女僕在事前說「這次的測驗……就用那個吧」，聽起來很像是當場想到要這麼做，所以我全盤相信，不過測驗或許從那時候就開始吧？這麼一來，事情就很單純了。

假設正確答案是選項A，選項B與選項C是錯誤答案，那麼只要從一開始就說好要去除選項B，就不會產生「思考時間」。因為假設我選B，這時候她們就沒有選擇的餘地，只能去除選項C。

這種手法當然不能用在原本的遊戲，也不適用於思考實驗。因為這果然是出自某人的意志而有所偏頗，無法成為純粹的機率論，會失去隨機性。

不過，如果是在荒原進行的單次比賽……

比方說，如果預先開會仔細討論，決定在洗牌時收到眼鏡的女僕會被排除在選項之外……三姊妹之間就不需要「思考時間」。

拿眼鏡的人戴上眼鏡，另一人露出微笑就好。

察覺這一點的時候，我至今的思索全部化為烏有。

完全不知道誰是彩，完全不知道選誰才是錯的。

變得無法理解了。

所以我決定使用苦肉計，指向肯定錯誤的選項。

換句話說，就是在第一次選擇時被排除在外的明子。我不知道實際上是明子還是光，總之是戴上眼鏡主動退後的女僕。

她們沒說不能選擇被排除的選項。

這是依照「明子愛說謊」這句話反其道而行的窮極之策……「妳其實是正確答案，明明是長女卻被排除在選項之外吧？」我就像這樣飾演一個過於深入解讀而標新立異，聰明反被聰明誤的天才。

萬萬沒想到這真的是正確答案。

不，嚴格來說不是。

如果真相是「其實我們去除了正確答案的選項」，我應該可以強辯「妳們居然使用這種卑劣的陷阱題，恕我沒辦法接受邀請」，然而並非如此。

我伸手所指的不是「被排除的選項」。我伸手所指的，在最後伸手所指的，是沒被排除的女僕。被排除在選項之外的她始終是「錯誤答案」。

不是彩，是光與明子的其中一人。

眼鏡這部分，大概如我在最後關頭察覺的推測所述。

拿著眼鏡的人物，在戴上眼鏡之後排除在選項之外，她們事前就說好要這麼做。而且也說好在這之後，要在我背後悄悄將眼鏡交給另一個留下的選項。

這也可以說是一種掉包詭計吧。

居然拿眼鏡當成標示讓我辨別，再由一模一樣的兩人進行掉包計畫……她們擺出包圍我的陣型，我一直以為是阻止本次邀請的對象「羽川翼」跑掉，然而並非如此，這麼做是為了躲到我身後，為了在我的正後方悄悄傳遞眼鏡。

進入第二次選擇之前，我最初指名的女僕（現在就知道她不是光就是明子）主動搶著對我說「我覺得肯定會很快樂喔，羽川大人」，是為了吸引我的注意力以便順利傳遞眼鏡。我明明還為此思考了好久。

完全中計了。

不過這麼一來，反被聰明誤的其實是三胞胎女僕。

因為故意為了選錯而指向戴眼鏡女僕的我，居然「真是高明！」地猜中了長女彩。又是女僕又是眼鏡又是三胞胎，若是去除這些亂糟糟的要素檢視，就會發現這確實是依照教科書設計的蒙提霍爾問題。

改變選擇就可以好好猜中正確答案。

所以，我現在坐在開往鴉濡羽島的豪華遊艇船艙放鬆。我沒能表明自己其實不是羽川翼，就這麼被帶著搭乘禮車，搭乘直升機，然後搭乘遊艇。

在陰暗的拂曉海面，以最短航線前進。

平凡無奇的高中生，即將懷抱惶恐的心情勇往直前，踏上獲選天才們聚集的孤島……吊車尾的考生，即將光榮面會被流放到孤島斷絕關係的財閥大小姐……

為什麼會變成這樣？

還有，接下來會變成怎樣？

我以一廂情願的自私心態，企圖揑爛這封寄給羽川的邀請函，結果當場就受到懲罰嗎……不，可是這很難說吧？我在那個時候真的是想猜錯才指名戴眼鏡的女僕嗎？

從邏輯來說，戴眼鏡的女僕肯定是錯誤答案，但我指著她的時候，內心的直覺是怎麼說的……其實我早就知道她是長女彩吧？明明知道卻故意假裝不知道，藉以讓自己對於羽川的庇護與自私心態對立吧？

傷腦筋。我居然不知道自己是不是早就知道。

看來這次的事件是由我像這樣擔任替身收場，不過如果羽川在將來的某一天真的離巢啟程，我能夠溫暖目送她離開嗎？還是沒辦法？哪一個選擇是正確的？怎樣選擇才正確？明明是不久以後的未來，以我現在這副德行，這是憑我一個人實在無法找到答案的未解決難題。

哎，好吧。現在是思考時間。

幸好，我接下來住進去的那座宅邸，不愁沒機會和天才交流。這種機會難能可貴，我就毫不客氣借用各界顯赫人物的智慧吧。

在鴉濡羽島的生活，終於即將迎來第一天的早晨。

第喰話　理澄・搖滾

001

說來驚人，匂宮理澄似乎是名偵探。看吧，已經莫名其妙了。不過，要是就這麼莫名其妙繼續說明，換句話說，她的頭銜是名偵探。並不是因為具備卓越的洞察力而被稱為名偵探，是因為頭銜就這麼寫，能力是次要。畢竟她如此自稱，還披著一件傳統風格的披風，所以即使被人否定，她也不會受到影響。玫瑰即使被人以別的名字稱呼，依然會散發相同的味道，同樣的，匂宮理澄即使被怎麼稱呼，依然會散發和名偵探相同的味道。

名偵探是什麼？

試著思考就會發現這是耐人尋味的問題，也是無從回答的問題。

若是和昔日那位忘卻偵探相比，或許可以稍微協助理解，說到拿兩者相比之後出現的顯著差異，如果掟上今日子是接受委託之後解決事件的職業偵探，匂宮理澄就是無須接受委託也會解決事件的名偵探。

解決事件？

不對。

反倒是匂宮理澄開始調查之後，無論如何都會發生事件。她這個名偵探確實沒有委託人，但嚴格來說，她也不是基於自身求知的好奇心而致力於實地調查。

是為了「哥哥」。

她是為了身為殺手的「雙胞胎哥哥」匂宮出夢而進行偵探活動。名偵探與殺手聽起來很搭又好像不搭（搭配名偵探的應該是「犯人」或「怪人」，不然就是「助手」吧……「殺手」？），不過說到一人為兩人、兩人為一人的匂宮兄妹，或許有人聽過這個名號，如果聽過，我建議在這個時候應該全力假裝素昧平生，不過即使是這種裝傻，肯定也會被名偵探輕易看穿。

「十三階梯」的第七階與第八階。

「漢尼拔」理澄與「食人魔」出夢。

一體兩面的雙胞胎兄妹，身為「殺之名」排名第一的匂宮雜技團王牌，肯定會看透虛假與欺瞞。只不過，考慮到殺手「哥哥」與名偵探「妹妹」的組合才是非比尋常的一種詐騙，說真的，我不想被他們這麼說。

不想被名偵探這麼說，也不想被殺手這麼殺。

002

「我是匂宮理澄。十六歲！是名偵探！」

「好的！所以要怎麼做，妳才願意從我們的城鎮回去？」

「不要以既定程序處理掉啦～～！我要特別感～～！」

我想以制式化的公所辦公流程帶過，理澄隨即全力向我抱怨。地點是山頂，北白蛇神社境內。

昔日這裡是沒有神明的廢棄神社，成為怪異前身的「髒東西」聚集地，對我來說不是測試膽量的景點，而是測試不死之身的景點，後來基於某些原委翻修，原本崩塌的正殿重建，鳥居與手水舍也重新設置得漂漂亮亮，在二月上旬的現在搖身一變成為全新的神社（在此說明一下以供參考，二月上旬大約是《戀物語》與《憑物語》之間）。

說成「全新的神社」總覺得缺乏侘寂之美，也覺得搞不懂到底有沒有傳統可言，總之即使來到現在的北白蛇神社參拜，至少不必擔心會被蛇勒死。

但現在也一樣沒有神明就是了。

說到我這時候造訪北白蛇神社的原因，就是為了確認神明不在（我做人可沒有好到會相信騙徒的工作成果），沒想到雖然確實沒有神明，當然也沒有蛇，不過境內有一個名偵探。

她本人自稱十六歲。

是戴著眼鏡的名偵探。

即使同樣是眼鏡妹，和現在離開日本的羽川相比，她散發的氣息也明顯不太一樣。順帶一提，她將雙手藏在披風底下不是因為沒教養，也不是因為積雪的山頂很冷，是因為披風底下穿著拘束衣。

拘束衣。

不不不，我已經不會因為這種程度就動搖了。

這可說是瞳島眉美的程度。

像這樣和異世界交流已經是第十一次，從各處來訪的奇人異士，如今我見怪不怪。名偵探乞宮理澄其實是雙重人格，為了封鎖另一個人格「雙胞胎哥哥」，也就是「殺手乞宮出夢」，她隨時都穿著拘束衣。我面對這種程度的設定絲毫不會慌張。

我會適度應對。

在「哥哥人格」出夢出現之前做個了斷。

請妳打道回府吧。

要知道我之所以使用公所的辦公流程處理，部分原因也在你們這些人身上。我已經應付十幾個像是你們這樣的傢伙，好歹也該體諒我的感受。

將來真的會進入公所工作的老倉育說，公所的工作就是讓前來辦事的形形色色客人們懷著美好的心情離開。她的存在本身就是一種嘲諷。

「所以理澄小妹，什麼事？我要幫妳解決什麼樣的事件？交給我這個助人大王吧。」

「我比較不懂大哥哥你的角色設定……助人大王？這是什麼人物？」

希望妳別問細節。

我說的話大多沒有太深的意思。

「哈哈～～！看來大哥哥你就是犯人對吧！」

「不准毫無脈絡指名我。」

「你殺了我登場時的特別感，看來大哥哥無疑就是殺人凶手！」

「這不是很好嗎？這部電影的特典終究差不多沒有任何人會看了。」

「有在看啦！大家都有在看啦！下次終於是電影院最後一次發送特典了，所以現在氣氛炒得正熱喔！」

「我看過目錄，下次來的好像是感情很好的三個女大學生……」

「最後是女大學生三人組，真是了不起！是出乎預料的意外真相！話說不要把我晾在旁邊直接聊下次的內容啦！不要看目錄啦！啊哈哈！」

明明登場的場面被搞砸，她卻在這麼說的同時露出天真爛漫的笑容。真是一個開朗的孩子。

從這份開朗來看，妳果然是外人。

我們的世界觀沒有這麼陽光的登場人物。

話是這麼說，也不能不好好招待。要是她就這麼落腳下來就嚴重了，所以我完全不打算舉辦歡迎會，但總之先不提異文化交流，幫助外來的訪客原本就是阿良良木曆的傳統作為。

用不著回想起鐵血、熱血、冷血之吸血鬼的來訪。

……這麼說來，披著披風的理澄看起來像是名偵探，不過這個設計在某方面也像是吸血鬼……而且她的虎牙超尖的。

「其實啊，跟你說個祕密。」

理澄露出她尖銳的虎牙開口。

她從上帝視角推理的名偵探切換為正統推理的名偵探，向我公開她造訪這座城鎮的理由。其實不要公開比較有益，不過這個名偵探沒有保密義務嗎？

「我啊，正在調查一樁兒童綁架案！」

「…………」

來了一個比我的決心還要沉重的事件。

我能處理這個重大犯罪嗎？

老實說，助人大王應該負荷不了這個事件，不過既然理澄的雙手和「哥哥」的人格一起被封鎖，就只能由我出手了……為了維護城鎮的和平。

「被綁架的肉票是闇口崩子小妹，十三歲！」

「十三歲……」

綁架十三歲兒童嗎？

這種犯罪不只是可惡，甚至可恨……不過另一方面，這個國家認可人民使用「闇」這種漢字當姓氏嗎？擔心這種一點都不重要的事情是我的俏皮之處。

說到十三歲，昔日四肢被奪走的傳說吸血鬼，也曾經變成這個年紀的外型。

「順帶一提，崩子小妹是暗殺者。」

「嗯……啊，是喔。」

我隨口帶過。

無法理解的事情當作耳邊風。

「無論如何，救出這個孩子就好吧？Okey Dokey。剛開始聽到是綁架事件的時候，我忍不住感到戰慄，不過幸好拯救十三歲兒童是我專長的領域。」

「這……這叫做『幸好』嗎？」

理澄以看見犯人的眼神，應該說看見變態的眼神看著我。被怪人視為怪人，我內心深感遺憾。

希望她正確對待我這個少女專家。

「我可是十六歲喔！順帶一提，老哥是十八歲！和阿良良木大哥哥同年！」

「……………」

雙重人格的年齡設定，我可以相信到什麼程度？這麼想就覺得理澄說她十六歲也很奇怪……既然共用身體，出夢這個「老哥」或許也始終是一種設定……

不提精神年齡，實際年齡以及肉體年齡或許意外超過二十歲吧？理澄對於自己的雙重人格沒有認知與自覺，質問她應該也沒有意義（明明她自己沒有認知與自覺，剛認識她的我為什麼知道這種事？希望各位不要過問。異世界交流總是有這種矛盾之處）。

說到雙重人格，我就聯想到羽川翼與BLACK羽川或是神原駿河與雨魔，不過匂宮出夢與匂宮理澄的狀況，似乎和這種怪異相關的案例不盡相同。

以人為手段蓄意成立的這種雙重人格，不是超自然而是不自然，同時維持著恐怖的平衡相互扶持……這部分應該是製作者喜連川博士的本事吧。

「放心吧。十三歲以外的，我都不會救。」

「這是哪門子的助人大王啊……？」

「十六歲沒有價值。自己救自己吧。」

「大哥哥，你一點都不像是助手耶！」

理澄一副找錯對象諮詢的模樣，卻說出「不過不過，沒問題的！」更加振奮活力。這個可惡的外人是不屈不撓的孩子。

「被綁架的崩子小妹已經獲釋了！」

「咦，是嗎？」

這真是令我失望。

「既然沒有十三歲的女孩，我該怎麼做？可惡，感覺我這個專精特定領域的專家被戳中要害了。」

「與其說是專精特定領域的專家……沒事，當我沒說！」

欲言又止的理澄，把原本要說的話吞回肚子裡。看來她不只是開朗，也是很能顧慮他人感受的孩子。

「無論如何，既然十三歲的女孩平安無事，那不是萬萬歲嗎？完全沒有任何問題。」

在犯罪之中，綁架與劫機的成功率非常低。這是我從父母那邊聽來的，看來這個事件也不例外。

「先不提劫機，綁架很難找到一個基準來判斷成敗與否喔！即使被綁架的肉票獲釋，只要交付贖金，對於犯人來說就算成功吧！即使沒交付贖金，只要肉票被撕票，對於犯人來說就算失敗，對於辦案人員來說也是失敗吧！」

也就是說，基準會依照目的而改變。

最好的結果是值錢物品沒被搶走，肉票毫髮無傷被救出，犯人也落網……不過身為局外人的我，還是必須為了崩子平安無事而高興。

即使這個孩子是暗殺者。

「啊，不過不過，就算這樣也不是沒有任何問題喔。至少即使沒有 Problem 也有 Question！」

「即使沒有 Problem 也有 Question……？」

這兩個字都有「問題」的意思……不過這是以名偵探的角度來看。

003

好像叫做「骨董公寓」。

我說的這四個字，是崩子居住的出租公寓名稱。兩坪大的房間共六間的三層樓建築。聽說屋齡和戰場原居住的民倉莊差不多，不過最重要的是這個十三歲的女孩和大兩歲的哥哥在這間公寓相依為命，令我嚇了一跳。

理澄也是妹妹型的角色，所以我覺得妹妹好像有點多，就算這麼說，也不能用綁架的方式減少人數。總之，某天崩子出門之後再也沒回到骨董公寓。

這對兄妹是基於某些隱情離家出走，所以光是妹妹晚歸就足以成為非常嚴重的事態，卻也因為正在離家出走，所以不能拜託警察處理。

不過，在理澄他們的世界觀，警察機構能有效發揮多少功能還不確定……總之公寓住戶全部出動到附近搜索，並且觀望動靜到第二天之後，事態有進展了。公寓收到一個郵寄的行李箱。

空的行李箱。

正確來說不是空的，裡面有一張信紙。內容是要求贖金。

「我忘記詳細的內文了，不過這封信要求五千萬圓的贖金！」

……理澄的證詞相當不可靠，但總歸來說是威脅信。

五千萬圓這個金額用來換取一個人的生命安全是否適當？是太貴還是太便宜？這部分大概是眾說紛紜，但是無論如何，五千萬圓依照正常標準肯定不是一筆小錢。我昔日也曾經被夏威夷衫的中年男性請款五百萬圓，不過五千萬圓至少是離家出走中的哥哥付不出來的金額。

「就是說啊！大哥哥，你的著眼點不錯。說起來，我覺得這次綁架的目的不是為了錢！」

「不是為了錢……？可是，那封恐嚇信實際上就是想要這筆錢吧？」

「就說了，目的不是錢，而是『付錢』的這個行為……我覺得綁架犯想要的是對方屈服於不講理的要求而付錢的事實！」

嗯。

她的語氣太開朗，所以我實在是難以消化，但我大致聽得懂她的意思。只不過，既然成為這種不講理要求的下手目標，和崩子相依為命的這個哥哥到底是什麼人？

同樣身為哥哥的我對此感興趣。

「是地獄主義者的死神。」

「是喔～～」

我瞬間失去興趣了。不想有所牽扯。

「但是嚴格來說，這個不講理威脅的目標對象不是死神。死神與暗殺者的父親，被 Lock on 成為本次無情恐嚇的 Target。結晶皇帝，Crystal Caesar，生涯無敗的六何我樹丸。大哥哥或許也知道這號人物吧？」

不知道。

也不想見面。

別再提供這傢伙的情報給我……這種話我說不出口。

必須將理澄趕離這座城鎮。為了這個偉大的目標，我必須付出一些犧牲。至少必須展現出想要詳細知道這個莫名其妙家庭的友好態度。

父親是皇帝，兒子是死神，女兒是暗殺者，這一家也太誇張了。

照這樣看來，母親是忍者之類的嗎？

「這次的綁架行為，是要讓生涯無敗的父親嘗受到屈服於綁架的敗北感嗎？居然有人會打這種壞主意。」

「不過真要說的話，這個爸爸才是壞蛋。因為這個人的興趣是讓各地豪門的女兒懷孕生小孩。」

簡直窮凶惡極吧？

這麼看來，死神與暗殺者或許是同父異母的兄妹。雖然我不想過問別人的家務事，不過這一家人誇張到令我忍不住過問。

到了這種程度，已經不算是一家人了吧。

「所以這也是復仇喔！具體來說，是自家女兒慘遭魔爪的時宮病院某分家策劃的復仇劇！」

「啊，時宮病院我知道。」

上次聽過了。

聽過了聽過了。

雖然光用聽的連一半都無法理解，不過大致來說，肯定是催眠術師團體的這種感覺。原來如此，以他們的能耐，要綁架可能是暗殺者的十三歲少女或許輕而易舉。

這麼一來，理澄說「對方要求贖金卻不是為錢綁架」的推理就得到佐證了。因為時宮病院這個集團不像是以賺錢為目的。

因為不是敵方而是己方，所以更令人厭惡的「咒之名」竟然出手報復，結晶皇帝的超凡程度可說是更加顯眼，不過既然被時宮病院鎖定，任何人都不堪一擊。請節哀。

「這也未必。因為那個爸爸不會付錢。完全不把恐嚇放在眼裡。」

「天啊。」

原來不只是窮凶惡極，還是人渣。

所以對於這個父親來說，區區兩個孩子沒什麼好哭的。

「嗯，因為生涯無敗。不會屈服於卑鄙的脅迫。」

「這個說法很帥就是了……」

即使生涯無敗，這種人渣的人生應該很無聊吧。

「首先，死神哥哥與暗殺者妹妹，是以逃離這個爸爸的形式離家出走，所以即使演變成這種事態，也不能依賴父親。父債子還。坦白說，這次的綁架真是虧大了！」

真是嚴苛的世界觀。

我們還是繼續待在原本的舒適圈吧。

「妹妹被綁架，但是哥哥沒錢付贖金，又不能依賴父親，這樣根本是走投無路吧？聽妳剛才的說明，崩子小妹在最後好像順利獲釋，應該說妳剛才的說明如果不是這麼解釋，我根本聽不下去，不過五千萬圓這筆鉅款，那位哥哥是怎麼籌到的？」

「啊～～沒問題沒問題。骨董公寓的住戶之中，包括了只把五千萬圓當成零頭的超有錢大小姐以及親切小哥。無論是五千萬圓還是五千億圓都可以輕鬆準備妥當喔！」

妳那邊也是舒適圈吧？

居然把五千萬圓當成零頭。

「嗯，有一位藍髮姊姊以為一萬圓鈔票是小額紙鈔。」

「你們的世界觀連一個正常人都沒有嗎？」

我開始期待和女大學生三人組嬉戲的下一篇故事了。

不過，公寓住戶全部出動尋找失蹤的十三歲女孩，朋友還幫忙籌錢，這方面的協調關係，在我們的世界觀果然找不到。

我不會羨慕，但是他們不容小覷。

「換句話說，不必依賴生涯無敗的父親，也從其他管道籌到錢付給綁架集團時宮病院，暗殺者崩子小妹順利回到骨董公寓，以可喜可賀的結局收場吧？」

「事情概要就是你說的這樣，卻令人無法理解。包括哥哥的所有住戶決定支付贖金，依照信裡的要求，將五千萬圓裝進行李箱。」

「嗯嗯。」

「不過對方指定交付贖金的場所，是這座北白蛇神社。」

「你們這些傢伙拿別人城鎮當舞臺進行哪門子的交易？」

聽到理澄脫口而出的這句話，我得知她現在位於北白蛇神社境內的原因。總歸來說就是「現場跑百遍」。來到案發現場尋找線索，算是名偵探的傳統。

我不曾以這種角度來看，不過聽她這麼說就發現，現在的北白蛇神社並非完全不適合進行非法交易。

因為無論經過改建還是新建，這裡依然是鮮少有人接近的「氣袋」。

「犯人要求把行李箱放在香油錢箱上面。只要這麼做，他就會交還崩子。」

「真是闊氣的施捨。」

「死神哥哥照做了。」

「這位哥哥真疼妹妹。我的話會以更嚴格的態度進行交易，不惜犧牲妹妹也要貫徹正義。我想妹妹肯定也是這麼希望的。」

我非常隨便出言附和，只在瞬間看向實際的香油錢箱。

其實在前幾天，我的兩個妹妹（＋學妹）像是裝箱一樣裝進那個香油錢箱，所以我無法完全說得像是事不關己……

「當然，死神也沒有一直屈居下風，反倒爽朗又堅強……因為是死神。他依照指示，在指定的場所擺放行李箱，而且出力協助的同伴們都躲在神社各處，等待犯人前來。」

「不准和同伴們組團一起來到我們的城鎮。」

沒考慮到特別感的是妳吧？

不准這麼輕易越過界線。

不過，這種團隊合作應該值得效法。實際上在綁架案件裡，以犯人的角度來看最困難的部分，肯定是和被害方接觸之後，必須現身拿走贖金的時間點……這麼一來，先不提犯人指定北白蛇神社這個場所，將行李箱放在香油錢箱上的這個指示有點令人無法理解。

好不容易選擇了人煙稀少的交易場所，卻刻意指定其中最顯眼的位置……要求「咒之名」的成員具備常識以及一致性或許強人所難，但是這種做法不合理。

簡直像是叫大家監視這裡，叫大家抓住犯人。

「先不提『抓住犯人』，或許是叫大家『監視這裡』，當成一種演出。」

「演出？」

「魔術的演出。」

應該說奇術？

理澄說。

「先說結論，犯人到了約定的時間也沒現身。當然沒來交還崩子，也沒來收取贖金。」

「唔……那不就和原本說的不一樣？」

「沒有不一樣。認識有錢人的某個冷酷住戶失去耐性，忍不住跑向香油錢箱打開行李箱。」

這傢伙明明冷酷，行動卻很熱血。

只不過，就算是失去耐性，我也不認為這個住戶會因而跑去移動行李箱，或許是受到某種直覺的驅使吧。說不定犯人已經躲過眾人的監視，偷走行李箱裡的五千萬圓。

事實上，這個預感命中了。命中一半。

另一半則是超乎預料，真的可以說是魔術。

本應裝在行李箱的五千萬圓消失，就像是取而代之，箱子裡是熟睡的十三歲女孩。

就這麼裝在箱子裡。

004

這也可以說是一種掉包詭計吧。

即使不到眾人環視的程度，不過在眾人監視之下，行李箱的內容物居然從鈔票掉包女孩……只像是從字面上的意思來解釋「以贖金交換人質」這句話，是非常高明的魔術戲法。

「不過應該是那樣吧？畢竟是時宮病院，考慮到他們可以對所有監視的人使用類似催眠術的技能，不就可以為所欲為了？」

「大哥哥，你說到時宮病院就會說得滔滔不絕耶。」

「因為我是達人。」

我說謊了。我不是達人。

我只是聽無桐說明過，沒有確實掌握這個集團的實態。而且我也覺得最好不要掌握。

「不過，事情不像達人說的這樣。即使是時宮病院，也不可能對在場監視的所有人施術成功。『操想術』基本上不是對不特定多數人使用的技術。」

原來如此。

所以這個技能沒有我這種門外漢想像的那麼便利又萬能。那我應該認定這個掉包詭計是以完全不同的手段進行的嗎？

無論如何，在五千萬圓被犯人順利偷走的時間點，即使崩子順利回來，只看勝負的話應該是綁架犯獲勝……不對，既然時宮病院沒有達成「讓生涯無敗大吃一驚」這個目的，那麼這齣綁架劇根本沒有勝利者。

既然這樣，光是順利救回崩子，骨董公寓的人們真要說的話算是勝利者。

「說得也是。畢竟五千萬圓只是小錢！」

「我很難同意這個意見，不過既然是這種心態的傢伙出的五千萬圓，即使錢被搶走也不會覺得可惜吧。」

嘲笑五千萬圓的人會為了五千萬圓哭泣。

……應該沒人不會因為五千萬圓而笑，也沒人不會因為五千萬圓而哭吧。

「站在時宮病院的立場，要是沒在這時候讓崩子平安回去，接下來也會很恐怖吧。那個集團並不是完全不會計算這種風險。」

「和零崎一賊不一樣。」

「是的，和零崎一賊不一樣……只不過，即使崩子平安回來，也不能就此拍拍手告一段落。不能就這麼留下行李箱回到公寓，繼續過著平靜的生活。骨董公寓的住戶不是搜查機構，不會繼續追緝綁架犯，即使如此，還是會心想『不知道當時被做了什麼事』而覺得毛毛的，至少想要查明這個真相。」

所以這時候就輪到我出馬了。對吧！

理澄加重語氣這麼說。

這麼一來，位於該處的問題比較像是謎題，確實是名偵探出馬的時機吧。我不知道骨董公寓的住戶是以什麼方法將什麼管道接上線，藉以接觸到匂宮雜技團（感覺只看那邊的世界觀也很矛盾），不過這就是理澄晚一步來到北白蛇神社的理由。

這樣我也找到自己該做的事了。

就是解開這個掉包詭計。

「那麼，這個謎題就容我暫時帶回去，和高層討論並且決定方針之後，再以郵寄的方式告訴妳答案。請多多指教。」

「就說不要以既定程序處理掉啦～～！不要帶回去，當場解答啦～～！」

對於我洗練的辦公流程，理澄頗為不滿如此抱怨。

居然要我當場解答……我可不是最快的偵探，更不是名偵探。

「正常來想，犯人應該是躲過所有人的監視眼線，在沒人看見的時間點，將整個行李箱掉包吧。」

如果想像成犯人是打開行李箱取出五千萬圓，改為放入熟睡的崩子再關上行李箱，這樣耗時又費力，我不認為可以瞞著所有人進行，不過如果只是要交換行李箱，那麼一個步驟就能完成。

難度肯定會降低很多。雖然會降低……

「要躲過所有人的監視眼線，終究不可能吧！」

「嗯，我想問一下當成參考，當時有幾個人監視？」

「包括公寓住戶，總共約二十人！」

「這個十三歲女孩人緣真好。」

我動員所有認識的人也達不到這個人數。假設我被綁架，到時候應該很難找到這麼多人協助吧。不過，即使躲起來監視的只有數人，時宮病院也無從判斷這一點，所以「躲過所有人的監視眼線」果然是一件難事。

畢竟都躲起來了。

假設做得到，也沒必要這麼做。

不必使用什麼掉包詭計，只拿走行李箱裡的東西，事後再歸還崩子就好。回收與歸還並沒有同時進行的必要。

還是說有這個必要？

不過，既然特地寄送行李箱過來，應該可以認定對於犯人那邊來說，使用這個行李箱比較方便行事。這麼一來，「將整個行李箱掉包」的這個推測果然難以作廢。

那麼……不對，可是這樣很奇怪吧？

很奇怪。

如果想掉包，就不應該要求把行李箱像是示眾般放在香油錢箱上。為了盡量增加掉包詭計的成功率，至少應該放在正殿地板下方或是樹蔭。這是犯人那邊可以指定的事，所以哪裡有必要刻意打造出不利的狀況？

必要……不對。

如果這是奇術，賦予「絕對不可能掉包」這種先入為主的觀念，有著相當程度的意義。就是理澄所說的「演出」。不過，「不可能掉包」始終只限於行李箱放在香油錢箱上的時候。

不該輕易認定在任何時候都不可能。

「對了，會不會是在更早的階段掉包？比方說從骨董公寓運到這座北白蛇神社的時間點，行李箱裡面就已經不是五千萬圓，而是十三歲女孩……」

但是我在這麼說的同時，也察覺這個假設的瑕疵。因為五千萬圓和十三歲女孩的重量不一樣。提起行李箱的時間點，自然就會知道裡面的東西掉包了。說來遺憾，平民出身又和財閥無緣的我，無從得知五千萬圓的重量，但我記得在漫畫還是哪裡看過，一億圓總共是十公斤左右……十三歲兒童是我專長的領域，不過應該不會只有十公斤左右。

然而，我現在基於這個專業見解而聰明收回前言似乎有點早。

「這我也想過！因為行李箱和金庫一樣堅固，本身就很重，所以五千萬圓和十三歲兒童的重量差距只在誤差範圍內！」

「是這麼重的行李箱嗎？」

「在我們這裡的世界觀，普通的硬鋁行李箱可以輕鬆打爛！」

原來如此，這是很有說服力的理由。

那麼，或許最好別把這裡的行李箱當成行李箱看待，必須更新假設。這就像是提著金庫在走路……帶著這種東西爬山路來到北白蛇神社，不知道是能積多少陰德的苦行。

「嗯，所以是好幾個人一起搬運的！」

「重到這種程度，要將整個行李箱掉包應該更難吧……不對，等一下？即使表面沒挖洞，無論藏著什麼機關也不奇怪吧？因為再怎麼說，這畢竟是對方準備的行李箱。」

「你說藏著機關，比方說是什麼機關？」

「比方說……」

聽她這麼問才提出假說的我沒什麼好指望的，不過我臨時想到的可能性就是夾層吧？換句話說，如果從一開始就把崩子藏在裡面……這樣至少在掉包的時候可以省略「放入崩子」的步驟。

既然金庫這麼重，即使裝入五千萬圓加上十三歲兒童，能夠感覺得出重量差異的人，哎，除了我應該只有忍野吧。

……問題在於這麼做有什麼意義。

即使以魔術戲法來說是古典的王道，以綁架犯的手法來說也簡直莫名其妙。難道綁架犯的目的不是贖金，而是找樂子？

這個詭計是要給骨董公寓的住戶或是最終目標「生涯無敗」一個驚喜，為此不惜背負任何風險……不過老實說，以這種「掉包」當成表演節目有點弱。

如果詭計的真相是夾層，與其說驚喜不如說合理。將勞力節省到最少，看不出努力的痕跡。

畢竟從結果來看，綁架犯成功搶走五千萬圓，這意味著時宮病院肯定沒要發展表演事業。

說起來，即使把崩子藏進行李箱的手法是利用夾層，如何拿出五千萬圓的問題也完全沒解決。五千萬圓不只是重量，整整五塊磚頭的鈔票體積也不小，要怎麼神不知鬼不覺全部搬走……體積？

體積……對了，就是這個。

不只是重量，五千萬圓與十三歲兒童的體積也不一樣。十三歲兒童應該不會比五千萬圓輕，更不會比五千萬圓小。

粗略計算，五千萬圓的體積假設是十三歲兒童的三分之一，容積大到能在夾層藏入十三歲兒童的行李箱要是裝入五千萬圓，該怎麼說……不會空空的嗎？

我不是在問五千萬圓的肉票贖金貴不貴，只是在說從這個假設來看，預先準備的行李箱實在太大了。

大能兼小，所以大一點應該比小一點來得好……不過如果是空空的行李箱，裡面的東西會劇烈晃動攪成一團亂，好不容易準備的五千萬圓不會受損嗎？

不過，犯人應該是依照既定原則，要求準備使用過的不連號舊鈔，所以應該不會那麼講究鈔票的狀態……

「啊。」

不對。

不對不對不對。

即使鈔票狀態不重要，夾層裡的崩子可不能被這樣對待。假設這是將五千萬圓和假人模特兒掉包的詭計，使用夾層或許就可以成立，不過這次是活人。

是十三歲兒童。

如果被塞進行李箱，又被兩個人扛起來爬山路搬運，不可能「完好如初」。就像是被裝進搖酒杯。

挫傷、擦傷、瘀青……十三歲兒童的身體難免受到這些不該有的傷害，至少在發現的時候不會是「熟睡」狀態。在移動的過程中絕對會醒來。

這麼一來，夾層的詭計就不能使用。不切實際。

果然應該認定是在這座北白蛇神社掉包的嗎……如此心想的我再度轉身看向香油錢箱。這次不是只瞥一眼，而是仔細注視。

到頭來，只能假設犯人使用了時宮病院享有專利的操想術嗎？無法同時欺騙不特定多數人的這個說法也未必絕對正確。

即使無法一口氣同時操控，是的，比方說只要多花時間，逐一對所有人施術……逐一？

「…………」

不對。是的，一人就好。

在這種狀況，只要操控一人就好。這樣就可以解決所有問題。

無論是 Problem 還是 Question，甚至是 Mystery 都能解決。

案件得以解決。

沒錯，即使是體積不合的空行李箱，也有一個方法能讓內容物完好如初吧？

而且這個簡單至極的解決之道，同時也是巧妙的一石二鳥。

也具備超越驚喜的必然性。

「理澄小妹！」

我為了確認自己的推理是否正確，轉身重新看向理澄。然而位於該處的不是理澄。

身上的披風消失無蹤，露出封鎖雙手的拘束衣。

是她的「老哥」。

臉上露出的凶惡笑容無法只以「因為取下眼鏡」來說明，和天真爛漫的理澄截然不同的「殺手」──「匂宮出夢」。

「呀哈哈──」

出夢開口了。

「既然我出現，也就是大哥哥已經得出真相了嗎？換句話說，推理遊戲的時間結束，接下來是殺戮的時間嗎？」

「…………」

「一天只能殺戮一小時喔。所以大哥哥，告訴我吧。我這個殺手究竟應該要殺誰？」

005

接下來是後續，應該說是結尾。

只要解決事件，理澄肯定就會離開城鎮。我這個計畫就某方面來說是對的，但在解決事件的同時，名偵探理澄的另一個人格——殺手出夢會登場，這樣一來一往加起來不就打平了？這部分是我的失算，所以也很難認定這個計畫要達成什麼條件才算成功，不過反過來說，出夢的登場可說是證明了我得出的真相以及我解開的詭計果然正確。

開始說明吧。

高中三年級的我當然沒有信用卡，必然很少利用網購，所以在這方面沒那麼敏銳，不過如果是經常取貨，而且貨品都裝在紙箱送達的網購用戶，或許比我與理澄更早完成相關的推理。我認為將人類裝進行李箱搬運的做法不切實際，推翻自己想到的夾層假說，不過仔細想想，其實我不該這麼嫌棄。

因為，即使盡量將內部塞滿，容器承受的衝擊反倒會直接傳達給內容物。雖然內部不能太空，但還是留下一些空間比較好。

經常聽得到「紙箱是用來保護商品的包材，所以紙箱受損也不受理更換」這種說法。說起來，行李箱這麼堅固並不是為了保護自身，而是用來保護內容物。

雖然內部當然需要留下一些空間，不過既然裝在裡面的是活人，空隙就不是愈多愈好……那麼該怎麼做？

這時候就輪到常識出馬。

使用填充材料或是緩衝材料填滿空隙就好。

這樣就能緩和衝擊與傷害。

網購的商品就是這樣寄送的，此外，比方說只買一塊蛋糕的時候，就在箱子的空隙塞入紙團，抵銷搖晃造成的影響。這麼一來，關於夾層的各種問題就一口氣解決了。

關於消失之五千萬圓的各種問題也解決了。

假設崩子從一開始就在行李箱裡，那麼在大約二十人的監視眼線之中，本應裝在裡面的五千萬圓到底是怎麼被拿走的？這個問題很簡單，其實沒被拿走。

五千萬圓從頭到尾都在箱子裡，只是換了一個形狀。

我說「換了一個形狀」完全是字面上的意思，五千張萬圓鈔全部受力變成圓形，從紙幣搖身變成緩衝材料，就這麼一直位於行李箱裡。

並不是在空空的行李箱裡被攪成一團亂而受損。

反倒是在受力變形之後，成為防止崩子受傷的緩衝材料。

不是Question，是Cushion。

綁架犯遲遲沒出現在交易場所，某個冷酷的住戶失去耐性，跑向香油錢箱打開行李箱的時候，裡面是熟睡的崩子，不過如果他真的冷酷又冷靜，肯定不只是發現崩子，也會察覺到像是裝進棺材的花朵般溫柔環繞崩子的東西，是受力變成圓形的五千張小額紙鈔。

果然很熱血。和我不一樣。

不過，這是盲點。

雖然不是在說薛丁格的貓，不過所有人打開箱子的時候，都不會注意到包覆貨品的緩衝材料。吃蛋糕的時候，不會在意用來填補空隙的紙張材質。

何況是被綁架的十三歲兒童。

和舊紙沒什麼兩樣的緩衝材料，產生的少許突兀感被拋到九霄雲外……如果用墨汁之類的液體染色就更完美了，不過應該沒這個必要。說起來，將萬圓鈔揉成紙團的時間點就充分違背常理。

依照理澄的說明，公寓住戶立刻帶著回來的崩子下山，將行李箱留在山上。那麼留在行李箱裡的緩衝材料，當然也就這麼扔著不管吧。

這麼一來，對於綁架犯來說，只要在空無一人的北白蛇神社，在無人監視的狀況下慢慢回收贖金就好。甚至有空當場將皺巴巴的紙幣攤平。

「讓結晶皇帝屈服」的這個目標沒有達成，不過成功拿走金錢，所以先不提專業玩家的想法，以綁架犯的角度來說，算是達成了一次完美犯罪。然而正因為他們是專業玩家——是時宮病院，這次的完美犯罪才得以成立，所以綜合評價應該是「失敗」吧？

因為，將五千萬圓揉成圓形當成緩衝材料的工作，得在關上的行李箱裡——在密室裡，由被害人崩子自己進行。

我剛才說以操想術操控的對象只要一人就好，就是這個意思。

不只在綁架的時候，在釋放的時候，也對她使用了操想術。

依照現有的定論，人類下意識擁有道德觀念，所以無法使用催眠術讓被暗示的人參與犯罪行為，不過在這種場合下達的暗示是「製作緩衝材料保護自己」，所以反而會在人類的防衛本能協助之下更容易植入暗示。「完成工作之後再度躲回夾層熟睡」的這個暗示幾乎只算是附屬品。

該怎麼說，這種詭計就像是薛丁格的貓在箱子裡自盡，但是進行這種像是魔術般掉包詭計的必然性，或是讓被害人活著回去的必然性，充分到令人厭惡的程度。

因為綁架犯必須讓崩子「毫髮無傷」並且「活下來」才能回收那五千萬圓。

然而對於骨董公寓的住戶或是她的哥哥來說，這算是不幸中的大幸。

被綁架的十三歲兒童活著回來，果然是至高無上的必要條件。即使會失去五千萬圓。

「不對，不會失去。因為拿回那筆錢，是可愛的我的工作。是匂宮雜技團王牌，團員No.18，第十三期實驗的功罪之仔——匂宮出夢的工作。呀哈哈哈！」

果不其然，出夢像這樣哈哈大笑，跳起來離開北白蛇神社。雖然雙手就這麼被封鎖，卻以斧乃木余接「例外較多之規則」跳躍移動時的跳躍力飛離這裡。

出夢趕走理澄登場的時候，因為地點是在這座神社，所以我內心完全是「打草驚蛇」的感覺，不過從「妹妹」那裡收到活動報告的「哥哥」也立刻離開了，對於粗心大意的我來說是一種僥倖。

對於綁架犯來說則是何其不幸吧。

「殺之名」排名第一的匂宮雜技團和「咒之名」排名第一的時宮病院即將開打，獨自留在北白蛇神社的我，因為沒被捲入這場戰鬥而鬆了口氣，然後站到香油錢箱前方。

我照例進行既定程序，不是拿出五千張小額紙鈔，而是拿出一枚五圓硬幣扔進香油錢箱做功德，卻在這時候打消念頭。因為接下來要進行二禮二拍手一禮，向不存在於任何地方的神明許下的願望，和五圓硬幣的含意明顯相反。（註10）

那就是——希望不要有這個緣分。

宴會達到最高潮，不過快樂的異世界交流，也差不多該在這裡告一段落了。

註10　日文漢字「五圓」與「御緣」音同，到神社參拜時經常以五圓硬幣求良緣。

第大話 巫女子・社群

001

葵井巫女子是活潑的女大學生，江本智惠是嬌柔的女大學生，貴宮無伊實是當過太妹的女大學生。說到這裡，依照持續長達十年以上的往例通則，接下來應該娓娓說明她們到底擁有多麼特異特殊又特別的來歷與設定，不過只有這次說來遺憾，我沒收到任何關於她們的更詳細情報。

她們三人不是忘卻偵探也不是人類最強的承包人，不是四國的魔法少女也不是美少年偵探的新團員，不是保健室的繭居族也不是九州的魔法少女，不是雙重否定的公主也不是逃亡中的殺人鬼，不是受過軍事訓練的女高中生也不是三胞胎女僕，不是雙重人格的名偵探也不是雙重人格的殺手。

是普通的女大學生。

理所當然的女大學生。

平凡無奇的女大學生。

除此之外「什麼都不是」……不對。

說她們「什麼都不是」不太對。這句話應該用來形容她們稱為「伊君」的朋友才合適，關於這個好友三人組，必須以其他的用語來形容。說起來，活在世間的人類，或是死在陰間的人類，甚至是不死之身的吸血鬼，都鮮少被形容為「什麼都不是」。

這種「鮮少」很普通，是理所當然，而且平凡無奇。

這樣的她們是在非常符合常理又普遍至極的行程認識我。非常符合現代女大學生的作風，或者說沿襲自古以來的傳統，在聯誼的場合相識。

絲毫沒有和怪異扯上半點關係。

她們的真面目應該也不會是怪異。

從頭說起吧。

是的，這是在我——吊車尾高中生阿良良木曆在三年級途中突然奮發圖強，或者說突然個性大變（春假時的我根本無法想像）努力唸書準備考試，順利錄取國立曲直瀨大學理學院數學系，成為大學新鮮人不久之後的事。

雖說錄取，不過是遞補錄取。原來也有這種狀況。

勤奮唸書的正經考生或許不知道這種錄取方式（不勤奮的我也不知道），總歸來說就是以候補的形式錄取，就像是被人說「你的努力沒用，卻沒有白費」，總覺得事後不是滋味，完全是虎頭蛇尾的結果，不過錄取就是錄取了。

即使無法率直開心，還是開心一下吧。

我並不是真的想入學喔！我就這麼說吧。

不過我入學了。

順帶一提，從母校直江津高中升學進入曲直瀨大學理學院數學系的不只我一人。那個戰場原黑儀也錄取了。不過以她的狀況，非但不是候補錄取，甚至是保送錄取，所以不能和我相提並論。她也是調教我這個吊車尾長達半年以上的家庭教師，真要說的話就像是她一個人考取兩個名額。

真是了不起的傢伙。

我在她面前愈來愈抬不起頭了。

然後還有另一人，嚴格來說在應考的時候不是直江津高中的學生，而且欣賞劇場版的各位無從得知這個角色，不過昔日就讀那所高中的易怒少女老倉育，也考上相同大學的相同科系。

和老倉的「重逢」，對我來說就像是持續每隔一段時間就會發生，如同例行公事的驚喜，所以老實說我沒那麼驚訝，不過，嗯，如果說我對於這種「重逢」不覺得開心就是騙人了，我會成為騙徒。

我唯獨絕對不想成為騙徒。

所以歷經各種風波之後，在大學校園這個新天地，我、戰場原與老倉三人和樂融融度過閃亮的大學生活……呃，等一下。

「等一下」這三個字是戰場原黑儀說的。

「這樣不行吧？這麼一來，我們和高中時代沒什麼兩樣。看不見任何成長。根本沒更生吧？明明已經改過自新，卻不知何時完全變回去了吧？只和老朋友混在一起是怎樣？窩在舒適的狹小世界是怎樣？我們不是已經從這樣的自己完全改變了嗎？不是已經脫胎換骨了嗎？」

確實。

像我成為大學生後，朋友反而變少了。

大幅減少。完全交不到新朋友。

說起來，我們三人不提學力（或者說不提不死之力），社交能力原本就不算好，這方面的弊害在我們從班級制度解放之後明確加速。

原來如此。

我們三人混在一起不只快樂，更是樂得輕鬆。

不過，這當然稱不上是好事。我們明明必須在大學做好出社會的準備，但是事態無論怎麼想都是朝壞的方向在走。

必須打破現狀才行。

所以我決定向另一個家庭教師暨第二個母親，最近尊稱為「Mom」的羽川翼哭訴。她在高中畢業之後出國進行流浪之旅（我不說明細節。總歸來說，羽川翼不只是早我一步出社會，甚至邁向全世界了），不過這個時候的她好歹還在電話收得到訊號的地方。

「我知道了。那麼，我幫你安排一個交流的場合吧。」

「交流？」

「不是『直流』喔。我想想，乾脆找其他大學的孩子比較好吧？」

就這樣，我認識了葵井巫女子、江本智惠、貴宮無伊實這三個人——經由普通的流程認識。

002

「說起來，『普通』是什麼？平均嗎？『意外地普通』算是普通嗎？果然還是『意外』吧？解讀偉人的傳記可能會發現挺庸俗的，不過與其說是『普通』，不覺得看起來更像是『異常』嗎？即使是怪人，只要很多怪人聚集起來就會變成『普通』嗎？是數量的問題嗎？」

像是找碴般對我這麼說的是貴宮。

她穿著粉紅色的亮眼運動服參加聯誼，看起來像是道地的前太妹，而且說不定可以去掉「前」這個字……我當年就讀的高中沒有任何一個不良少年（頂多只有羽川會對我這個吊車尾進行這種評價），所以覺得她這種懶散的感覺很新奇。

以各種意義來說令我心跳加速。

「應該不是數量的問題吧。地球有水也有生物，是非常『特別』的行星，不過對於住在這裡的我們來說，是理所當然的『普通』吧？」

心平氣和像是安撫貴宮般這麼說的是江本。

頭髮綁在兩側，身穿草莓印花的連身裙，加上比較的對象是貴宮，所以江本看起來像是教養很好的國中生。只不過，看她明確表達自己的意見，應該不單純是內向乖巧的孩子。

「啊哈哈！說得也是。正因為『特別』所以『普通』，確實有這種事！而且既然『特別』是『普通』，說不定會討厭這種普通喔！就像是『不死之身的吸血鬼，卻企圖自殺』這樣！」

然後，以這種不知道是否適當的比喻攪和場面的是葵井。

在我至今人生目擊的人們之中，她也是最為花枝招展的異性。是我不曾接觸過的對象，不曾交錯的平行線。幾乎看得見大腿根部，口袋布料外露的熱褲，上半身是洋蔥式穿法的好幾件單薄小可愛，像是在勇敢挑戰裸露的極限。鮑伯頭染成明亮的顏色，看在我眼裡也非常稀奇（直江津高中別說不良少年，甚至沒有染褐髮的學生）。

不死之身的吸血鬼，卻企圖自殺是嗎……

果然是適當的比喻吧。

「原來如此。這種嘲諷的手法，看來妳專攻的是考克多。」

「咦？並不是啊……？」

我不管三七二十一說出這句評語之後，開朗的女高中生比我想像的還要不知所措。總之現在是在續攤的場地。

我們轉移陣地，來到ＫＴＶ包廂（很普通）。

訂不到能容納所有參加者的大包廂，所以我們分成兩組。「阿良良木曆、戰場原黑儀、老倉育」差點編在同一組，但是葵井以開朗愉快的態度妨害了。

「不可以啦，要拆散才行！要把大家打散才行！像是分屍殺人那樣！因為羽川小姐嚴詞警告過了！就像是『起立鼓掌！不過只是因為前面的人站著擋住視線只好站起來』這樣！」

「喔喔，沒想到會在這裡遇見杜思妥也夫斯基的門徒。」

「並不是……」

所以我們隨機分成兩組。

以數學角度來說，即使想隨機分組，無論如何也不會真的是隨機分組（這是先前在課堂學的），結果分組分得不太平均。

在三〇一號房如各位所見，是葵井巫女子、江本智惠、貴宮無伊實以及阿良良木曆等四人，隔壁的三〇二號房是戰場原黑儀、老倉育、宇佐美秋春……還有一個在聚餐地點幾乎沒說話，陰沉到連我看了都會擔心的男大學生，他叫什麼名字？大家好像叫他「伊君」……總之三〇二號房的成員相當平均，三〇一號房相對來說成為不平均的客場。

我的人生總是位於客場。

我是客場場木（抱歉，我口誤）。

無論是什麼形式，暫時位於社群中心的戰場原黑儀與老倉育，還算是巧妙享受著這場交流，但我果然覺得不太自在。

我只和認識的傢伙混在一起喔～～

不要拋下我～～

所以，我在續攤的這間ＫＴＶ包廂，努力故做神祕想克服這個困境，但是這個做法目前不算成功。

無法發揮我的專業知識。

可惡，我這種程度的怪人，對於能正常形成社群的女大學生來說不太神祕，也沒什麼好稀奇的嗎……她們反而連歌都不唱，開始問我「什麼是普通？」這個問題。

羽川也真是介紹了一個不得了的小團體給我。

我的大學考試已經結束，不過更生計畫或許還沒結束。那位母親再怎麼說果然是斯巴達作風。

「『不死之身』我也不是很能理解。」

貴宮接在葵井後面說。

從剛才就是這樣，感覺話題一直在這三人之間打轉。我覺得像是在看一場愉快的傳話遊戲。

「『不會死』就是『不會改變』的意思吧？我覺得這樣超無聊的。像是活化石腔棘魚已經不是化石，比較像是怪物吧？」

「說得也是。有人說只有在臨死之前，才會實際感受到自己活著。」

江本不知為何像是感同身受般這麼說。

語氣聽起來像是曾經差點死掉，但她似乎不像我將其當成「地獄」來接受，而是當成「普通」來接受。

「不過就算這麼說，我也不要死掉。為了實際感受自己活著所以去死，這樣很矛盾吧？其實明明光是活著就必須實際感受到自己活著，為什麼需要對比？就像是『狗派與貓派，正確來說是狗派派與貓派派』這樣！」

「喔喔，這時候是齋藤綠雨登場嗎？」

「這是誰？」

她不知道齋藤綠雨嗎？

我想醞釀神祕氣息卻失敗，應該說單純享受這種搶話收尾的立場，即使如此還是讓我參與對話的她們三人，總之肯定是親切的好人。

「活著就是要改變。對吧，阿良良木同學？」

貴宮這時候以鄭重的態度問我。手拿麥克風。

感覺整間包廂響起對我說教的聲音。

隔壁包廂明明響起老倉的歌聲，而且是在我面前不可能展現的開朗歌聲……可惡，晚點我要好好消遣她，要拚命稱讚她那賽蓮女妖般的美麗歌聲。

「如果總是維持相同的感覺會混不下去吧？你認為『普通』的事，並不會永遠一樣『普通』。『隨身不帶手機』的這個主義，以前像是一種出色的主義所以很帥氣，不過到了現代，看起來只像是頑固又麻煩的傢伙，類似這種感覺。」

也就是說，即使做的事情一樣，意義也變得不一樣。

被人說「那傢伙變了」的時候，其實改變的可能是周圍。因為沒變化，所以相對來說有所變化，造成同樣的結果。

也可能有這種事。

就算做出相同的行動，只要對象不同，結果也不同。

畢竟即使什麼都不做，歲數還是會增長。

擁有不死之身，不老不死的吸血鬼，在這方面也不例外。

反倒是很好的例子。

對於那個怪異殺手來說，一直維持鐵血、熱血、冷血之吸血鬼這個身分，肯定是難以承受的一連串變化。

這種變化，甚至延續到她離奇死亡。

「說得也是。那麼巫女子，要不要對阿良良木同學說那件事？」

此時，江本突然將話鋒轉向葵井，葵井問「那件事？」歪過腦袋。

「小智上次變成全裸的那件事？」

「就算要妳說，以為我會催促妳說那個嗎？我上次變成全裸的那件事。」

「開玩笑的開玩笑的。是我上次變成全裸的那件事吧！」

「就算要妳說，以為我會催促妳說那個嗎？好友上次變成全裸的那件事。」

「那就是小實的……」

「我沒有變成全裸。沒有揭曉全貌。」

女大學生以全裸話題炒熱氣氛的方式也好時尚。

我想起神原——社交能力怪物的全裸學妹。

……不對，並不是全裸學妹。

那傢伙現在在做什麼呢～

我藉由回憶往事逃避，想在心理層面逃離這間ＫＴＶ包廂，不過女大學生三人組不允許。

「放心放心，巫女子我其實知道喔。是那件事吧——雕像的事。」

「雕像？」

「雕像的事，不過是會變化的雕像。」

像是這樣。

葵井說得暗藏玄機——也可以形容為神祕兮兮。

003

「說起來，那是鼠的雕像。」

「會吱吱叫的小動物。吱吱叫。你知道嗎？知道吧？」

「說到為什麼是鼠，因為是那一年的生肖。」

「是在寺廟發生的事。」

「阿良良木同學或許也知道，說起來，我們居住的京都有很多神社寺院吧？甚至隨便扔石頭都會扔到神社寺院。」

「但是不可以朝著神社寺院扔石頭喔，啊哈哈哈！」

「不過，俗話說佛的臉最多可以摸三次，所以會原諒吧？」（註11）

「嗯？阿良良木同學也知道一間神社？北白蛇神社？是喔，原來有這種沒有神明坐鎮的神社啊，之後要說給我聽喔！一言為定！」

「我知道我知道，小智。」

「我不會離題啦，畢竟是正經話題。」

「阿良良木同學說的是神社，我說的是寺廟。」

「而且我這件事，也不是和『蛇』毫無關係喔。」

「啊，不過不過，雖說是『我這件事』，不過追根究柢是伊君告訴我的事。伊君知道各式各樣的事。」

「以大姊姊的立場來說，我也曾經像你這樣煩惱很多事。是在我成為大學新鮮人的那時候。就像是『我這麼做可以嗎？這樣的我真的可以嗎？』這樣。」

「伊君當時沒有用肯定的話語回答我，不過相對的，他告訴我那間寺廟的事——鼠雕像的事。」

「是很久很久以前的事。故事。」

「某位大名鼎鼎的僧侶，在鼠年完成的鼠雕像栩栩如生，聽說立刻獲得國寶級的

註11　日文諺語，「事不過三」的意思。

評價——聽說像是隨時會動起來的鼠。」
「像是隨時會動起來的鼠雕像。」
「不過在現代，這種事聽起來很像是鬼故事……嗯？」
「怎麼了？阿良良木同學。對『鬼故事』這三個字起反應了？啊哈哈，原來你膽子很小耶，好好笑！」
「不過，請你放心！當時應該也有人和你我想的一樣。聽說為了不讓那隻鼠逃走，就把鼠關進籠子裡了！」
「雖然也可以說那個雕像就是這麼出色，不過關進籠子之後，藝術性可以說都被毀掉了。」
「記得叫做羅浮宮美術館？」
「那裡有展示達文西的《蒙娜麗莎》。我上次在電視看過，那幅畫用玻璃櫃保護得密不透風對吧？聽說失竊過好幾次，所以真要說的話是理所當然的處置，不過，達文西應該不希望大家隔著玻璃欣賞他的作品吧，我有時候會這麼想。」
「有時候不會這麼想。」
「雖然不知道那位雕刻鼠像的知名僧侶對此是怎麼想的，不過據說他看見自己的作品被關在籠子裡展示的時候是這麼說的。」
「『白費力氣。』」

「『即使關在裡面，也不會連貧僧注入的靈魂也一起被囚禁。』」

「『這個雕像已經脫離貧僧之手。』」

「『這隻鼠已經沒有節操了。』」

「……嗯，抱歉。『沒有節操』是巫女子我的作文。伊君沒這麼說，貧僧也沒這麼說。」

「話說回來，我聽到這裡就開始猜想，這個故事的結局應該是籠子到了第二天空空如也，鼠不知道逃到哪裡，就這麼消失無蹤。」

「很犀利的猜想吧！」

「故事到最後確實是這樣，不過直到『消失無蹤』的過程相當超乎預料。」

「與其說超乎預料，應該說過於意外。」

「剛才說到『變化』對吧？」

「說巧不巧，阿良良木同學剛才不是也說過嗎？人類即使什麼都不做，歲數還是會增長。就像高中生總有一天會變成大學生。」

「經過一年，生肖就會改變。」

「第二天……不對，是第二年。」

「籠子裡的『鼠』雕像，變成了『牛』雕像。」

004

子丑寅卯辰巳午未申酉戌亥。鼠牛虎兔龍蛇馬羊猴雞狗豬。

這是地支。是生肖。

確實，只要過了年關，地支與生肖就會改變——不容分說。

現在還有一點點「蛇」的感覺，所以明年也繼續維持蛇年吧……這種事情不會發生。無論如何，蛇年之後都是馬年。

「嗯，也會變成蛇或是馬。每次迎接新年到來，籠子裡的雕像就會千變萬化不斷改變！」

「說成『千變萬化』太誇張了吧？」

貴宮出言打岔。

這大概是聽過很多次的慣例小插曲，本來就懶散的她明顯覺得無聊。

「說得也是。因為是十二次。」

相較之下，江本看著愉快述說的葵井似乎覺得很快樂，臉上笑咪咪的。該怎麼說，她們三人組維持很好的平衡。

像是以不平衡為原則成立的阿良良木曆、戰場原黑儀與老倉育三人組，可以說和她們完全相反。

「說得也是！不過嚴格來說也不是十二次，是十一次。因為沒有經過一輪。在第十二次的新年，雕像沒有從豬變成鼠，忽然就消失了！」

「消失……」

啊啊。她剛才說過。

雕像到最後逃離籠子了。

不會被囚禁的靈魂——即使被關在籠子裡，或是固定在原地不動，依然還是無法避免變化，也無法避免邁向名為「消滅」的死亡。這個結局或許是在暗示這個道理吧。

當然，既然她說這是故事，是一種神話（不過出處不是神社，是寺廟），所以應該不是實際發生的事件（「某位大名鼎鼎的僧侶」是否真實存在也很可疑，敘述得很籠統），不過確實可以從中得到許多教訓。

都市傳說。街談巷說。道聽途說。

怪異奇譚嗎……

「但我覺得這是很正面的故事，意味著即使被籠子囚禁也還是可以改變。我反而很驚訝伊君會說這種故事。」

貴宮聳肩這麼說。

「我很怕也很喜歡這個故事。每次迎接新年就會改變外型，不就代表自己沒有固定的樣貌嗎？感覺這是一種希望，也是一種絕望。」

「我懂我懂！感覺就像是每次迎接新年，就會提筆寫下不一樣的目標對吧！就像是『夢想是成為新娘子，不過要在今年』這樣！」

我覺得江本的解釋和葵井的舉例完全不一致，不過這也代表解釋的方式因人而異吧。總之真要說的話，我是江本派。

因為有生肖這個總稱，所以總覺得是具備統一感，長達十二年的連續變化。不過一整年都是鼠，到了第二年突然變成牛，這種角色變化可說是莫名其妙。

為什麼會突然巨大化？

這真的是省略過程的驟變。

才這麼想，第三年就變成虎。

從牛變成虎——從草食動物變成肉食動物。

從被害者變成加害者，看起來是殘酷的構圖。籠子外面的人們看見這一幕感受世間無常之後，第四年變成可愛的兔子。

這是怎樣？

這一年流行毛茸茸皮草。可愛屬性覺醒了嗎？

下一年是龍。

第五年朝著虛構生物出手了。

我的大隻妹在國一的某段時期，宣稱自己是魔王投胎轉世（我們全家總動員讓她改過自新了。後來她變成自稱是「正義使者」，不知道是好是壞），生肖的變化令我想起她這種自我意識的膨脹。

說到第六年變成蛇，感覺可以解釋成得知現實之後從妄想覺醒，可是這麼一來就無法說明第七年為什麼變成馬……馬？

這傢伙活在世間曾經想成為馬？是基於什麼理由想成為馬？就憑你這隻鼠？不對，變化到這種程度，我甚至懷疑這傢伙一開始的真面目不是鼠。給我的印象已經是鵺了。

真的可以說是沒有節操。

從馬變成羊（毛茸茸屬性再度覺醒嗎？生肖還沒過一輪，流行的屬性已經先過一輪了？），從羊變成猴（共通點少到令我戰慄），從猴不知為何變成雞再變成狗（明明日文以「犬猿之仲」形容水火不容，是由雞居中協調嗎？因為想要下山了？），然後從狗變成豬（為什麼回到山上了？）。（註12）

這麼一來，雕像之所以最後逃離籠子，解釋成「逃離自己」應該是最適當的解釋。並不是胡亂改變就好。

註12 日本生肖的「豬」是山豬。

自我風格也很重要。

……不過，這果然也是藉口吧。

我——我們在高中時代，始終從各種角度思考「自己是什麼？」這個問題，不過從結論來說，所有人都找不到「自己就是自己」以外的答案。

羽川翼——貓。

戰場原黑儀——蟹。

八九寺真宵——蝸牛。

神原駿河——猴。

千石撫子——蛇。

還有——鬼。

大家都像是逃離了自我，對於「到底在和什麼東西戰鬥」這個問題，最後的答案都是「和自己戰鬥」。不是和敵人，也不是和怪異。

畢竟我們沒有什麼敵人。

怪異一直都只是位於該處。

普通——非常普通，極為普通。

「這麼想就覺得不可思議對吧～～生肖是怎麼決定的？都是不同的類型吧？是辦聯誼聚集的嗎？」

葵井逐漸陷入自己的脫線思緒。

我猜她自己不太想從這段小插曲學到什麼教訓。我不免覺得她這種程度的籠統見解才是最適當的見解。

不必勉強改變，也不必勉強不改變。

「有人成為大學生之後開始『尋找自我』，不過尋找到最後，如果沒找到還算好，應該也可能遇見不成材的自己，覺得『原來我是這種傢伙！』，對自己的真面目感到失望。伊君正是這種類型的人吧？」

「不不不，小實，伊君不是這種人喔。是為了鼓勵我而對我說這個故事的人耶？」

我覺得這不是用來鼓勵人的故事……雖然不確定陰沉的他想表達什麼，不過至少葵井看起來沒收到這段訊息。

「『想要改變的這種心態，就是自殺吧？』」

此時，江本這麼說。

不對，這不是江本的話語。

「記得伊君也說過這種話。」

「…………」

這句話也一樣，我不知道其中的意思。

剛才聚餐的時候，我幾乎沒和當事人「伊君」交談過，但我愈聽愈只感受到他的陰沉。

「他應該是說得比較委婉，認為人類即使刻意想要改變，光是這樣也完全不會有所改變吧？」

「可是，某些部分必須刻意去改變才能改變吧？因為會習慣。」

「可是可是，習慣維持久了之後，其中的意義也會開始改變對吧！像是好玩的手機遊戲，不知何時變成了時間小偷！可是因為環境很舒適，所以果然會希望一直待在裡面對吧！」

「這是在說如果在舒適圈待太久，變得不舒適的時候就無法應對吧？」

「說得也是。即使住在一間好房子，說不定周圍一下子就被高樓大廈環繞，變得黑漆漆的……太完美的社群不堪一擊，到頭來為了應付各種問題，多樣性還是不可或缺。」

「既然即使沒有不滿也必須改變，有所不滿的話更必須改變吧？就像是『四百公尺自由式，不過真正的自由肯定能在泳池畔用跑的』這樣！」

「反正一定要改變，那麼應該會想要按照自己的願望改變。這是當然的。往好的方向變化是好事，往壞的方向變化就會討人厭。從鼠變成牛還好，從龍變成蛇就令人不以為然了吧？」

已經不是傳話遊戲，而是把我晾在一旁熱烈討論起來了。

球完全沒傳給我。

唔～～我就知道會變成這樣。

我只能祈禱隔壁包廂沒有變成這樣……隔著牆壁傳來的老倉組曲沒有停過，我對此有點擔心。因為基本上，那兩人骨子裡比我還不擅長和別人交流。

只有假裝交情很好的功力是爐火純青。

而且這也是以前的事。戰場原黑儀是聖殿組合領導者的那時候，以及老倉育擔任一年三班班長的那時候，都已經是往事了，雖然這麼說不太好，但是對於當時的她們來說，這個立場肯定是辛苦的職責。

失去朋友之後的那段時期，肯定輕鬆得多。

我也是過來人所以知道，這種「輕鬆」到頭來是因為偷懶所以「輕鬆」。當個獨行俠不快樂，卻也不痛苦。

我不需要朋友。因為會降低人類強度。

成為大學生的現在回想起來，這句話果然不正確。卻也不是完全錯誤。

交朋友會增加「人生的強度」。

人生會變成困難模式，而且困難模式當然比較快樂。

真的很難說哪一種選擇比較好。

從某種人際關係的輕鬆圈脫離——或者說從落差「跳下來」的戰場原黑儀與老倉育，差點不小心就再度懶散下來，卻試著重新振作，我覺得她們很了不起。

感覺像是從龍變成蛇的兩人，想要再度變成龍。

仔細回想就會發現，熟知北白蛇神社至今種種的我，不能單純斷定龍是蛇的高階互換，總之並不是只要有改變就好，這是真的。

別人對我說「你變了耶」這句話的時候，我果然希望是基於正面的意義。

畢竟被別人不屑地說「你這傢伙變了！」的時候果然很難受，而且真要說的話，「你沒變耶」這句話，也可能是基於正面的意義說的……

「不過，『好』與『壞』這種價值判斷，並不是一直都固定吧？我在小學的時候被說是『沒有霸氣的孩子』，升上國中就被說成『端莊文雅』了。我自己明明完全沒變。」

「無論別人怎麼說，只要能把好的說成好的，把壞的說成壞的，應該就是最好的狀況吧。像是巫女子我，以前大家會說這個名字很奇怪，不過在最近反而逐漸認為這名字還不錯耶？」

即使不是在貫徹自己的信念，受到的評價也可能不同。

不，到頭來，或許和變化一點關係都沒有。無論是多麼暢銷的作品，討厭的人還是討厭……即使目標是廣受大眾歡迎，要是另一群大眾以「廣受大眾歡迎」為理由批判，那就相互抵銷了。

毀譽參半，有褒有貶。

忍野咩咩所說的平衡感。

如果不像那傢伙做得那麼徹底，那麼即使想維持中立，到最後還是可能站在其中一邊。問題在於評價會頻繁轉換。

萬物變遷……不對，輪迴轉世。

輪流改變成十二種動物的模樣，與其說是沒有節操的變化，或許是在暗示脫胎換骨。不過無論是生肖還是星座，肯定都是由某人決定的。

即使是虛構……問題就在這裡吧。

變化本身無法避免，那麼自我改變的努力也是必要的。基於這個意義，這次的交流益我良多。雖然我有點吃虧，但是這個提案本身沒錯。

想要維持現狀的這種心態，令人聯想到不死吸血鬼的這種恆常性，如果都算是人類的本能，那麼逃避現實或是否定自我也一樣是人類的本能。畢竟沒這麼做就無法進化到現在，這個物種可能早就在某處滅絕了。

問題不在「改變」，是在「被改變」。

不是主動改變的狀況，而是受到外在意圖而被改變的狀況。有時候是鼠，有時候是牛，有時候是虎，有時候是兔。

龍蛇馬羊猴雞狗豬。

如果是頻繁被外力改變，無論是好的變化還是壞的變化，無論是無法躲避的變化還是無法對抗的變化，都和所謂的「自我風格」相反吧？

不是沒有「節操」，是沒有「自我」的變化。

不是對於自己來說有益的變化，是對於某人來說順心如意的變化。

「嗯？阿良良木同學？怎麼了？」

看到我沉默不語，葵井有點擔心般這麼問。即使她這麼問，我也難以回答。

我才應該要擔心。

剛才我心想「不確定陰沉的他想表達什麼」，如果他是看到葵井升上大學之後，為了自己的變化與不變而煩惱，基於「這個意圖」說出這個可變雕像的故事……現在正在隔壁包廂和我心愛的黑育搭檔快樂唱歌的「伊君」就不只是陰沉的程度了。是「闇」。

以我們的世界觀來說，和忍野扇差不多……我應該說嗎？

我應該在這個時候，向這個女大學生三人組發出警告嗎？我只在一瞬間這麼想，不過真的只有一瞬間而已，我決定選擇沉默。

這才是來自外部的不必要變化。

她們應該是早就知道這種事，進而將他的存在視為一種「變化」而接受吧。我不該改變這一點，也無法改變這一點。

我唯一能做的不是改變，而是回去。只能中斷這次鼓起勇氣進行的交流，把隔壁包廂唱歌的極小型社群成員帶回去。

因為基本上，即使是這種像是虛構的交流場合，我也完全不知道是否是真實發生的事，是否是我真實遭遇的事。

005

接下來是後續，應該說是結尾。

依照持續長達十年以上的往例通則，我會在這段定型句後面說明本次事件後來的發展，不過這次果然是例外。我很正常地和三名女大學生道別，後來很正常地不再見面。說起來根本沒發生事件。雖然早就知道，不過我似乎沒能給她們不錯的印象。我從中途就幾乎不發一語，所以在所難免。

和我比起來，兩個女生那邊好像把氣氛炒得很熱，不過她們後來似乎也沒有和那個社群有交集。

好像是再也聯絡不上之類的。

總覺得原因肯定是我這邊的社群過於封閉，但也可能是她們那裡發生了某些事……或者是沒發生任何事。

不過，要是沒有結尾也沒有後續，這個短篇再怎麼說也不夠完整，所以接下來的篇幅就換成由我恣意解讀「伊君」對煩惱的朋友述說的那個故事吧。

即使無法改變也可以更換，就是這麼回事。

關在籠子裡的雕像每次迎接新年就改變外型，我聽到這一段的時候，首先猜想應該是有人暗中更換籠子裡的雕像。不過籠子就是為了防止這麼做而存在。真要說的話，這個狀況形成了一種密室。

而且就算要掉包雕像，也附帶了品質好壞的問題。至少必須是達到同等藝術水準的雕像，否則沒人會認為「雕像變身了」。

換句話說，可以假設雕像都是出自同一位製作者之手，不過可以認定製作籠子的不是那位「鼎鼎大名的僧侶」，所以僧侶當然沒有打開密室的鑰匙。

掉包手法不可能實現，正如字面所述是四處碰壁……不對。

事情沒這麼單純，而是更為單純。

不會四處碰壁，這個密室破綻百出。

因為是籠子。

關在裡面的是動物雕像，所以會隱約覺得使用籠子很合適，不過拿籠子關雕像根本是沒有意義的行為。真要說的話，是因為雕像過於精美，所以廟方採用這種體面的防盜措施，這樣的推測比較正確。

就像是《蒙娜麗莎》的玻璃櫃那樣。不過籠子和玻璃櫃的差異，在於籠子有「縫隙」。

雕像出不來，不過人類的手或許進得去。

如果人類的手進得去，可以做什麼？

無法進行掉包工作。雕像出不來。

不過……即使是隔著籠子，也可以做「別的工作」吧？

……這裡也是上了字彙的當，我因為一開始聽到雕像從「鼠」變成「牛」，所以產生奇怪的先入為主觀念，下意識認定「雕像變大了」。

我擅自以為雕像「巨大化」了。不過這始終是雕刻作品。

尺寸大小不必符合現實。

如果做得出和大樓一樣巨大的鼠可以儘管做，反過來說，如果雕得出米粒一樣小的牛也可以儘管雕。這始終是極端的說法，不過事實上既然是雕像，即使鼠比牛大也不成任何問題。

我不是在雕刻石像，而是把石頭裡的像雕刻出來——據說這是先哲的名言，不過依照這個說法，僧侶是將「鼠」裡的「牛」雕刻出來。

再來是「牛」裡的「虎」。

再來是「虎」裡的「兔」。

還有「兔」裡的「龍」，「龍」裡的「蛇」，「蛇」裡的「馬」，「馬」裡的「羊」，「羊」裡的「猴」，「猴」裡的「雞」，「雞」裡的「狗」，「狗」裡的「豬」──逐一雕刻出來。

每次經過一年就雕刻一隻。

每次換新一年就雕刻一隻。

每次增長一歲就雕刻一隻。

那麼生肖沒經過一輪的原因，也可以合理說明。很簡單，因為已經成為再也無法雕刻的最小尺寸──再也無法雕刻，而且再也不必雕刻的尺寸。

可以鑽過籠子縫隙的尺寸。

可以從籠子裡拿出來的尺寸──可以離開籠子獲得自由的尺寸。

真要說的話就是俄羅斯娃娃的雕像版本，不過這連紙上談兵都稱不上。以推理來說或許成立，卻完全不切實際。

如果雕像的尺寸愈來愈小，第二年或是第三年就算了，大概到第五年絕對會有人察覺真相。不可能直到第十二年成為豬的雕像都還能維持祕密。

所以這肯定純屬虛構。

不是真實的故事，是編造的文章。不對，甚至不算是作文。

沒能成為物語。

這種東西一般稱之為——戲言。

……「伊君」到底想說些什麼？

他對這個想改變卻害怕改變的朋友說這種故事，是要傳達些什麼？看似千變萬化，沒有節操自由自在變化的人，到最後也只會經由某人的手，經由某人的意圖而被改變……他想說的是這個意思嗎？

不是逐漸改變，就只是逐漸被改變。

也不是沒有節操。

已經脫離貧僧之手——沒這回事。

反倒是任憑貧僧的擺布。

即使以為獲得自由，即使以為逃離籠子，也是別人的手所造成的，就算自由也沒有自由意志……他想說的是這個意思嗎？

說不定，他其實想這麼說。

「改變」就是「磨損」。

愈是改變，規模就變得愈小；愈是改變，自己愈是失去自我，在最後只會變成無法和大老鼠相比的超小豬武士，在別人的手掌心悽慘被捏爛……他想說的是這個意思嗎？

想要改變的這種心態，就是自殺。

如同曾經對江本這麼說，他也想對葵井這麼說嗎？

不對。不是這樣。

他應該不是想傳達些什麼，也不是想表達些什麼吧。正因為他把自己磨損到身心都消耗殆盡才說得出這種戲言，所以現在的他等同於不存在。

明明不是不死之身卻磨損自己，一刀一刀削下來。

這名少年不是改變了，而是消失了。

他就是由此而生的戲言玩家——由此而死的戲言玩家吧。

……這麼說來，雖然我和「伊君」幾乎沒有交談，不過現在回想起來，他只說了一句令我印象深刻的發言。不知為何記憶非常模糊，我記得不是很清楚，不過那句話肯定不只是對我一個人說的，而是對我們三個人說的。

對於想要改變現狀而參加那種交流場合的我們三個人，「伊君」沒說「想要改變的這種心態，就是自殺」這句話。他就像是只把想到的事情說出口，或者像是只把沒想到的事情說出口，發出「嗯……」的聲音點頭之後，說出像是軟刀子殺人的這句感想。

「居然想要改變，你們變得好怪。」

不過這是戲言。

第英話 空・隱形

001

空空空是隸屬於地球鑿滅軍的空降部隊隊長。弱冠十四歲就掛上這個頭銜，我這個平凡的十九歲大一學生難免激發自卑感。但他不只是隊長，還是拯救全體人類的英雄，所以真的非常了不起。哪像我光是拯救一名斷手斷腳奄奄一息的吸血鬼就用盡全力。

只不過，如果不考慮這些經歷與功績，單純著眼於性格，我覺得自己也和這樣的英雄有共通之處。

沒有情感的少年。

不會對任何事感動的少年。

總是保持冷酷，絕對不會對任何事激動，在任何困境或是任何逆境之下，都是毫無感覺不為所動，總是能像機械進行冷靜判斷的少年。

哎呀哎呀，簡直是照鏡子看我自己吧？我的天啊，這個角色設定，即使說是阿良良木曆本人也不為過。如果這個人不是我會是誰？空空空嗎？真是的，角色重疊到這種程度沒問題嗎？我難掩內心的困惑。

如各位所知，我年輕的時候也經常被批評是冷血的男人。我想起昔日動不動就說出「我不需要朋友。因為會降低人類強度」這種話的自己。

依照詳細的說明，他和名為酒酒井缶詰的純真幼女共同行動，率領的部隊隊員也大多是性格獨特的女生，除此之外，他和我之間不容忽視的共通點也絕對不算少。所以要是和他見面，說不定會意外地跨越世代鴻溝意氣相投。我懷抱這個淡淡的期待。

淡淡的期待——天真的期待。

我懷抱這份期待的時間點就和他截然不同，這份期待也當然被打成粉碎。問我為什麼？因為如前面所說，他是英雄，我不是。即使角色再怎麼重疊，即使我單方面抱持的不是自卑感而是親近感，也無法填補這段差距。

說到可以拿來填補差距的東西，頂多就是我被利刃切割肢解之後的屍塊。

002

昔日化為吸血鬼，在我體內留下好幾個後遺症，代表性的後遺症之一就是視力強化。雖然沒有好好測量過，不過換算成數值應該是3・0，甚至高達5・0也不一定吧？

總之，雖然比不上之前的瞳島眉美，但我夜視力很好，動態視力也很好。這始終是後遺症，是經常伴隨著後悔，無法抹滅的副產物，所以我再怎麼樣都不會引以為傲，即使如此，我在某方面還是會下意識去依賴吧。從那個春假至今一年多了，不知何時變得「理所當然」的「這個能力」居然陷入無用武之地的絕境，使得我慌張不已。

透明的敵人——透明的英雄。

我對此驚慌失措。

「老實說，我很驚訝。阿良良木曆先生。這把看不見的劍『虐待太郎』，你是怎麼躲開的？」

我聽到像是在安慰我的這個聲音，但是只聞聲不見影。我現在位於（應該說是被追趕到）曲直瀨大學深夜的大教室，但是可以容納將近三百名學生聽講的這個空間，看起來除了我以外沒有任何人。看不見任何人。

不只是「虐待太郎」這把看不見的劍。

我甚至看不見追殺我的刺客。

「醜惡怪俠」——記得是這個名稱。

我以更加混亂的腦袋再次確認。他——空空空穿著無法目視的服裝。

身穿以吸血鬼視力都看不見的戰鬥服，手拿以吸血鬼視力都看不見的兵器，這樣的英雄現在將我逼入絕境。

「不，我深感佩服。如果不是任務就不會殺你了。」

等於在宣布這是任務所以要殺我……可惡，為什麼會變成這樣？

這麼一來，唯一的救贖就是這場戰鬥沒殃及其他學生。居然說什麼「深感佩服」，他毫不留情把我逼入絕境的這種做法，不像是具備任何情感。

剛才的安慰也完全沒打動我。

「……唔！」

正如預料，英雄剛把話說完就砍向我。大概是瞄準我的脖子，橫向揮出「虐待太郎」。

我在千鈞一髮之際躲開這一劍。不是完全躲開，是為了適度流血而故意讓劍尖劃破脖子。

我祈禱劍刃沒有抹毒……將血濺在英雄身上，然後撲向地面拉開距離。不像是柔道的受身動作那麼帥氣，就只是一直在地上打滾。

我站起來之後立刻環視周圍……行不通嗎？

我原本想將血濺在透明人身上，像是螢光塗料那樣當成印記……然而看不見的英雄依然維持看不見的狀況。

即使我沒能將血濺在空空正在成長的十四歲身體，劍刃肯定也有沾到血……

「不好意思，這個作戰是失敗的。」

或許是基於親切的心態告訴我，不過空空故意說出無須多說的現實。

「別人看不見我的這個機制，我自己也不清楚……不過至少不是配合背景改變顏色的變色龍方式。過於先進的最新科學不是作用在我身上，而是作用在你的眼睛、視力、眼球、視神經以及意識……你不是看不見我，是沒能看我，阿良良木曆先生。更正。」

空空接著說下去。

「……『地球陣』先生。這只不過是我們地球鏖滅軍引以為傲不是天才的瘋狂科學家左右左危博士，重現了和你們的擬態術相同的理論。」

003

和邪惡地球戰鬥的組織「地球鏖滅軍」，我早就在非自願的狀況下得知……是之前聽魔法少女「Giant Impact」說的。

她是玩弄人命，光是回想起來就令我毛骨悚然的超凡魔法少女……我和這樣的她經歷過各種事，又是被她復活又是被她復活，在這段過程聽她說的事情，也包括地球鏖滅軍的傳聞以及「地球陣」的傳聞。

光是得知就可能被滅口的極機密情報，妳為什麼多嘴告訴我？當時我對此憤慨不已。

「如果要淺顯到讓你拙劣的理解能力也聽得懂，那麼『地球陣』就是假扮成人類混入社會，想要從內部毀滅文明的怪人。」

不死的魔法少女如此說明，讓我拙劣的理解能力也聽得懂。當時我覺得反正這是和我無關的世界軸設定，適度當成耳邊風。如果要說實話，那個魔法少女說的話語，我有九成是左耳進右耳出。因為要是沒這麼做，我可能會煩躁到想死。

早知道應該好好聽她說明。

沒想到我居然會被當成「地球陣」的怪人，被「空降部隊隊長」這種幹部級的人物威脅性命……

「我聽地濃小姐說了。她說她遇見一個雖然是人類，卻不太像人類的人類。我猜想這個人說不定是『地球陣』。」

空空如此說明。

不知道究竟是基於什麼原委，曾經是四國魔法少女的「Giant Impact」——本名（？）叫做地濃鑿的女生，現在好像加入空特部隊成為隊員。

應該說……喂。

這種打小報告的方式太誇張了。

和地濃一同克服苦難，雖說只是暫時卻肯定建立過搭檔關係的我，居然被她輕易出賣給上司……那孩子是沒有女性魅力的不二子嗎？

我可不是什麼「地球陣」。

說來難過，我無法像這樣強烈駁斥……並不是因為邪惡地球派來擬態為人類的尖兵大多是沒有自覺的臥底。

反倒是因為我阿良良木曆很有自覺，而且確實是「雖然是人類，卻不太像人類的人類」，也就是前吸血鬼。

我不是怪人，卻是怪異。

「有嫌疑就要懲罰，這是地球鏖滅軍的規定。如果誤會的話就對不起了，但是我會依照這個方針行事。」

空空以平淡的語氣說出非常恐怖的事，不過他說的果然大致沒錯……

雖說是在平行世界發生的事，但我一度毀滅過人類……我實在無法主張自己是有益於人類的存在而抬頭挺胸，甚至沒低頭就不錯了……

只不過就算這麼說，我也不能被他嚴正討伐。

當然是因為不想死，而且要是成為前例就糟了。因為這座城鎮除了我之外，還有許多「雖然是人類，卻不太像人類的人類」。

我認識的人可以說絕大多數都是這種傢伙……我不忍心一味增加英雄少年的工

作。

所以在這個時候，我必須全心全力逃命。

只要脫離這個狀況就有一絲光明。以牙還牙，以眼還眼，以祕密組織對抗祕密組織。

雖說必須經由他人，但是只要聯絡上我們的「無所不知大姊姊」，也就是專家總管臥煙伊豆湖，我應該能洗刷莫須有的嫌疑吧……為了保護我自己，也為了保護我的親友，我無論如何都要活下去。

總之，故意被砍之後將血濺在他身上的「螢光塗料作戰」失敗。這是一個需要背負風險卻毫無成果的作戰……即使如此，我還是絞盡腦汁想從這個失敗的作戰勉強找出成果，想出「以濺在他身上的血腥味鎖定他的位置」這個點子，然而這只是紙上空談。

「無法依賴視覺的話就依賴嗅覺」是這個空談的重點，不過說來可惜，即使濺在他身上的血會散發味道，我被「虐待太郎」砍傷的脖子也散發出一模一樣的濃烈鐵鏽味。

味道混在一起，我不可能清楚辨別。順帶一提，我原本想要和「螢光塗料作戰」同時進行的「藉由出血在教室形成血泊，從對方踩踏時產生的漣漪捕捉雙腿動作」這個作戰，還沒實行就被我駁回。

和身體或劍刃沾上的血液不同，在這種狀況，水面（血面）激起的波紋確實看得見，不過在吸血鬼時代就算了，現在只是前吸血鬼的我要是實行這個方案，我不需要被英雄討伐就會因為出血過多而死。

即使不提這個，只要他不走地面改走桌面，這個作戰就沒用。所以我只能和至今勉強閃躲成功（失敗？）的做法一樣，靠著「聲音」預測攻擊。

空空也明白這一點。

「我真的非常尊敬阿良良木先生。真的是男人中的男人。」

所以他一直說話，一直說廢話，藉以隱藏自己的腳步聲。話說回來，即使內容一點都不重要，不過這孩子為什麼總是說著無法打動人心的話語？

再怎麼沒有情感也該有個限度。

連我家的屍體人偶都比較有情感。

總之，空空以聲音抵銷腳步聲，使得我難以察覺他的動作，相對的，成為雜音的這些說話聲，使得我可以在某種程度掌握他的位置情報。也可以說我目前就是靠著這種方式活下來。雖然我突然被襲擊而驚慌失措，但他也絕對不是做好萬全準備萬無一失前來討伐我。

可能是突發任務，或是進行其他任務的時候順道前來，也可能是政治方面的隱情……地球鏖滅軍大概就是這種組織吧。

大人的苦衷是最恐怖的東西。

考慮到形式上是少年（兵）們被大人的苦衷波及，空空（以及地濃）就有酌情減刑的餘地，不過就算這麼說，我還是不能乖乖被殺。好啦，這下子怎麼辦？

在這種狀況，最可怕的是空空胡亂揮動「虐待太郎」進行特攻。要是做出這種充滿雜訊的動作，我幾乎不可能直接聽聲音判別動作。

只不過，我也知道空空不會這麼做……因為真要說的話，面對擁有「醜惡怪俠」與「虐待太郎」兩樣裝備的隱形英雄，這是我唯一觀察得到的弱點。

換句話說，他自己也看不見。

看不見自己的英姿，也看不見自己的劍招……要是胡亂揮劍，無法避免砍中自己的可能性。

就算不會被看見，要是沒有謹慎揮動，「虐待太郎」很可能會成為超過字面所述的「雙刃劍」。全身戰鬥服「醜惡怪俠」，也絕對不是防禦力很高的鎧甲。考慮到功能如此精密，反而甚至是脆弱到不堪一擊吧？

即使不是這樣。空空肯定也想避免和我扭打成一團……無論是否看得見，要是抓住就沒差了。

因此現在是保持距離的均衡狀態……不過這種狀態也不能持續太久吧。

地濃昔日所屬的「絕對和平聯盟」，據說是為了達成保護人類這個目的，毫不猶豫就敢犧牲整座城鎮的危險組織。目前我完全找不到充足的根據，證明地球鏖滅軍是不同於該聯盟的穩健派。

破壞均衡，釐清疑惑。

回想起我因為成為吸血鬼而差點被討伐的那個春假，這個事態令我忍不住失笑。因為我現在居然必須主張自己不是「地球陣」，只是前吸血鬼。是罕見的偶發事故。

「沒能順心如意對吧，阿良良木先生。」

空空繼續進行沒有內容，沒有情感的閒聊——繼續發出雜音。我們兩人都在教室裡連續微幅移動，不會停在固定的場所。

「沒能順心如意？什麼事？」

「你一直依賴自己的卓越視力，所以在看不見我的現在，你混亂到不必要的程度。但是和你對峙的我也好不到哪裡去，如果我沒穿著這種最新科技的產物，應該能以更直接的手段攻擊你吧。戰鬥技術變得先進，反倒限制我在這時候無法訴諸暴力。」

……因為強國彼此的軍事能力太強，所以反而無法開戰。類似這樣嗎？

拿這個話題閒聊太沉重了。到最後，實現和平的居然是開發出來的武器……這個少年選擇話題的方式也是亂七八糟。

但是我想主張自己在這種心理戰略勝一籌。只要能讓這個冰冷沒有情感的英雄捧腹大笑，肯定是我會勝利。

努力把沉重的話題轉換為笑點吧。

「我可以理解這種感覺。這叫做『理性的無知』。我偶爾也在想，如果我不知道戀愛為何物，應該也不會知道這種痛苦吧。」

「…………」

哎呀，沒有反應。

看起來沒打動他。

「我很清楚你的想法。我以前也是這樣。忍不住就想起當時放話說『我不需要朋友。因為會降低人類強度』的往事。」

「不，朋友是必要的吧。沒朋友的話很麻煩的。」

完全沒有共鳴。

這時候即使說謊也好，應該同意一下吧。

空空的話語沒打動我，我的話語更是沒打動空空……不過，他在朋友這方面不是說『需要』而是『必要』，可見這名少年多麼貨真價實，使我深刻感受到昔日的自己多麼虛假。

我將這份心情暫時放到一旁，向少年說「我懂，你說得一點都沒錯，我正想要這麼說」表示理解之意。想拉近彼此的距離就由我開始吧……

「說來挺好笑的，如果我們以不同的方式相遇……咿！」

我不小心發出「咿」的哀號。

說到一半就砍過來，我不禁憤怒心想這個英雄真是卑鄙，不過仔細想想，他打從一開始就使用這種作戰。以雜訊擾亂我的集中力，分心不去注意腳步聲。

完全沒變化吧？

這種應該要分級評定的殘虐性。

如果以不同的方式相遇，我肯定會以不同的方式被殺。

剛才勉強躲過攻擊，但我背後的桌子被砍成兩半。好驚人的鋒利度。我朝著該處踢出一腳，想說運氣好的話踢得中，不過當然踢空了。敵人早已移動。

即使沒有「心」，也有武術所說的「殘心」。

「拿起劍就會失去用劍以外的選項。就算這麼說，還是無法拋棄劍。不只是科學，魔法也一樣，除非陷入相當的絕境，否則不會拋棄。如同人類即使知道會邁向毀滅，也不肯將一度提升的生活水準降回去。」

明明是保護人類的英雄，卻對應該保護的人類說得這麼嚴厲。

「拋棄之後，或許會意外變得輕鬆喔。」

即使不確定他是否還在那個位置，我還是朝著聲音傳來的方向這麼說。

不是為了維持均衡的虛張聲勢，也不是在說我自己的經歷。我只是知道有人就是這種實際案例。

「她是和你同年的國中生。不過和你一樣，現在已經沒上學了……那個孩子昔日主動走下神明的寶座。不是被任何人逼入絕境，也不是被狀況強迫。」

力量是可以拋棄的。

只要是為了夢想與希望。

我說出這個案例。我不會藉此要求他立刻解除武裝離開，但是我誠心誠意，注入所有的心意對他這麼說，肯定可以傳達到他的心裡。

我如此確信，但是我太天真了。

說起來，沒有心的這名少年，是否有在聽我說話都不一定……卻也沒有像剛才那樣突然砍過來。

不只如此，他好像反而早就離開我這個攻擊目標，躡手躡腳移動到大教室的講臺附近。更正確來說，是移動到講臺附近設置的音響設備。

若問我為什麼會知道……

『噹！！！』

因為設置在室內四個方向的喇叭，響起這個震耳欲聾的聲音。在我的話語與空的話語都沒能迴盪的這間教室迴盪。聲音——音樂沒有就此結束，像是要舉辦業餘樂團的快閃演唱會般繼續播放。

啊啊，我知道了。原來打從一開始就是這個目的。

空空把我趕進這間大教室，就是這個目的。

我自認是為了避免成為甕中鱉而逃進比較寬敞的教室，不過站在英雄少年的角度，這間有音響設施的大教室正如他所願。

因為這麼一來，不必浪費唇舌進行沒有內容也沒有情感的閒聊，他不只能消除身影，甚至可以消除腳步聲。利用喇叭播放的雜音和嘴巴所說的話語不同，不會因而被我這個目標取得位置情報。

剛才他暫時沉默，完全不是為了專心聽我說話，大概是多花了一些時間把收納在戰鬥服內袋的精巧通訊機器，連結到有點年代的大規模音響設備……這個冷酷少年喜歡的音樂意外地是搖滾風格，不過最新科技的通訊機器似乎一樣可以用來播放音樂。

「大事不妙……」

不只是不妙的程度。

依照慣例，因為我妙語如珠而被打動內心的交談對象，會在接下來的篇幅和我和解，但是這個英雄做事完全不看氣氛。

想要打動無心少年的心，難道是不可能的事嗎？彼此同樣建立了實際上不存在的後宮，我明明以為一定會意氣相投啊！

公平來說，至今從來沒有角色被我的妙語如珠打動內心，要是拿這件事批判空空無心，或許相當缺乏正當性，但是現在沒時間為我這種招致誤解的表現致上深深的歉意。

均衡瓦解了。被瓦解了。

那麼我必須採取行動。雖然已經無法掌握他的腳步聲，不過既然已經啟動音響裝置，這時候的英雄少年至少肯定在那裡。

講臺附近。

必須在距離被拉近之前跑走，逃離這間被音樂支配的大教室。

我把響起的搖滾曲調當成ＢＧＭ，像是音樂劇電影的最高潮般跑向門口。空空看起來是運動健將，不過塞滿最新科技縫製而成的軍服「醜惡怪俠」，我認為應該不適合進行迅速的動作。

短跑的話肯定是我占優勢。

最近沒有像樣的戰鬥劇情而有點缺乏運動的雙腿，在我的鞭策之下快步穿越課桌之間的斜坡。我像是破門般踹開門板，以前傾姿勢要鑽出教室的時候……

「好，賓果。正如空空的作戰。」

隨著像是帶刺花朵般瀟灑的這個聲音，看不見的利刃以眼睛追不上的速度，瞄準我的脖子揮下。

004

接下來是後續，應該說是結尾。

總歸來說，空空不是一個人前來。身穿「看不見的軍服」，手揮「看不見的凶器」的英雄不只他一人，除了他還有另一人。

如同地獄的三頭看門犬，無聲無息埋伏在大教室門口的另一名英雄。或許應該說是和英雄成對的黑暗英雄。

仔細想想，這麼好用的軍用武器如果沒有量產，肯定不是基於倫理以外的原因。而且空空隸屬的地球鏖滅軍，應該是和倫理這種東西無緣的組織。

人類不會將一度習得的生活水準降回去，同樣的，也不會將一度習得的戰鬥水準降回去。這是業障，也是宿命。

只不過，空空將「透明人兩人聯手」這張王牌隱藏到最後關頭的這個作戰，我只能說果然非比尋常。

朋友是必要的吧。沒朋友的話很麻煩的。

原來他說的是這個意思嗎……

可以確定不是地濃……推測不是阿良良木後宮而是空空後宮成員，更正，是空降部隊隊員的這名黑暗英雄，在戰鬥進入均衡狀態時也沒有出手相助，帶著武器默默待在被安排的位置，等待應當到來的那一瞬間到來，對此我必須致上稱讚的話語。

所以，我被斬首了。

如果我是他們口中的「地球陣」，肯定是這種結果。以往在這個局面都應該以「說來諷刺」這四個字開頭，不過只有這次可以光明正大地說，正因為我是前吸血鬼，我才得以九死一生撿回一條命。

若要說明究竟是怎麼回事……

將目標趕進封閉空間，至今只能刻意說廢話透露位置情報（順便隱藏另一名刺客的存在），以這種不完美方法隱藏的腳步聲，改以大音量的音樂完全覆蓋，等到目標完全找不到透明之劍失去理智，驚慌要逃離這個封閉空間的時候，由埋伏在出口的第二名刺客一劍斬殺……不是將目標趕進去而是趕出來的這種做法，正是空空本次作戰的精髓，不過冷血到可恨的這個怪人討伐計畫，唯一的瑕疵在於我預先察覺到出口埋伏著第二名刺客。

我不會說自己從一開始就看透一切。

態。

事實上，我沒看見。「醜惡怪俠」與「虐待太郎」從頭到尾都維持看不見的狀

不過，在音響裝置啟動，大音量的音樂響遍教室的時候，我就是在這時察覺到提劍靜靜站在門口的第二名刺客，也從腰部的骨架得知她是女生。

不可以用「那你果然有看見吧」這句話抨擊我。

雖然說了好幾次，但我真的沒看見。

關於第二名刺客，我沒將血濺在她身上，所以很難以味道判別。即使如此，我還是感覺得到她，並不是因為現場的危機使我的超能力突然覺醒。

無須覺醒，這是我原本就擁有的吸血鬼能力。不是用看的，也不是用聞的，是用聽的。

基本上，我這時候所做的事情，和剛才以腳步聲把握動作、以說話聲把握位置的做法差不多。

大音量的音樂確實覆蓋腳步聲，然而因為這個策略而同時浮現的不只是空空的身影，還包括另一人的身影。

這是和吸血鬼因緣匪淺的「蝙蝠」的生態，也就是發出超音波把握周圍地形的做法。說穿了就沒什麼，我只是以四個方向的喇叭在封閉空間所發出聲音的反射與迴響程度，把握了大教室裡的凹凸狀況。

話語即使無法打動人，也會打響聲音。

而且造成「迴響」。

正因為視覺被封鎖，我才能以迴響的聲波進行定位，不過我也真的在同一時間心想「大事不妙」。因為我原本以為對方只有一人，其實是兩人。

理性的無知。

明明不知道的話就能保持平穩心情，卻得知自己已經窮途末路，所以我手足無措狼狽不已。雖然除此之外還準備了許多方法，不過事到如今，蝙蝠能做的只有一件事。

只能放棄所有反擊手段，在空空——空空等人察覺到我已經察覺一切之前逃走。埋伏在門口的她，應該是要鎖定我衝出大教室的一瞬間動手，不過這也是我要鎖定的一瞬間。畢竟我已經得知是兩人聯手，同時得知不會有三人以上聯手，所以我只要假裝中計，假裝看不見，應該可以躲開刺客高傲揮下的這一劍。

實際上，我確實看不見。

只是聽得到。

後來的進展很簡單，鑽過利刃的我，和兩名透明軍人拉開足夠的距離之後，聯絡我親愛的客服專員——屍體人偶斧乃木余接，請她幫我和臥煙伊豆湖牽線。因為現在的我因故和臥煙是絕交狀態。

明明各方面差強人意，卻只在求助的時候表現傑出，看來我也已經成為大人……更正，成為大學生了。這就是如同雙胞胎的我與空空，除了「是否是英雄」之外的少數差異之一。

這次，我在形式上是因為空空進行臨門一腳的音響作戰，反而被他救了一條命，不過在解開誤會之後，我聽說這種自己闖禍自己收拾的狀況，對於英雄來說似乎是家常便飯。雖然是英雄的英雄表現，結果卻喚醒沉睡的邪惡。

如同有光就有影，英雄的光輝照亮反派，在英雄傳說確實是常見的劇情……如前面所述，我得救的原因在於我不是「地球陣」而是前吸血鬼，不過從另一個角度來看，或許可以說正因為空空是英雄，我才能得救。

就這樣，猶豫不決的蝙蝠撿回了一條命。

順帶一提，總管出手介入平息這個風波之後，空空向我道歉了。

「我誤會了，對不起。」

做出那種程度的暴行卻這麼率直抱歉，真是不得了……他一邊低頭一邊像是口頭禪般說出的這句道歉，空洞到令我冒出「咦？這麼沒誠意？」的疑問。或許我應該心想「就是要這樣才對」大呼痛快，即使他在抬頭的瞬間再度砍向我，大概也不必感到奇怪或是驚訝吧。

沒有真心也沒有私心，真要說的話，就是只在嘴上說說的謝罪。

我的天啊，再怎麼沒誠意也要有個限度……不過，就算是像這樣虛心坦懷，空殼裡也可能存在著看不見的心，存在著聽不到的悲鳴。

所以我滿懷期待，希望在將來的某一天，可以和主動走下英雄寶座的少年推心置腹開懷暢談。

第騙話 嘘・輪盤

001

名為札幌噓的可惡賭徒，連夜在栂之木第二中的體育館開設賭場。二十三歲的我以直江津警署風說課警部補的身分進行研修時，接到了這個通報。

雖說是通報，卻不是正式的通報，正確來說是昔日在「栂之木二中的火炎姊妹」擔任實戰而打響名號的我妹妹，現在任職於直江津警署生活安全課的阿良良木火憐巡警，在用餐的時候突然找我談這件事。

她難掩憤慨之意。

「雖然不知道是哪裡的誰，卻在我的母校恣意妄為。我很想立刻闖進去好好修理他一頓，不過這個案件很敏感，所以我獨自調查取得的這份極機密情報還沒回報給長官。」

應該先回報長官吧？我傻眼這麼想，卻不是無法理解她的心情。國中校內舉辦這種亂七八糟的娛樂活動，簡直是一大醜聞。

並不是只要對開設賭場的人進行輔導管束就好。畢竟參加的學生都算共犯，私立國中的名聲也會掃地吧。

雞飛狗跳，雞犬不寧。

將當地國中生大量又大膽捲入這個案件的手法，使我不得不回想起當年的那名騙徒，而且這個札槻噓雖然就讀別的學校，他自己卻也是十五歲的國中生，所以事情難以收拾。

即使如此還是必須採取行動，這就是警察組織。

「注意喔，仔細聽我說。我當警察不是為了保護法律，是為了保護孩子們的未來。」

調皮妹妹如此斷言的態度，使我的內心久違地被她打動。真虧她不像我在高中三年的期間變得乖僻，就這麼維持女國中生的心態出社會。

我打從心底尊敬。

對哥哥的說話方式也維持著女國中生的心態，這一點暫且不提……想到我現在是這副德行就更是感慨。話是這麼說，但也確實不能放任這種暴行。如果阿良良木兄妹要自己暗中調查，到底該如何出擊？

「哥哥，就是這樣。」

是哪樣？

「那間賭場，目前只限栂之木第二國中的學生有資格參加。反過來說，只要是栂之木二中的學生，任何人都是通行無阻備受歡迎。換句話說，既然我畢業於現正瀕臨廢校危機的那所學校，我就可以潛入搜查。」

即使她說「廢校危機」有點誇大其詞，不過原來如此。她想從壁櫥拿出四年前功成身退的制服與學生手冊。

從頭偽造服裝與證件得花費不少勞力，不過既然有材料，這份勞力可以縮減到只需稍微加工的舉手之勞。不過，還有一個問題。

有一個大問題。

阿良良木巡警的身高，在國中時代就已經相當突出，但現在輕鬆突破一八〇公分，要說將近一九〇公分也不為過吧。

如果有這種女國中生，在校生終究不可能不知道。

雖然志氣和自稱正義使者的那時候一模一樣，體型也確實是大人了。

「對喔，那麼……」

阿良良木巡警像是失望般這麼說。

向阿良良木警部補這麼說。

「我只能出借制服，請國中時代至今身高沒有明顯變化，我最親愛的哥哥幫我潛入了。」

002

「輪盤通常是以紅黑兩色來玩的遊戲，不過紅與黑分別會聯想到血與黑暗，感覺不太好。我想以健全的形式進行，所以我這裡是用紅白兩色。這樣就會給人喜氣的印象吧？」

頭髮向後梳成西裝頭，身穿純白西裝的成熟少年札槻噓，在隔著輪盤桌的正對面，朝著就坐的我露出像是貼在平坦臉部的笑容這麼說。

抱歉劇情進展得這麼快，不過本次的潛入搜查一下子就穿幫了。直到進入體育館始終都進行得很順利（沒能進行到「終」，所以只能說「始」很順利）。

公職身分的成年男性穿上妹妹國中時代的制服潛入國中，簡直是犯下另一種罪……順帶一提，最後我借穿的不是火憐的制服，是在火炎姊妹擔任參謀，現在不在日本的另一個妹妹的制服。即使是火憐國中時代的制服，我穿起來都鬆垮垮的。

我穿上制服，以數字改寫、照片重貼的學生手冊代替門票，獲准進入賭場。

通行無阻備受歡迎。

內部是華美到眩目的會場。

不知道應該形容為華美，還是形容為花俏又奢華。

不予置評——這是我發自內心的感想。

這裡真的是體育館？

白天的時候，這裡會進行籃球或排球這種清新的活動？

我實在不這麼認為。

以燦爛燈光照亮的舞臺，鐵定能讓情緒高漲的背景音樂……吃角子老虎、德州撲克、黑傑克、百家樂、骰寶、輪盤……除此之外，不擅長也沒鑽研的我所不知道的遊戲也密集擺放供人遊玩……身穿無尾禮服的荷官與色彩繽紛的兔女郎，果然也是國中生嗎？

居然有兔女郎。

這是我這邊的世界觀還沒出現的文化……在我聽火憐說明的時間點，畢竟再怎麼說也是國中生主辦的，我想像賭場可能是手工感比較重的校慶攤位，但是我錯了，賭場的完成度即使就這麼搬到澳門或是拉斯維加斯也毫不遜色。頂多就只是沒提供酒精飲料，是甚至會在天花板設置監視器防止有人出老千的正統派。

沒有啦，雖然我不該佩服……

不過這很花錢吧？

花錢的怎麼不是賭客，而是莊家……光是從國中生那裡搜刮零用錢，感覺完全無法回本……難道目的不是為了賺錢？

是基於別的目的？

只是想推動經濟？是的，就像是輪盤那樣轉動……

不妙，我覺得我一個人處理不來……這時候就暫時撤退，重新擬定戰略……依照狀況，最好找我的前輩，也就是擁有經驗與智慧的兆間警部談談……

在我如此心想並且退後的時候……

「哎呀，剛來不久就要回去了？難得光臨我廣受好評的賭場『Reasonable Doubt』栂之木分店，請多玩一下吧，阿良良木警部補。」

就這樣，我被賭徒逮捕了。

003

「輪盤大致分成美式與歐式兩種，本賭場採用的是有一格綠色的歐式輪盤。所以紅與白的機率不是二分之一。也可以賭『0』喔。」

換句話說，就是這樣。

①紅＝37分之18
②白＝37分之18
③綠＝37分之1

不過在這種一次決勝負的遊戲，賭綠色的傢伙簡直有問題。可以說不是普通的賭客，是賭博成癮。

不過如果是我這種數學成癮的人，比較好奇三百六十度的輪盤要怎麼以37這個數字等分……是微調格線的厚度藉以完美分割嗎？

不過到頭來，我無論賭哪個顏色，這場賭都是我比較不利。與其說是猜對就贏，總歸來說應該是猜錯就輸，所以如果我押紅色，是18：19由荷官嘘占優勢，如果我押白色，同樣是18：19由嘘占優勢。

雖然不是令我玩不下去的機率，但不利就是不利。賭場可以說就是靠著這種些微的差距成立。

不過，這種程度的不公平，我必須甘願承受……既然潛入搜查穿幫了，我即使被圍毆一頓也不奇怪。

警部補被國中生圍毆，就某方面來說也是醜聞……不過這個看似成熟的國中生沒使用暴力，居然是改成向我下戰書。

「來賭一場吧，阿良良木警部補。如果你贏了，我們『不良美女隊』今晚之後會永遠從這座城鎮撤退。如果我贏了，請再放過我們兩個月。」

嘘展現的紳士風度，我若是回想起自己的國中時代絕對無法想像，不過他將這段期間定為兩個月，我覺得很恐怖。因為和我在風說課的研修期間一樣長。

寒毛直豎。

原本我滿腦子以為是我這個老大不小的大人假扮成女國中生被他識破，然而並非如此。他不只知道我的名字，也明顯已經掌握我的個人資料才前來搭話。

不只是為了平安逃離現場，也不只是為了維護妹妹母校的名譽，我更覺得放任這個笑咪咪的少年為所欲為不太妙。

我強烈這麼認為。

必須趁現在想辦法處理……

這孩子不只需要輔導，更需要指導。

所以，我包下一張輪盤桌，和擔任荷官的噓面對面。說到為什麼選擇輪盤，是因為我不清楚其他遊戲的規則。

即使知道怎麼玩，也不知道怎麼賭……老實說即使是輪盤，我也不敢說自己熟悉規則。不過除了顏色從紅黑改成紅白，似乎沒有這間賭場的特別規則。

所以，本次採用的是選擇紅或白（或綠）的單純規則。

荷官可以將珠子投進自己想要的輪盤數字，這種能力是我們的專業領域——換句話說，是都市傳說，但就算這樣也不能掉以輕心。

雖然也可以先下注，不過就在他確實投出珠子之後再宣布要賭哪個顏色吧。我現在想賭的是紅色，不過這個想法該不會是受到外力影響吧？

紅色是血的顏色。血。

我不知道噓知道我多少底細，萬一他知道我曾經是吸血鬼，或許會預測我有著下意識被紅色吸引的傾向。

誘導……

如果不是白色，而是符合原則的黑色，或許我果然會賭黑色吧。因為在我的心目中，只要說到「闇」就會想到小扇。我下意識下注的話應該會選這個顏色。

主掌賭局的噓在這座賭場當然是門面，桌子周圍完全被觀眾包圍……他目前沒公布我的真實身分，不過要是受到眾人注目太久，或許也會有別人察覺，所以我狂冒冷汗。

應該說，打扮成兔女郎的女國中生在旁邊走來走去，我的視線會分散，完全無法專心。

如果是火憐看見母校的慘狀，或許會忘記巡警這個身分以暴力解決。

「客人，內心做出決定了嗎？」

噓真的是沒有忘記身分，也意識到觀眾的感受吧，他不是以「阿良良木警部補」，而是以「客人」稱呼我。這種周到的手腕也正確無比，細心無比，恐怖無比。

簡直是這種類型的妖怪。

仔細想想，能夠開設此等規模的賭場，吸引這麼多賭客，而且這個情報直到現在，外洩的程度也僅止於傳聞，噓的統治力實在了得。我家的妹妹是這裡的畢業生，而且現役時代處於領導者地位，經由她的人際網路與管道，這個傳聞才好不容易傳到我耳中。「傳聞」是吧……

都市傳說——

「嗯，我決定了。轉輪盤吧。」

其實還沒決定，但是我這麼說。對付這個深不可測的國中生，我還是不想先攻。我終究不認為他能以心電感應讀出我的心……

「那麼……」

噓說完點點頭，滿不在乎地轉動輪盤，以右手將珠子彈進去。我姑且試著利用前吸血鬼的視力觀察輪盤的轉動速度與珠子的軌道，但是失敗了。

吸血鬼的後遺症在最近不太可靠。

即使視線勉強追得上兩者的轉動，但要預測數字的話就是混沌理論。別使用無謂的作弊手法，不管三七二十一直接下注比較舒暢。

畢竟天花板有鏡頭監視，觀眾也在看，要是做出可疑舉動被當成出老千就是本末倒置。警察居然在搜查違法行為的時候作弊，真是愈來愈沒救了。

37分之18。即使比較不利，想到我阿良良木曆至今克服的種種難關，勝率絕對不差。

順帶一提，高速迴轉的珠子不是白色，是黑色……由於輪盤從紅黑改成紅白（我認為實際上不是因為會聯想到黑暗，主要原因是看起來比較花俏），似乎意味著被輪盤開除的黑色轉行成為珠子。

「阿良良木先生，人類的心理千奇百怪對吧？會同時許下『想存錢』與『想花錢』的願望，同時出現『希望身材變好』與『想吃美食』的念頭。會同時做著完全相反的夢。」

我心想「還是選紅色吧」正要擺放籌碼的時候，噓如同要完全消滅我這股氣勢，在絕妙的時間點開口。

「與其說矛盾，不如說是兩難。是無止盡的二律背反。所以人們即使實現何種夢想，都會覺得『不應該這樣才對』而嘆息。俗話說『比起不做而後悔，做了再後悔肯定好得多』，但是在下定某種決心去做某件事的時候，已經放棄了完全相反的某種東西，所以後悔程度是一樣的。」

「…………」

他說了一件相當艱深的事。

或許他的目的是擾亂我，但是抱歉我不會中計。在舞臺上跳舞的國中生兔女郎有效得多。

「不不不，我只是想表達說，比賽與事物都不能以二選一的形式看待。二元論是很好懂的虛構理論。事情沒這麼容易分辨黑白——在這個場合是紅白。沒這麼容易分辨紅白。勝與負，善與惡，真與假，兩者都不是對立，而是並立。」

「國中生就知道這個道理，真是了不起。我可是花了高中整整三年才理解這個道理。」

為了避免周圍聽到，我壓低到只有噓聽得到的音量，聳肩這麼說。不過在這種喧囂環境這麼做，或許是不必要的貼心。

該怎麼說……

總覺得和這個孩子合不來。不是因為他是賭場老大或是罪犯，而是在這之前的問題。

如果我在學生時代遇見他，別說敵對，基本上不會有所交集吧。即使三年都同班，感覺不會和他說過任何一句話就畢業。

是因為他誠懇客氣卻有禮無體的態度和我不太相容嗎？畢竟我身邊基本上大多是為人和善或是態度率直的傢伙……

投緣程度嗎……

「白色。」

我開口如此宣布，將籌碼放在相應的格子裡。說巧不巧，預先發給我的籌碼顏色，和正在熱烈迴轉的珠子一樣是黑色。

白色加上黑色——BLACK羽川。

她那樣也是一種並立吧。不過……

「我說噓小弟，並立是好事，但是不能同歸於盡吧？我是這麼想的。」

「哎呀哎呀，這是阿良良木先生再經過大學四年之後的結論嗎？」

噓配合我降低音量，像是低語般這麼說。高中三年，再加上大學四年。

「這不是結論，還會再度改變。包括我說的話、我做的事，今後都會頻繁改變，隨時改變。」

我很期待。期待明年的我會在這種時候說些什麼，做些什麼。

如同輪盤目不暇給又千變萬化的中獎數字。

「No more bet。」

此時噓回復音量，不對，是增加音量，像是唱歌般高聲宣布。這是身為荷官的演出。

他在這方面頗有造詣。

「下注結束。請不要把手伸到桌面。至少在這場遊戲已經不准更改了。話說回來，不介意的話，方便請教您押注白色的根據嗎？」

「沒什麼根據。」

直到前一秒，我想押注紅色的意願比較強烈。此外，如果我一邊說那麼多，一邊卻在這時候押注綠色，押中37分之1的機率，或許會帥氣得亂七八糟而被兔女郎捧上天，我並不是完全沒有這種僥倖心態。

賭博的誘惑太恐怖了。

忍不住就會想要押注機率低的那一邊。想要試著在完全處於客場的這種狀況一口氣翻盤。

我居然想被兔女郎捧上天。

被國中生的領袖氣質點燃熊熊的對抗心態是要做什麼？

我發誓，並不是從ＢＬＡＣＫ羽川聯想到白色。更不是從初遇她那時候的內褲顏色決定押注白色。

如果紅色是「血」，黑色是「闇」，白色就是「骨」。

我說的話與做的事都不斷變化，所作所為持續變節，持續更新，有時候會交替，有時候也會後退……即使如此，還是想展現我的骨氣。

原本用在輪盤的珠子顏色是象牙白，但我沒要拿這件事來牽強附會。

我想讓假裝成熟的年輕人見識一下。

見識有骨氣的我。有骨氣的大人。

……或許這正是在對話過程中被巧妙誘導的結果，不過就算這樣也無妨。既然勝與負是並立的，那麼無論勝負如何，我也不會放任體育館這樣下去。

下注的宣言是宣戰的號令。

「白色是『骨』嗎……原來如此。居然說到白骨，這是我這種年輕小夥子不會有的視角。」

「你覺得這是老頭子的想法？不只是白骨，而是化石？」

「與其說是化石，不如說是怪物。我選擇這裡當成娛樂場所的目光果然沒有失準。不是娛樂場所而是採掘場所嗎？無論如何，您偶然選擇的這個紅白輪盤，是很適合您的遊戲。」

？

在我思考這是什麼意思的時候，輪盤愈轉愈慢，同樣減速的珠子發出清脆的聲音在輪盤裡彈跳。

然後……

珠子落在某個顏色、某個數字的格子裡。

同時，噓這麼說。

「您這個人真是歡樂啊。」

以非常禮貌的聲音，惡毒到令我忍不住轉頭多看他一眼的聲音這麼說。

004

接下來是後續，應該說是結尾。

先說結論，噓經營的「Reasonable Doubt」栂之木分店停止營業了。換句話說，他投出的珠子不斷滾動到最後落入白色格子。

記得是白色的23。

不過，若問這是否可以說是我的勝利，必須先打上一個大大的問號。我確實押注白色，而且結果也是白色，所以只擷取現象來看無疑是我的勝利，卻也找不到如此令人無法信服的勝利。

「勝利」是這麼一回事嗎？

我不得不歪頭納悶……畢竟我的人生沒什麼明確勝利的體驗，所以幾乎找不到用來比較的對象，這就是我現在覺得納悶的原因吧。

至少我沒有以那天晚上為契機，忘不了新手運而沉迷於賭博……不確定勝負的這種輕飄飄心情難以令我成癮。

這應該是好事吧。

如果賭場本身即使已經關閉，國中生們依然忘不了在那裡的輝煌體驗而跑去其他場所夜遊，火憐那傢伙不可能接受這種結果。依照正義巡警的追蹤調查，栂之木第二國中的學生們懷著「好玩是好玩，不過那個到底是怎麼回事？」這種像是被狐狸捉弄的感想，回到原本的日常生活。

像是被狐狸捉弄嗎……

這麼一來，簡直是怪異現象。

迷路闖進如同龍宮的樂園度過一夜，隔天早晨在樹葉床上清醒……事實上，火憐說即使是配合她從其他方向進行的追蹤調查也一樣，札槻噓當然不用說，連「不良美女隊」都不確定是否真實存在。

「Reasonable Doubt」是夢幻？還是現實？

到了這個地步，真的輪到風說課出馬了。臥煙基於個人意圖在公家機關新成立的那個部門，就是要讓傳聞還在傳聞的階段就隨風而逝。

「阿良良木警部補，那個叫做札槻的孩子，從一開始就不想在那場賭局勝過你吧。正如你的直覺，他的目的應該不是賺錢。在他發現你扮裝進入賭場的時間點，他就已經精明地決定撤退。即使如此還是對你下戰書的原因，大概是要給你這個潛入搜查官一個面子，順利收掉賭場避免發生衝突。」

雖然很晚才進行報告（事後報告），不過風說課的可靠前輩——兆間警部聽完我不著邊際的說明之後，做出這樣的解釋。順便說明一件事給各位參考，兆間前輩是泥人。

在泥製的人偶裝入人類的靈魂。

製作泥人的爺爺奶奶，在兆間前輩就讀國中的時候過世，後來泥人的造型再也不可能更新，所以兆間前輩的外表維持十五歲左右的模樣。如果我一開始就找她談這件案子，潛入搜查會更加容易。

不過即使是我，也不敢對職場前輩提出「請穿上女國中生的制服潛入國中」這種要求……

「意思是他故意輸給我嗎？可是……要怎麼做？」

我並不是沒想過這個可能性。反倒是首先就這麼想過……畢竟再怎麼說，他也是膽敢大發豪語宣稱勝利與敗北並立的賭徒。

或許如同我下定決心「無論誰輸誰贏都不會善罷甘休」，他也下定決心「無論誰輸誰贏都會善罷甘休」。不管目的為何，他很可能早就覺得「遊戲就玩到這裡吧」看清收山的時機。

不是把我視為潛入的敵人。

頂多只視為下課的鐘聲吧。

……即使如此，在一次分勝負的輪盤，37分之18的機率會落敗，37分之19的機率會獲勝，兩者的難度幾乎一樣。

大概是「贏了就贏了，這樣也好」的感覺……

「不，剛才聽你的說明，我認為那孩子是懷抱屹立不搖的確信選擇敗北。因為最後的結果是白色的23吧？」

「是……是的，如果我的記憶正確。」

「阿良良木警部補的記憶總是百分百正確喔。」

兆間警部如此消遣。

「白色的23不存在。在正式的輪盤裡，數字23是紅色。」

接著她這麼說。

咦？23是……紅色？

那個……可是開出來的結果確實是白色……是我記錯？還是我看錯？

在正式的輪盤裡……白色的23不存在……啊，不過那個輪盤是特殊規格。是喜氣的紅白規格。

就算這麼說，黑色的23當然也不存在吧。既然23是紅色，那麼黑色的數字就是22、24、26、28、30……

「29也是黑色，然後30不是黑色。無論是美式還是歐式輪盤，紅色與黑色都不是完全交互排列。這部分也是混淆的根源。1、3、5、7、9、12、14、16、18、19、21、23、25、27、30、32、34、36是紅色，除此之外的2、4、6、8、10、11、13、15、17、20、22、24、26、28、29、31、33、35是黑色。」

百分百正確的記憶力。

不，對於知道的人來說應該是常識，但我一直認定顏色是交互排列，所以感到意外。不過如果以「紅色是奇數、白色是偶數」，或是「紅色是偶數、白色是奇數」這樣明顯分類，應該會早就發現不對勁吧。

因為，輪盤除了押注紅或黑的二選一，還有押注奇數或偶數的二選一……要是完全交互排列，這兩種賭法就一模一樣了。

「那麼，我想想，所以在『Reasonable Doubt』的栂之木分店，輪盤的黑色數字是白色……」

並不是這樣。

因為23是白色。

換句話說，紅色與白色相反？

「這樣就無法建立勝利的方程式……不對，是敗北的方程式喔。顏色並不是一開始就相反，而是在後來改成相反的顏色。」

「意思是珠子落到23之後，把數字的顏色從紅色換成白色？不不不……」

不可能。不可能。

居然依照開出來的結果改變整張輪盤桌的顏色，又不是變色龍……如果那張桌子包括輪盤隱藏這麼大規模的機關，我終究會察覺才對。

「規模不必太大吧？顏色這種東西，只要用燈光開關調整，想怎麼改變都不是問題吧？」

「用燈光調整……我的眼睛可不是裝飾品，不可能沒察覺自己坐的桌子在發光喔。」

非但不是裝飾品，還是前吸血鬼的視力。

如同那天沒能徹底看清轉動的輪盤，最近沒什麼在用所以有點退化；即使如此，只要不是陽光，任何光線我都可以直視。

「如果不是陽光，而是反射光呢？」

「什麼？」

「應該不必由桌子或輪盤發光吧？用聚光燈從天花板照射就好。所以那張輪盤桌才是紅白配色吧。」

兆間警部說。

「因為黑色用任何顏色的燈光照射都是黑色。如果是紅色與白色，那就可以『做』得出來。至少做得出看起來很像的顏色。這是『光之三原色』的原理。」

「……天花板監視器。」

為了防止賭客出老千而安裝天花板監視器……我原本這麼認為，不過安裝在每張桌子正上方的那個設備如果是光源……

珠子與籌碼都是黑色，並不是什麼「巧合」，是因為在燈光照射之下，如果珠子與籌碼也一起變色就搞砸了。

既然黑是「闇」，那就和「光」並立。

當然，噓宣布「No more bet」之後禁止我把手伸到桌面，也是基於同樣的原因……要是我的手變得五顏六色，我再怎麼樣都不會當作沒看見。

「既然賭場已經撤收，就只能進行『如果是我就會這麼做』的推理，不過天花板的監視器其實是照明燈，而且應該不是用來照明整張桌子，而是將範圍縮小到極限，只照射擺放籌碼的格子以及珠子迴轉的輪盤內部吧。說不定當成投射銀幕的輪盤是正常的數字與顏色組合，只在必要的時候以聚光燈照射，藉以恣意切換顏色。在這次的例子裡，至少押注顏色的格子必須維持原本的顏色，實際上應該施加了複雜的機關增加運用範圍，應付賭客只投單注的狀況。無論如何，基本上是一種光雕投影的技術。」

「太無法無天了……」

我很想說這可不是玩遊戲這麼簡單，不過在這種場合，應該說必須是玩遊戲才能這麼無法無天。

不只是無法無天，甚至是天衣無縫。

絲毫沒有意識到這是犯罪……即使我的表現完全是輪盤門外漢，他居然敢在現役警察面前，將桌上的紅色與白色完全對調。

「話是這麼說，但我認為他早就多加注意了。在切換照明的瞬間——珠子落在23的瞬間，他突然像是挑釁般說出『您這個人真是歡樂』這種話，讓吸血鬼的視線從桌面與輪盤移開，這種細心的手法應該可以稱讚十分高明吧。」

「稱讚耍老千的手法又能怎樣？」

「故意敗北算是耍老千嗎？」

唔……

聽前輩這麼一說，我無從反駁。花俏的音樂以及整個會場的照明，我也已經認為是用來擾亂我的平常心，進而引發錯覺的陷阱。

「居然會這樣……當時讓兔女郎在桌子周圍走來走去害我分心，原來也是作戰之一……」

「這應該只是你擅自失去專注力吧。雖然現在這麼說是事後諸葛，不過身為執法機構人員的你如果要做到萬無一失，在看見女國中生扮成兔女郎的時間點，你就應該向我或是甲賀課長報告。」

前輩的斥責一點都沒錯。

其實我原本想這麼做……哎，即使我這麼說也只是狡辯吧。

……不提兔女郎，不只是我自認隨便選擇的那張輪盤桌，所有賭桌上的遊戲肯定都有這種機關吧。

與其說是用來讓莊家獲勝的機關，不如說是用來調節勝負的系統。所以其他的「賭客」也會和我一樣，懷著心神不定的感覺踏上歸途。

不只是賭場，各種賭博、遊戲或是抽籤，據說「五分之一」是最容易上癮的機率。大約五次可以中一次大獎的機率最容易讓玩家沉迷。

反過來說，肯定也有某些機率不容易讓人上癮。「Reasonable Doubt」的栂之木分店或許是想實現這種機制。

該說是賭徒自己的成癮對策嗎……說不定真正的目的不是賺錢，是進行這種系統的實作實驗。

實作實驗——人體實驗。

不過，這種說法令我難以置信得多。不只是「賭客」，連潛入的搜查官都當成實驗對象……和我選擇的骨氣路線完全相反，如同無法成為化石之軟體動物般的彈性路線。

只能說他這個敵人真是了不起。

所以……他或許不是敵人。

目標不是「對立」，而是「並立」的賭徒。

我基於立場不能稱讚罪犯，但是這種始終不一的立場，我甚至敢說和始終如一的立場同樣美麗。

或者說，我甚至可以說他這個人真是歡樂。

不是嘲諷，不是挑釁，是意味著「美麗」的那種歡樂。

「噓小弟將來會成為什麼樣的大人？」

解開謎團之後依然心神不定的我提出最後一個問題之後，維持小孩外觀永遠不滅的泥人，冷漠說出「這種孩子能活到明年就是奇蹟了」這句開場白。

「無論是小孩與大人，或者是生與死，在札槻小弟的心目中或許都和光與闇一樣可以並立吧。」

前輩這麼回答。

本次吹起的這股風說，即使像是輪盤般眼花撩亂改變色彩，也依然如同扔進命運的珠子，回歸到應當回歸的場所。

第終話　真心・終結

001

想影真心是人類最終，一旦「那個人」登場，任何物語都會就此終結。無論是推理還是奇幻還是傳記還是何種作品，都會完全過激地落幕下臺一鞠躬。

我至今整整十四次接觸了各式各樣的世界軸、各式各樣的世界線、各式各樣的世界觀，卻還沒獲得喃喃私語談論他們與她們這些人的資格。即使我不是我，是負責傳承優良技術，擁有合格證照的敘事者，若是高姿態插嘴干涉不同文化圈的存在方式，果然不是什麼值得稱讚的事。這甚至不是文化的問題，肯定是生態系的問題吧。我絕對不能以不經大腦的行為，破壞已經整合成立的生態系。

我甚至已經做得太過火了。

如同不能將敵視地球的祕密組織和重視縝密論理的名偵探相提並論，某些文法是「嚴禁混合的危險物」。不是因為哪一邊比較高階，也不是因為哪一邊比較優秀，只是因為兩者不一樣。

必須撲殺特定外來種的想法，或是把繁殖過剩的動物稱為害獸的想法，我基本上不太喜歡。這也不是因為好壞的問題，是因為我自己就是會被撲殺，會被稱為害獸的那種人，是前吸血鬼。實際上，在他們與她們的眼中，我才只是一個稀有罕見的怪人吧。

掟上今日子。哀川潤。地濃鑿。瞳島眉美。

病院坂黑貓。水倉莉絲佳。否定姬。無桐伊織。

萩原子荻。紫木一姬。西条玉藻。

千賀彩、千賀光、千賀明子。

匂宮出夢、匂宮理澄。

葵井巫女子、貴宮無伊實、江本智惠。

空空空。札槻噓。

我在他們與她們的眼中，到底是什麼樣的存在？是應該撲滅的野蠻怪物？還是應該締結友好關係的外人？

不過，即使是這樣的我，在至今斷斷續續窺見異世界的過程中，只有一件事我可以抱持自信斷言。

以藍色學者與戲言玩家為中心的那個無機質世界觀，能夠以「個位數」的集數確實完結的這個事實無疑是奇蹟。在這個完結得以成立的時間點，其中的恐怖或許沒那麼顯眼又清楚，不過只要看過我們像是不死怪異般再怎麼終結也一直持續到現在的這副模樣，應該就不必多做說明吧。

終結是一件難事。

「死亡很簡單」這句話說來簡單，但是不對，無論再怎麼想，死亡肯定是最困難的事。只要終結，一切都好說？換句話說，終結不就是最困難的事嗎……

無須多說。

帶來這種奇蹟般終結的人如果是「苦橙之種」想影真心——是人類最強之承包人的後繼機種暨完成形態，人類最惡之靈魂為了毀滅世界而建築的十三階梯第十三階……

即使是不斷混合攪拌至今的這個混沌，她肯定也能帶來完美得不留任何痕跡的終結。

002

「連續殺人犯連續殺人事件」這種珍奇案件的搜查工作，居然由我負責其中一部分，原因在於許多的誤會、大量的誤失以及無數的誤解。說起來，我從曲直瀨大學畢業，學完警察學校的課程，任職於家鄉的直江津警署風說課之後，不知為何以青年身分遠赴美國進入ＦＢＩ國家學院留學的時間點，就已經是一百個誤會與一千個誤失，誤解的數量甚至不只破萬還上億吧。都二十五歲了，居然還進入學校讀書。

難道我被詛咒一輩子都必須努力從學校畢業嗎？還是被詛咒只能在水準優秀到

高攀不起的菁英集團位居底層，永遠被自卑感折磨？如果是後者，那大概是我在中小學時代被兒時玩伴下的詛咒。

現在這樣，我若想和女友戰場原黑儀建立幸福的家庭，簡直是痴人說夢話。或許各位會罵我不准奢求，不過想到這一切都被臥煙玩弄於股掌之間，我果然無法拭去羞愧之意。而且先一步前往美國的小隻妹還說「哥哥真是的，簡直像是花嘴鴨一樣追著我來美國耶，好可愛～～！」狠狠數落我一頓……我總是認為在高二到高三那年春假遭遇鐵血、熱血、冷血之吸血鬼以後，我後續的人生就大幅改變，不過真正大幅改變我人生的人，或許出乎意料是那位和善又笑咪咪的無所不知大姊姊吧？

總之，這方面的事情就等改天在其他地方有機會再說……像這樣總是忙於訓練的某一天，我從學院所在的維吉尼亞州（站在前吸血鬼的角度來看，總覺得這個州名有其必然性），被叫去FBI總部所在的華盛頓DC。

順帶一提，之所以特地加上「DC」兩字，絕對不是因為我想耍帥，是因為我搞錯一次，跑去了華盛頓州。這和「京都」與「東京都」一樣容易混淆。

經過這番風波之後……

「真開心，好久沒能像這樣用日語交談了。雖然是這種髮型，不過俺好歹是日本人喔。」

嘩哈嘩哈嘩哈。

在總部裡的某個房間和我單獨相處之後，她——叫做真心的她笑了。相對的，我總之試著回以日本人風格的親切笑容，卻遲遲不太順利。她的氣場令我臉頰僵硬。

橙色的氣場。

與其說彷彿散發光輝，應該說真的散發光輝的那頭橙色頭髮，她綁成像是日式注連繩的粗麻花辮，明明不是萬聖節的季節，她卻不知為何穿著女僕服。

雖然是正統規格的全套服裝，不過女僕服就是女僕服。總覺得在哪裡看過這套女僕服，不過這件事先放在一旁。畢竟這裡是自由的國家美利堅合眾國。第一次見面就批評對方的服裝不只失禮更不識趣。

然而……

「ER3系統……是這個名稱嗎？MS－2？不同於FBI或是CIA，我沒聽過這個組織，真心小妹隸屬於這個組織嗎？」

「以『小妹』稱呼俺的傢伙可不多見喔，搜查官。小阿搜查官。」

然後她再次開口大笑……即使是長年躲在我影子，活了六百年以上的前吸血鬼，也不會像她這樣笑。

小阿？

我才要說，以這種方式稱呼我的傢伙可不多見。即使有人會稱呼我是變態，基本上也沒人稱呼我是小阿。

「哎，正常活在世間就不會和這個組織有交集，所以小阿不必在意。不提這個，快點告訴我吧。說明那個連續殺人犯連續殺人事件的概要。陷入瓶頸的搜查工作，俺來幫你早早終結。」

「…………」

從神祕學術機構派遣到FBI，推測還是十幾歲少女的真心，充滿自信對我這麼說。不對，不是自信，聽起來像是只在陳述一個事實，如同「終結」對她來說是日常的一部分。

光是像這樣相對而坐，我也感覺她每一秒都在展現和我的級數差距。

能夠流利說日語，對於日本人來說並不是專長也不是特殊能力，然而還稱不上是正式搜查官的我，就是因為這個能力而獲選負責接待真心。不過只有這一次為了盡快回到日本，我別試著胡亂向高層的大人物們展現優秀的一面，而是唯唯諾諾順著風向行動比較好。

不然的話，終結的可能不是搜查工作，而是我。「連續殺人犯連續殺人事件這個名稱，始終是媒體自己取的。」我負起職責開始說明。

「喔，這我知道。報導要寫得有趣又聳動對吧。」

「不過以這次的狀況，事實比報導還要有趣。正確來說，並不是連續殺人犯連續殺人事件。」

是連續殺人犯高速殺人事件。

不是連續，是高速。

003

明明出了人命卻形容為有趣，不只在日本會被抨擊有失體統，即使在自由的國度也不能這麼說。不過我還是想這麼形容，因為這個事件就是如此不真實，彷彿是在虛構世界發生的事。

身為訓練生（我的立場模糊到不一定能這麼稱呼）的我，當然沒有正式參與搜查工作，然而這個事件稀奇古怪到我即使不願意也還是記得事件概要。

總之，在十四名被害人都是連續殺人犯的時間點，就已經算是讓人笑不出來的黑色笑話了，但即使他們是無辜的平凡善良市民，也絲毫不必以話語矯飾到聳動人心的程度。

說來丟臉，我經由臥煙的介紹（陰謀）來到美國之前，都不清楚外國影集經常提到的ＦＢＩ是什麼樣的組織（甚至以為是虛構組織），不過在幅員廣闊的美利堅合眾國，ＦＢＩ似乎是主要負責廣域搜查的警察機構。基於這層意義，這樁連續殺人犯連續殺人事件，要說是用來讓ＦＢＩ進行搜查的事件也不為過，同時也不失體統。

因為犯罪發生的區域遍及全國。

島國出身的我聽到這句話也很難有什麼實際的感受，然而犯罪發生的區域不只是北美大陸，甚至還遍及夏威夷州，所以非比尋常。

指名通緝中的凶惡連續殺人犯在美國各地各州被殺。本次是這種殺人事件。

第一名連續殺人犯在伊利諾州的芝加哥。

第二名連續殺人犯在紐約州的曼哈頓島。

第三名連續殺人犯在加利福尼亞州的舊金山。

第四名連續殺人犯在科羅拉多州的丹佛。

接著是第五人在佛羅里達州的奧蘭多，第六人在阿肯色州的溫泉城，第七人在田納西州的納士維，第八人在夏威夷州的夏威夷島，第九人在德克薩斯州的達拉斯，第十人在路易斯安那州的紐奧良，第十一人在愛達荷州的波夕，第十二人在阿拉巴馬州的蒙哥馬利，第十三人在威斯康辛州的密爾瓦基，第十四人在阿拉斯加州的費爾班克斯……就像這樣繼續。

「繼續」。

是的，既然沒破案，應該可以說還在繼續。基於這層意義，雖然寫成「連續殺人事件」不算錯誤，不過「第一」「第二」～「第十三」「第十四」這種計數方式必須加上註釋。

換句話說，這是「發現的順序」，未必是「殺害的順序」。

包括阿拉斯加州與夏威夷州，這個國家合計擁有六個時區，該怎麼記載時間令我頭痛，為求方便就採用國際標準時間……雖然「屍體發現時刻」各有不同，但是最重要的「死亡推定時刻」幾乎是同一時刻。

在這個場合，「幾乎」這兩個字是法醫說得比較保守，如同「凶器」與「殺人手法」完全相同，十四名連續殺人犯的「死亡推定時刻」也完全相同。

不只相同，甚至可以說是統一。

好啦，換言之接下來就是問題了。

南到夏威夷州，北到阿拉斯加州；東到紐約，西到舊金山。潛伏在各地的十四名連續殺人犯，凶手是用什麼方法在同一時間殺害？

004

「用跑的。」

真心這麼說。這時候她不知為何沒笑，而是一臉正經，以認真的表情說。

「只要全力奔跑，肯定來得及。只要拚命努力就沒有做不到的事。俺安裝電池的心愛老婆就是這麼說的。」

我不知道真心說的是誰，不過這傢伙應該是以非常嘲諷的態度這麼說吧？

雖然只是毫無根據的直覺，但我這麼心想。

「俺的話肯定來得及。」

「從舊金山到紐約，大致估算也超過四千K吧……」

「四千K？四公噸又怎麼了嗎？這種東西對俺來說算不上多重喔。」

「…………」

來到這裡的是上個世紀出生的笨蛋嗎？K是公里（Km）不是公斤（Kg）啊？

剛才說這裡是FBI總部的某個房間，卻是在會客室之中稱為VIP房的房間……再怎麼樣都不是偵訊室，而且VIP再怎麼樣也肯定不是房內兩人之中的我……

這個國家基本上使用英制單位，使用公制單位又沒說清楚的我也有錯，不過這麼一來，大發豪語宣稱可以背著四公噸重量跑兩千五百英里的這孩子，會面臨另一個問題。

話說四公噸要怎麼換算成英鎊……？

「即使橫越加拿大就能抵達阿拉斯加，不過大海另一頭的夏威夷，用跑的不可能跑得到吧？」

「啊！說得也是！小阿，你真聰明！」

不准固定叫我小阿。

而且妳居然就這樣被我說服？

即使不是官方正式邀請，既然是FBI像這樣邀來協助的人，那麼肯定不是笨蛋才對……這孩子為什麼被叫來這裡……？

阿良良木曆是因為「擅長日語」而位於這個房間，不過這孩子受到特別待遇的原因到底是什麼？

仔細想想，如果住在美國，只要不是我這種剛來不久的人，肯定不可能完全不懂英語……難道只是因為「協助辦案的代價是俺想聽聽懷念的日語」這種程度的任性就把我叫來？

特別待遇的原因……

「啊啊，因為以連續殺人犯的意義來說，俺是這次事件凶手的前輩。不過俺當時一個個殺掉的不是殺人犯，是殺人鬼。」

「……嗯？」

怎麼回事？是我聽錯嗎？

現在在ＦＢＩ總部，我好像聽到驚天動地的自白……這孩子難道是前來自首的犯人？

「不過當時是被右下露蕾蘿操縱，俺處於心神喪失的狀態。那麼做是緊急避難的正當防衛。」

以少根筋語氣說話的她，突然說出好幾個法律用語。總之，與其說這是說溜嘴的解釋，她應該是在配合我這個殺人鬼……更正，我這個吸血鬼的價值觀吧。價值觀——或者是世界觀。

所以她並不是完全不會顧慮別人的感受。不過……右下露蕾蘿？

她隨口說出的這個名字真是驚人。

「把連續殺人犯集中在某個地點，在那裡一起殺害，再將屍體運到各地……這種推測應該比較妥當，不過屍體分布的範圍終究太廣了。」

廣範圍——廣域搜查。

到了這種程度，我甚至詫異案發現場為什麼沒有遍及別國。比方說在海外屬地的關島或是同盟國日本，即使發現同樣的屍體也不奇怪吧。想到遇害的僅限於指名通緝中的連續殺人犯，應該將案件側寫成是愛國心強烈的「正義英雄」為了維護治安而行凶嗎？

至少必須承認凶手比搜查機構先找到連續殺人犯的所在地。

不過，如果這些確定判處死刑的連續殺人犯，凶手認為可以憑著獨自的正義感擅自殺掉，那就太瞧不起法律、歷史與人類了。

這不是可以原諒的行為。

這不是正義，是犯罪。

只不過，在十四名被害人之中，也包括了在不採用死刑制度的州犯下連續殺人案的凶惡犯人，所以應該考慮到可能是昔日命案死者的相關人物要求犯人以死贖罪。話是這麼說，卻很難想像這些犯行和這種怨恨或是義憤有關。我隱約感覺到一種無機質的犯罪性。

簡直像是在做實驗……

是的，淡然行凶。

「從第一名連續殺人犯的屍體被發現，直到第十四名連續殺人犯的屍體被發現，時間並沒有相隔太久。所以不太能認定凶手使用屍體移動的詭計。」

「哎，要是這麼悠哉的話就會有屍斑？之類的移動痕跡，屍體也會腐爛。」

「嗯……啊啊，這部分還沒對妳說明吧？」

畢竟狀況設定得過於古怪，理所當然該說明的「凶器」與「殺人手法」，我不小心忘記說了。明明這部分也十分古怪，完全脫離常軌。

「『凶器』是『冷凍庫』。」

「冷凍庫？」

大概以為我在開玩笑，真心愉快般露出笑容。

真可愛。

「意思是凶手用冷凍庫的邊角，朝每個連續殺人犯的腦袋打下去？這就厲害了。記得以前有一個以沙鈴當武器到處殺害女人與小孩的音樂家殺人鬼，不過這次的比那個傢伙還要特別。」

「應該沒有比那個傢伙還要特別吧？」

我願聞其詳。不對，我不願聞其詳。

但是我沒說凶手是用冷凍庫邊角毆打十四名連續殺人犯。如果這麼以力氣為傲，我即使不覺得凶手是「正義英雄」，也確實可以致上某種敬意吧。

不過，我實際能做的只有發抖。

並不是因為冷凍庫。

「凶手使用強力的商用冷凍庫，將各個連續殺人犯瞬間冷凍。不只如此，還像是凋零的玫瑰花那樣將他們打成粉碎殺死。」

這不是英雄的行徑，甚至不是人類的行徑。

在阿拉斯加州發現的屍體是第十四人的原因，真要說的話就是這個……在費爾班克斯冰雪地帶發現的冷凍屍體毫不突兀融入周圍的風景，而且剛開始也猜測可能是意外身亡，所以相對來說比較晚回報。

反過來說，像是夏威夷州，以本土來說偏南方的佛羅里達州，或者是那個什麼ER3系統總部所在的德克薩斯州，冰凍的屍體早就退冰，成為慘不忍睹的樣貌。

也超越血腥殺人的範疇。

甚至可以視為怪異所幹的好事……說不定我不只是因為會說日語，更是基於這個理由而被指名前來。FBI怪物課這個部門的設立，究竟是多麼可能實現的計畫就暫且不提……

現在這種狀況，我應該把當成「翻譯」帶來這裡的忍叫出來嗎？不過在這個國家，和金髮蘿莉奴隸嬉戲是犯法的行為……這一點和日本不同。

「或許還有屍體沒找到也不一定。如果屍體不是塊狀而是粉狀，依照棄屍地點的狀況，可能比費爾班克斯還要融入環境難以尋獲。」

或許已經意外集滿五十個州……或者是凶手的理想目標是五十州，但是查到的連續殺人犯藏身處，最多終究只有十四個州。

我在想，逍遙法外的連續殺人犯，應該要說成「多達十四人」，還是「頂多十四人」……不對，我現在應該想的只有這個事件的連續殺人犯一人。

連續殺人犯。高速殺人犯。

用跑的嗎……

哎，如果有哪個英雄能以光速移動，這種犯行也不是不可能成真……不對，即使能以光速移動，也很難以光速冰凍吧……

「原來如此，原來如此。事件的真相，俺大橙……更正，大致明白了。有時候距離比較遠反而比較快抵達。嘩哈嘩哈……」（註13）

真心將她的嘴張得好大。

「嘩哈

註13　日文「橙」與「大致」音同。

嘩哈！」

她高聲大笑。

我完全不知道她為什麼被逗得這麼哈哈大笑，就只是被她放聲大笑的魄力震懾不已。

「所以，嫌犯刪減到剩下多少人了？」

她這麼問。

「不不不，現階段實在沒辦法確定誰是嫌犯……」

嗯？

感覺她很乾脆地催促我說下去……不過她剛才說了什麼？

事件的真相，俺大橙……更正，大致明白了。

明白了？

明白這個莫名其妙事件的真相？

有時候距離比較遠反而比較快抵達……很像是推理小說的這種反向論點是怎麼回事？

「這樣啊。沒能鎖定嗎？不過這個嫌犯肯定不是能力高強，是自視甚高喔。你剛才說到『現階段』，不過嫌犯跳過這種階段了。」

「真……真心小妹，難道妳說的『明白了』，意思是明白行凶手法了？」

「俺反倒想問，你為什麼不知道行凶手法？」

……她說得像是討人厭的名偵探。

我反射性地想要探出上半身。「不對，俺真正想問的是……」真心如同要制止我般這麼說。「你有沒有終結的意願。」

「嗯？那還用說，我當然有意願。怎麼可以沒有？別說意願，我甚至滿心只想這麼做，也早就做好心理準備以及倒數準備。這麼殘虐又無藥可救的事件，當然只能分秒必爭——高速終結吧？」

「重點應該不是『高速』，而是『高度』喔。不對不對，俺不是在說這個事件，是在問你有沒有終結這個世界的意願喔，小阿。」

人類最終之橙這麼說。

就像是最後通牒。

「小阿，你知道世界究竟會在什麼時候終結嗎？是在看見極限，看見未來的時候。」

就說了，我不是「小阿」。

005

接下來是後續，應該說是結尾。

應該說是整體的結尾。

出社會之後依然持續接受研修或訓練的我，依然沒能擺脫學生時代的感覺，不過經驗也隨著歲數的增長逐漸累積，我自認比高中時代更明白世間多麼複雜。我知道世間真的很複雜，知道世界複雜又奇怪。

我知道無論是什麼樣的案件，無論是什麼樣的事件，都是再怎麼用盡話語都無法徹底述說的物語……解開謎題的過程更不可能只以一句話來說明。

解決篇比問題篇還要長的推理小說才適合稱為名作。小扇曾經說過這個有點莫名其妙又隱藏奇妙堅持的理論，基於這個意義，這個世界或許可以說是一本設計精巧的事件簿。

不過，只有這次的殺人事件，我只能承認是例外中的例外。真心將不可能化為可能給我看了。

關於在美利堅合眾國各地所發生，共十四名指定通緝犯成為被害人的血腥殺人事件，不是刑警也不是名偵探的「苦橙之種」是這麼說的。

「是從太空灑落的。」

一句話。

並不是只以這句話道盡一切，而是聽她這麼說完造成的震撼，使我覺得除此之外的事情變得一點都不重要了。我原本胡亂猜想這次的犯罪規模和國土面積成正比，和以往截然不同，不過本次解決篇的規模甚至超越國界。

原來如此。

會終結也是當然的。

一旦認定這種解決篇是真相，在薄薄地表發生的小小犯罪連湊數都不夠格。我現在差點不小心說出「這不是平面的殺人，是立體的殺人」這種做作的敘述，不過深入探討就發現不只是立體，連時間都在控制之下。

高速殺人事件。

事到如今，我也能理解真心先前所說「有時候距離比較遠反而比較快抵達」這句神祕話語的意思。

不是能力高強，是自視甚高。

她也這麼說過，不過既然這樣，必須在句子後面詳細註明「行凶現場」也在很「高」的地方。

重點應該不是「高速」，而是「高度」。

應該是「高度」——也就是「高空」。

不只是四千公里的程度。

如果連續殺人犯是在十幾二十倍的高度朝著合眾國的國土「墜落」，即使是從相同位置朝著相同方向使勁扔下去，也會因為細微的角度差異而分散到四面八方各種不同的地點吧。如果為了更加分散而瞄準不同區域就更不用說了。

各位可以想像成軍事衛星發射的雷射武器。光是微調發射口的角度，就可以狙擊半個世界的任何地點，不必從定點移動。

不必移動。

不對，實際上一直在高速移動。配合地球引力以及自轉速度持續移動，看起來就像是靜止的衛星。

正因為距離很遠。

說到「距離很遠」我就想到，以前無所不知的班長在傳授應考對策的時候曾經說過，一般認為墜落的時間愈長，墜落的速度也會愈快，不過實際上有空氣阻力，所以速度達到一定的程度就不會增加。考題也因而會加上「但是不考慮空氣阻力」這句說明。

換句話說，即使從平流層推落，也不會以光速摔到地面。即使如此，如同大多數的隕石會迎接這種命運，連續殺人犯的身體會因為墜落時的空氣阻力而燃燒殆盡吧？

不對。

就說了，他們是「冰凍」狀態。

而且不是使用我所猜測的商用冷凍庫當成凶器。真要說的話，使用的凶器是「宇宙」。

規模過於巨大，已經看不見全貌。

不過，如果要我說謊假裝看得見全貌，那麼人類即使被扔到真空環境，其實身體意外地不會像是動漫劇情那樣爆發，反倒會「凍結」。

被扔到太空的時間點，還沒窒息而死就會先凍死。

只在一瞬間，瞬間冷凍。

所以也不會因為空氣阻力摩擦生熱而燃燒。

冰不會著火，低溫與高溫會相互抵銷。至於掉到地表的冰塊，當然會摔成粉碎吧。

無論墜落到多麼柔軟的地面都一樣。

在現實層面以及物理層面，當然不知道是否會發生這種情形。

因為實際上即使找遍全世界的搜查機構甚至學術機構，都沒有將人體拋棄到宇宙的正式紀錄。

至少到目前為止沒有。

據說某種新機制的犯罪手法被「發明」之後，真的是轉眼之間就會傳播到全世界生根。不過如果這種詭計成為「常見手法」固定下來，說真的，世界將會終結。

就像是地動說或是進化論那樣，分割成舊世界與新世界。

會看見極限，看見未來。

到時候會懷念起往昔使用針線與指紋認證的密室詭計，或是利用以電力這種古代能源驅動的車輛時刻表製作不在場證明的詭計……目睹犯罪界的典範轉移，我無暇迴避他人的目光，只能任憑自己受到震撼，但是真心的真意不在這裡。

她以一句話解決了這個事件，卻沒說要以一句話終結這個世界。如同瞄準軀體受創倒地的獵物頭部，說出必殺的第二句話。

「換句話說，凶手是外星人。」

我不只是當場說不出話，還差點當場喪命。

阿良良木曆差點成為史上第一個聽完解謎之後，驚嚇致死的聽眾而名留推理史……但是確實如此，或者說即使不確實也是如此。

查出搜查當局也查不出來的十四名連續殺人犯藏身處，暗中將他們抓住，同樣在沒人知道的狀況下一起發射到宇宙，然後再度選定不會被目擊的時段，在太空朝著鎖定的地區，不知為何集中在美利堅合眾國，卻像是跨州般適度分散，將所有人扔下去。

與其思考擁有這種龐大知識、運氣與組織能力的凶手以這種手法行凶的動機，不如乾脆視為外星人割殺地球生物的一種手法會比較輕鬆。

既然是外星人，就讓謎團永遠是謎團吧。

因為這是一種浪漫，簡直是實驗——正如其名的人體實驗。

使用的不是「你就是犯人」這句臺詞，而是「我們是外星人」這句臺詞。

明明是來侵略地球，為何只集中特定的國家與地區進攻？查明外星人的這種想法不會讓任何人得到好處，也沒有任何人會信服。這裡就是這樣的文化，就是這樣的異文化。

只能就這麼全盤接受。

以對方的角度來看，這邊才是異文化，是異世界吧。

我體會到單手拿著手機的普通人轉生到異世界的感覺了。

太瞧不起法律、歷史與人類——這句臺詞，意外變得像是宇宙戰爭開戰時的宣戰布告，既然這樣，我就全面收回那句話吧。

這種放棄思考的心態，遠遠勝過青少年時代深植在我骨子裡，把一切都推託給怪異的單純心態……但我如果現在不放棄，到底要到什麼時候才放棄？

雖然再三忍耐至今，但是既然被迫面對這種毛骨悚然的真相，我這個沒有資格也沒有證照的敘事者，不得不悄悄閉上嘴巴……有趣又不成體統的異文化交流就此落幕。

就此落幕了。

效法忘卻偵探的迅速判斷，和外星人戰鬥的工作交給承包人，以玩弄生命的魔法少女當成負面教材，即使不是美少年偵探團那樣的少年，也要將繭居燈籠褲少女般的好奇心封印，如同司掌血的魔法少女那樣成為大人，運用從監察所總監督那裡學來的雙重否定，大約和殺人鬼一賊的一半程度那樣為家人著想，像是軍師那麼光明正大，不被三胞胎女僕迷惑，依照雙胞胎殺手的意思驟變，學習大學生姊妹淘的做法不立於危牆之下，為了比誇稱戰損比高到異常的英雄還要長命，比照亮麗賭徒敗北時的態度，灑脫接受這個終結。

即使如此，在最後一行，也請容我只說一句話吧。

在最後一行只說一句話。

我們的「物語」頑強無比。

後記

這是滿久之前的事情了，關於推理小說的評語，有一種強烈的批判是「沒有好好描寫人類」。不過身為忠實讀者的我，在那時候不太懂這句話真正的意思。只覺得明明怎麼看都有好好描寫……反倒是描寫得「更好」……如今回想起來，可能是「這種名偵探不可能存在」或是「這種怪人不可能存在」之類的意思，也可能是在說那些只為了被殺而登場的被害人、只為了收集反應而寫出來的聽眾，或是只為了增加嫌犯而出現的家族。是「描寫人類」與「描寫角色」的差異嗎？這麼一來，最近在我的印象中已經很少出現開頭那句批判的原因，與其說是因為推理小說也變得會好好描寫人類，應該說是因為人類如今愈來愈容易像是創作者筆下的角色吧？

本書是用為劇場版《傷物語》來場者特典所撰寫的短篇全集。第一部〈鐵血篇〉贈送〈第忘話　今日子・平衡〉、〈第強話　潤・建築〉、〈第法話　鑿・規則〉、〈第眼話　眉美・紅眼〉，第二部〈熱血篇〉贈送〈第病話　黑貓・床〉、〈第血話　莉絲佳・血〉、〈第刀話　否定・透〉、〈第殺話　伊織・賦格〉，第三部〈冷血篇〉贈送〈第軍話　子荻・遊俠〉、〈第招話　彩・三重〉、〈第喰話　理澄・搖滾〉、〈第大話　巫女子・社群〉。本書基於這個原由而非常特殊，我覺得全新加寫的部分也應該特殊一點，所以寫了空空以及原本想要在〈眉美・紅眼〉登場交流的男國中生（？）札槻這兩人和阿良良木的交流（為什麼是這兩人？）。關於單行本版壓軸的想影真心，我是希望她能為異世界文化做個總結才請她登臺，不過整個物語系列可能會一起被她終結……真心好恐怖。就這樣，本書是以百分之百的興趣寫成的混沌——《混物語》。

封面有幸請來渡辺明夫老師繪製所有女角。繼續寫小說至今真是太好了！竹老師、TARGO老師、西村キヌ老師、キナコ老師，以及VOFAN老師設計的角色們，和渡辺老師設計的地濃鑿齊聚一堂，我真的很高興能見證這個奇蹟。謝謝各位老師。如果本書能讓各位讀者覺得繼續閱讀本系列至今真是太好了，將是我無上的榮幸。

西尾維新

初出

第忘話　今日子・平衡
《傷物語Ⅰ鐵血篇》來場者特典〈2016年1月8日～1月15日〉
第強話潤・建築
《傷物語Ⅰ鐵血篇》來場者特典〈2016年1月16日～1月22日〉
第法話鑿・規則
《傷物語Ⅰ鐵血篇》來場者特典〈2016年1月23日～1月29日〉
第眼話眉美・紅眼
《傷物語Ⅰ鐵血篇》來場者特典〈2016年1月30日～2月5日〉
第病話黑貓・床
《傷物語Ⅱ熱血篇》來場者特典〈2016年8月19日～8月26日〉
第血話莉絲佳・血
《傷物語Ⅱ熱血篇》來場者特典〈2016年8月27日～9月2日〉
第刀話否定・透
《傷物語Ⅱ熱血篇》來場者特典〈2016年9月3日～9月9日〉
第殺話伊織・賦格
《傷物語Ⅱ熱血篇》來場者特典〈2016年9月110日～9月16日〉
第軍話子荻・遊俠
《傷物語Ⅲ冷血篇》來場者特典〈2017年1月6日～1月13日〉
第招話彩・三重
《傷物語Ⅲ冷血篇》來場者特典〈2017年1月14日～1月20日〉
第喰話理澄・搖滾
《傷物語Ⅲ冷血篇》來場者特典〈2017年1月21日～1月27日〉
第大話巫女子・社群
《傷物語Ⅲ冷血篇》來場者特典〈2017年1月28日～2月3日〉
第英話空・隱形
第騙話噓・輪盤
第終話真心・終結
全新撰寫

作者介紹

西尾維新 (NISIO ISIN)

1981 年出生，以第 23 屆梅菲斯特獎得獎作品《斬首循環》開始的《戲言》系列於 2005 年完結，近期作品有《結物語》、《人類最強的悸動》、《掟上今日子的內封面》等等。

Illustration

渡辺明夫

動畫師。在動畫《物語》系列、《完全過激　藍色學者與戲言玩家》擔任角色設計與總作畫監督。代表作品為《宇宙戰艦—山本・洋子》、《The Soul Taker～魂狩～》、《煙花》等等。

譯者

哈泥蛙

專職譯者。譯作有《物語》系列、《十二大戰對十二大戰》等等。

書盒子
混物語
（原名：混物語）

作者／西尾維新　插畫／渡辺明夫　譯者／張鈞堯
執行長／陳君平　榮譽發行人／黃鎮隆
協理／洪琇菁　國際版權／黃令歡、梁名儀
執行編輯／呂尚燁　美術主編／李政儀
企劃宣傳／呂尚燁
出版／城邦文化事業股份有限公司　尖端出版
台北市中山區民生東路二段一四一號十樓
電話：（〇二）二五〇〇七六〇〇　傳真：（〇二）二五〇〇二六八三
E-mail：7novels@mail2.spp.com.tw
發行／英屬蓋曼群島商家庭傳媒股份有限公司城邦分公司　尖端出版
台北市中山區民生東路二段一四一號十樓
電話：（〇二）二五〇〇—七六〇〇（代表號）
傳真：（〇二）二五〇〇—一九七九
中部以北經銷／楨彥有限公司
電話：（〇二）八九一九—三三六九
傳真：（〇二）八九一四—五五二四
雲嘉經銷／智豐圖書股份有限公司　嘉義公司
電話：（〇五）二三三—三八五二
傳真：（〇五）二三三—三八六三
南部經銷／智豐圖書股份有限公司　高雄公司
電話：（〇七）三七三—〇〇七九
傳真：（〇七）三七三—〇〇八七
一代匯集／香港九龍旺角塘尾道六十四號龍駒企業大廈十樓B&D室
電話：（八五二）二七八三—八一〇二
傳真：（八五二）二七八二—一五二九
馬新經銷／城邦（馬新）出版集團　Cite(M)Sdn.Bhd.
E-mail：Cite@cite.com.my
法律顧問／王子文律師　元禾法律事務所
台北市羅斯福路三段三十七號十五樓
二〇二二年十二月一版一刷

■中文版■

郵購注意事項：
1. 填妥劃撥單資料：帳號：50003021戶名：英屬蓋曼群島商家庭傳媒（股）公司城邦分公司。2. 通信欄內註明訂購書名與冊數。3. 劃撥金額低於500元，請加附掛號郵資50元。如劃撥日起 10～14日，仍未收到書時，請洽劃撥組。劃撥專線TEL：(03) 312-4212 ・ FAX：(03) 322-4621。E-mail：marketing@spp.com.tw

國家圖書館出版品預行編目資料

混物語 / 西尾維新 著 ; 哈泥蛙譯 . --初版.
--臺北市：尖端出版, 2022.12
面 ; 公分. --(書盒子)
譯自: 混物語
ISBN 978-626-338-796-6(平裝)

861.57　　111017070